역해譯解 은파유필恩波濡筆

■ 역해 은파유필 연구진

▣ 은파유필 역해

▪ 박명희朴明姬
전남 장성에서 태어나 전남대 국어국문학과를 졸업하고, 같은 대학원에서 박사학위를 취득하였다. 단독 저서에 『18세기 문학비평론』(2002), 『호남한시의 공간과 형상』(2006), 『호남한시의 전통과 정체성』(2013), 『호남한시의 분석적 이해』(2019) 등이 있다. 단독 번역서에 『노사집』 1이 있고, 편역서에 『박상朴祥의 생각, 한시로 읽다』(2017), 『박순朴淳의 생각, 한시로 읽다』(2019) 등이 있다. 전남대 호남학연구원 학술연구교수, 전북대 전라문화연구소 학술연구교수 등을 역임했으며, 전남대와 조선대에서 강의하고 있다.

▪ 김희태金熹台
전남 장흥에서 태어나 목포대학교 사학과를 졸업하였다. 조선대학교 대학원과 전남대학교 대학원 사학과에서 공부하였다. 전남도청 문화재전문위원을 역임하였고, 전라남도문화재위원과 전라도천년사 편찬위원으로 활동 중이다. 공저로 『문화재학 이론과 실제』, 『향토사 이론과 실제』, 『오횡묵의 「여수잡영」 - 120년 전 여수를 읊다』 등이 있다.

▣ 은파유필 해제
- ▪ **김희태** : 전 전라남도 문화재전문위원
- ▪ **박명희** : 전남대학교 국어국문학과 강사
- ▪ **이경엽** : 목포대학교 국어국문학과 교수, 도서문화연구원 원장

▣ 교열
- ▪ **박병훈** : 전 진도문화원장
- ▪ **박주언** : 현 진도문화원장

역해譯解 은파유필恩波濡筆

저자 정 만 조

역해 박명희·김희태

도서출판 온샘

역해譯解 은파유필恩波濡筆

초판 인쇄 2020년 03월 25일
초판 발행 2020년 03월 31일

역해자 박명희·김희태

펴낸이 신학태
펴낸곳 도서출판 온샘

등 록 제2018-000042호
주 소 서울시 용산구 한강대로 208-6 1층
전 화 (02) 6338-1608 팩스 (02) 6455-1601
이메일 book1608@naver.com

ISBN 979-11-966441-7-8 93810
값 38,000원

* 이 책은 진도문화원의 지원을 받아 수행한 연구 결과물입니다.

어이해 푸른 바다에 깊은 정 붙였을까
청산만 절로 스스로 알아 맞이하는구나
땅이 척박해 봄 되면 먹을 양식 없고
마을 깊어 낮에도 호랑이 소리 들린다
금갑도의 풍토는 외지고 황량하며
수군영의 관방은 옛날에 굳세었다지
나라 중심 아니라 심회 풀 근심 않는데
외람되이 고을 사람들 내 이름 사랑해주네

위 시는 120여 년 전 무정茂亭 정만조鄭萬朝(1858~1936)가 진도로 유배 가 현지의 모습을 그린 작품이다. 『은파유필恩波濡筆』 108번째 작품으로 시 제는 「객과 풍토를 이야기하다가 이어 소창의 시에서 운을 뽑다(與客說風 土 仍拈小倉韻]」이다. 이 시를 통해 유배객 정만조가 진도를 어떻게 바라보 았는가를 알 수 있다.

무정 정만조는 1895년에 일어난 명성황후 시해사건과 춘생문 사건 등에 연루되어 이듬해 진도로 유배 가 근 12년 동안 유배 생활을 하였 다. 정만조는 당대 유명한 문인 중 한 사람인 추금秋琴 강위姜瑋의 제자로 유배 가서야 비로소 시적 능력이 발휘되었다. 그리고 그 시적 능력을 펼 친 대표적인 저작이 바로 『은파유필』이다.

『은파유필』은 총 144제 249수의 시 작품을 수록하고 있다. 이 144제 249수의 시는 진도에 도착하기 이전에 지은 작품과 도착한 이후 지은 작 품으로 크게 나눌 수 있다. 진도에 도착하기 이전에 지은 작품은 유배지 까지 가는 과정을 읊었고, 도착한 이후 지은 작품은 유배 생활의 실상을 읊었다.

『역해 은파유필』이 나오기까지

유배 생활의 실상을 읊은 작품은 총 119제 224수이다. 이 작품들은 대체로 지은 시기 순서대로 배열되어 정만조가 진도로 유배 간 이래 시간이 흐름에 따라 어떤 생각을 하고, 어떤 행적을 남겼는가를 알 수 있다. 정만조가 처음 진도로 유배 갔을 때 모든 것이 낯설었을 것이다. 서울에서 벼슬살이 하다가 먼 타향 진도로 유배 갔으니 사람과 환경 등 모든 것이 생소했을 것이기 때문이다. 정만조는 이렇게 낯설게 느꼈지만 진도 현지인들은 어느 누구보다 따뜻하게 대해주었다. 진도 현지인들은 정만조가 일찍이 강위에게서 시를 배운 시인이라는 사실을 잘 알고 있었다. 그래서 먼저 다가가 시를 배우고자 노력했으며, 더 나아가 시계詩契를 맺었다. 시계를 맺은 사람은 정만조를 비롯해 총 24명. 그리고 24명 속에 들지 않았으나 정만조와 시를 주고받았던 진도 현지 사람들. 『은파유필』 속 진도 사람들은 모두가 시인이요, 예술가라고 생각할 정도로 문예를 사랑했음을 알 수 있다.

한편, 정만조는 진도의 일반 사람들이 살아가는 모습을 시를 통해 보여주었다. 그 대표적인 작품으로 「추석 잡절[秋夕雜絶]」을 들 수 있다. 이 작품을 통해 19세기 말 진도 사람들이 추석 명절을 쇠기 위해 어떤 준비를 하고, 어떤 놀이를 했는가를 알 수 있다. 음식을 장만하는 모습과 장정들의 씨름, 여인들의 강강술래, 담 넘기 놀이, 바늘귀 꿰기, 오이 따먹기 등등. 이러한 놀이 문화는 진도 현지에서 지금까지 전승되고 있는데, 19세기 말의 상황을 전해주어 민속학적으로도 큰 의의가 있다. 전통 시대 유배객들은 대부분 유학을 공부한 사람들이기 때문에 현지 사람들을 교화의 대상으로 생각하기 일쑤였다. 그러나 정만조는 달랐다. 현지 사람들과 함께 어울렸으며, 현지 사람들이 어떻게 살아가고 있는가를 유심히 관찰하여 이것을 시 작품에 고스란히 옮겼다. 그래서 현지 사람들과 관련한 작품을 보면, 사실적寫實的이라는 생각을 하게 된다.

   이와 같이 『은파유필』은 그 의의가 크기에 진도문화원에서 일찍이 관심을 갖고 널리 알리고자 하였다. 그래서 1988년 국역 『은파유필』(박래호 역)이 출간되었고, 이를 근간으로 관련 연구자들이 심화된 연구를 진행할 수 있었다. 이번에 출간한 『역해譯解 은파유필恩波濡筆』은 1988년에 나온 국역본의 후속이라고도 할 수 있다. '역해'란 번역과 해설을 곁들인 것으로 관련 연구자는 물론이요, 일반 사람들도 접근할 수 있도록 하였다. 일반 사람들의 경우, 특히 한자에 얽매이지 말고 번역과 해설 등을 살펴봐주었으면 한다.

   『역해譯解 은파유필恩波濡筆』이 나오기까지 실로 여러 분들의 은혜를 입었다. 우선 『은파유필』을 소장하고 계시면서 이번 역해 책을 출간하는 과정에서 꼼꼼히 살펴봐주신 박병훈 전 진도문화원장님께 고개 숙여 인사를 올린다. 또한 『은파유필』을 조금 더 대중화시키기 위해 노력하신 박정석 전 진도문화원장님, 도움말을 해주신 박병익 선생님께도 감사의 인사를 드린다. 마지막으로 진문강회珍文講會 회원 선생님들의 노력이 없었다면, 『역해譯解 은파유필恩波濡筆』은 나올 수 없었다. 박주언 진도문화연구원장님, 이경엽 목포대 도서문화원장님, 이윤선, 송기태, 김현숙 선생님. 앞으로 진문강회 여러 분들의 빛나는 성과를 기대해본다.

2020년 따뜻한 봄볕을 쬐며
역해자 박명희, 김희태 적다

▸ 정만조의 유배 시집『은파유필』시 작품 전체를 역해譯解하였다.

▸ 내용은 박병훈朴秉訓 님(전 진도문화원장) 소장본에 근거하였다.

▸ 각 작품은 시 제목-번역한 작품-평설-작품 풀이에 대한 보충 내용 등의 순서로 정리하였다.

▸ 시 제목은 한글 풀이-원문 순서로 정리하였다.

▸ 번역한 작품은 풀이를 적고, 그 다음에 원문과 한자음을 적었다.

▸ 평설은 작품의 창작 배경과 전체적인 내용 이해를 돕는 수준에 그치고, 가급적 자의적인 재단은 삼갔다.

▸ 번역문은 원문의 내용을 훼손하지 않으면서 현대 국어 표현에 맞추었다.

▸ 작품 풀이에 대한 보충 내용은 독자의 이해를 돕는 수준에서 정리하였다.

▸ 작품과 관련하여 별도의 설명이 필요할 경우, '더 알아보기'를 통해 정리하였다.

▸ 내용 이해를 돕기 위해 간혹 사진을 첨부하였다.

발간사 및 축간사
일러두기

역해 은파유필 _ 1

역해 은파유필

1. 1월 11일에 궁내부에서 숙직하다 체포되다
正月十一日 直宮內府 被拿

응당 스스로 알 수 없는 죄명을 재촉함에	罪應自速莫知名 죄 응 자 속 막 지 명
일이 커져 비상한데 도리어 놀라지 않았다	事太非常反不驚 사 태 비 상 반 불 경
임금님께 문장을 써서 아뢸 여유도 없이	無暇綠章天上奏 무 가 록 장 천 상 주
갑자기 병졸에게 구금될 줄 뉘 알았을까	誰知緹騎禁中橫 수 지 제 기 금 중 횡
어찌 뭇 소인배들 미워하는 마음 품었는지	何因陰蓄群宵慍 하 인 음 축 군 소 온
반나절 갈이 더디 함이 문득 후회스럽다	却悔遲謀半日耕 각 회 지 모 반 일 경
행인들은 모두 나쁜 풍경 불쌍하다 여기니	行路皆憐風景惡 행 로 개 련 풍 경 악
이 소식 들은 집안사람들 마음은 어떨는지	家人聞此若爲情 가 인 문 차 약 위 정

◆ 이 작품은 정만조가 궁내부에서 숙직하다가 체포되었을 당시에 느낌을 적은 것이다. 정만조는 그의 나이 32세(1889, 고종26)에 문과에 급제한 뒤 예조 참의, 승지를 거쳐 37세(1894, 고종31) 때 내부참의와 궁내부 참의관이 되었다. 그리고 2년 뒤인 1896년 1월 11일에 체포되었다가 다음날 면직 당한다.

수련의 내용을 보면, 정만조는 자신이 무슨 죄명으로 체포되었는지 알 수 없으나 놀라지 않았다고 하였다. 그러나 2구에서 '일이 커졌다'는 말을 한 것으로 보면, 무슨 일 때문에 자신이 체포되었는지 사실은 알고 있다. 함련에서는 자신이 갑자기 구금될 줄 몰랐다고 하였고, 경련에서는 자신을 미워하는 사람들을 소인배라고 하며, 계획을 늦게 도모한 것이 후회스럽다 하였다. 미련에서는 자신이 체포된 모습을 본 다른 사람들의 마음을 말하며, 집안사람들의 심정은 어떨지 모르겠다 하였다.

한편, 수련에서 말한 '일'이란 정황상 1895년 8월 20일에 일어난 '을미사변乙未事變'과 같은 해 10월에 일어난 '춘생문 사건春生門事件'을 말한다. 또한 정만조가 체포 구금된 시점은 고종高宗이 아관파천俄館播遷을 한 이후이다. 아울러 이 작품은 정만조의 문집 『무정존고茂亭存稿』 권2에 「직숙궁내부피나直宿宮內府被拿」라는 제목으로 실려 있음을 밝힌다.

▶ 직直 : 숙직하다.

▶ 궁내부宮內府 : 조선 말기 궁궐내의 각사各司와 여러 궁가宮家를 관장하고 통솔하기 위해 설치한 관아로, 1894년(고종31)에 설치하여 1907년(광무11)까지 존속하였다.

▶ 피나被拿 : 체포되다.

▶ 녹장綠章 : 원래 옥황상제에게 올리는 기도문을 말하나 여기서는 임금께 올리는 글의 뜻으로 풀었다. 도가道家에서 하늘에 제사祭祀할 때 쓰는 주문奏文을 가리키는데, 이는 특히 청등지靑藤紙에다 주서朱書로 쓰기 때문에 붙여진 이름이다.

▶ 제기緹騎 : 황궁을 경호하는 근위 기병近衛騎兵을 말한다. 집금오執金吾의 지휘를 받는데, 홍색[緹]의 제복을 입기 때문에 이런 이름이 붙었다.

▶ 음축陰蓄 : 은밀히 품다.

▶ 군소群宵 : 소인배들.

▶ 반일경半日耕 : 토지의 면적 단위이다. 어림잡아 소가 하루 정도 갈 수 있는 정도의 넓이를 1일경이라 하므로, 반일경은 반일 정도 갈 수 있는 넓이를 말한다.

▶ 행로行路 : 행인들.

▶ 풍경악風景惡 : 나쁜 풍경. 정만조 스스로가 체포되어 가는 모습을 말한다.

더 알아보기1)

한시의 수련·함련·경련·미련이란?

한시의 종류에는 크게 근체시近體詩와 고체시古體詩가 있다. 이 둘의 차이는 압운·평측·대우 등의 형식을 지키느냐 그렇지 않느냐에 있다. 근체시는 고체시에 비해 형식을 중요하게 생각한다. 또한 근체시에 절구·율시·배율 등이 있다. 절구는 소시小詩라고도 하며, 총 4구로 이루어져 있다. 율시는 총 8구로 이루어져 있고, 배율은 12구 이상으로 이루어져 있다. 수련首聯·함련頷聯·경련頸聯·미련尾聯은 율시에서 두 구씩 묶어 한 연을 이룬 경우를 뜻한다. 즉, 1·2구는 수련, 3·4구는 함련, 5·6구는 경련, 7·8구는 미련이 된다.

사진① 무정茂亭의 '무茂' 자가 새겨진 바위

【정만조는 진도읍 교동리 손병익孫秉翼(1862~1942)의 사랑채에서 진도의 학동들을 가르쳤는데, 그 당호堂號를 '자유당自有堂'이라 하였고, 그 주변 암벽에 '무정茂亭', '은천恩泉'이라 새겼다. 현재 '무' 자는 뚜렷하게 보이나 '정' 자는 아래쪽 흙에 덮여 잘 보이지 않는다. 자유당 자리에 현재 사찰이 들어서 있다. 관련 사진은 381쪽에 있다.】(2019.05.06.)

2. 내 잘못을 생각하며 思愆

내 나이 40년 지나온 길을 되돌아보니	轉頭四十我行年 전 두 사 십 아 행 년
아득히 한 톨의 좁쌀과 한 톨의 쌀이라	海粟倉稊一渺然 해 속 창 제 일 묘 연
뒤의 복 바랄 것 없음 이미 판단하였고	已判無望徼後福 이 판 무 망 요 후 복
앞의 잘못을 세어 어찌 아뢸지 모르겠다	不知何報數前愆 부 지 하 보 수 전 건
한밤 중 나라 근심 마음 어이 감당할까	可堪漆室憂中夜 가 감 칠 실 우 중 야
마음은 하늘을 비추는 일이 있을 뿐이라	只有丹田照上天 지 유 단 전 조 상 천
억지로 핀 온갖 꽃에겐 추위가 매서우니	勒住百花寒尙峭 륵 주 백 화 한 상 초
임금 은혜 어느 때나 몸 가까이에 올는지	幾時雨露到身邊 기 시 우 로 도 신 변

◆ 이 작품은 정만조가 구금된 상황에서 지었다. 정만조는 그의 나이 39세(1896, 고종33) 1월 11일에 체포되었고, 이튿날 면직 당하였다. 수련 1구에서 '내 나이 40년'이라 하여 시를 지을 당시의 나이를 밝혔다. 또한 2구에서 자신의 존재가 하찮다고 표현하여 심리적으로 위축되어 있음을 나타내었다. 함련에서는 지나온 과거를 되돌아보면서 앞으로 다가올 미래를 예상하였다. 경련에서는 현재 상황이 좋지 않지만 나라를 근심하고 임금을 향한 마음은 변함없음을 말하였다. 미련에서는 좋

지 않은 자신의 처지를 살피면서 임금의 은혜를 언제나 입을 수 있을 것인가를 생각하였다. 이 작품은 『무정존고』 권2에도 실려 있다.

▶ 해속海粟 : 창해일속滄海一粟을 말한다. 소식蘇軾의 「전적벽부前赤壁賦」에 "천지에 하루살이로 기생하며 사는 인생, 아득한 바다의 한 알의 좁쌀이라네.[寄蜉蝣於天地 渺滄海之一粟]"라는 말이 있다.

▶ 창제倉稊 : 태창제미太倉稊米를 말한다. 태창太倉 안에 있는 한 알의 쌀이란 뜻이다. 『장자莊子』 「추수秋水」에 "중국이 해내 안에 있는 것을 따져 보면, 좁쌀 한 알이 태창에 있는 것과 비슷하지 않은가?[計中國之在海內 不似稊米之在大倉乎]"라고 하였다.

▶ 칠실우漆室憂 : 나라 일을 근심한다는 뜻이다. 춘추 시대 노魯나라의 칠실이란 읍邑에 과년한 처녀가 자신이 시집가지 못하는 것은 걱정하지 않고, 임금은 늙고 태자가 어린 것을 걱정하여 기둥에 기대어 울었다. 그러자 이웃집 부인이 비웃으며 "이는 노나라 대부가 할 근심이니 그대가 무슨 상관인가?"라고 하였다. 『列女傳 卷3 漆室女』

▶ 지유단전조상천只有丹田照上天 : "마음은 하늘을 비추는 일이 있을 뿐이라"로 풀이하였다. 작자 자신의 마음은 오직 임금을 향해 있음을 표현한 것이다. '단전丹田'은 원래 배꼽에서 한 치쯤 아래 부분을 말하나 여기서는 '마음'이라는 의미로 풀었다.

▶ 늑주勒住 : 억지로 머물게 하다.

▶ 기畿 : 임금이 있는 곳으로 궁궐 등을 뜻한다.

▶ 우로雨露 : 원래 비와 이슬을 말하나, 여기서는 임금에게 받은 은혜로 풀이하였다.

더 알아보기2)

정만조가 면직되었다는 내용은 『승정원일기』 1896년(고종33) 1월 12일 자에 있으며, 15년 유배형에 처한 내용은 같은 해 3월 6일 자에 있다. 이어 3월 9일 자에 나주부羅州府 진도珍島 금갑도金甲島로 유배지가 정해졌다는 기사가 있다. 특히 1896년 3월 6일 자 내용을 보면, 정만조가 어떤 사연으로 체포, 구금되어 유배를 가게 되었는지 알 수 있다. 그 내용은 다음과 같다.

조칙을 내리기를, "개국 504년 8월 20일에 일어난 역변逆變과 동년 10월에 일어난 무옥誣獄에 관련된 여러 죄수들의 공초 문안을 자세히 살펴보고 해당 안건에 대하여 크게 징계를 행하고자 하였다. 그러나 참작하여 헤아릴 바가 없지 않기에 특별히 살려 주기를 좋아하는 뜻을 미루어 법부에 명한다. 현재 갇혀 있는 죄수 서주보徐周輔, 정병조鄭丙朝, 김경하金經夏, 이태황李台璜은 종신 유배終身流配에 처하고, 정만조, 우낙선禹洛善은 15년 유배에 처하고, 전준기全晙基, 이범주李範疇는 10년 유배에 처하고, 홍우덕洪祐德은 1년 징역에 처하고, 정인흥鄭寅興은 방면放免하여 각자 스스로 일신一新할 길을 열어 주라." 하였다.(이상 『승정원일기』 1896년(고종33) 3월 6일 자, 번역은 한국고전번역원 DB 활용)

위 내용에서 '개국 504년 8월 20일에 일어난 역변'과 '동년 10월에 일어난 무옥'에 주목해야 한다. 전자는 을미사변乙未事變을 말하고, 후자는 춘생문 사건春生門事件을 이른다. 을미사변은 '명성황후 시해 사건'으로 주로 알려져 있는데, 일본공사 미우라 고로[三浦梧樓]가 주

동이 되어 명성황후를 시해하고 일본세력 강화를 획책한 정변을 말
한다. 또한 춘생문 사건은 을미사변의 반동으로 일어났는데, 명성황
후계 친미·친러파의 관리와 군인에 의해 기도되었다. 을미사변이 일
어난 뒤에 명성황후계 관리와 군인들은 궁 안에 있던 고종高宗을 궁
밖으로 나오게 하려 했으나 실패로 돌아간다. 이 춘생문 사건은 실
패로 돌아갔으나 고종은 1985년(고종32) 12월 28일(양력 2월 11일)에 아
관파천俄館播遷에 성공하여 1년 동안 러시아 공관에 머문다. 『승정원
일기』의 내용을 따르면, 정만조는 을미사변, 춘생문 사건과 관련해
체포, 구금되어 유배를 간 것이다.

3. 봄새 春禽

날씨 흐린 한낮에 버드나무 늘어졌는데	白日陰陰楊柳垂 백 일 음 음 양 류 수
봄새는 높은 가지에서 조잘조잘 지저귄다	春禽巧舌囀高枝 춘 금 교 설 전 고 지
득의양양하게 나의 병을 속이지 말지니	休將得意欺余病 휴 장 득 의 기 여 병
봄바람 읊조리며 농락함은 잠깐일 뿐이라	吟弄東風只片時 음 롱 동 풍 지 편 시

◆ 이 작품은 정만조가 구금된 상황에서 새 소리를 듣고 느낌이 일어
지었다. 현재 자신의 처지와 봄새는 서로 대조적이다. 봄새는 득의양
양하나 작자의 마음은 그렇지 못하다. 특히, 전구에서 '나의 병[余病]'이
라 하여 작자의 마음이 편하지 못함을 나타내었다.

▶ 음음陰陰 : 날씨가 흐리다.
▶ 교설巧舌 : 교묘한 말이라는 뜻이나, 여기서는 조잘조잘하다라고 풀이
하였다.
▶ 편시片時 : 잠깐 동안의 시간.

4. 이미 깨우치다 已辨

10년을 치 달려 궁궐에서 지냈으니	十年行走禁中廬 십 년 행 주 금 중 려
따뜻한 방안에서 어찌 일찍이 살았을까	溫室何曾傍起居 온 실 하 증 방 기 거
절로 동호의 글 솜씨 있음 숨기지 않았고	自有董狐書不隱 자 유 동 호 서 불 은
혹여 양호의 모습과 서로 같은 점 없었다	倘無陽虎貌相如 당 무 양 호 모 상 여
갑작스러운 사이에 사신의 자취 막히었고	詞臣跡阻蒼黃際 사 신 적 조 창 황 제
소명하고 나니 언관의 말은 다 끝났다	讞吏辭窮辨白餘 언 리 사 궁 변 백 여
우리 집의 동쪽 문이 특별히 막혔으니	我屋東門殊隔絕 아 옥 동 문 수 격 절
화복 다스릴 수 없는 연못 물고기와 같다	理無禍福共池魚 리 무 화 복 공 지 어

◆ 이 작품은 정만조가 지난 10년 동안 관직에 임했던 자신의 행적을 되돌아보면서 그 소회를 밝힌 것이다. 수련에서 자신이 10년 동안 벼슬살이를 얼마나 바쁘게 했는가를 적었고, 함련에서 자신이 어떤 행적을 보였는지 말하였다. 함련에서 거론한 사람은 '동호'와 '양호'이다. 동호는 직필直筆을 서슴지 않았던 사관史官으로 긍정적인 인물이고, 양호는 노나라 계씨季氏의 가신家臣으로 부정적인 인물이다. 경련에서 사신詞臣과 언리讞吏를 말하였는데, 전자는 정만조 자신을 말하고 후자는 재판을 담당한 관리를 말한다. 자신이 벼슬에서 물러난 것과 재판에서

충분한 소명을 하지 못한 것을 말하였다. 미련에서 작자는 자신을 가리켜 '연못 물고기〔池魚〕'라고 말했는데, 자신의 처지가 꽉 막혔음을 은유적으로 나타내었다. 이 작품은 『무정존고』 권2에도 실려 있다.

▶ 금중禁中 : 궁궐.
▶ 동호서董狐書 : 동호의 글. 동호는 춘추 시대 진晉나라의 사관史官이다. 진 영공晉靈公이 조둔趙盾을 죽이려 하자 조둔이 도망갔다가, 조천趙穿이 영공을 죽인 뒤에 조둔이 돌아오자, 동호가 "조둔이 그 임금을 죽였다.〔趙盾弑其君〕"고 기록하여 조정에 보였다. 조둔이 자기가 죽이지 않았다고 강변하자, 동호는 "그대는 일국의 정경으로 도망을 하면서 국경을 넘지도 않았고, 돌아와서는 역적을 토벌하지도 않았으니, 그대가 죽인 게 아니고 누구인가.〔子爲正卿 亡不越境 反不討賊 非子而誰〕"라고 하였다. 이 일과 관련하여 공자는 "동호는 옛날의 훌륭한 사관이었다. 그의 서법은 숨기는 일이 없었다.〔董狐 古之良史也 書法不隱〕"라고 찬양한 고사가 전한다. 『春秋左氏傳 宣公2年』
▶ 양호모陽虎貌 : 양호陽虎는 노나라 계씨季氏의 가신家臣인데, 일찍이 광匡 땅에서 포악한 짓을 하였다. 그때 공자의 제자 안극顔剋이 양호와 함께 있었다. 그 후에 공자가 광 땅을 지날 때에 마침 안극이 공자의 수레를 몰았고, 공자의 모습이 양호와 비슷하였기 때문에 광 땅 사람들이 공자를 양호로 오인하여 구속하기도 하였다. 『論語集解義疏 卷5』
▶ 사신詞臣 : 문사를 담당하는 신하.
▶ 창황蒼黃 : 어찌할 겨를이 없이 매우 급하다.
▶ 변백辨白 : 소명하다.
▶ 언리讞吏 : 죄를 평하는 관리.
▶ 격절隔絕 : 막히다.

사진② 『은파유필』(무정시집茂亭詩集) 표지 (크기 가로17.0㎝ × 세로 24.0㎝)

【『은파유필』원본은 진도문화원장을 역임한 박병훈朴秉訓 님이 현재 소장하고 있다. 박병훈 님은『은파유필』연구에 적극 협조해 주었고, 특히『은파유필』속에 등장한 진도의 지명과 인명, 유적지 등을 자세히 제보해주었다.】(2019.11.09.)

5. 황혼에 黃昏

사람 마음과 하늘 뜻 둘 다 믿기 어려우니
人情天意兩難諶
인 정 천 의 양 난 심

비구름 엎고 뒤집기 어제 오늘이 다르다
覆雨翻雲異昨今
복 우 번 운 이 작 금

명 어김은 원래 신하 도리 다함이 아니고
方命元非臣道盡
방 명 원 비 신 도 진

인정받음은 다만 임금 은혜 깊이 믿어서라
受知但恃聖恩深
수 지 단 시 성 은 심

미인은 황혼의 약속을 쉽게 바꾸었으나
美人易改黃昏約
미 인 이 개 황 혼 약

지사는 밝은 태양의 마음 변하기 어렵다
志士難渝皎日心
지 사 난 투 교 일 심

한 바탕의 시원한 바람 뉘 내게 빌려줄까
一陣好風誰借汝
일 진 호 풍 수 차 여

끝없는 하늘에서 뭇 흉물들을 쓸어버리리
帝靑無際掃群陰
제 청 무 제 소 군 음

◆ 이 작품은 황혼에 소회를 적었다 할 수 있다. 수련에서 작자는 사람 마음과 하늘 뜻 모두 믿기 어렵다 하였다. 그 이유는 2구에서 말한 것처럼 반복무상하기 때문이다. 함련에서 작자는 신하의 도리를 다하였고, 임금 은혜를 깊이 받았다 하였다. 경련에서는 '미인'과 '지사'를 들었는데, 전자는 임금을 뜻하고, 후자는 정만조 스스로를 가리킨다. 임금은 약속을 어겼을지라도 자신의 마음은 변하지 않았다 하였다. 미련에서 2구에서 '군음群陰'을 말하였는데, 이는 정만조 자신을 체포, 구금에 이르도록 한 사람들을 지칭한다. 억울한 심사를 드러낸 작품이다.

▶ 복우번운覆雨翻雲 : "비구름 엎고 뒤집기"로 풀이하였다. 구름이 비가
되고 비가 구름이 되는 것처럼 이 세상의 일이 반복무상함을 말한다.

▶ 방명方命 : "명 어김"으로 풀이하였다.『서경』「요전堯典」에, 우禹 임금의
아버지였던 곤鯀은 성질이 너무 강직하여 명령을 거스르고 제멋대로
하는 버릇이 있었으므로, 요堯 임금이 일찍이 그에 대하여 이르기를
"명을 거스르고 겨레를 해친다.〔方命圮族〕"라고 하였다.

▶ 제청帝青 : 제석천帝釋天이 갖고 있는 보배구슬. 여기서는 '하늘'의 의미
로 풀이하였다.

▶ 군음群陰 : "뭇 흉물들"로 풀이하였다. 소인배 등을 지칭한다.

6. 좌서로 옮기며 移左署

고상한 사람은 생사가 하나란 말 들었으니	聞說高人壹死生 문 설 고 인 일 사 생
이 일에 능하려면 삿된 마음 없어야 할 듯	也能於此若無情 야 능 어 차 약 무 정
친구들은 작은 원조마저 모두 끊어버렸고	親朋都絶蚍蜉援 친 붕 도 절 비 부 원
이졸들은 마치 범과 표범처럼 따라 다닌다	吏卒如隨虎豹行 리 졸 여 수 호 표 행
만난 것들 성명과 관계된 것 있지 않으나	未有所遭關性命 미 유 소 조 관 성 명
세상과 유명을 달리할까 매우 의심스럽다	已疑與世隔幽明 이 의 여 세 격 유 명
집안사람들은 감히 가까이 오지도 못하니	家人不敢來相近 가 인 불 감 래 상 근
길가에서 방황하다 소리 내어 눈물 흘린다	路側彷徨作泣聲 로 측 방 황 작 읍 성

◆ 이 작품은 구금된 장소를 옮기던 중에 지었다. 수련에서 작자는 자신이 전해들은 말을 적었다. 곧, 고상한 사람은 생사를 구분하지 않는다는 것. 죽고 사는 것이 비록 중대하다 하나 통달한 사람은 그 생사를 가슴 속에 담아두지 않는다는 의미로 풀이할 수 있다. 현재 작자는 어쩌면 생사를 넘나들고 있다고 생각한 것이다. 함련에서는 친구들과 이졸의 태도와 행태를 적었고, 경련에서는 혹시 자신이 죽음에 이르지 않을까 두려워하는 마음을 말하였다. 그리고 마지막 미련에서 만날 수

없는 가족들을 생각하며 소리 내어 눈물 흘리는 모습을 형용하였다.
정만조가 어느 정도 비관적인 생각을 했는지 알 수 있는 작품이다.

▸ 일사생壹死生 : 삶과 죽음을 하나로 본다.
▸ 비부원蚍蜉援 : "작은 원조"로 풀이하였다. '비부'는 왕개미를 말한다.

7. 둘째 아우를 생각하며 思仲弟

날 수 헤아린 집안의 종이 헌주에 다다르니	計日家奴達巘州 계 일 가 노 달 헌 주
놀란 마음은 응당 모래섬에 급히 이르렀겠지	心驚應急到沙頭 심 경 응 급 도 사 두
지난해 있었던 전성 봉양의 은혜는 깊었고	恩深經歲專城養 은 심 경 세 전 성 양
여생에 부곽전 일굴 생각 서신으로 알렸지	書報餘生負郭謀 서 보 여 생 부 곽 모
황패는 삼보의 최고위에 이미 올랐었고	黃覇已登三輔最 황 패 이 등 삼 보 최
구순은 1년 간 머물도록 다투어 빌렸다	寇恂爭借一年留 구 순 쟁 차 일 년 유
재난 만난 나도 헛된 명예에 얽매였으니	橫災我亦浮名累 횡 재 아 역 부 명 루
군리 치적 우수하다는 칭찬 기쁘지 않구나	不喜稱君吏績優 불 희 칭 군 리 적 우

동래 관찰사가 여러 군의 치적을 보고했는데, 언양이 최고를 차지하였다.〔東萊觀察報諸郡治蹟 彦陽居最〕

◆ 이 작품은 감옥에서 당시 울주 군수로 있던 둘째 아우 정긍조鄭肯朝를 생각하면서 지었다. 작품에서 말한 '헌주'와 '언양'은 모두 현재 울산광역시 울주를 말한다. 수련의 내용을 통해 정만조 집안의 종이 울주에 있던 둘째 아우에게 정만조가 그동안 겪었던 일을 전달하러 갔던 것으로 추측할 수 있다. 함련과 경련에서는 정만조의 둘째 아우가 그동안 어떤 행적을 보였는지를 적었다. 우선 함련에서는 고을 수령이

되어 부모님을 봉양했던 일과 훗날 남은 생애 동안 작은 농토를 일구
겠다는 내용을 편지에 적었던 것을 말하였다. 경련에서는 둘째 아우를
당시 선정을 베풀었던 '황패黃覇'와 '구순寇恂'에 비유하였다. 작자는 이
러한 사실을 증명이라도 하듯이 둘째 아우가 선정을 베풀었음을 작품
말미 소주小註를 통해 밝혔다. 마지막 미련에서 작자는 자신이 헛된 명
예를 뒤쫓다 뜻밖의 재앙을 만났다라고 하며, 때문에 아우의 치적이
우수하다는 칭찬이 그리 반갑지 않다 하였다. 정만조의 둘째 아우를
생각한 마음의 깊이를 느낄 수 있는 작품이다.

▶ 중제仲弟 : 정긍조鄭肯朝(1861~?)를 말한다. 호는 신오莘烏이다. 일찍이 언
  양(현 울산광역시 울주) 현감을 역임하였다. 언양 현감 시절에 작괘천酌
  掛川에서 시회詩會를 열었던 일은 잘 알려져 있다.
▶ 헌주巇州 : 현 울산광역시 울주를 말한다. 울주는 757년(경덕왕16) 헌양
  현巘陽縣으로 이름을 한 적이 있었다.
▶ 전성양專城養 : "전성 봉양"으로 풀이하였다. 고을 수령이 되어 녹봉으
  로 부모를 봉양하는 것을 전성지양專城之養이라 하여 매우 영화롭게 여
  겼다.
▶ 부곽모負郭謀 : "부곽전 일굴 생각"으로 풀이하였다. '부곽'은 성곽 부근
  의 기름진 토지를 뜻한다. 전국 시대 소진蘇秦이 산동山東 육국六國의
  종약장縱約長이 된 뒤에 고향에 돌아와서 "가령 나에게 낙양의 성곽을
  등진 땅 두 마지기만 있었더라면, 내가 어떻게 여섯 나라 정승의 도장
  을 찰 수 있었겠는가.〔且使我有雒陽負郭田二頃 吾豈能佩六國相印乎〕"라고 말한
  고사에서 유래했다. 『史記 卷69 蘇秦列傳』
▶ 황패黃覇 : 한나라 선제宣帝 때 영천 태수潁川太守로 나가서 천하제일의

정사를 펼친 고사가 전한다. 『漢書 卷89 黃霸傳』

▶ 삼보三輔 : 한대漢代에 장안長安을 경조京兆·풍익馮翊·부풍扶風 세 구역으로 갈라서 삼보라 하였다.

▶ 구순寇恂 : 후한後漢 중흥의 명장. 하내河內·영천潁川·여남汝南의 태수를 연임하며 선정을 베풀었는데, 여남 태수를 그만두고 조정에 들어와서 집금오執金吾로 있던 중에 영천에 도적이 일어나자 광무제光武帝를 따라 영천에 가서 도적의 항복을 받을 적에, 고을 사람들이 길을 막고 구순을 빌려 달라고 간청하자 1년 동안 머물면서 백성들을 위로한 고사가 전한다. 『後漢書 卷16 寇恂列傳』

▶ 횡재橫災 : 뜻밖의 재앙.

▶ 언양彦陽 : 울산광역시 울주 지역의 옛 지명이다.

8. 친구들 곁을 떠나며 離群

늘그막에 홀로 무리에서 벗어남이 슬프니	晚來幽獨悵離群 만 래 유 독 창 리 군
귀와 눈이 멀어 견문 끊자는 것이 아니다	不是聾矇絕見聞 불 시 롱 몽 절 견 문
나 역시 목석이 아닌 떳떳한 정 지녔으니	我亦彝情非木石 아 역 이 정 비 목 석
그 뉘 성할 때에 풍운이 변할 줄 알았을까	誰知盛際變風雲 수 지 성 제 변 풍 운
궁궐문은 은록의 평안 글자 적는 것 막고	門禁銀鹿平安字 문 금 은 록 평 안 자
임금께선 금계의 사면장 내림을 아끼신다	天靳金鷄放赦文 천 근 금 계 방 사 문
문득 이 몸이 대은 이루었나 의아스러우니	却訝此身成大隱 각 아 차 신 성 대 은
조시 가까운 곳의 시끄러움과 떨어졌다네	近朝市處隔囂紛 근 조 시 처 격 효 분

◆ 이 작품에서는 친지나 벗들과 헤어지며 소회를 적었다. 친지와 벗들과 헤어지며 슬픈 감정을 드러내었는데, 작자는 신하의 입장에서 임금과 관계가 틀어질 줄 몰랐다는 말을 함련의 2구에서 하였다. 경련에서 특히, 궁궐에서 멀어지는 모습을 비유적으로 언급하였고, 그러면서 미련에서 자신이 대은大隱을 이루었는지 의심스럽다 하였다. 대은은 몸은 조정과 일반 저잣거리에 있어도 뜻은 멀리 산림에 두는 것을 말한다. 그런데 2구에서 "조시 가까운 곳의 시끄러움과 떨어졌다"라고 했으니, 결국 대은을 이루지 못했다는 뜻을 말하였다.

▶ 이군離群 : 이군삭거離群索居의 준말. 친지나 벗들과 헤어져서 혼자 외로이 사는 생활을 가리킨다. 『禮記 檀弓 上』

▶ 풍운風雲 : 풍운제회風雲際會의 준말로, 임금과 신하가 의기투합하는 것을 말한다. 『주역』「건괘乾卦 문언文言」의 "구름은 용을 따르고 바람은 범을 좇는다.[雲從龍風從虎]"라는 말에서 유래하였다.

▶ 은록銀鹿 : 은제 사슴.

▶ 근斲 : 원문에 '근斵'으로 되어 있으나 의미상 수정하였다.

▶ 금계방사문金鷄放赦文 : "금계의 사면장"으로 풀이하였다. '금계방사'란 금계를 상징하여 죄인을 석방시킨다는 뜻. 『수서隋書』「형법지刑法志」에 "죄수를 석방시킬 때 창합문閶闔門 밖 우측에 금계와 북을 설치하여 북소리가 일천 번 울린 뒤에 죄수의 가쇄枷鎖를 풀어 준다." 하였다. 또한 『송사宋史』「의위지儀衛志」에 "하늘의 천계성天鷄星이 움직이면 나라에서 사령赦令이 내린다 하여 육조六朝 이래로 금계를 사용했다." 하였다.

▶ 대은大隱 : 몸은 조정과 일반 저잣거리에 있어도 뜻은 멀리 산림에 두는 것인데, 이렇게 하는 것이 진정한 은자라는 뜻이 내포되어 있다. 진晉나라 왕강거王康琚의 「반초은시反招隱詩」에 "작은 은자는 산림에 숨고, 큰 은자는 조정과 저잣거리에 숨는지라, 백이는 수양산에 숨었고, 노자는 주하사柱下史 벼슬에 숨었다.[小隱隱陵藪 大隱隱朝市 伯夷竄首陽 老聃伏柱史]"라는 구절이 있다. 『文選 卷22』

▶ 조시朝市 : 조정과 일반 저잣거리를 말한다.

9. 호드기 소리를 듣고 聞笳

봄바람 부는 어디선가 슬픈 노래 들리니　　　　春風何處動悲歌
　　　　　　　　　　　　　　　　　　　　　　춘 풍 하 처 동 비 가

가을 같은 밤공기에 달이 기울려고 한다　　　　夜氣如秋月欲斜
　　　　　　　　　　　　　　　　　　　　　　야 기 여 추 월 욕 사

순찰 군졸은 칼 울려 가끔 졸음 물리치니　　　　巡卒鳴鞘時警睡
　　　　　　　　　　　　　　　　　　　　　　순 졸 오 초 시 경 수

꿈속에서 집으로 돌아갈까 두려워서인가　　　　恐因夢裏或還家
　　　　　　　　　　　　　　　　　　　　　　공 인 몽 리 혹 환 가

◆ 이 작품은 정만조가 감옥에 있을 때 밤에 호드기 소리를 듣고 감회가 일어 지었다. 작자는 기구에서 호드기 소리를 '슬픈 노래'라고 하였다. 이 시에서 흥미롭게 표현한 부분은 전구와 결구인데, 순찰 군졸은 죄수들이 혹시 꿈속에서 집으로 돌아갈까 두려워 칼을 울린다라고 하였다. 마음이 어지러운 중에 약간의 위트를 곁들였다. 이 작품은 『무정존고』권2에도 실려 있다.

10. 둘째 아우가 돌아왔다는 소식을 듣고 聞仲弟還

소식 고대하다가 네가 왔음을 알았으니	知汝能來苦候音 지 여 능 래 고 후 음
어떤 사람이 알려줘 홀연 마음이 놀랐다	有人相報忽驚心 유 인 상 보 홀 경 심
오랜 이별이라 위로가 되지 않는다만	縱然未慰別離久 종 연 미 위 별 리 구
또한 깊은 근심 걱정이 조금은 풀렸다	且可稍消憂慮深 차 가 초 소 우 려 심
다만 탕약 올려 어머니의 병을 치료하고	執藥但扶慈母病 집 약 단 부 자 모 병
문 닫고 반드시 외부인의 방문을 막아라	杜門須絕外人尋 두 문 수 절 외 인 심
다시 일념으로 집안일에 관여할 것 없으나	更無一念關家事 갱 무 일 념 관 가 사
배 채우려 끝내 봉급 축내는 것 부끄럽다	口腹終慚累俸金 구 복 종 참 루 봉 금

◆ 이 작품에서는 둘째 동생 정긍조가 집에 돌아왔다는 소식을 듣고 느낌을 적었다. 앞의 시 「둘째 아우를 생각하며[思仲弟]」에서 이미 보았듯이 둘째 동생은 현 울주에서 벼슬을 하고 있었는데, 집안의 종이 정만조가 구금되었다는 소식을 전하였다. 아마도 형 정만조가 구금되었다는 소식을 듣고 염려되어 집에 돌아왔을 것이다.

수련에서는 정만조가 그동안 동생 소식을 얼마나 궁금해 하고 있었는지 말하였고, 함련에서는 동생이 집에 돌아왔다는 소식을 듣고 마음이 안심되었다고 하였다. 경련에서는 동생에게 부탁하는 말을 적었는데,

어머니께 탕약을 드려 병을 치료하고, 방문객을 받아들이지 말라 하였다. 그렇지만 미련 1구에서 함련의 내용과 달리 일념으로 집안일에 관여하지 말라 하면서 굳이 배를 채우기 위해 벼슬살이 하는 것은 부끄럽다 하였다. 정만조는 자신이 집안일을 돌보지 못할 때 동생이 그것을 대신해주기를 바라는 한편, 사명감 없이 벼슬살이 하는 것을 반대하는 모습을 보였다.

▶ 후음候音 : 소식.
▶ 두문杜門 : 문을 닫다.
▶ 봉금俸金 : 봉급.

11. 술이 생각나서 思酒

병들어 누워 있자니 꿈 길게 꾸지 않아	病枕蘧蘧夢不長 병 침 거 거 몽 부 장
도무지 생각하고 또 헤아릴 게 없어서라	絶無思慮又商量 절 무 사 려 우 상 량
면직되어 취향의 은혜 옅어짐이 아쉽고	免官酒國嫌恩薄 면 관 주 국 혐 은 박
싸움에 져 근심의 적 강해짐이 두렵다	敗績愁城畏敵强 패 적 수 성 외 적 강
열두 점 종소리는 새벽이 되려 하고	十二鍾點將向曉 십 이 종 점 장 향 효
삼천 자의 머리털은 하얗게 세려 하네	三千丈髮欲爲霜 삼 천 장 발 욕 위 상
여섯 자의 금빛 몸은 너무나 피곤하니	金身丈六疲殊甚 금 신 장 육 피 수 심
한 계책이 어느 때나 누운 들보 일으킬까	一策何時起臥梁 일 책 하 시 기 와 양

◆ 이 작품은 감옥에 갇혀있을 때 술이 생각나서 지었다. 수련 1구에서 '꿈', 경련 1구에서 '새벽' 등의 어휘를 사용한 것을 보면, 한밤중에 지은 듯하다. 특히, 작자는 함련 1구에서 술에 취하지 못한 것을 아쉬워하였고, 2구에서 술을 마시지 못해 근심이 깊어짐이 두렵다고 했다. 근심을 달래줄 술이 없음을 아쉬워한 것이다. 그런데 갑자기 경련에서 분위기를 변화시켜 시간의 변모와 함께 달라져 가는 작자 자신의 외모를 언급하였다. 이어 마지막 미련에서 자신을 가리켜 '여섯 자의 금빛 몸', '누운 들보'라 말하며, 의욕이 사라져있음을 나타내었다.

▸ 거거蘧蘧 : 뻣뻣하게 굳은 부자유스러운 인간의 몸을 형용하는 말. 『장
자莊子』「제물론齊物論」 마지막에 "언젠가 장주가 꿈속에서 나비가 되었
다. 나풀나풀 잘 날아다니는 나비의 입장에서 스스로 유쾌하고 만족
스럽기만 하였을 뿐 자기가 장주인 것은 알지도 못하였는데, 조금 뒤
에 잠을 깨고 보니 엄연히 뻣뻣하게 누워 있는 장주라는 인간이었다.
모를 일이다. 장주의 꿈속에 나비가 된 것인가, 나비의 꿈속에 장주가
된 것인가. 하지만 장주와 나비 사이에는 분명히 구분이 있을 것이니,
이것을 일러 물의 변화라고 한다.〔昔者莊周夢爲胡蝶 栩栩然胡蝶也 自喩適志與
不知周也 俄然覺則蘧蘧然周也 不知周之夢爲胡蝶與 胡蝶之夢爲周與 周與胡蝶則必有分矣
此之謂物化〕"라는 호접몽胡蝶夢의 이야기가 나온다.

▸ 상량商量 : 생각하다.

▸ 주국酒國 : 술에 취한 세계로 취향醉鄕과 같다.

▸ 수성愁城 : 근심을 성에 비유한 말.

▸ 금신장육金身丈六 : "여섯 자의 금빛 몸"으로 풀이하였다. 정만조 자신
을 말한다.

12. 유배지로 출발해 가다가 소의문 밖에 이르러
發謫行 至昭義門外

팔십일 동안 감옥에 갇혔던 이 몸이	八十日拘獄裏身 팔 십 일 구 옥 리 신
하루아침에 새로운 결옥을 하사받았다	一朝賜玦受如新 일 조 사 결 수 여 신
빠듯한 일정에 감히 집 가까이 못 가는데	嚴程不敢近家里 엄 정 불 감 근 가 리
어이해 마을 사람들은 조도제를 지내는가	祖道胡爲傾巷隣 조 도 호 위 경 항 린
손을 잡고 탄식하며 모두 아무 말 없고	執手歔欷摠無語 집 수 허 희 총 무 어
환한 얼굴로 위로하나 거듭 마음 상한다	歡顔慰勞重傷神 환 안 위 로 중 상 신
수레를 치달려가 아무도 없는 곳에 이르니	驅車行到無人處 구 거 행 도 무 인 처
하염없이 흐르는 눈물은 홀연 수건 적신다	雨淚無從忽滿巾 우 루 무 종 홀 만 건

◆ 이 작품은 작자가 유배지로 향해 가다가 소의문 밖에 이르러 느낌을 적은 것이다. 앞의 시 「내 잘못을 생각하며 思愆」의 '더 알아보기2'에서 이미 말한 바와 같이 정만조는 15년 유배형을 선고받았다. 39세에 유배자의 신세가 되었고, 앞으로 15년 동안 유배생활을 해야 하니 앞날이 까마득하게 느껴질 수밖에 없었으리라.
수련 1구를 통해 정만조가 감옥에 며칠 동안 갇혀있었는지를 알 수 있다. 정만조는 80일 동안 감옥에 갇혀 있다가 이제 유배의 명을 받고

길을 나서게 되었다. 2구의 '결옥'은 한쪽이 터진 옥고리를 말하는데, 이는 곧 임금으로부터 버림받았음을 의미한다. 유배를 가게 된 것을 '결옥'이라는 어휘로 표현하였다. 함련에서는 멀리 길을 떠나는 유배객들을 위해 사람들이 조도제祖道祭를 지낸 것을 말하였고, 경련에서는 이별의 순간을 묘사하였다. 작자는 유배를 가는 신세이기 때문에 마음이 즐거울 리가 없다. 그래서인지 이 작품은 후반부로 갈수록 분위기가 어둡다. 특히, 그 절정은 미련이다. 혹시 자신이 우는 모습을 남들이 볼까봐 아무도 없는 곳에 가서 하염없이 눈물을 흘렸다. 이 작품은 『무정존고』 권2에도 실려 있다.

▶ 소의문昭義門 : 서소문西小門의 본명.

▶ 사결賜玦 : "결옥을 하사받았다"로 풀이하였다. 결옥玦玉은 한쪽이 터진 옥고리를 말한다. 쫓겨난 신하가 도성 밖에서 명을 기다리다가 왕이 환옥環玉을 내리면 돌아가고, 결옥을 내리면 군신의 관계를 끊은 것으로 간주하였다는 데서 임금으로부터 버림받은 것을 뜻한다.

▶ 엄정嚴程 : 일정이 빠듯하다.

▶ 조도祖道 : 조도제祖道祭를 말한다. 먼 길을 떠날 때에 행로신行路神에게 제사지내는 일로, 옛적에 황제의 아들 누조累祖가 여행길에서 죽었으므로 후인이 행로신으로 모시게 되었다.

▶ 허희歔欷 : 슬퍼해 울며 흐느끼다.

13. 인천으로 가던 중에 仁川途中

칼창 무더기 속에서 귀신과 이웃하다가　劍戟叢中鬼作隣
　　　　　　　　　　　　　　　　　　검 극 총 중 귀 작 린

하늘 바람 내게 불어 성문 밖으로 나간다　天風吹我出城闉
　　　　　　　　　　　　　　　　　　천 풍 취 아 출 성 인

도성과 고향 떠나는 날에 마음이 슬퍼지고　傷心去國離鄉日
　　　　　　　　　　　　　　　　　　상 심 거 국 리 향 일

황량한 산과 물이 눈에 가득한 봄날이라　極目殘山剩水春
　　　　　　　　　　　　　　　　　　극 목 잔 산 잉 수 춘

눈밭 기러기 발톱은 방초 따스해 사라지고　芳草暖消鴻爪雪
　　　　　　　　　　　　　　　　　　방 초 난 소 홍 조 설

　　몇 해 전에 나는 벼슬살이를 하기 위해 눈 속에 이곳을 지나갔다.
〔年前 余以宦游 雪中過此〕

말발굽 먼지는 낙화를 가벼이 더럽힌다　落花輕點馬蹄塵
　　　　　　　　　　　　　　　　　　낙 화 경 점 마 제 진

이튿날 아침에 봄을 아직 보내지 않아　明朝不作東君餞
　　　　　　　　　　　　　　　　　　명 조 부 작 동 군 전

이날의 풍광은 새해 들어 새로워라　此日風光入歲新
　　　　　　　　　　　　　　　　　　차 일 풍 광 입 세 신

　　이튿날은 3월 그믐으로 올해 처음 성문을 나왔다.〔明日卽餞春 今年始出門〕

◆ 이 작품은 유배지 진도 금갑도로 가기 위해 배를 타러 인천으로 향해 가던 중에 지었다. 시의 내용 이해를 위해 작은 주석을 곁들인 것이 특징이다.
수련에서 감옥에서 나와 성문을 벗어난 모습을 표현하였고, 함련에서는 성문을 나올 당시의 심정과 계절을 언급하였다. 경련에서는 봄 풍경을 말하였는데, 특히 1구에서 과거 행적과 함께 언급한 점이 특이하다. 작자는 몇 년 전에 벼슬살이를 하기 위해 현재 지나는 길을 갔었다. 다른 점이 있다면, 몇 년 전에는 겨울이었으나 지금은 봄이다. 따라서 눈밭에 있던 기러기 발톱은 이제는 보이지 않는다. 미련에서는 봄을 아직 채 보내지 않았음을 말했는데, 특별히 소주小註에서 구체적인 날짜를 언급하였다. 화사한 봄날의 풍경과 슬픈 작자의 마음을 대조한 작품이다. 이 작품은 『무정존고』 권2에도 실려 있다.

▶ 홍조설鴻爪雪 : "눈 속의 기러기 발톱"으로 풀이하였다. '홍조'는 설니홍조雪泥鴻爪라고도 하는데, 눈 진흙에 남긴 기러기 자취는 눈이 녹으면 금방 사라지므로 덧없는 인생을 비유하는 말로 쓰인다. 소식蘇軾의 「화자유민지회구和子由澠池懷舊」 시에 "인생 가는 곳마다 무엇과 같을까, 눈 위에 발자국 남긴 기러기 같으리. 눈 진창에 우연히 발자국 남겼지만, 기러기 날아가면 어찌 다시 동서를 알리오.〔人生到處知何似 應似飛鴻蹈雪泥 泥上偶然留指爪 鴻飛那復計東西〕"한 데서 유래하였다. 『蘇東坡詩集 卷3』

▶ 동군東君 : 봄을 주관하는 신.

▶ 전춘餞春 : 전춘일餞春日을 말한다. 전춘일은 봄의 마지막 날, 즉 음력 3월 그믐을 가리킨다.

14. 인천부에서 기원 이호성·화산 강화석과 이별하며
仁川府 別李岐園鎬成姜華山華錫

여전히 이 산하는 눈을 들어 볼만하니	猶堪擧目此山河 유 감 거 목 차 산 하
이곳은 왕년에 벼슬살이 때 지나갔었지	爲是曾年宦跡過 위 시 증 년 환 적 과
두 눈물 흘리며 멀리 대궐문 하직하고	雙淚遙辭丹鳳闕 쌍 루 요 사 단 봉 궐
외론 배는 홀연 백구 물결에 떨어진다	孤舟忽墮白鷗波 고 주 홀 타 백 구 파
오랜 친구들 기약 없이 타향에서 만나니	不期舊雨他鄕見 불 기 구 우 타 향 견
예로부터 이별 길은 석양에 많았다지	終古斜陽別路多 종 고 사 양 별 로 다
여러 친구들의 진중한 뜻 깊이 받았건만	深荷諸君珍重意 심 하 제 군 진 중 의
부질없이 세월 보낸 인생 한할 수 없어라	浮生未可恨蹉跎 부 생 미 가 한 차 타

◆ 이 작품은 인천에 도착해 지인 이호성李鎬成과 강화석姜華錫을 만났다 이별하면서 지었다. 이호성과 강화석은 정만조와 오래 전부터 알고 지내던 사이인 것으로 추측한다.

수련의 2구를 통해 보면, 정만조는 예전에 인천을 경유한 적이 있었다. 때문에 감회가 남다를 수밖에 없다. 이제 진짜 유배지를 향해 가야 한다. 그래서 대궐을 향해 임금님께 하직 인사를 한 것이다. 아마도 이호성과 강화석은 정만조에게 많은 위로의 말을 했으리라. 그렇지만 그런

> 위로의 말이 무슨 소용이 있겠는가. 그동안 보낸 세월이 부질없을 뿐
> 이다. 미련에서 그러한 소회를 간단히 표출하였다.

▶ 이기원李岐園 : '기원'은 이호성李鎬成(1858~?)의 호이다. 본관은 우봉牛峯
  이다. 1894년(고종31) 6월에 형조 좌랑 5품, 동년 7월에 전환국위원典圜局
  委員, 동년 7월에 탁지아문주사度支衙門主事 주임, 1896년 2월 탁지부전환
  국장度支部典圜局長 주임 5등을 역임하였다.

▶ 강화산姜華山 : '화산'은 강화석姜華錫(1845~?)의 호이다. 본관은 진주晉州
  이다. 1895년 5월에 인천부 경무관仁川府警務官 주임 6등, 1896년 1월 한
  성재판소 수반판사轉任漢城裁判所首班判事 칙임 4등, 1897년 9월 인천항 감
  리겸임인천부윤仁川港監理兼任仁川府尹 주임 4등을 역임하였다.

▶ 단봉궐丹鳳闕 : 임금이 계신 대궐을 말한다.

▶ 구우舊雨 : 오래된 친구를 말한다. 구우의 '우雨' 자는 '우友' 자와 동음
  이므로 친구의 뜻으로 쓰인다. 당唐나라 시인 두보杜甫의 「추술秋述」 시
  소서小序에 "평소 나를 찾아오던 사람들이 옛날에는 비가 와도 오더니,
  지금은 비가 오면 오지 않는다.〔常時車馬之客 舊雨來 今雨不來〕"라고 한 데
  서 유래하였다.

▶ 사양斜陽 : 석양.

▶ 차타蹉跎 : 기회를 놓치다.

15. 배가 출발하여 舟發

집집마다 뱃머리에 둘러서 이별 외치는데 　家家喚別繞船頭
　　　　　　　　　　　　　　　　　　　　가 가 환 별 요 선 두

강가의 풀과 구름도 깊은 시름 서려있다 　江草江雲動遠愁
　　　　　　　　　　　　　　　　　　　　강 초 강 운 동 원 수

만경창파 바닷물에 배는 이미 출발했는데 　萬頃水波舟已發
　　　　　　　　　　　　　　　　　　　　만 경 수 파 주 이 발

인천 향해 머리 돌리니 병주와 비슷하구나 　邵城回首似并州
　　　　　　　　　　　　　　　　　　　　소 성 회 수 사 병 주

　　소성은 인천이다.〔邵城卽仁川〕

◆ 이 작품은 인천에서 배를 타고 유배지를 향해 갈 때 지었다. 이 작품은 『무정존고』 권2에 실려 있는데, 시제 다음에 작은 글씨로 "유배객 여덟 명은 모두 인천에서 화륜선을 타고 갔다.〔謫侶八人 皆自仁川乘火輪船 而行〕"이라 적었다. 그러나 이 내용은 『은파유필』에 없다. 좋은 일로 이별하는 것이 아니기 때문에 모든 사람들의 마음은 걱정스러울 수밖에 없다. 작자는 승구에서 그 근심을 마치 강가의 풀과 구름도 느끼고 있는 것처럼 감정이입을 하여 나타내었다. '소성'은 시의 맨 마지막 소주에서 말한 것처럼 인천을 가리킨다. 예전에 벼슬살이하면서 지나쳤던 인천. 이제 또 지나쳐갔으니 각별할 수밖에 없다.

▶ 병주并州 : 제2의 고향을 말한다. 당나라 가도賈島의 「도상건도桑乾」 시

에 "병주의 타향살이 십 년 세월이 흘렀는지라, 밤낮으로 함양 고향 돌아갈 마음 간절한데, 무단히 또다시 상건수를 건너와서는, 문득 병주를 바라보고 이게 고향인가 하노라.〔客舍幷州已十霜 歸心日夜憶咸陽 無端更渡桑乾水 却望幷州是故鄕〕"라고 한 데서 유래하였다. 『賈長江集 卷9』

16. 화륜선에서 火輪船

흔들거리다 고요하고 빨랐다 느려지는데	搖搖能靜疾復徐 요 요 능 정 질 부 서
배에 나는 바퀴 달렸나 수레보다 빠르다	舟有飛輪更勝車 주 유 비 륜 갱 승 거
날선 칼이 장인처럼 새겨짐 쾌히 바라보고	快見霜刀工剪割 쾌 견 상 도 공 전 할
풀무가 입김 불어 넣는 것 가만히 듣는다	暗聞風輔費吹噓 암 문 풍 비 비 취 허
물불이 서로 도와줌을 그 누가 기약했을까	誰期水火相交濟 수 기 수 화 상 교 제
물고기들 살 곳 정하지 못할까 두려울 뿐	只恐魚龍不定居 지 공 어 룡 부 정 거
이제부터 귀양살이의 길은 멀 수가 없으니	自此竄流無遠道 자 차 찬 류 무 원 도
돌아갈 때도 응당 지금 갈 때와 같으리라	歸時應亦去時如 귀 시 응 역 거 시 여

◆ 이 작품은 화륜선을 타고 가면서 지었다. 화륜선은 증기선蒸氣船의 일종으로 당시 조선 정부는 1882년(고종19)부터 서양에서 구입하여 본격적으로 사용하였다. 이때는 1896년이니까 화륜선이 조선에 들어온 지 몇 년 지난 때이다. 주로 장거리를 갈 때 사용한 운송 수단이라고 보면 된다.

정만조는 이 작품을 통해 화륜선이 어떻게 움직이는가를 형상화하였다. 우선 수련에서 화륜선이 가는 모습을 형용하였다. 화륜선이 가는 속도는 빨라 마치 나는 바퀴가 있는 듯했던 것이다. 함련에서는 화륜선의 외부 생김새와 증기 소리 들은 것을 말하였다. 작자는 화륜선이 어떻게 움직일까를 생각하였다. 그 내용은 경련 1구에 그대로 나타났는데, 그 작동 원리가 신기했던 것이다. 그러면서 한편으로는 배가 요란스럽게 지나가 혹시 물고기들이 피해를 입지 않을까 하는 염려스러운 마음도 표출하였다. 미련에서는 화륜선이 빨라 유배지에 빨리 도착할 것인데, 유배가 풀려 집에 돌아갈 때도 빨리 가리라는 마음을 내비쳤다. 은연중에 유배가 빨리 풀리기를 바라는 마음을 적은 것이다. 이 작품은 『무정존고』 권2에도 실려 있다.

▶ 화륜선火輪船 : 물목재나 석탄 등을 태워 나오는 수증기를 동력원으로 하는 배를 말한다. 1845년(헌종11) 김대건金大建 신부가 소개하여 처음 알려졌고, 1866년(고종3) 제너럴셔면호 사건을 계기로 널리 알려지게 되었다. 이어 1882년(고종19) 이후 조선 정부는 외국으로부터 화륜선을 구입하여 운송 수단으로 사용하였다.

▶ 풍비風轡 : 바람을 일으키는데 사용하는 풀무를 말한다.

▶ 찬류竄流 : 귀양살이.

17. 목포의 먼 바다에 정박하여 泊木浦外洋

셀 수 없이 좋은 산들 뱃머리를 지나서

好山無數過帆頭
호 산 무 수 과 범 두

느즈막에 강남의 어느 고을에 정박하였다

晩泊江南第幾州
만 박 강 남 제 기 주

모름지기 잠깐 놀음에 만 리도 보이나니

須看暫游能萬里
수 간 잠 유 능 만 리

비로소 신선 짝이 같은 배에 있음 알았다

始知仙侶在同舟
시 지 선 려 재 동 주

◆ 이 작품은 화륜선을 타고 진도 금갑도로 항해가다가 목포 먼 바다에 정박했을 때 지었다. 승구에서 '만晩' 자를 쓴 것으로 보아 아마도 하루 때 중에서 늦은 시간에 정박했을 것이다. 그리고 결구를 통해 같은 배를 타고 가던 다른 사람과 친해진 것도 알 수 있다.

▶ 선려仙侶 : 동행하거나 같이 노는 사람을 칭찬하여 이르는 말이다.

18. 목포에서 내려 여러 유배 동료들과 이별하며
下木浦 與諸謫侶別

방초에 옅은 안개 낀 푸른 물가에서	芳草輕烟綠水渚 방 초 경 연 록 수 저
원앙과 기러기들이 느즈막에 붙들었다	鴛鴦鳧雁晚相依 원 앙 부 안 만 상 의
비 오나 바람 부나 길이 날개를 맞대다	雨雨風風長比翼 우 우 풍 풍 장 비 익
삼삼오오 홀연히 나뉘어 날아간다	三三五五忽分飛 삼 삼 오 오 홀 분 비

유배 길에 배를 같이 탔던 사람은 여덟 명인데, 세 사람은 목포에서 내렸고, 다섯 사람은 이어 제주로 갔다.〔謫行同舟者八者 三人下木浦 五人仍往濟州〕

일생을 자세히 세어도 이런 이별 없었으니	細數一生無此別 세 수 일 생 무 차 별
겨우 절반 길 왔는데 벌써 돌아가고 싶다	纔行半道已思歸 재 행 반 도 이 사 귀
눈물 자국에 감촉이 더해질까 두려울 뿐	淚痕只恐添振觸 루 흔 지 공 첨 쟁 촉
물결이 윗옷까지 불었다 속여 말하리라	瞞道浪花吹上衣 만 도 랑 화 취 상 의

◆ 이 작품은 정만조가 목포에서 내려 다른 유배자들과 이별하면서 지었다. 함련 다음의 소주에 따르면, 유배인 여덟 명 중에 세 사람은 목포에서 내렸고, 다섯 사람은 제주로 향해 갔다. 모두 같은 처지에 놓인 사람들인지라 동병상련의 마음을 가졌으리라. 특히, 동생 정병조가 제주로 가는 다섯 사람 속에 있었으니 이별의 아쉬움은 더욱 더 컸을 것

이다.

수련과 함련에서는 여덟 사람이 함께 배를 타고 오다가 이별하는 모습을 비유적으로 나타내었다. 방초에 옅은 안개 낀 푸른 물가에서 원앙과 기러기들이 함께 의지하며 날개를 맞대고 있다가 어느 날 홀연히 나뉘어 날아가게 되었다는 것이다. 작자는 여덟 사람을 원앙과 기러기에 비유하였다. 그리고 경련에서는 이번 이별의 의미를 부여하면서 집으로 다시 돌아가고 싶다는 마음을 내비쳤다. 유배를 아직도 받아들이지 못하고 있음을 알 수 있다. 그만큼 아쉬운 이별인지라 눈물이 없을 수 없다. 그렇다고 대놓고 눈물을 흘릴 수도 없다. 때문에 혹시 다른 사람이 눈물을 흘린다라고 말한다면, 물결이 윗옷까지 불었다고 거짓으로 말하겠노라 하였다. 이별의 아쉬움을 느낄 수 있는 작품이다. 이 작품은 『무정존고』 권2에도 실려 있다.

▶ 삼삼오오홀분비三三五五忽分飛 : "삼삼오오 홀연히 나뉘어 날아간다"로 풀이하였다. 유배 간 사람들이 목포와 제주로 나뉘어 간 것을 비유적으로 나타내었다.

▶ 낭화浪花 : 물결.

19. 무안으로 들어가며　入務安

가벼운 배 목포 항구에서 맞아주니	一御輕舟木浦津 일 어 경 주 목 포 진
동향의 풍속은 이미 서로 친했었지	桐鄕風俗已相親 동 향 풍 속 이 상 친
당시 부곡은 집안 식구들과 같았는데	當時部曲如家眷 당 시 부 곡 여 가 권
강산이 묵은 인연되었음 비로소 알았다	始知江山似宿因 시 지 강 산 사 숙 인
덕 더럽혀 스스로 불초함 부끄러운데	忝德自慚非肖子 첨 덕 자 참 비 초 자
은혜 아는 옛 백성들 다투어 오는구나	知恩爭及有遺民 지 은 쟁 급 유 유 민
머리 돌려 10년 동안의 일들 생각하니	回頭一十年間事 회 두 일 십 년 간 사
오랜 세월 상전벽해의 자취 다 묵었다	百劫滄桑跡已陳 백 겁 창 상 적 이 진

　　돌아가신 아버지께서 정해년에 이 군에서 벼슬을 역임하였다.

〔先君於丁亥 經莅是郡〕

◆ 이 작품은 무안務安으로 진입하면서 지었다. 정만조는 무안이 낯설지 않다. 예전에 돌아가신 아버지 정기우鄭基雨가 무안에서 벼슬을 역임한 적이 있기 때문이다. 수련 2구에서 "동향의 풍속은 이미 서로 친했었지"라고 말한 것은 그런 인연을 말한 것이다. 그러나 아버지와 정만조는 무안을 온 이유가 각각 다르다. 아버지는 벼슬살이를 하기 위해 왔으나 정만조는 유배를 살러 왔기 때문이다. 그러니 소회가 남다

를 수밖에 없다. 경련 1구에서 "덕 더럽혀 스스로 불초함 부끄러운데"라고 말한 것은 아버지의 뜻을 받들지 못했다는 것을 의미한다. 하지만 아버지가 재임 시절에 덕을 많이 쌓은 덕분인지 정만조가 유배 왔다는 소식을 들은 사람들이 찾아왔다. 이 내용은 경련 2구에서 언급하였다. 미련에서는 그동안 지나온 시간들을 돌아보면서 지형이 변화되었음을 말하였다. 이 작품은 『무정존고』 권2에도 실려 있다.

▶ 동향桐鄕 : 옛날 수령의 은혜로운 정사를 잊지 못하고 있는 고을이라는 뜻. 한漢나라 주읍朱邑이 젊었을 때 동향의 관리로 있었는데, 동향에서 그를 못내 사모하자 죽어서 그곳에 장사 지내었던 고사가 있다. 『漢書 循吏傳 朱邑』

▶ 부곡部曲 : 원래 통일 신라와 고려 시대에 만들어진 특별행정 구역으로 이루어진 촌락을 뜻하나 여기서는 무안현을 가리킨다고 보았다.

▶ 가권家眷 : 집안 식구.

▶ 숙인宿因 : 불교 용어로 전생前生의 인연因緣을 뜻한다.

▶ 첨덕忝德 : "덕 더럽혀"로 풀이하였다. 부친의 덕을 더럽혔다는 의미이다.

▶ 창상滄桑 : 상전벽해桑田碧海라는 말과 같다.

▶ 선군先君 : 정만조의 아버지 정기우鄭基雨(1832~1890)를 말한다. 호는 운재雲齋이다. 정기우는 그의 나이 56세(1887, 고종25) 5월부터 10월까지 무안현감을 역임하였다. 문집에 『운재유고雲齋遺稿』가 있다.

▶ 경리經莅 : 벼슬을 역임하다.

20. 배를 타고 가던 중에 큰 바람을 만나 우목도에 정박하다
舟中 遇大風 泊牛目島

수면 위 십리 길을 겨우 가는데	水面纔行十里程 수 면 재 행 십 리 정
뱃사공들 서로 보며 홀연 놀란다	篙師相顧忽相驚 고 사 상 고 홀 상 경
역풍 맞은 돛대 끝내 나가지 못하고	帆席逆風終不進 범 석 역 풍 종 부 진
풍랑 맞은 선창은 이미 다 기울었다	篷窓迎浪已全傾 봉 창 영 랑 이 전 경
하늘은 진노가 쌓여 죄 더하는 듯하고	天威震疊疑添罪 천 위 진 첩 의 첨 죄
신색은 평안하니 거짓 꾸밈인 듯하다	神色恬夷恐矯情 신 색 념 이 공 교 정
왕령으로 건널 수 있음을 비로소 믿나니	始信王靈無不濟 시 신 왕 령 무 부 제
배가 성축사 앞을 평온하게 지나간다	舟過聖祝寺前平 주 과 성 축 사 전 평

절은 우목도에 있다.〔寺在牛目島〕

◆ 이 작품은 무안에서 다시 배를 타고 가던 중에 큰 바람을 만나 우목도에 정박을 했을 때 지었다. 그러나 미련의 내용을 보면 우목도에 잠시 머물렀다가 바로 다시 출발하였다. 이 작품은 '우목도', '성축사' 등의 고유 지명이 등장한 점이 특징이다. 물론 지금과 다른 점이 있어 대비되는 부분이다. 이 작품은 『무정존고』 권2에도 실려 있다.

▶ 우목도牛目島 : 전라남도 신안군 안좌면 구대리에 있던 섬. 섬의 모양
　이 소의 눈과 같다 하여 우목도라 불렀다. 내우목도와 외우목도가 장
　고도長古島를 사이에 두고 남북 방향으로 놓여 있었는데, 방조제로 두
　섬이 연결되어 우목도가 되었다. 현재는 안좌도의 구대리 및 내호리
　와 우목도를 연결하는 방조제 건설로 덕대간척지가 조성되어 안좌도
　에 통합되었다.

▶ 고사篙師 : 뱃사공.

▶ 진첩震疊 : 존귀한 사람이 몹시 성을 내어 그치지 아니하다.

▶ 신색神色 : 정신과 안색.

▶ 교정矯情 : 거짓으로 꾸미다.

▶ 왕령王靈 : 왕의 위엄.

▶ 성축사聖祝寺 : 우목도에 있는 절인 듯한데, 자세히 알 수 없다.

21. 추자도로 가는 홍애당과 이별하며
別洪厓堂之楸子島

이번 행차의 슬픈 이별은 익숙해졌으니	此行慣作別離悲 차 행 관 작 별 리 비
양 갈래 난 하늘 끝 길에서 또 만났다	又見天涯路兩歧 우 견 천 애 로 양 기
문득 끝없이 나는 무심한 백구가 부럽고	却羨無心鷗浩蕩 각 선 무 심 구 호 탕
들쑥날쑥 그림자 잃은 제비 가엾게 여긴다	相憐失影燕差池 상 련 실 영 연 차 지
상수의 미인은 나와 함께 하지 않으니	美人湘水不吾與 미 인 상 수 불 오 여
강다리를 건너는 나그네 어디로 가는가	游子河梁何所之 유 자 하 량 하 소 지
흐릿한 눈물어린 눈은 멀리 보기 어려운데	淚眼糢糊難望遠 루 안 모 호 난 망 원
바다 구름 아득하고 돛단배는 더디 간다	海雲渺渺一帆遲 해 운 묘 묘 일 범 지

◆ 이 작품은 추자도로 가는 홍애당과 이별하면서 지었다. 이 작품은 『무정존고』 권2에 실린 「별홍애당우덕지추자도別洪厓堂祐德之楸子島」와 같다. 따라서 '애당'은 홍우덕洪祐德의 호라는 것을 알 수 있다. 홍우덕은 정만조와 함께 유배 길에 올랐던 사람으로 그 자세한 이력은 알 수 없다. 정만조를 비롯한 유배인들은 한양에서 인천으로 옮겨 배를 타고 유배지를 향해 남쪽으로 내려왔다가 이별을 하였다. 제주도로 간 사람도 있고, 흑산도와 추자도, 금갑도 등으로 향해 간 사람도 있다. 처음 똑

같이 인천에서 출발해 유배지를 향해 갈 때 동병상련의 아픔을 서로 나누었는데, 각각 유배지를 향해 가면서 아쉽지만 이별을 해야만 했다. 수련에서는 이런 이별의 아쉬움을 말하였다. 작자로서는 이미 앞에서 여러 유배인들과 이별을 경험했기 때문에 이번의 이별이 무덤덤할 수도 있다. 그러나 꼭 그러한 것은 아닌 듯하다. 이별은 언제나 아쉽기 때문이다. 그러니 아무 생각 없는 백구가 부러울 수밖에 없다. 함련에서 그러한 심정을 드러내었다. 그렇다고 유배지 추자도로 향해 배를 타고 가는 홍우덕을 붙잡을 수는 없다. 그저 눈물이 흘러도 참고 바라볼 뿐이다. 미련에서 그러한 모습을 담았다.

한편, 『무정존고』 권2에 「무안도중별전죽헌준기지흑산도務安道中別全竹軒晙基之黑山島」라는 시 작품이 있다. 이로써 죽헌 전준기의 유배지가 흑산도라는 것을 알 수 있다.

▶ 홍애당洪厓堂 : '애당'은 같이 유배 길에 오른 홍우덕洪祐德(1841~?)의 호이다. 자는 치일穉一이요, 본관은 풍산豊山이다. 부친은 홍긍주洪兢周이고, 한성에서 거주하였다. 1865년(고종2)에 식년시 생원에 합격하였다.

▶ 호탕浩蕩 : 아주 넓어 끝이 없다.

▶ 차지差池 : 고르지 아니하여 차이가 난다.

▶ 미인상수美人湘水 : "상수의 미인"으로 풀이하였다. '상수'는 원래 초나라의 충신 굴원屈原이 간신들의 참소로 조정에서 추방되었다가 울분을 참지 못하고 빠져 죽은 곳으로 후세에 일반적으로 유배지라는 의미로 사용되었다.

▶ 유자하량游子河梁 : "강다리를 건너는 나그네"로 풀이하였다. '하량'은 다리인데, 이별의 의미를 담고 있다. 한漢나라 때 흉노匈奴에게 항복한 이릉李陵이, 앞서 흉노에게 사신使臣으로 가서 억류되었다가 19년 만에

풀려나 한나라로 돌아가는 소무蘇武와 작별하면서 소무에게 준 시에,
"서로 손잡고 강다리에 올라라, 나그네는 저문 날 어디로 가는가.……
가는 사람을 오래 만류키 어려워, 길이 서로 생각하자고 각기 말한다.
[携手上河梁 遊子暮何之……行人難久留 各言長相思]"라고 한 말에서 유래하였다.
여기서 "강다리를 건너는 나그네"는 홍우덕을 가리킨다.

22. 홀로 거닐면서 獨行

끝없는 푸른 하늘에서 나 홀로 걸을 때　　　碧空無際獨行時
　　　　　　　　　　　　　　　　　　　　　벽 공 무 제 독 행 시

같은 배 탔던 친구들 늦게 또 옮겨간다　　　朋友同舟晚更移
　　　　　　　　　　　　　　　　　　　　　붕 우 동 주 만 갱 이

겹겹이 쌓인 물속 높아 풍랑이 사납고　　　　積水中高風浪惡
　　　　　　　　　　　　　　　　　　　　　적 수 중 고 풍 랑 악

만산의 서쪽은 탁 트여 석양이 더디다　　　　萬山西柝夕陽遲
　　　　　　　　　　　　　　　　　　　　　만 산 서 탁 석 양 지

이 몸이 죽으면 은혜 갚기 어려우리니　　　　此身死矣恩難報
　　　　　　　　　　　　　　　　　　　　　차 신 사 의 은 난 보

어느 때나 돌아갈까 늙은 것이 슬프다　　　　何日歸歟老可悲
　　　　　　　　　　　　　　　　　　　　　하 일 귀 여 로 가 비

모래섬에서 향기로운 두약을 캐고 캐니　　　采采芳洲香杜若
　　　　　　　　　　　　　　　　　　　　　채 채 방 주 향 두 약

그리운 사람 멀리 있어 그 뉘에게 줄까　　　所思在遠欲誰貽
　　　　　　　　　　　　　　　　　　　　　소 사 재 원 욕 수 이

◆ 이 작품은 함께 유배 온 사람들과 이별을 한 뒤에 홀로 거닐면서 느낌을 적었다. 시 내용을 보면, 당시 석양이 질 무렵에 이별을 하였다. 함련에서 이별할 때의 이러한 주변 분위기를 읊었다. 이어 경련에서는 암담한 현실을 말하였다. 만일 자신이 이런 상태로 죽음에 이른다면 임금께 은혜를 갚기 어려울 텐데, 그 때문에 슬프다라고 하였다. 또한 미련에서 두약杜若을 캐서 그리운 사람에게 주고 싶으나 그 사람도 멀리 있어 그럴 수도 없다 하였다. 불투명한 앞날을 걱정하는 모습을 엿볼 수 있는 작품이다. 이 작품은 『무정존고』 권2에도 실려 있다.

▸ 적수積水 : 바다.

▸ 두약杜若 : 향초의 일종. 초나라 굴원屈原의 「상부인湘夫人」에 "물가에서 두약을 캐니 은자에게 주려는 것이네.[搴汀洲兮杜若 將以遺兮遠者]"라고 말한 내용이 있다.

23. 옛 우수영에서 舊右水營

한 조각 외론 성이 창해를 억누르는데	孤城一片壓滄溟 고 성 일 편 압 창 명
이곳을 당시에는 우수영이라 말하였다	說是當年右水營 설 시 당 년 우 수 영
백성들은 새로 부임한 절제사 잘 몰라	百姓不知新節制 백 성 부 지 신 절 제
하루아침의 작은 평안도 믿기 어려웠다	一朝難恃小昇平 일 조 난 시 소 승 평
맹수들 모두 다 나무꾼의 짝이 되었고	豼貅盡化漁樵侶 비 휴 진 화 어 초 려
창칼은 되레 도적떼들에게 제공되었다	劍戟徒資盜賊橫 검 극 도 자 도 적 횡
해 저물 무렵 명량해협 지나가노라니	日莫鳴洋灘上去 일 모 명 양 탄 상 거
영웅 풍모 엄숙해 남은 명성 있는 듯해	英風肅肅有餘聲 영 풍 숙 숙 유 여 성

여울은 우수영 앞에 있는데, 곧 이 충무공이 싸워 이긴 곳이다.

〔灘在營前 卽李忠武勝戰處〕

◆ 이 작품은 옛 우수영을 지나가면서 느낌을 적은 것이다. 작자는 물론 전라우수영에서 시를 지었고, 임진왜란 때의 이순신李舜臣 장군을 떠올렸다. 함련 1구에서 말한 '새로 부임한 절제사'는 이순신을 말하며, 당시 사람들이 처음에 불신했던 사실을 언급하였다. 경련에서는 이순신이 우수영 절제사로 부임했을 당시의 정돈되지 않은 주변 분위기를 묘사하였고, 미련에서는 우수영 앞에 있는 울돌목 앞을 지나가노

라니 이순신의 명성이 남아있는 듯하다라고 하였다. 역사적인 전적지를 지나가면서 읊은 시이다. 이 작품은 『무정존고』 권2에도 실려 있다.

▶ 우수영右水營 : 조선 시대 전라우도 수군절도사영을 말한다. 전라수영은 원래 1408년(태종8) 무안 대굴포, 1432년(세종14) 목포를 거쳐 1440년(세종22) 해남으로 왔다. 1479년(성종10) 순천(현 여수)에 또 하나의 수영이 설치되면서 해남 소재 수영은 전라우수영이라 했는데, 약칭은 '우수영'이라 한다. 전남 해남군 문내면 선두리 일대를 말한다.

▶ 절제節制 : 절제사.

▶ 승평昇平 : 나라가 안정되어 아무 걱정이 없고 평안하다.

▶ 비휴貔貅 : 맹수의 이름인데 범과 같다고도 하고 곰 같다고도 하며, 옛날에 이것을 길들여 전쟁에 썼다고 한다.

▶ 검극劍戟 : 칼과 창.

▶ 일모日莫 : 해가 지다. 이때 '모'는 '모暮' 자의 의미이다.

▶ 명양탄鳴洋灘 : 충무공 이순신 장군이 왜적을 격파했던 명량해협을 말한다. 한자로 '명량鳴梁'이라고도 쓰며, 울돌목으로 알려져 있다.

▶ 영풍英風 : 영웅의 풍모. 여기서 말하는 영웅은 이순신을 가리킨다.

24. 녹진을 건너며 녹진을 건너면 진도 땅이다.
渡綠津 渡津卽珍島地

남쪽 바다의 남쪽 장기 낀 고을에서

내가 여기에 와 머무니 마음이 슬프다

느릿느릿한 행차는 천리 길을 왔고

아득한 마음은 하늘 한쪽 미인 바라본다

탱자나무에 저문 비 내려 아우와 멀어지고

원추리 꽃에 해가 져 어머니 되레 보노라

평안하다는 편지글을 부칠 길이 없으니

봄 지나고 북쪽으로 나는 기러기 없어서라

南海之南瘴癘鄉
남 해 지 남 장 려 향

我來投此心悲傷
아 래 투 차 심 비 상

遲遲行也路千里
지 지 행 야 로 천 리

渺渺懷兮天一方
묘 묘 회 혜 천 일 방

枳子雨昏弟更遠
지 자 우 혼 제 갱 원

萱花日莫親猶望
훤 화 일 모 친 유 망

莫憑寄去平安字
막 빙 기 거 평 안 자

鴻鴈經春無北翔
홍 안 경 춘 무 북 상

◆ 이 작품은 녹진綠津을 건너며 느낌이 일어 지었다. 녹진을 건너면 이제 진도 땅에 도착한다. 즉, 유배지가 점점 더 가까워지고 있다는 것을 의미한다. 때문에 느낌이 일어나지 않을 수가 없었다.

수련에서 남쪽 바닷가 고을에 머물게 된 것이 슬프다 하였다. 그러면서 저 먼 하늘 한쪽의 미인을 바라다보았다. '미인'은 곧, 임금을 가리킨다. 전통 시대 수많은 문학 작품에 등장한 미인. 그 작품 속에 등장한 미인은 바로 임금을 말하듯이 정만조도 임금을 '미인'이라고 지칭

하며, 그리워하는 마음을 떨치지 못하였다. 경련에서는 멀리 제주도로
유배 간 동생도 생각하고, 원추리 꽃을 통해 어머니를 보았다라고 하
였다. '원추리 꽃'은 주로 북당北堂에 심어 어머니를 상징적으로 나타낸
다. 그렇지만 편지를 부치지 못해 서로의 안부를 물을 수 없음을 안타
까워하였다. 미련에서 이러한 마음을 담았다.

▶ 녹진綠津 : 울돌목을 사이에 두고 진도군의 고군면과 해남현의 전라우
  수영을 마주하고 있는 곳을 말한다.

▶ 장려향瘴癘鄕 : 기후가 좋지 않아 장기瘴氣가 많은 고장을 뜻한다.

▶ 묘묘회혜천일방渺渺懷兮天一方 : "아득한 마음은 하늘 한쪽 미인 바라본
  다"로 풀이하였다. 멀리서 그리워하며 보고 싶어 하는 마음을 말한다.
  소식蘇軾의 「전적벽부前赤壁賦」에 "아득하고 아득한 내 마음이여, 하늘
  한쪽의 미인을 바라보도다.[渺渺兮余懷 望美人兮天一方]"라는 말이 나온다.

▶ 지자枳子 : 탱자나무를 뜻하나 여기서는 귤나무를 말한 것으로 볼 수
  있다. 정만조의 동생 정병조鄭丙朝는 제주도로 유배 갔다. 정만조는 그
  의 동생을 생각하며 '지자'를 말했으니, '귤나무'라고 해도 무방하리라
  고 본다.

▶ 훤화萱花 : 원추리꽃을 말하는데, 이는 북당北堂에 심는다 하여 어머니
  의 대칭對稱으로 쓰인다.

▶ 홍안鴻雁 : 기러기는 흔히 편지 또는 소식을 뜻하는 말로 쓰인다. 한漢
  나라 무제武帝 때 소무蘇武가 흉노匈奴에 사신으로 갔다가 붙잡혀서 돌
  아오지 못하게 되었을 때 기러기발에 편지를 매달아 띄워 보냈다는
  고사에서 유래하였다. 『漢書 卷54 蘇建傳』

25. 금갑도로 향하려는데, 순검 압뢰의 무리들이 모두 돌아간다고 고하여 將向金甲島 巡檢押牢輩皆告還

길은 금갑도에서 끝나고　　　　　　　　　路窮金甲島
　　　　　　　　　　　　　　　　　　　　로 궁 금 갑 도

땅은 옥주성에서 다했다　　　　　　　　　地盡玉州城
　　　　　　　　　　　　　　　　　　　　지 진 옥 주 성

　　진도의 옛 이름을 간혹 '옥주'라 일컫는다.〔珍島舊名 一稱玉州〕

죄 지은 날 수 더욱 오래 남았고　　　　　獲罪日逾久
　　　　　　　　　　　　　　　　　　　　획 죄 일 유 구

가슴 두드릴 때마다 다시 놀란다　　　　　拊心時復驚
　　　　　　　　　　　　　　　　　　　　부 심 시 부 경

아득한 시름은 빗발과 어울리고　　　　　遠愁和雨色
　　　　　　　　　　　　　　　　　　　　원 수 화 우 색

돌아갈 꿈은 파도 소리에 흩어진다　　　　歸夢散濤聲
　　　　　　　　　　　　　　　　　　　　귀 몽 산 도 성

옥졸들은 나를 좋아하지 않으나　　　　　獄卒非余好
　　　　　　　　　　　　　　　　　　　　옥 졸 비 여 호

돌아가면서 눈물을 흘리려 한다　　　　　將行淚欲橫
　　　　　　　　　　　　　　　　　　　　장 행 루 욕 횡

◆ 이 작품은 유배지 금갑도로 향하려고 할 때 한양에서부터 압송해왔던 순검들이 모두 돌아간다고 말하여 느낌이 일어 지었다. 작품에 '금갑도', '옥주성' 등 진도를 알리는 지명이 등장한 점이 특징이다. 이제 본격적으로 유배 생활이 시작된 것이다. 15년이라는 유배형을 명령 받았으니 앞으로 지낼 것이 답답할 수밖에 없다. 그러니 가슴을 두드리나 문제는 시원스레 풀리지 않는다. 한양에서부터 함께 왔던 순검들은

정만조 자신을 좋아하지 않으나 막상 헤어진다고 하니 그래도 서운했
는지 눈물을 흘리려 한다라고 하였다. 이별의 순간이 되니 그동안의
좋지 않았던 감정이 다 녹은 것인가. 이 작품은 『무정존고』 권2에도
실려 있다.

▶ 금갑도金甲島 : 전라남도 진도군 의신면 금갑리에 있는 섬이다. 원래 갑
도甲島라 불리기도 하였으나 바다를 사이에 두고 의신면 남단의 금갑리
와 마주 닿아 있어 접도로 개칭하였다. 접섬, 접배도라고도 불린다. 조
선 시대 전기에 수군만호진이 설치되었고, 진성이 축조되었다. 주요
유배지 가운데 하나였다. 장선영의 논문(「조선시기 유형과 절도정배의 추
이」, 『지방사와 지방문화』 4-2, 역사문화학회, 2001, 181쪽)에 따르면, 진도는 70
회, 금갑도는 28회의 절도정배가 있었던 것으로 확인된다.

사진③ 금갑도에서 바라 본 진도
【정만조가 유배 왔을 당시 건너는 다리가 없었다.】(2019.05.06.)

26. 혜사 박진원·국은 이남언이 찾아왔는데, 모두 문사들이다. 이때 읍에 사는 젊은이들이 와서 문예를 시험할 것을 요청하여 함께 그 시에 차운하다 朴蕙史晉遠李菊隱南彦來訪 皆文士也 時邑人年少輩 來請考藝 共次其韻

유명한 산 많은 곳이 유명한 고을일진대	名山多處卽名州 명 산 다 처 즉 명 주
옛 비올 때 오던 친구 오늘 비에 안 온다	舊雨來時今雨收 구 우 래 시 금 우 수
시내 굽이 덩굴 헤쳐 귀신 얼굴 놀래키고	磵曲披藤驚鬼面 간 곡 피 등 경 귀 면
숲 사이 돌 두드려 중 머리인가 의심한다	林間敲石訝僧頭 임 간 고 석 아 승 두
진실로 만나 술잔 들면 유배객임을 잊나니	苟逢有酒忘遷客 구 봉 유 주 망 천 객
시 잘 짓는 비범한 무리를 바라볼 뿐이다	但見能詩異俗流 단 견 능 시 이 속 류
한가함 훔친 배우는 젊은이라 괴이히 말라	莫怪偸閒將學少 막 괴 투 한 장 학 소
객창가의 귀밑머리는 쉬이 가을 되리니	羈窓鬢髮易爲秋 기 창 빈 발 이 위 추

◆ 이 작품은 『은파유필』 시 중에서 처음으로 진도 현지인들이 등장한다는 점에서 의의가 있다. 시제를 보면, 박진원朴晉遠, 이남언李南彦 등이 등장한다. 정만조는 이들을 문사들이라고 하였다. 박진원과 이남언 등은 진도읍에 사는데, 정만조를 찾아와 문예를 시험할 것을 요청하였다. 시제에서 "그 시에 차운하다"라고 했으니, 박진원과 이남언이 먼저

시를 짓고, 정만조가 이들이 지은 시에 차운했음을 알 수 있다.
수련에서 사람들이 자주 찾아오지 않는다는 것을 말하였고, 함련에서
는 박진원과 이남언이 찾아온 것을 비유적으로 표현하였다. 경련에서
박진원과 이남언 등이 시 짓는 것을 보고 흐뭇해하는 모습을 표출하였
고, 미련에서는 젊은이들이 시 짓는 법을 배우는 것을 이상하게 볼 필
요가 없다는 말을 하였다. 젊은 문사들이 찾아와 시 짓는 법을 익히려
한 태도를 기특하게 생각했음을 알 수 있다. 한편, 박진원과 이남언은
당시 정만조와 시계詩契를 맺었다.

▶ 박혜사朴蕙史 : '혜사'는 박진원朴晉遠(1860~1932)의 호이다. 또 다른 호로
강재康齋가 있다. 자는 일삼日三이요, 본관은 밀양密陽이다. 진도읍에서
출생하여 진도읍 서외리에서 거주하였다. 문장이 뛰어났다. 『중증진
도읍지』를 편찬할 때 도유사를 맡았다. 진도읍 동외리 기성사箕聖祠를
세울 때 관여하였다. 후옥厚玉 박진종朴震琮(1758~1834)의 요청으로 진도
에 유배와 있던 유와牖窩 김이익金履翼(1743~1830)이 저술한 『순칭록循稱錄』
을 교정하여 재간행하였다. 3.1 만세 사건 때 아들 박종협朴鍾俠이 만
세 사건에 관여해 고충을 겪었다. 시집 『혜사시고蕙史詩稿』가 전한다.
정만조와 함께 시계詩契를 맺었다.

▶ 이국은李菊隱 : '국은'은 이남언李南彦의 호이다. 정만조와 시계를 맺었다.

▶ 고예考藝 : 재주를 겨루는 의식을 이르러 주로 과거시험을 뜻하나, 여
기서는 문예를 시험한다는 의미로 풀이하였다. 『예기』「연의燕義」에
"봄에는 학교에서, 가을에는 활 쏘는 곳에 모여서 그 재주를 겨루어
진퇴를 결정했다.〔春合諸學 秋合諸射 以考其藝 而進退之〕"라는 말이 있다.

▶ 구우舊雨 : 오래된 친구를 말한다. 구우의 '우雨' 자는 우友와 동음이므

로 친구의 뜻으로 쓰인다. 당唐나라 시인 두보杜甫의 「추술秋述」 시 소서小序에 "평소 나를 찾아오던 사람들이 옛날에는 비가 와도 오더니, 지금은 비가 오면 오지 않는다.[常時車馬之客 舊雨來 今雨不來]"라고 한 데서 유래하였다.

▶ 천객遷客 : 유배객.

▶ 막괴투한장학소莫怪偸閑將學少 : "한가함 훔친 배우는 젊은이라 괴이히 말라"로 풀이하였다. 북송 시대 정호程顥의 「춘일우성春日偶成」 시에, "구름 맑고 바람 가벼운 한낮 가까운 때에, 꽃 곁으로 버들을 따라 앞 냇가에 이르렀다. 세상 사람들은 즐거운 내 마음을 모르고, 한가함 훔친 배우는 소년이라 말하겠지.[雲淡風輕近午天 傍花隨柳過前川 時人不識余心樂 將謂偸閑學少年]"라고 읊은 시가 있다.

▶ 기창羈窓 : 객창. 유배 온 것을 나타낸 말이다.

27. 허변의 호는 각헌으로 시의 재주가 있는데, 절 안으로 찾아와서 許抃號覺軒 有詩才 來訪于寺中

구불구불 밭두둑 넘어 선방 두드리니 崎嶇越陌叩禪房
기 구 월 맥 고 선 방

당년의 객 한양 저버린 것이 부끄럽다 愧負當年客漢陽
괴 부 당 년 객 한 양

찾아와 너무 놀라우니 용모 수려하고 挹袂已驚看目秀
읍 메 이 경 간 목 수

시 읊어 감동 주니 입안에서 향기난다 談詩卽動齒牙香
담 시 즉 동 치 아 향

장차 결사 맺어 원백을 뒤따를 것이요 行將結社追元白
행 장 결 사 추 원 백

문득 온 몸 던져 혜황에 떨어짐 잊으리라 忘却投身落惠黃
망 각 투 신 락 혜 황

하물며 마음에 흡족한 강산이 있으니 況有江山稱意好
황 유 강 산 칭 의 호

어이해 쫓겨난 신하 고을이라 부를까 如何喚作逐臣鄉
여 하 환 작 축 신 향

◆ 이 작품은 허변許抃이 찾아와 읊은 것이다. 시 제목을 따르면, 허변이 찾아왔을 때 정만조는 절에 있었다. 여기서 말하는 '절'은 확실하지 않으나 쌍계사雙溪寺라고 추정한다. 정만조는 허변이 시를 창작하는 재주가 있다고 하였다. 이 작품을 통해 정만조가 허변에게서 받은 인상이 어떠했는지를 알 수 있다.

수련에서 허변이 정만조를 찾아온 모습을 묘사하였고, 함련에서 허변의 외모와 시 창작 능력을 언급하였다. 정만조가 바라본 허변의 외모는 수려하였고, 시는 잘 지어 감동을 주어 마치 입안에서 향기가 나는 듯하였다. 경련에서 앞으로 허변과 시 결사를 맺을 것을 다짐하는 말을 하였고, 마지막 미련에서 주변 강산이 썩 마음에 든다는 말을 하였다. 특히, 미련의 내용을 통해 유배지에 점점 적응해가고 있음을 느낄 수 있다.

▶ 사중寺中 : 절 안. 여기서 말하는 절은 쌍계사雙溪寺를 말하는 듯하다. 쌍계사는 진도군 의신면 사천리 첨찰산 아래에 소재해 있다. 신라 문성왕 때 도선국사가 창건했으며 절 양쪽으로 계곡물이 흐른다고 하여 절 이름을 쌍계사라고 하였다. 그 뒤 1648년(인조26) 의웅義雄이 중건하였고, 1665년(현종6) 삼존상이 조성되었다. 1694년(숙종20)에 시왕전, 1697년에 대웅전이 건립되었다. 1863년(철종14)에 대웅전에 모셔진 삼존불을 개금하였는데, 개금소改金疏를 초의선사 의순이 지었다. 많은 문사들이 찾아와 시문을 남겼다.

▶ 허변許抃 : 1867~1906. 자는 인오仁五요, 호는 각헌覺軒이다. 효행孝行이 있었으며, 정만조와 함께 시계詩契를 맺었다.

▶ 선방禪房 : 사찰 안에 있는 참선하는 방.

▶ 원백元白 : 당唐나라의 문장가인 원진元稹과 백거이白居易를 합칭한 말이다. 백거이는 낙양洛陽의 향산香山에 석루石樓를 지어 놓고 자주 원진, 유우석劉禹錫 등과 어울리며 풍류를 즐겼으며 원진과는 이웃하여 살았다고 한다. 특히, 원진과 백거이의 시체를 원백체元白體라고 하였다.『舊唐書 卷166 白居易列傳』

▶ 축신逐臣 : 쫓겨난 신하. 유배객.

28. 4월에 반딧불이를 보고서 四月見螢

손님 되어 어느 때 돌아가고 싶지 않을까	爲客何時不欲歸 위 객 하 시 불 욕 귀
가을 색 만날 때마다 슬픔은 두 배나 는다	每逢秋色倍增悲 매 봉 추 색 배 증 비
오늘밤 반딧불이 와서 서로가 비추는데	今宵螢火來相照 금 소 형 화 래 상 조
4월이라 꾀꼬리 소리 여전히 드물지 않다	四月鶯聲尚未稀 사 월 앵 성 상 미 희
뜻 숨겨 서늘한 기후 따르지 않고 이르러	底意不隨凉候至 저 의 불 수 량 후 지
때도 아닌데 먼 데 사람 찾아 날아왔다	非時故訪遠人飛 비 시 고 방 원 인 비
또한 무자의 주머니 속 물건이 아니어서	又非武子囊中物 우 비 무 자 낭 중 물
병들고 게을러 시서 멀리한 지 이미 오래라	病懶詩書久已違 병 나 시 서 구 이 위

◆ 이 작품은 4월에 반딧불이를 보고 느낌이 일어 지었다. 나타날 때 도 아닌데 나타난 반딧불이를 보고 생각을 적은 시이다. 작자는 유배 를 온 사람으로 가을이 되면 그 슬픔은 배나 더 늘어난다. 그런데 때 아닌 반딧불이를 보았으니, 벌써 가을이 되었나라고 착각한 것이다. 반딧불이와 관련한 고사성어로 잘 알려진 것은 '형설지공螢雪之功'이다. 진晉나라 차윤車胤은 집이 가난했으나 학구열이 대단하여 여름철이면 반딧불이를 명주 주머니에 수십 마리를 모아 그것을 책에 비추어 글을 읽었다는 이야기. 작자는 미련에서 이 형설지공과 관련한 이야기를 했

으나 자신은 차윤과 달리 시서를 멀리한 지 오래라고 하였다. 유배 온 상황이어서 시서를 읽을 겨를이 없다는 의미로 읽을 수 있는데, 한편 겸손을 드러낸 것이라고도 할 수 있다.

▶ 무자낭중물武子囊中物 : "무자의 주머니 속 물건"으로 풀이하였다. '무자'는 진晉나라 차윤車胤의 자이다. 차윤은 집이 가난해서 등불 기름을 살 돈이 없어 여름이면 반딧불이를 수십 마리 모아서 그 불빛에 비추어서 글을 읽었으며, 뒤에 벼슬해서 이부 상서吏部尙書까지 올랐다고 한다. 손강孫康이 겨울밤에 눈〔雪〕 빛으로 책을 비추어서 열심히 글을 읽었다는 이야기와 함께 어울려 형설지공螢雪之功 고사를 만들었다.

29. 바다에서 햇볕이 뜨거워 고기잡이의 삿갓을 빌리다
海上日烘 借漁翁笠

십년간의 서울 먼지에 오사모를 던져	十載京塵撲帽烏 십 재 경 진 박 모 오
강호로 쫓겨나 푸른 삿갓 바꿔 썼다	換將靑篛放江湖 환 장 청 약 방 강 호
나의 예전 모습 그대로임을 알지 못해	不知古我依然是 부 지 고 아 의 연 시
옆 사람에게 물어보니 딱 맞다 하더라	爲問傍人稱也夫 위 문 방 인 칭 야 부
반과산 앞에서 수척한 두보 보고 놀라고	飯顆山前驚瘦杜 반 과 산 전 경 수 두
자운촌에서 수염 많은 소식과 대화 나눈다	子雲村裏話髥蘇 자 운 촌 리 화 염 소
물새들은 생소한 손님이라 의심치 말지니	莫敎鷗鷺疑生客 막 교 구 로 의 생 객
이제부터 물결에서 낚시질하는 무리란다	從此烟波一釣徒 종 차 연 파 일 조 도

◆ 이 작품은 어느 날 바닷가에 나갔다 햇볕이 뜨거워 어부의 삿갓을 빌려 쓴 뒤 느낌이 일어 지었다. 수련에서 작자는 10년 동안 벼슬살이 하다가 강호로 쫓겨나 푸른 삿갓을 쓴 것을 말하였다. 경련에서는 자신을 '수척한 두보杜甫' 또는 '수염 많은 소식蘇軾'에 비유했는데, 이는 작자의 외모가 달라졌음을 말한 것이다. 미련에서는 물새에게 당부하는 형식으로 말을 하였다. 즉, 자신을 생소한 손님으로 보지 말라는 것이다. 이제 자신도 물가에서 낚시질하는 사람이기 때문에 생소하지 않

> 다 하였다. 작자가 점점 유배 현지에 적응해가고 있음을 느낄 수 있는
> 시이다. 이 작품은 『무정존고』 권2에도 실려 있다.

▶ 경진京塵 : 서울 먼지. 진晉나라 육기陸機의 시 「위고언선증부爲顧彦先贈婦」
　2수에 "집 떠나 멀리 나와 노니는 생활, 유유하여라 삼천 리 머나먼 길
　이로세. 서울에는 바람과 먼지가 어찌 많은지, 흰옷이 금방 새카맣게
　변하누나.[謝家遠行游 悠悠三千里 京洛多風塵 素衣化爲緇]"라는 표현이 있다. 『文
　選 卷24』

▶ 모오帽烏 : 오사모烏紗帽를 말한다. 관복을 입을 때 쓰는, 사紗로 만든
　검은 빛깔의 벼슬아치 모자이다.

▶ 청약靑篛 : 푸른 삿갓.

▶ 반과산전경수두飯顆山前驚瘦杜 : "반과산 앞에서 수척한 두보 보고 놀라
　고"로 풀이하였다. 이백李白의 「희증두보戲贈杜甫」 시에 "반과산 꼭대기
　에서 두보를 만났는데, 머리엔 대삿갓 썼고 해는 마침 정오였네. 문노
　니 작별한 뒤로 어찌 그리 수척해졌나, 모두가 종전에 괴로이 시 읊조
　린 때문일세.[飯顆山頭逢杜甫 頭戴笠子日卓午 借問別來太瘦生 總爲從前作詩苦]"라
　고 한 내용이 있다. 『李太白集 卷25』 '수척한 두보'는 정만조 자신을 가리
　킨다.

▶ 자운촌리화염소子雲村裏話髯蘇 : "자운촌에서 수염 많은 소식과 대화 나
　눈다"로 풀이하였다. '자운촌'은 여자운黎子雲이 사는 마을을 말하고,
　'염소'는 소식蘇軾의 별명으로, 얼굴에 수염이 많기 때문에 일컬은
　말이다. '수염 많은 소식'은 또한 정만조 자신을 가리킨다.

30. 유배지에 도착한 뒤에 김해 유배 시절 선조 문익공이 지은 시에 삼가 차운하다 到謫後 敬次先祖文翼公謫金海時韻

강가의 굴원 향해 위로하지 말지니	莫向江潭弔屈原 막 향 강 담 조 굴 원
시 읊어 군은이 얕다 말하기 어렵다	行吟難道薄君恩 행 음 난 도 박 군 은
세월을 따져보니 자주 경계 넘어섰고	筭來歲月多過境 산 래 세 월 다 과 경
풍파를 다 겪어 아직도 정신이 혼미하다	涉盡風波尙悸魂 섭 진 풍 파 상 계 혼
세상사는 사람들 다 가슴에 칼 품었건만	閱世人皆藏腹劍 열 세 인 개 장 복 검
하늘 본 나는 홀로 머리에 동이 이었다	瞻天我獨戴頭盆 첨 천 아 독 재 두 분
희소식 얻고도 되레 졸았음 내 어찌 미칠까	得書還睡吾何及 득 서 환 수 오 하 급
왕 명령 변방 문에 내리길 날마다 바란다	日望丹綸降塞門 일 망 단 륜 강 새 문

공이 바야흐로 졸고 있을 때 사면장이 이르렀는데, 글을 보고 도리어 졸았다. 일이 역사책에 보인다. 〔公方睡 赦書至 見書 還睡 事見史乘〕

◆ 이 작품은 정만조의 선조 정광필鄭光弼(1462~1538)이 김해로 유배 가다 가 여관방에서 읊은 시에 차운한 것이다. 당시 정광필은 김안로金安老 의 무고를 받아 김해로 유배 갔다. 그리고 유배 가던 길에 머문 여 관방에서 자신의 심란한 상태를 시로 읊었다. 정만조는 그 시에 차운 하여 이 작품을 지었다. 즉, 선조 정광필이 그랬던 것처럼 심란한 상태

를 시로 읊었다.

수련에서 작자는 자신을 초나라의 충신 굴원屈原에 빗대었다. 굴원이 유배 가서 「어부사漁父辭」 등의 시를 읊었다 하여 결코 임금 은혜가 얇다고 말할 수 없다 하였다. 그리고 함련에서 지난날을 되돌아보면서 현재 자신의 모습을 나타내었다. 지난날을 되돌아보니 자신이 넘지 말아야 할 경계를 자주 넘어섰고, 그래서 풍파를 겪어 현재 혼미한 상태에 빠졌다라고 하였다. 경련에서 사람들이 어떤 자세로 세상을 살아가고 있는지 그리고, 현재 자신은 임금의 은혜를 받지 못하고 있음을 말하였다. 마지막 미련에서는 선조 정광필이 김해 유배 시절에 보여주었던 태도를 말하는 한편, 자신은 임금의 사면장赦免狀이 내리기를 바란다라고 하였다. 시 마지막에 덧붙여진 작은 주석과 관련한 내용은 『연려실기술』 등 여러 역사서에 나온다. 조보朝報를 종이 김해 유배지로 가지고 오자 정광필의 자제들은 불길한 소식을 가져왔나 놀라고 두려워했는데, 정광필을 사면한다는 기쁜 소식이었다. 이 소식을 정광필에게 전하니 의외로 그는 "그러냐." 할 뿐 코를 골면서 달게 자고 다음날 아침에야 그 글을 보았다고 한다. 정만조는 이 부분을 인상 깊게 생각하고 미련 1구에 적은 것이다.

▶ 선조문익공先祖文翼公 : '문익'은 정광필鄭光弼(1462~1538)의 시호이다. 자는 사훈士勛이요, 호는 수부守夫이며, 본관은 정만조와 같은 동래東萊이다. 1492년(성종23) 식년 문과에 급제하고, 벼슬이 대제학을 거쳐 영의정에 이르렀다. 1533년(중종28) 영의정에서 물러나자 회덕에 거주하였는데, 1537년 후임 영의정 김안로金安老로부터 장경왕후章敬王后[중종의 제1계비, 인종의 친모] 국장 때 총호사惚護使를 맡아 능지陵地를 불길한 땅에 잡았다는 무고를 받아 김해로 유배되었다가, 이듬해 김안로가 사

사賜死되자 곧 풀려나 영중추부사에 올랐다. 정광필은 김해로 유배가 면서 여관에서 시를 지었는데, 그 내용은 다음과 같다. "산처럼 쌓였 던 비방이 마침내 용서받으니, 이승에서 임금의 은혜 보답할 길이 없 어라. 열 번 가파른 언덕에 오르니 두 줄기 눈물 흐르고, 세 번 긴 강 을 건너니 홀로 넋이 끊어진다. 아득히 높은 산에 구름이 먹물 끼얹은 듯, 망망한 큰 들판에 비가 동이로 퍼붓는 듯하다. 저물녘에 바닷가 동쪽 성 밖에 투숙하니, 초가집은 쓸쓸한데 대나무로 문 만들었네.〔積 誇如山竟見原 此生無路答天恩 十登峻嶺雙垂淚 三渡長江獨斷魂 漠漠高山雲潑墨 茫茫大野 雨翻盆 暮投臨海東城外 草屋蕭蕭竹作門〕" 김안로가 사사된 뒤 영중추부사로서 정광필을 부를 때 이런 일화가 전한다. 종들이 조보朝報를 가지고 급 히 달려가서 밤중에 적소에 당도했는데, 발이 부르트고 입이 말라 쓰 러진 채 말을 못하자, 공의 자제들이 불길한 소식을 가져왔나 하여 놀 라고 두려워서 종의 주머니 속을 뒤져보니, 길한 소식이었다. 공에게 즉시 아뢰니 공은, "그러냐." 할 뿐 코를 골면서 달게 자고 다음날 아 침에야 그 글을 본 뒤에 서울로 돌아왔다. 위 기록은 이긍익李肯翊이 쓴 『연려실기술』 권9 등 역사서에 나온다.

▶ 막향강담조굴원 행음난도박군은莫向江潭弔屈原　行吟難道薄君恩 : "강가의 굴원 향해 위로하지 말지니, 시 읊어 군은이 얕다 말하기 어렵다"로 풀이하였다. '굴원'은 전국 시대 초楚나라의 정치가이자 시인으로 알 려져 있다. 굴원이 일찍이 유배지에서 「어부사漁父辭」를 지었는데, "굴 원이 쫓겨나 강가에서 노닐고 못가를 거닐면서 시를 읊조리매 안색이 초췌하고 형용에 생기가 없었다.〔屈原旣放　游於江潭　行吟澤畔　顏色憔悴　形容枯 槁〕"라고 읊은 대목이 있다.

▶ 대두분戴頭盆 : "머리에 동이 이었다"로 풀이하였다. '대분戴盆'은 동이 를 머리에 이면 하늘의 해를 볼 수 없는 것처럼, 흔히 신하가 임금의 밝은 빛을 받지 못한 채 깜깜한 어둠 속에 놓여 억울하게 되었다는 뜻

으로 쓴다. 사마천司馬遷이 임안任安에게 보낸 글에 "동이를 머리에 이고서 어떻게 하늘을 바라볼 수나 있겠는가.[戴盆何以望天]"라는 말이 나오는 데에서 유래하였다. 『文選 卷41 報任少卿書』

▶ 단륜丹綸 : 임금의 명령 또는 윤음을 말한다.

▶ 사서赦書 : 사면赦免의 서장書狀.

▶ 사승史乘 : 역사책.

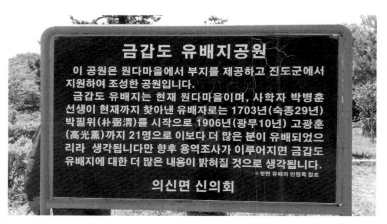

사진④ 금갑도 유배지 공원에 세워진 설명 글
【금갑도는 한양과 먼 곳으로 주로 중죄인들의 유배지였다.】(2019.05.06.)

31. 단옷날에 端午

집집이 버드나무 채색 끈처럼 날리고	家家楊柳彩繩飛 가 가 양 류 채 승 비
줄지어 창포로 감은 트레머리 빛난다	隊隊菖蒲寶髻輝 대 대 창 포 보 계 휘
붉은 능금과 앵두 열매 길거리 비추고	映街紫柰朱櫻實 영 가 자 내 주 앵 실
향 비단과 모시적삼 옷 햇볕에 쪼인다	烘日香羅細葛衣 홍 일 향 라 세 갈 의
이 고을은 화려한 것을 좋아하지 않아	此鄉不識繁華好 차 향 불 식 번 화 호
먼 손님은 절서 어겼나 문득 의심했다	遠客翻疑節序違 원 객 번 의 절 서 위
빛깔 내려던 한 그루의 석류나무 꽃이	出色石榴花一樹 출 색 석 류 화 일 수
낮은 담 서쪽 모퉁이에서 석양 대했다	短墻西角對斜暉 단 장 서 각 대 사 휘

◆ 이 작품은 단옷날에 주변 풍경을 읊은 것이다. 봄날이 되었으니 버드나무는 하늘하늘 바람에 날리고, 단옷날이 되었으니 여인들은 창포로 머리를 감는다. 수련에서 이러한 모습을 읊었다. 또한 길거리에는 붉은 능금과 앵두 열매가 보이고, 향기가 나는 듯한 비단과 모시적삼을 햇볕에 말린다. 함련에서 이러한 풍경을 그렸다. 그리고 경련에서 고을의 특성을 말하였다. 작자가 보았을 때 고을 사람들은 화려한 것을 그리 좋아하지 않는다. 때문에 먼 데서 온 작자는 혹시 단옷날이 아닌가 하고 의심을 했다 하였다. 경련의 내용을 통해 정만조가 진도를 어떻게 느꼈는지 알 수 있다.

▶ 보계寶髻 : 귀족 부녀자들이 하던 딴머리 중의 하나.

▶ 원객遠客 : 정만조 자신을 가리킨다.

▶ 절서節序 : 절기의 차례.

32. 한가롭게 노닐며 優游

무성한 높은 녹나무에 대나무 얽혔는데	高楠接葉竹交柯 고 남 접 엽 죽 교 가
날마다 강가 마을 막대 짚고 지나가노라	日日江村策杖過 일 일 강 촌 책 장 과
농부들 하늘 맑아 비 오길 점 칠 수 있고	農叟天晴能占雨 농 수 천 청 능 점 우
뱃사람들 바람 거세어도 파도 근심 없네	舟人風急不愁波 주 인 풍 급 불 수 파
한가로운 세월 속에 이내 몸은 늙어가고	優游歲月身仍老 우 유 세 월 신 잉 로
거침없는 호수와 산은 죄 다시 더하였다	唐突湖山罪更多 당 돌 호 산 죄 갱 다
해질 무렵에 옷 서늘해 돌아가려고 하며	向晚衣凉欲歸去 향 만 의 량 욕 귀 거
집으로 고개 돌리니 홀연 어부가 들린다	忽然回住聽漁歌 홀 연 회 주 청 어 가

◆ 이 작품은 한가롭게 노닐면서 주변의 풍경과 함께 생각을 적었다. 정만조가 진도로 유배 온 이래 마음의 여유를 찾아가고 있음을 알 수 있는 작품이다. 처음 유배 왔을 때 여유가 없는 모습과 상당히 대조되는 모습을 보여준 시이다. 그래서 그동안 눈에 보이지 않았던 주변의 물상들을 이제 바라보고 있다. 농부와 뱃사람 등이 어떻게 살아가고 있는지도 보이고, 그동안 들리지 않았던 어부의 노래도 이제 들린 것이다. 이 작품은 『무정존고』 권2에도 실려 있다.

▶ 고남高楠 : 높이 솟은 녹나무.
▶ 책장策杖 : 막대를 짚다.

33. 외로운 작은 배 孤篷

푸른 바다 먼 하늘 오냥엔 바람 부는데	碧海長天五兩風 벽 해 장 천 오 냥 풍
푸른 산 만 리에 외로운 작은 배가 있다	青山萬里一孤篷 청 산 만 리 일 고 봉
예부터 찾아간 사람 없는가 의심하노니	直疑從古無人到 직 의 종 고 무 인 도
내 고향으로 통한 길 있음 믿기질 않노라	不信吾鄉有路通 불 신 오 향 유 로 통
마음 놓아버린 말 늘 마굿간에 엎드린 듯	馬放心如常伏櫪 마 방 심 여 상 복 력
몸 날린 새 열리지 않는 새장에 있는 듯해	鳥飛身似未開籠 조 비 신 사 미 개 롱
가생은 오로지 나라를 근심해 통곡했나니	賈生痛哭惟憂國 가 생 통 곡 유 우 국
미쳐 날뛴 완적의 막다른 길과 같지 않지	不比猖狂阮籍窮 불 비 창 광 완 적 궁

◆ 이 작품은 바다에 외로이 떠 있는 작은 배를 보고 느낌이 일어 적었다. 아마도 작자는 그 작은 배를 타고 고향을 갔으면 하는 생각을 한 듯하다. 함련에서 그러한 생각을 읽을 수 있다. 경련에서 말한 '마음 놓아버린 말', '몸 날린 새' 등은 정만조 자신을 가리키는데, 각각 "마굿간에 엎드린 듯하다", "열리지 않는 새장에 있는 듯하다"라고 하여 갇혀있는 신세라는 것을 강조하였다. 또한 미련에서 '가생'과 '완적' 두 사람을 언급하여 했던 행동을 대비하였는데, 전자를 더 긍정적으로 말하였다. 정만조는 자신이 가생과 같은 사람이라는 것을 말하고 싶었던 듯하다. 이 작품은 『무정존고』 권2에도 실려 있다.

▶ 오냥五兩 : 고대의 측풍기測風器를 말한다. 닭 털 5냥 혹은 8냥을 장대 위에 매달아 풍향風向과 풍력風力을 가늠했던 데에서 나온 말이다.

▶ 가생통곡유우국賈生痛哭惟憂國 : "가생은 오로지 나라 근심해 통곡했나 니"로 풀이하였다. '가생'은 중국 전한前漢 문제文帝 때의 문신인 가의賈 誼의 별칭이다. 낙양洛陽 사람으로, 문제 때 박사博士에서 태중대부太中 大夫가 되었으며, 뒤에 장사왕長沙王의 태부太傅로 좌천되었다가 다시 양회왕梁懷王의 태부가 되었다. 일찍이 비통한 심정으로 문제文帝에게 치안책治安策을 올리면서 "삼가 현재의 상황을 살펴보건대, 통곡할 만 한 일이 한 가지요, 눈물을 흘릴 만한 일이 두 가지요, 장탄식할 만한 일이 여섯 가지이다.〔竊惟事勢 可爲痛哭者一 可爲流涕者二 可爲長太息者六〕"라고 전제한 뒤에 하나씩 설명한 고사가 전한다.『漢書 卷48 賈誼傳』

▶ 완적궁阮籍窮 : "완적의 막다른 길"로 풀이하였다. 완적은 진晉나라 죽 림칠현竹林七賢 중의 한 사람이다. 많은 책들을 두루 읽었는데, 특히 노 장老莊을 모범으로 삼았다. '완적곡도궁阮籍哭途窮'이라는 말이 있다. 이 는 완적이 마음이 내키면 수레를 몰고 정처 없이 가다가 길이 막다른 곳에 이르면 곧바로 통곡을 하고 돌아섰다는 뜻이다.『晉書 阮籍傳』

34. 섬사람으로 일찍이 만호를 지낸 자가 많았는데, 진을 폐지하는 것을 안타깝게 여겨 우스개로 이 시를 지어 보이다 島人多曾經萬戶者 惜罷鎭 戲作此示之

바닷가에 있는 오륙십 가구	五六十家湖上頭 오 육 십 가 호 상 두
마을 모습 쓸쓸해 시름 짓게 한다	村容荒落使人愁 촌 용 황 락 사 인 수
가소롭다, 잔진의 작은 관원되었던 것	笑他殘鎭爲官小 소 타 잔 진 위 관 소
외람되이 만호후의 헛된 명성 얻었거늘	冒得虛名萬戶侯 모 득 허 명 만 호 후

봉급 박해 밥 먹을 근심 잊기 어려운데	俸薄難忘穀腹憂 봉 박 난 망 곡 복 우
관복 벗고 배 사서 돌아갈 계책 없어라	解官無計買歸舟 해 관 무 계 매 귀 주
벼슬살이로 떠돌아다니는 것 면치 못하니	宦游不免終漂泊 환 유 불 면 종 표 박
그 뉘 살아서 만호후에 봉해짐을 원할까	誰願生封萬戶侯 수 원 생 봉 만 호 후

수륙 군영엔 각각 진 역참이 있었는데	水陸軍營各鎭郵 수 륙 군 영 각 진 우
갑작스레 뽕나무 뿌리 얽은 것 풀렸다네	一朝桑土解綢繆 일 조 상 토 해 주 무
공고와 경목이 모두 옛날과 같지 않은데	公孤卿牧皆非古 공 고 경 목 개 비 고
하물며 만호후의 헛된 명성 말해 무엇하리	何況虛名萬戶侯 하 황 허 명 만 호 후

애달프다, 그 당시엔 사호 장군과 짝하다   可惜當年射虎儔
                                            가 석 당 년 사 호 주

이제는 농촌에서 날마다 소를 모는구나   如今農畝日驅牛
                                            여 금 농 무 일 구 우

가령 비장과 같은 재주와 기상 가지고도   借令才氣如飛將
                                            차 령 재 기 여 비 장

만호후의 기박한 운명으로 끝내려했던가   命數終奇萬戶侯
                                            명 수 종 기 만 호 후

옛날에 군관으로 오랫동안 근무함으로써 만호로 승진하였다.

[昔日以軍校久勤 陞萬戶]

푸르른 만 그루의 대나무 몇 집에 있나   幾處靑靑萬竹脩
                                            기 처 청 청 만 죽 수

누구네 집엔 천 그루의 귤나무가 있더라   誰家樹樹橘千頭
                                            수 가 수 수 귤 천 두

조정에서 다함께 고쳐 제거하지 못하여   朝廷不得同除革
                                            조 정 부 득 동 제 혁

특별히 민간에서 만호후를 두었다지   別有民間萬戶侯
                                            별 유 민 간 만 호 후

◆ 이 작품은 당시 진도에 만호萬戶를 지낸 사람이 많았는데, 금갑진이 폐지되자 직위가 사라지니 안타깝게 여겨 풍자의 뜻으로 지었다. 작품 수는 총 5수로 이루어져 있다.

첫 번째 시에서 일단 바닷가의 가구 수가 오육십이라고 하면서 쓸쓸하다는 말을 하였다. '만호후萬戶侯'가 되려면 가구 수가 만 가구 이상은 되어야 하는데, 그렇게 되지 않은 것을 우선 알렸다. 두 번째 시에서 만호후의 봉급이 박해 만일 관복을 벗는다면 배를 살 수도 없다고 하였다. 만호후의 현실적인 부분을 언급하여 그렇게 매력적인 직책이 아니다라는 것을 직설적으로 말하였다. 세 번째 시에서 그동안 수륙水陸

에 진이 있었는데, 하루아침에 환란이 닥쳐 그 진이 사라지게 되었음을 말하였다. 네 번째 시에서 만호의 위상이 옛날과 같지 않음을 말하였다. 또한 이와 관련해 한나라의 이광李廣과 같은 훌륭한 능력을 갖추었음에도 만호로 인생을 마치려한 것을 안타깝다 하였다. 마지막 다섯 번째 시에서 결국 만호 벼슬은 시대와 잘 맞지 않는다는 내용을 전하면서 조정에서 고쳐 제거하지 못한 것을 나무랐다.

▶ 잔진殘鎭 : 쇠잔해진 진鎭. 폐지된 금갑도 수군만호진水軍萬戶鎭을 말한다. 1895년(고종32) 7월에 각도의 병영과 수영이 폐지됨에 따라 전라우수영 산하의 금갑도 만호진도 폐지되었다.

▶ 환유宦游 : 벼슬살이.

▶ 일조상토해주무一朝桑土解綢繆 : "갑작스레 뽕나무 뿌리 얽은 것 풀렸다네"로 풀이하였다. 하루아침에 환란이 닥쳐옴을 말한다. 『시경』 「치효鴟鴞」에 "하늘에서 장맛비가 아직 내리지 않을 때에, 저 뽕나무 뿌리를 거두어 모아다가 출입구를 단단히 얽어서 매어 놓는다면, 지금 이 아래에 있는 사람들이 혹시라도 감히 나를 업신여길 수 있겠는가.〔迨天之未陰雨 徹彼桑土 綢繆牖戶 今此下民 或敢侮予〕"라는 말에서 유래하였다. 금갑진을 폐지한 것을 비유적으로 말한 것이다.

▶ 공고경목公孤卿牧 : '공고'의 공은 삼공三公을 말하고, 고는 삼공 다음가는 직책을 말한다. 『서경』에 의하면 삼정승三政丞인 삼공은 도를 논하여 나라를 다스리고 음양을 조화하며, 삼고는 삼공의 보좌관으로 삼공을 도와 교화를 넓혀서 천지를 공경하며, 그 이치를 밝히는 것을 임무로 하였다. '경목'은 지방을 다스리는 벼슬 이름이다.

▶ 사호射虎 : 사호 장군射虎將軍 이광李廣을 말한다. 이광은 한나라 때의 장군으로 무예가 출중하였다. 『사기』 권109 「이장군열전李將軍列傳」에 의

하면, 이광이 사냥을 나갔을 때에 풀숲에 있는 바위를 호랑이로 오인
하여 활을 쏘았는데 화살이 바위에 박혔다고 한다.

▸ 비장飛將 : 한漢나라의 명장 이광李廣을 말한다. 한 무제漢武帝가 그를 우
북평 태수右北平太守로 임명하여 흉노匈奴를 막게 하자, 흉노가 '한나라
의 비장군飛將軍'이라고 무서워하며 감히 소란스럽게 하지 못했다는
고사가 있다. 『史記 卷109 李將軍列傳』

▸ 명수命數 : 운명.

35. 살 곳을 정하며 卜居

매우 황량한 마을에 작은 살 곳 마련하니 不乏荒村小卜居
불 핍 황 촌 소 복 거

눈에 닿는 경치마다 날 시름겹게 하누나 物華到眼輒愁余
물 화 도 안 첩 수 여

나무에 붙은 여라는 외론 객처럼 가련하고 女蘿托樹憐孤客
여 라 탁 수 련 고 객

막 싹 틔운 자죽은 문에 기댄 듯 생각난다 慈竹將芽憶依閭
자 죽 장 아 억 의 려

내일의 이 몸은 오늘보다 더 늙을 것이고 明日身添今日老
명 일 신 첨 금 일 로

죄인 되니 사람들은 병들 때보다 소홀하다 罪時人甚病時疎
죄 시 인 심 병 시 소

돌아가더라도 명리 마음 이미 다 끊고서 雖歸已絕名心盡
수 귀 이 절 명 심 진

도롱이 옷 사서 입고 처음 뜻을 이루리라 買着簑衣認遂初
매 착 사 의 인 수 초

◆ 이 작품은 살 곳을 정한 다음에 지었다. 정만조는 처음 진도 금갑도로 유배 갔다가 얼마 지나지 않아 의신면義新面 사천리斜川里로 삶의 터전을 바꾸었던 것으로 전한다. 이 시에서 말하는 '살 곳'은 사천리로 옮긴 뒤의 장소를 말한 것으로 추측한다. 수련과 함련에서 주로 새 터전의 주변 모습을 언급하면서 '시름겹다', '가련하다'라는 말을 하였다. 작자의 심리 상태를 알 수 있는 말이라 할 수 있다. 경련에서는 자신의 초라한 모습을 언급하는 한편, 사람들이 자신을 소홀히 대한다 하였다. 서운한 감정이 내포되어 있다. 이어 미련에서는 만일 유배가 풀

> 려 집으로 돌아간다면 명리를 잊겠노라는 다짐을 말하였다. 유배객으
> 로서 초라한 모습을 다시 한 번 확인한 내용을 담았다. 이 작품은 『무
> 정존고』 권2에도 실려 있다.

▶ 황촌荒村 : 황량한 시골 마을을 말한다. 정만조는 진도 금갑도로 유배
되었다가 의신면 사천리를 거쳐 진도읍 교동리에서 기거했던 것으로
전한다. 『호구총수』(1789년) 기록에 따르면, 의신면 사천리는 조선 후기
에 사지천리斜只川里[비껴가는 냇마을]라 하였고, 뒤에 사상斜上과 사하斜
下 마을로 나뉘었다가 1914년 사천리라 하였다. 당시 의신면 호구 수
가 1,194호 5,030명이었고, 마을은 30개였다. 마을당 평균 40호 168명이
었다. 사지천리에도 40호 가량 있었을 것으로 보인다.

▶ 여라탁수련고객女蘿托樹憐孤客 : "나무에 붙은 여라는 외론 객처럼 가련
하고"로 풀이하였다. '여라'는 소나무에 낀 이끼를 말하는데, 주로 은
자隱者를 상징한다. 여기서는 은자 대신에 외로운 나그네를 들었다.

▶ 자죽장아억의려慈竹將芽憶依閭 : "막 싹 틔운 자죽은 문에 기댄 듯 생각
난다"로 풀이하였다. '자죽'은 대나무의 일종이고, '의려'는 의려지망倚
閭之望을 말한다. 전국 시대 제나라 왕손가王孫賈가 나이 열다섯 살에
민왕閔王을 섬겼는데, 그 모친이 "네가 아침에 나가서 저녁에 돌아올
때면 내가 집 문에 기대어 너를 기다렸고,[倚門而望] 네가 저녁에 나가
서 돌아오지 않을 때면 내가 마을 문에 기대어 너를 기다렸다.[倚閭而
望]"라고 말한 고사가 있다. 『戰國策 齊策6』 곧, 어머니의 의미를 지닌 '자
慈' 자로 인해 '의려지망'을 떠올렸다.

▶ 초의初衣 : 벼슬하기 전에 입던 옷. 벼슬을 버리고 처음으로 돌아가겠
다는 의지가 담겨있다.

사진⑤ 금갑도의 유배지 원경

【사진 중앙 바로 아래에 유배지로서 경계가 설치되어 있었다고 전하는데, 주민들은 '위리안치圍籬安置'가 설치되었던 곳이라 말한다. '위리안치'란 유배형 중에서 특별히 출입을 통제하는 유형流刑으로, 일반적인 유배인들의 거소居所라는 의미와 조금 다르다.】(2019.05.06.)

36. 금호루에서 옛날 진이다. 金湖樓 舊鎭

황량히 패한 성가퀴에 온갖 나무 우거져	敗堞荒凉亂木稠 패 첩 황 량 란 목 조
금호루 진이 옛날 성곽 되려 하는구나	金湖鎭將舊城樓 금 호 진 장 구 성 루
교관청 아래로 뽕나무 삼마 들어오고	校官廳下桑麻入 교 관 청 하 상 마 입
병기고 안으로는 산 짐승들이 노닌다	兵器庫中猿鹿游 병 기 고 중 원 록 유
오랑캐들 중하 어지럽힌 일 없다 말하며	但道蠻夷無猾夏 단 도 만 이 무 활 하
병졸들에게 방비하지 않아도 된다 하네	不敎士卒有防秋 불 교 사 졸 유 방 추
변방 백성들 갱장의 뜻 알기 어려우니	邊民難識更張意 변 민 난 식 갱 장 의
홀연 조정 근심에서 멀어짐이 두려울 뿐	只恐朝廷忽遠憂 지 공 조 정 홀 원 우

◆ 이 작품은 옛날 금갑도 만호진의 진루鎭樓인 금호루 터전을 보고서 느낌이 일어 지었다. 시 내용을 보면, 금호루는 외적을 방비하는 중요 요새였다. 그러나 이제 황폐해져 그 역할을 다할 수 없게 되었다. 작자는 금호루의 그 모습을 보고 시를 지었다. 금호루만 제 역할을 못하는 것이 아니다. '교관청'과 '병기고'도 예전의 모습이 아니어서 "뽕나무 삼마가 들어오고", "산 짐승들이 노닌다"라고 하였다. 격세지감을 나타내었다. 그리고 경련과 미련에서 근심을 드러내었다. 특히, 경련을 통해 금호루가 사라지게 된 이유를 말하였다. 이어 미련에서 긴장한

마음을 갖지 않는 변방 사람들을 언급하며, 조정 근심에서 멀어진 것이
두려울 뿐이다라고 하였다. 이 작품은 『무정존고』 권2에도 실려 있다.

▸ 금호루金湖樓 : 정만조가 소주에 "옛날 진이다."라고 한 것으로 보아
1895년 7월에 폐지된 금갑진에 있던 누각으로 보인다.

▸ 만이蠻夷 : 오랑캐. 예전에, 중국 한족들이 중국의 남쪽과 동쪽에 있는
종족을 얕잡은 뜻으로 이르던 말이다.

▸ 활하猾夏 : 중국. 『서경』 「순전舜典」에 "만이가 중하를 어지럽히며 약탈
하고 죽이며 밖을 어지럽히고 안을 어지럽힌다.[蠻夷猾夏 寇賊姦宄]"라는
내용이 있다.

▸ 방추防秋 : 중국의 북방 유목 민족들이 천고마비天高馬肥의 가을철에 자
주 남침南侵을 하였으므로, 중국의 변방에서 특별 경계를 펼치고 방어
하던 것을 말한다.

▸ 변민邊民 : 변방 백성. 당시 진도 백성을 말한다.

▸ 갱장更張 : 거문고의 줄을 고쳐 매다. 전하여, 해이한 사물을 고치어 긴
장하게 한다는 뜻이다.

사진⑥ 1872년 진도부 지도

【1872년 진도의 모습을 볼 수 있는 지도이다. 진도읍성과 동문, 남문, 서문 세 곳의 문이 보인다. 88번 시 "버들 빛을 보고 느낌이 일어[見柳色有感]"의 세주에 "나는 섬으로 유배 와서 비로소 동림에 우거하다가 근래에 성의 서쪽으로 옮겼다.[余謫島 始寓東林 近移郭西]"라고 하였는데, '동림'은 동문, '성의 서쪽'은 서문과 관련이 있다. 133번 시에서는 남문 밖 남천교南川橋에서 줄다리기를 구경했다고 하였다. 남천교를 지나 남쪽 바닷가의 금갑진金甲鎭은 정만조가 처음 유배 갔던 곳이다. 동쪽 쌍계사雙溪寺는 정만조가 때때로 시회를 열었던 곳이고, 특히 사상(사천리)은 미산 허형(허결)의 거소가 있었는데, 128번 시처럼 그 집에 핀 수선화를 읊었다. 그 외에 『은파유필』 시제에 금갑진, 남천교, 쌍계사가 자주 등장한다.】(규장각 소장, 규奎 10461)

37. 산에 올라 登山

울타리 너머 술 불러 함께 산에 오르니	隔籬呼酒共登山 격 리 호 주 공 등 산
구름 새는 정 깊게 서로 도와 오락가락	雲鳥情深護往還 운 조 정 심 호 왕 환
꿩은 자성에 떨어져 나무꾼 길로 들고	雉落子城樵路入 치 락 자 성 초 로 입
물고기 병혈에서 뛰니 낚시터 한가하다	魚驕丙穴釣磯閒 어 교 병 혈 조 기 한
뽕나무 삼마 파낸 사람들 많은 땅 없으니	桑麻人鑿無多地 상 마 인 착 무 다 지
가랑비 마을 희미하매 그 몇째 물굽이인가	烟雨村迷第幾灣 연 우 촌 미 제 기 만
좋은 구절 있어도 서호를 노래하지 말지니	莫唱西湖雖好句 막 창 서 호 수 호 구
시는 다 사실을 기록해 버릴 것이 없구나	詩皆紀實不須刪 시 개 기 실 불 수 산

◆ 이 작품은 산에 올라 바라본 광경을 시로 읊었다. 여기서의 산은 꼭 단정 지을 수는 없으나 첨찰산尖察山일 가능성이 높다. 수련 1구에서 "함께 산에 오르니"라고 했으니, 정만조 홀로 산에 오른 것은 아니다. 작자는 산에 올라 여러 가지 광경을 보았다. 꿩이 날다가 떨어지는 모습, 물고기가 뛰노는 모습, 뽕나무 삼마를 파내는 사람들의 모습, 가랑비로 인해 마을이 희미해진 모습 등의 광경을 보았다.

▸ 자성子城 : 성 안에 설치한 또 다른 작은 성.

▸ 초로樵路 : 나무꾼이 다니는 길.

▸ 병혈丙穴 : 촉중蜀中에 있는 물구멍인데, 맛 좋은 물고기가 많이 산다고 한다.

▸ 조기釣磯 : 낚시터.

사진⑦ 첨찰산尖察山 전경

【첨찰산은 진도군 진도읍 고군면과 의신면 경계에 있다. 높이 485m로 진도에서 제일 높은 산이다. 백제시대에 축성한 것으로 추정되는 산성山城이 있으며 조선시대에 설치한 봉수대의 유적이 있다. 산 밑에 운림산방과 쌍계사가 있다.】

38. 고향으로 돌아갈 생각에 思歸

뚜렷했던 나의 고향이 다시 아련해지니	家鄉歷歷復依依 가 향 력 력 부 의 의
생각이 깊어질 때면 문득 돌아간 듯하다	思到深時便似歸 사 도 심 시 변 사 귀
외아들 학문 연마 많아 기대할 만했으나	一子多攷能有托 일 자 다 유 능 유 탁
십년 간 성과 적어 이미 그릇됨 알았다	十年少瑗已知非 십 년 소 원 이 지 비
슬픈 말 모아 새로운 시집 만들기 두렵고	悲辭怕集新詩稿 비 사 파 집 신 시 고
오골은 되레 옛날의 선비라고 일컫는다	傲骨稱還舊布衣 오 골 칭 환 구 포 의
옛날에 의심했던 궁귀 이제 조금 믿나니	窮鬼昔疑今稍信 궁 귀 석 의 금 초 신
근래에 하는 일마다 마음과 어긋나더라	近來事事與心違 근 래 사 사 여 심 위

◆ 이 작품은 잠시 고향을 떠올리며 생각을 적은 것이다. 특히, 함련에서 외아들 정인형鄭寅衡 이야기를 한 것이 인상적이다. 아마도 작자는 외아들이 학문을 열심히 닦아 기대를 많이 했던 모양이다. 그런데 10년이 지났으나 큰 성과를 내지 못했으니 이제는 잘못되었음을 알았다고 했다. 경련에서 작자는 현재 자신의 모습을 살펴 슬픈 말을 모아 새로운 시집 내는 것이 두렵다 하였고, 자존심 강한 성격을 지녀 사람들이 오골傲骨이라 했는데 이제는 옛날의 벼슬 없는 선비라는 칭호를 받는다 하였다. 그리고 미련에서 '궁귀窮鬼'라는 어휘를 언급하였다.

'궁귀'는 원래 당나라 한유韓愈가 자신을 곤궁하게 하는 원인 다섯 가지를 귀신에 비기어 서술한 데에서 유래하였다. 정만조는 자신이 유배 오기 전에는 궁귀가 정말 있는가 하고 의심했었는데, 이제는 그것을 믿게 되었다고 하며 힘든 생활을 이어가고 있음을 은연중에 나타내었다.

▶ 일자一子 : 정만조의 외아들 정인형鄭寅衡(1875~1953)을 말한다. 자는 경림敬林이다. 1891년(고종28)에 증광시 진사에 합격하였고, 이듬해에 별시 병과에 급제하였다.

▶ 다유多攸 : 닦은 것이 많다. 즉, 학문 연마를 많이 했다는 뜻으로 볼 수 있다.

▶ 소원少瑗 : '원'은 구슬의 일종. 구슬이 적다는 뜻은 성과가 크게 나지 않았다는 의미로 볼 수 있다.

▶ 오골傲骨 : 남에게 굽히지 않는 자존심 강한 성격. 이백李白이 허리 사이에 오골을 갖고 있다[腰間有傲骨]는 평을 들었다.

▶ 포의布衣 : 벼슬이 없는 선비.

▶ 궁귀窮鬼 : 당唐나라 한유韓愈가 자신을 곤궁하게 하는 원인이 되는 다섯 가지를 귀신에 비기어 서술한 「송궁문送窮文」에서 온 말로, 지궁智窮·학궁學窮·문궁文窮·명궁命窮·교궁交窮을 가리킨다.

39. 날이 갓 개어 新晴

노고봉 아래에서 내린 비 갓 개니	老姑峯下雨新晴 노 고 봉 하 우 신 청
구자탄가의 조숫물 비로소 생겼다	狗子灘頭潮始生 구 자 탄 두 조 시 생
바닷가 명산은 다 북쪽을 향하고	海上名山盡北向 해 상 명 산 진 북 향
예로부터 유배객들 남쪽으로 왔지	古來謫客多南行 고 래 적 객 다 남 행
봉황 조서의 소식은 끊기어 없고	斷無消息鳳凰詔 단 무 소 식 봉 황 조
물새 맹세의 인연은 일찍이 있었다	夙有因緣鷗鷺盟 숙 유 인 연 구 로 맹
한 황제 은혜 소홀해 상수에서 원망했고	漢帝恩疎湘水怨 한 제 은 소 상 수 원
하늘 끝 유장경의 애간장은 끊어진다	天涯腸斷劉長卿 천 애 장 단 유 장 경

◆ 이 작품은 비가 내린 뒤에 날이 막 개었을 때 느낌이 일어 지었다. 특히, 경련을 통해 작자가 임금이 내린 조서를 기다리고 있음을 알 수 있다. 미련에서는 한漢나라 때의 가의賈誼와 당나라 때의 유장경劉長卿을 언급하였는데, 두 사람 모두 작자를 대신 지칭한 것이다. 유배에서 빨리 풀렸으면 하는 바람이 담긴 시이다.

▸ 적객謫客 : 유배객.

▸ 봉황조鳳凰詔 : 봉황의 조서. 곧, 임금이 내린 조서를 뜻한다.

▸ 한제은소상수원漢帝恩疎湘水怨 : "한 황제 은혜 소홀해 상수에서 원망했고"로 풀이하였다. 이는 한漢나라 때 장사왕長沙王의 태부太傅였던 가의賈誼가 모함을 받고 쫓겨난 뒤 상수湘水를 건널 때 백여 년 전 멱라汨羅에 빠져 죽은 굴원을 애도하면서 「조굴원부弔屈原賦」를 지은 것을 말한다.

▸ 천애장단유장경天涯腸斷劉長卿 : "하늘 끝 유장경의 애간장은 끊어진다"로 풀이하였다. '유장경'은 당나라 하간河間 사람으로 자는 문방文房. 수주 자사隨州刺史를 역임했으며 오언시를 잘 지었다. 일생 동안 관리로서 강직한 성격을 보였고, 자주 권력자의 뜻을 거스르는 언동을 했다. 이 때문에 두 차례나 유배를 당하여 실의의 세월을 보내기도 하였다.

40. 서늘한 저녁에 배가 가는 것을 보며 晩凉觀舟行

천 층 물결 밖으로 만산은 둘렸는데	千層浪外萬山圍 천 층 랑 외 만 산 위
나는 듯한 돛단배 뉘 집 것인가 묻네	問是誰家一帆飛 문 시 수 가 일 범 비
배는 하늘 위에 앉은 듯이 보일 뿐이요	但見船如天上坐 단 견 선 여 천 상 좌
사람들 먼 곳으로 돌아갔단 말 못 들었다	未聞人自日邊歸 미 문 인 자 일 변 귀
뱃길 없지 않으나 소식 통하기가 어렵고	非無潮路難通信 비 무 조 로 난 통 신
서늘한 가을에 벌써 옷 생각난 것 아니다	不是秋凉已憶衣 불 시 추 량 이 억 의
문득 강동으로 떠나는 한 십사가 부럽나니	却羨江東韓十四 각 선 강 동 한 십 사
난리 가득한 땅에서도 부모님을 찾았다지	干戈滿地訪庭闈 간 과 만 지 방 정 위

◆ 이 작품은 서늘한 가을 저녁에 바다에 배가 떠가는 것을 보고 느낌이 일어 지었다. 수련에서 우선 만산이 두른 바닷가에 돛단배가 떠가는 것을 묘사했다. 함련에서는 작자의 생각이 들어갔다. 특히 2구에서 배를 타고 멀리 돌아갔다는 말 듣지 못했다는 것은 곧, 자신과 같은 사람이 배를 타고 돌아가지 못했다는 의미로써 언급한 것이다. 경련에서 뱃길은 있으나 소식이 통하지 않은 것을 말하였고, 미련에서는 난리 통에도 강동江東으로 떠나는 한 십사韓十四가 부럽다고 하였다. 한 십사는 당나라의 시인 두보杜甫의 친구로 안사安史의 난이 일어났을 때 타

향에 있다가 부모님을 뵙기 위해 고향으로 갔던 사람이다. 작자는 현재 유배 온 사람으로 자유롭게 움직일 수 없는 상황에 처해 있어서 자유롭게 오고갈 수 있는 한 십사가 부러웠던 것이다.

▶ 일변日邊 : 태양 주변이라는 말로, 천변天邊과 같이 매우 먼 지방을 가리킨다.

▶ 각선강동한십사 간과만지방정위却羨江東韓十四 干戈滿地訪庭闈 : "문득 강동으로 떠나는 한 십사가 부럽나니, 난리 가득한 땅에서도 부모님을 찾았다지"로 풀이하였다. 이 부분은 두보杜甫가 지은 시 「송한십사강동근성送韓十四江東觀省」과 관련된다. 「송한십사강동근성」 시제를 풀이하면, "부모님을 뵈러 강동으로 떠나는 한 십사를 보내며"이다. 이 작품은 두보가 성도成都에 있을 때 지었는데, 안사安史의 난이 아직 평정되지 않았을 때이다. 그러니 혼란스러운 때라고 할 수 있다. 이런 틈에 한 십사가 강동으로 부모님을 뵈러 떠난다고 한 것이다. 당연히 두보로서는 걱정이 되었다. 「송한십사강동근성」 시는 그러한 마음을 담았다. '한십사韓十四'는 한씨韓氏 성姓을 가진 열네 번째 사람을 가리킨다. '간과干戈'는 원래 전쟁을 뜻하나 여기서는 안사의 난을 가리킨다. '정위庭闈'는 어버이가 계신 고향 집을 말한다. 참고로 진晉나라 속석束皙이 지은 보망시補亡詩 「남해南陔」에 "남쪽 섬돌을 따라 올라가, 난초 캐어 어버이께 바쳐 올리리. 어버이 계신 곳 돌아보며 생각하느라, 마음이 편안할 틈이 없다오.〔循彼南陔 言采其蘭 眷戀庭闈 心不遑安〕"라는 말이 나온다.

41. 한가해서 得閒

대 귤나무에 안개 끼어 변방 관문 어둑해	篁烟橘雨暗邊關 황 연 귤 우 암 변 관
긴 강을 건너가면 온갖 오랑캐 산다지	一涉長江卽百蠻 일 섭 장 강 즉 백 만
인간만이 사는 무릉의 길이요	除是人間武陵路 제 시 인 간 무 릉 로
하늘가 혜주의 산은 아니다	也非天上惠州山 야 비 천 상 혜 주 산
이 몸은 잊더라도 끝내 망국은 잊지 못해	忘身未可終忘國 망 신 미 가 종 망 국
죄 얻어 비로소 한가해짐을 그 뉘 알리요	得罪誰知始得閒 득 죄 수 지 시 득 한
늘 기쁜 건 밀물 썰물이 나고 드는 곳에서	每喜潮生潮落處 매 희 조 생 조 락 처
동쪽 갔던 물줄기 서쪽으로 또 돌아옴이라	水流東去復西還 수 류 동 거 부 서 환

◆ 이 작품은 한가할 때 느낌을 적은 것이다. 작자는 진도 바다를 건너
가면 어떤 곳이 있을까를 생각했던 것 같다. 수련 2구를 통해 그러한
생각을 읽을 수 있다. 함련에서는 주변 승경을 묘사했는데, 마치 무릉
도원武陵桃源 고사성어에 등장하는 무릉武陵과 같으나 송나라 때 문인
소식蘇軾이 유배 갔던 혜주惠州와 같지 않다 하였다. 경련 2구에서 자신
이 한가해진 이유를 말하며, 미련에서 기쁜 마음을 가질 때가 언제인
가를 말하였다. 작자는 밀물 썰물이 드나드는 곳에서 갔던 물줄기가
다시 돌아오는 것이 기쁘다 하였다. 특별한 것이 아닌 일상적인 것에
서 기쁨을 찾는 모습을 엿볼 수 있다.

▶ 무릉武陵 : 동진東晉 시대 도잠陶潛이 지은 「도화원기桃花源記」에 등장하
는 이상향. 「도화원기」에 따르면, 동진의 태원太元 연간에 무릉의 한
어부가 일찍이 시내를 따라 한없이 올라가다가 갑자기 도화림桃花林이
찬란한 선경을 만나 그곳에 들어가서, 일찍이 선대先代에 진秦나라 때
의 난리를 피해 처자妻子를 거느리고 그곳에 들어와 대대로 살고 있다
는 그곳 사람들을 만나서 극진한 대접을 받고, 수일 후에 그곳을 떠나
서 배를 타고 다시 되돌아왔는데, 그 후로는 다시 그 도화림을 찾을
수가 없었다고 한다. 『陶淵明集 卷6』

▶ 혜주惠州 : 중국 광동성 혜양현惠陽縣 서쪽에 위치한 고을. 송宋나라의
소식蘇軾이 귀양살이하던 곳이다.

42. 비바람이 치는 밤에 風雨夜

영고와 성쇠에 마시는 석 잔 술과
悲歡榮瘁三杯酒
비 환 영 췌 삼 배 주

비바람 부는 강산의 한 점 등불이라
風雨江山一點燈
풍 우 강 산 일 점 등

꿈속에선 항상 머나먼 길이 없고
夢裡尋常無遠道
몽 리 심 상 무 원 도

하늘 끝에 떨어져 친한 벗도 적다
天涯零落少親朋
천 애 영 락 소 친 붕

공명은 전부 초두 객에게 붙였거늘
功名盡付焦頭客
공 명 진 부 초 두 객

화복은 두구 승과 무슨 상관있을까
禍福何關杜口僧
화 복 하 관 두 구 승

머리 든 뜬 구름 끝내 해를 가리니
擧首浮雲終蔽日
거 수 부 운 종 폐 일

높은 데 올라 고릉 바라볼 뜻만 두었다
登高惟意望觚稜
등 고 유 의 망 고 릉

◆ 이 작품은 비바람이 치는 밤에 등불 아래에서 술을 마시면서 지었
다. 비바람이 치는 등불 아래에서 술을 마시고 있으니 심사心思가 그리
밝지 않으리라고 추측할 수 있다. 그 때문인지 함련의 내용에서 부정
적인 생각을 읽을 수 있다. 꿈을 꾸면 머나먼 길이 없고, 하늘 끝에 떨
어져 친한 벗도 없다. 또한 경련에서 공명과 화복을 언급하였다. 공명
을 정당하게 부여하지 않고 본말이 전도된 현실을 꼬집었으며, 화복
또한 묵묵히 말이 없는 것과 아무런 관련성이 없다 하였다. 작자의 소
신을 알 수 대목이다. 그리고 미련에서 수사법을 사용해 자신의 뜻을

전달했다고 생각한다. 문학 작품에 자주 등장하는 '뜬 구름'과 '해'를 언급하였는데, 전자는 간신 또는 정사政事를 그르치는 신하 등을 가리키고, 후자는 왕을 주로 가리킨다. "뜬 구름이 해를 가린다"라고 했으니 간신 등이 왕의 판단력을 흐리게 한다는 의미로 이해할 수 있다. 상황이 이러한데 작자는 아무 것도 할 수 없다. 그러니 2구에서 말한 것처럼 높은 데 올라 궁궐의 가장 높은 데를 바라볼 생각만 한 것이다.

▸ 공명진부초두객功名盡付焦頭客 : "공명은 전부 초두 객에게 붙였거늘"로 풀이하였다. 옛날에 한 나그네가 주인집의 굴뚝이 곧게 나 있고 땔나무가 바로 그 곁에 쌓여 있는 것을 보고는 주인에게 말하기를 "굴뚝을 굽게 고치고 땔나무를 멀리 옮겨놓아야 한다.〔曲突徙薪〕 그렇지 않으면 곧 화재를 당하게 될 것이다."라고 했으나, 주인은 전혀 대꾸도 하지 않았다가 이윽고 과연 그 집에 화재가 났다. 마침 이웃 사람들의 도움으로 불을 다 끄고 나서는 주인이 소를 잡고 술을 마련하여 불을 끈 사람들에게 감사의 뜻을 폈는데, 불을 끄느라 머리를 태우고 이마를 덴〔焦頭爛額〕 사람을 가장 공이 크다 하여 높은 자리에 앉히고, 그 나머지도 공의 고하高下에 따라 각각 자리에 앉혔으되, 맨 처음에 '굴뚝을 굽게 내고 땔나무를 멀리 옮기라'고 말해준 사람은 아예 거론도 하지 않았다 한다. 그래서 본말이 전도된 일이나 또는 재앙을 미연에 방지하지 못한 일의 비유로 쓰인다. 『天中記』

▸ 화복하관두구승禍福何關杜口僧 : "화복은 두구 승과 무슨 상관있을까"로 풀이하였다. '두구 승'은 입을 다문 중이라는 뜻으로 유마힐維摩詰을 말한다. 석가모니가 비야毘耶라는 인도의 성에서 설법을 할 때 유마힐이 병을 칭탁하고 나오지 않으므로 문수보살文殊菩薩을 보내어 문병을 하게 했다. 문수가 유마힐에게 묻기를, "어떻게 하면 보살이 불이법문不

二法門에 들 수 있습니까?" 했으나 묵묵히 말이 없으므로, 문수는 이르기를, "문자도 언어도 없으니 이것이 참으로 불이법문에 든 것이다." 했다 한다. 무언無言 속에 진리를 터득함을 비유하여 '두구비야杜口毘邪'라 한다.

▶ 고릉甋稜 : '릉稜' 자는 원문에 '릉陵' 자로 되어 있어 수정하였다. 고릉은 궁궐의 가장 높은 곳으로 전각殿閣 지붕의 기와등〔瓦脊〕을 말한다.

43. 날을 보내며 遣日

지루한 오늘 어쩌면 좋은가	今日支離可奈何 금 일 지 리 가 내 하
술 마시고 긴 노래만 부를 뿐	只須對酒且長歌 지 수 대 주 차 장 가
머리는 흐리멍덩해져 웃음 나오고	頭顱堪笑冬烘客 두 로 감 소 동 홍 객
부귀는 일장춘몽이니 생각지 말자	富貴莫思春夢婆 부 귀 막 사 춘 몽 파
지금 세상엔 함께 말할 사람 적고	可與語人當世少 가 여 어 인 당 세 소
반평생 뜻대로 안 되는 일 많아라	不如意事半生多 불 여 의 사 반 생 다
물리쳤던 시름 밀어도 다시 이르러	愁來排遣排還至 수 래 배 견 배 환 지
오늘도 지루하게 또한 지나가는구나	今日支離亦得過 금 일 지 리 역 득 과

◆ 이 작품은 지루한 하루를 보내며 느낌을 적은 것이다. 작자는 유배지에서 하루하루가 지루하다. 하루 동안 하는 일은 술 마시고 노래 부르는 일 뿐. 그러니 머리는 흐리멍덩해진 것 같다. 부귀도 일장춘몽이라고 생각할 뿐이다. 또한 자신과 함께 허심탄회하게 이야기를 나눈 상대도 없을 뿐 아니라 반평생 살아오면서 안 되는 일 투성이었다. 시름은 물리쳐도 다시 또 이르고 물리쳐도 다시 또 이르러 오늘도 지루하게 또 지나가고 있다. 작자는 이와 같은 내용을 시에 담았다.

▶ 두로감소동홍객頭顱堪笑冬烘客 : "머리는 흐리멍덩해져 웃음 나오고"로 풀이하였다. '두로'는 백발의 쇠한 머리를 가리킨다. 남제南齊 때의 은 사 도홍경陶弘景이 자기 종형에게 보낸 편지에, "내가 나이 40세 전후에 상서랑尚書郎이 되기를 기약했는데, 지금 나이 36세에 바야흐로 봉청奉 請이 되었습니다. 40세의 머리를 알 만하니, 일찍 떠나는 것이 좋겠습 니다."라고 했던 데서 온 말로, 전하여 나이 40여 세에 이미 쇠衰한 것 을 의미한다. '동홍'은 머리가 흐리멍덩하여 식견이 오활하고 천박하 다는 뜻으로, 보통 시골 서당의 고루한 훈장을 비유하는 말로 많이 쓰 인다. 당唐나라 정훈鄭薰이 시관試官이 되어 과거를 주관할 적에 안표顏 標를 노공魯公 안진경顏眞卿의 후손으로 잘못 알고서 장원狀元으로 뽑자, 당시에 한 무명씨無名氏가 시를 지어 조롱하기를, "주사의 두뇌는 너무 도 동홍이라서, 안표를 노공의 후손으로 잘못 알고 뽑았다네.〔主司頭腦 太冬烘 錯認顏標作魯公〕"라고 한 고사가 전한다. 『唐摭言 誤放』

▶ 부귀막사춘몽파富貴莫思春夢婆 : "부귀는 일장춘몽이라 생각지 말자"로 풀이하였다. '춘몽파'는 다음의 고사에서 유래하였다. 소식이 좌천되 어 절강성 창화昌化에 있을 적에 큰 바가지를 등에 메고 전지田地 사이 를 오가며 노래를 불렀는데, 어떤 노파老婆가 소식에게 "소 내한의 지 난날 부귀는 '한바탕 봄꿈〔一場春夢〕'이었다." 하니, 소식이 그 말을 듣고 고개를 끄덕였다고 한다. 당시 마을 사람들은 이 노파를 '춘몽파'라고 불렀다고 한다. 『古今事文類聚 別集 卷29 春夢婆』

44. 새 정자의 벽에 쓰다 新屋題壁上

열흘 만에 완성한 한 칸의 정자	一旬成就一間亭 일 순 성 취 일 간 정
두 부채의 밝은 창과 작은 뜰이라	雙扇明窓十笏庭 쌍 선 명 창 십 홀 정
집 이름은 동파 거사 호로 짓고	屋署東坡居士號 옥 서 동 파 거 사 호
하늘로 남극노인성에 이어져있다	天連南極老人星 천 련 남 극 로 인 성
이웃과 백련사 맺음을 약속하고	約隣擬結白蓮社 약 린 의 결 백 련 사
집터는 청학경에 맞는지 점 쳤네	筮宅論符靑鶴經 서 택 론 부 청 학 경

처음 역사를 할 때 지관이 와서 보고 훌륭한 집터라고 크게 칭찬하였다.
〔始役時 堪輿家來見 大稱宅基之佳〕

고향 동산의 사슴떼들아 날 기다리지 마라	猿鹿故園休待我 원 록 고 원 휴 대 아
이 산에 또한 초당의 신령이 있단다	兹山亦有草堂靈 자 산 역 유 초 당 령

◆ 이 작품은 새 정자를 짓고 나서 벽에 쓴 시이다. 『무정존고』 권2에
도 같은 제목으로 수록되어 있는데, 총 4수로 이루어져 있다. 『무정존
고』에 실린 제1수와 이 작품이 같다.
수련 2구에서 작은 뜰에 새로 지은 정자의 모습은 부채 모양의 창을
가지고 있다고 하였다. 그 정자의 이름은 소식蘇軾의 호를 가져다 붙였
고, 하늘로는 남극노인성과 이어져 있다. 정자의 이름을 소식의 호에

서 딴 것은 작자가 소식과 자신을 동일시한 것이라 할 수 있다. 또한 남극노인성과 연결 지은 것은 평안을 바라는 마음이 담겨있다고 할 수 있다. 경련에서 이웃과 결사結社 맺기를 약속하고, 집터가 풍수지리에 맞는지 점을 쳐봤다고 하였다. 미련의 내용은 남제南齊 때 공치규孔稚圭 가 지은 「북산이문北山移文」의 내용을 끌어다 지었는데, 작자 자신이 은 자隱者로 살겠다는 의지를 드러내었다.

▶ 쌍선명창십홀정雙扇明窓十笏庭 : "두 부채의 밝은 창과 작은 뜰이라"로 풀이하였다. '쌍선'은 오작교 앞에 달려 있는 사립문을 말한다. 당나라 조황趙璜의 「칠석七夕」 시에 "오작교 머리의 두 부채가 열리니 해마다 한 차례씩 은하 건너오누나.〔烏鵲橋頭雙扇開 年年一度過河來〕"라고 하였다. '십홀정'의 홀은 척尺과 같은 뜻으로, 즉 사방 일장四方一丈의 조그마한 뜰을 말한다.

▶ 동파거사호東坡居士號 : '동파 거사'는 북송北宋 때의 시인이자 정치인인 소식蘇軾을 가리킨다. 자는 자첨子瞻이요, 동파는 그의 호이다. 1057년 에 진사가 되었고, 영종조(1063~1066)에 사관史館에 들어갔으나 왕안석王 安石의 신법新法에 반대하여 당쟁에 패하고 항주杭州 등의 지방관을 역 임하였다. 당쟁에 의해 혜주惠州 등으로 유배되었다. 휘종의 대사면大 赦免으로 일시 장안에 돌아와 벼슬을 하였으나 상주〔장쑤성〕에서 객사 하였다.

▶ 남극노인성南極老人星 : '노인성'은 인간의 수명을 관장한다는 별인데, 남극성南極星 또는 남극 노인南極老人이라고도 한다. 『사기史記』 권27 「천 관서天官書」에, "낭비지狼比地에 큰 별이 있는데 남극노인이라 부르며, 이 별이 나타나면 정치가 안정되고 나타나지 않으면 전쟁이 발생한 다." 하였다.

▶ 백련사白蓮社 : 동진東晉의 고승 혜원惠遠이 여산廬山의 동림사東林寺에서 유유민劉遺民·뇌차종雷次宗 등 명유名儒를 비롯하여 승속僧俗의 18현賢과 함께 염불 결사念佛結社를 맺었는데, 그 사찰의 연못에 백련白蓮이 있기 때문에 백련사라 일컬었다는 고사가 있다. 『蓮社高賢傳 慧遠法師』

▶ 청학경靑鶴經 : 풍수지리서인 『청오경靑烏經』을 말한 듯하다. 『청오경』 은 후한後漢 시대의 풍수학風水學에 관한 술서術書이다. 『금낭경金囊經』과 함께 풍수지리서의 대명사로 쓰인다.

▶ 감여가堪輿家 : 지관地官을 말한다.

▶ 자산역유초당령茲山亦有草堂靈 : "이 산에 또한 초당의 신령이 있단다"로 풀이하였다. '초당의 신령'은 은자隱者를 뜻한다. 즉, 정만조 자신이 은 자가 되었다는 뜻이다. '초당령'은 다음 내용에서 유래하였다. 남제南 齊 때 공치규孔稚圭가 일찍이 변절하여 벼슬길에 나간 주옹周顒을 매우 못마땅하게 여긴 나머지, 북산北山 신령의 이름을 가탁하여 관청의 이 문移文을 본떠서 「북산이문北山移文」을 지어 그로 하여금 다시는 북산에 발을 들여놓지 못하도록 하는 뜻을 서술하였다. 그 대략에 "종산의 영 령과 초당의 신령이 연기로 하여금 역로를 달려가서 산정에 이문을 새기게 하였다.……혜초 장막은 텅 비어 밤 학이 원망하고, 산중 사람 이 떠나감에 새벽 원숭이가 놀란다.〔鍾山之英 草堂之靈 馳煙驛路 勒移山庭…… 蕙帳空兮夜鶴怨 山人去兮曉猿驚〕"라고 하였다.

45. 늦은 저녁 바라보며 또 앞 운을 사용하다 晩望又疊

세찬 바람 부는데 텅 빈 정자에 기대니	天風浩浩倚虛亭 천 풍 호 호 의 허 정
지는 해 외로운 연기 동정호인 듯하여라	落日孤烟似洞庭 낙 일 고 연 사 동 정
조수에 이른 상선 멀리 북 치며 돌아오고	潮至商帆回遠鼓 조 지 상 범 회 원 고
서늘한 밤의 어화 성긴 별인 듯 어지럽다	夜凉漁火亂踈星 야 량 어 화 란 소 성
해자는 하늘 갈라 화이의 경계를 나누었고	臺隍天割華夷界 대 황 천 할 화 이 계
책상에서 날마다 『산해경』 책을 펼쳐본다	几案日披山海經 궤 안 일 피 산 해 경
구름 흩어진 뒤의 맑은 강 사랑스럽게 보니	愛看江晴雲散後 애 간 강 청 운 산 후
그림 같이 만 겹인 저 곳은 강진 영암이라	畵圖萬疊是康靈 화 도 만 첩 시 강 령

매번 하늘이 맑게 갠 때에 나열한 온갖 산은 모두 강진·영암 두 군의 산이다.〔每天晴時 万山羅列者 皆康津靈巖二郡之山〕

◆ 이 작품은 앞 시의 운을 가져다가 해가 질 무렵에 물상을 바라다보면서 지었다. 수련 1구에서 말한 '빈 정자'는 앞 시에서 말한 '새 정자'를 말했다고 생각한다. 새로 지은 정자의 기둥에 기대어 저녁 물상을 바라다보니 앞의 바다가 마치 동정호洞庭湖를 보는 듯하였다. 함련 이하부터 바다와 관련한 내용을 적었다. 우선 상선商船과 어화漁火가 보였다. 또한 경련에서 화이華夷의 경계를 말하면서 『산해경山海經』 책을 늘

펼쳐본다고 하였다. 물론 경련 1구의 내용은 상상력이 발휘된 것이다. 작자는 유배 온 사람으로 유배지 주변의 지형을 아직 잘 모른다. 그래서 혹시 『산해경』을 통해 정보를 얻고자 하는 마음이 있었을까? 시야를 좀 더 멀리 하니 맑은 날인지라 강진과 영암도 보였다.

▶ 동정洞庭 : 동정호洞庭湖를 가리킨다.

▶ 어화漁火 : 고기잡이배에 켜는 등불이나 횃불.

▶ 대황臺隍 : 누대樓臺와 성 밖으로 물을 둘러친 해자垓字를 말한다.

▶ 화이華夷 : 중국의 입장에서 중국과 이민족을 말한다.

▶ 산해경山海經 : 중국 고대의 지리서. 나라 안팎의 산천, 산과 바다에 사는 이물異物, 날짐승의 종류, 신기神祇, 중국의 신화, 전설 및 제사에 관한 것 등 황당무계한 것까지 많이 실었다. 모두 18권으로 이루어져 있고, 작자는 미상이다.

▶ 강령康靈 : 당시 전라도 강진康津과 영암靈巖을 아울러 말한 것이다.

46. 제주의 객을 생각하며 또 앞 운을 사용하다 懷濟客又疊

나루터 정자에서 머리 돌려 순풍 기다리니
回首候風津上亭
회 수 후 풍 진 상 정

진나라 때 명월이 한나라 왕의 뜰 비춘다
秦時明月漢王庭
진 시 명 월 한 왕 정

인생 행락이 모두 아침 이슬과도 같고
人生行樂皆朝露
인 생 행 락 개 조 로

나라 안의 친지들 절반은 새벽별 같아라
海內親知半曉星
해 내 친 지 반 효 성

부침은 운명과 같다는 것 비로소 깨달았고
始覺升沈均是命
시 각 승 침 균 시 명

출처는 반드시 일정해야 함을 이미 알았다
已知出處必須經
이 지 출 처 필 수 경

되레 천 리 가는 기러기발 편지글 없으니
都無鴈足千行字
도 무 안 족 천 행 자

한 점 신령스러운 무소뿔 마음만 있을 뿐
只有犀心一点靈
지 유 서 심 일 점 령

제주도에 명월포가 있다.〔濟有明月浦〕

◆ 이 작품은 앞 시의 운을 따라 제주로 간 유배객들을 생각하며 지었다. 앞의 시 「목포에서 내려 여러 유배 동료들과 이별하며〔下木浦 與諸謫侶別〕」에서 말했다시피 처음 인천에서 출발했던 유배객은 총 여덟 명이었다. 이 여덟 명은 목포에서 서로 헤어졌는데, 그중 다섯 명이 제주도로 유배를 갔다. 또한 다섯 명 속에 정만조의 동생 정병조가 있었다. 따라서 이 시에서 말하는 '제객濟客'은 어쩌면 정병조를 가리킨다고 할 수도 있다.

작자는 나루터에 있는 정자에 있으면서 제주도 쪽을 바라다보았을 것
이다. 수련 2구의 "진나라 때의 명월이 한나라 왕의 뜰 비춘다"라는 구
절은 작자 자신이 제주도 객을 생각한다는 말을 비유적으로 나타낸 것
이다. 함련에서는 인생을 이슬에, 천지를 새벽별에 비유하여 오래 지
속하지 못한다는 의미를 드러내었다. 경련에서는 부침浮沈과 출처出處
를 말하였는데, "비로소 깨닫고", "이미 알았다"라고 하여 인생을 달관
達觀한 듯한 태도를 보였다. 미련에서는 제주도에서 편지가 오지 않은
것을 아쉽게 생각하며, 마음만은 서로 통하고 있다 하였다.

▶ 제객濟客 : 제주도로 유배 간 동생 정병조鄭丙朝(1863~1945)를 말한다. 이
   칭은 관경寬卿 또는 규원葵園이다. 1882년 진사시에 합격하였고, 1894년
   동궁 시종관이 되었다. 1896년 명성황후 시해사건에 연루되어 종신형
   을 받고 제주도, 위도에 유배되었다가 1907년 특사로 풀려났다. 1908
   년 궁내부 장례원 전사에 임용되어 중추원 부찬의를 지냈으며, 1908년
   기호흥학회 찬무원으로 활동하는 등 이후 일제강점기에 친일행각을
   벌여 친일반민족행위자로 결정되었다.

▶ 진시명월한왕정秦時明月漢王庭 : "진나라 때 명월이 한나라 왕의 뜰 비춘
   다"로 풀이하였다. 당나라 때 상건常建이 지은 「박주우이泊舟盱眙」 시에
   "진나라 때의 명월이 한나라 관문을 비춘다.〔秦時明月漢時關〕"이라는 구절
   이 있는데, 이를 본 뜬 듯하다. 여기서 '진나라 때의 명월'은 정병조를
   말하고, '한나라 왕의 뜰'은 정만조를 가리킨 듯하다. 그 이유는 시의 마
   지막 소주에서 말한 바와 같이 제주도에 명월포가 있기 때문이다.

▶ 조로朝露 : 아침 이슬. 금방 사라짐을 의미한다.

▶ 안족鴈足 : 기러기발. '안족서鴈足書'는 기러기발에 묶어 보낸 편지를 말
   한다. 전한前漢 무제武帝 때에 흉노에 사신 갔다가 붙잡혀 구류되었던

중랑장中郞將 소무蘇武가 있었다. 소무는 무제 천한天漢 원년(기원전100)에 흉노에 사신으로 갔다가 억류되어 항복을 권유받았으나, 거절하고는 바이칼호 주변의 황야에서 온갖 고생을 하였다. 한나라에서 그를 돌려보낼 것을 요구하였으나 흉노는 이미 죽었다며 보내주지 않았다. 한나라에서 그가 죽지 않고 북해에 갇혀 있음을 알아내고는, "소무가 편지를 써서 기러기발에 묶어 보냈는데, 이 기러기가 한나라의 상림원上林園에서 잡혀 그가 죽지 않고 북해에 있음을 안다."고 주장하자, 흉노가 서둘러 소무를 찾아내어 돌려보냈다. 『漢書 卷54 蘇武傳』

▶ 지유서심일점령只有犀心一点靈 : "한 점 신령스러운 무소뿔 마음만 있을 뿐"으로 풀이하였다. '일점영서一點靈犀'라는 말이 있다. 당나라 이상은 李商隱의 「무제無題」 시에 "몸에 채색 봉황의 한 쌍 날개는 없지만, 마음에는 신령한 물소 뿔 한 점의 밝음이 있어라.[身無彩鳳雙飛翼 心有靈犀一點明]"라고 읊은 구절이 있다. 물소의 뿔 위에는 무늬가 있어 양쪽 뿔이 서로 감응한다고 한다. 그래서 일점영서란 마음과 마음이 서로 통함을 뜻한다. 정만조는 자신이 사는 진도와 제주도의 거리는 비록 멀리 떨어져 있으나 서로 마음은 통하고 있음을 말하였다.

▶ 명월포明月浦 : 지금의 제주도濟州道 북제주군北濟州郡 한림읍翰林邑 명월리明月里에 있던 포구 이름이다. 1374년(공민왕23)에 조정에 항거하던 원元나라의 목호牧胡 하치哈赤·석질리필사碩迭里必思 등을 이곳에서 토벌한 일이 있었다.

47. 궁에서 물러난 사람에게 또 앞 운을 사용하다
退宮人又疊

암향정의 모란꽃은 떨어지고	牧丹花落暗香亭 목 단 화 락 암 향 정
사후정의 밝은 달 어두워졌다	素月光沈謝后庭 소 월 광 심 사 후 정
머리 감을 약속은 6일 만에 어긋났고	沐髮有期差六日 목 발 유 기 차 육 일
홑이불 안고 명운 없어 삼성을 읊었다	抱裯無命賦三星 포 주 무 명 부 삼 성
평양의 선발 무녀는 새 은총 많이 받겠지	平陽選舞多新寵 평 양 선 무 다 신 총
태액지의 수행 가마꾼은 옛 경전 생각한다	太液陪輿憶舊經 태 액 배 여 억 구 경
창오에서 황제 따라 장사지냈다 들었는데	聞說蒼梧從帝葬 문 설 창 오 종 제 장
어이해 옥 비파로 상수 신을 원망하리요	如何瑤瑟怨湘靈 여 하 요 슬 원 상 령

◆ 이 작품은 앞 시의 운을 따라 궁에서 물러난 사람을 위해 지었다. 궁에서 물러난 사람이 누구를 가리키는지 정확히 알 수 없으나 정만조 자신을 지칭한다고 할 수 있다.

수련에서 말한 암향정과 사후정은 어디에 있는 누정인지 자세히 알 수 없으나 "모란꽃은 떨어지고"와 "밝은 달 어두워졌다"라는 말을 통해 계절과 하루 때를 가늠할 수 있다. 함련은 궁에서 쫓겨난 사람이 했던 약속이 어긋났다는 말과 함께 마치 「소성小星」시를 읊었던 첩과 동일시

하였다. 임금에게 신뢰를 받지 못한 것을 말한 것이다. 경련에서는 '평양의 선발된 무녀'와 '태액지의 수행 가마꾼'을 대비했는데, 전자가 새로 선발된 관원이라면 후자는 궁에서 물러난 사람이라고 할 수 있다. 미련에서도 궁에서 물러난 사람을 '상수의 신[湘靈]'에 대비하여 설마 순舜 임금을 따라 죽은 아황娥皇·여영女英을 원망하지 않을 것이라 하였다. 이 작품은 비유적으로 읊은 구절이 많아 이해하는데 조금 난해하다는 생각을 한다.

▸ 퇴궁인退宮人 : 궁에서 물러난 사람. 누구를 가리키는지 정확히 알 수 없으나 정만조 자신을 말한다고 할 수도 있다.

▸ 사후정謝后庭 : 사후토제謝后土祭를 지내는 뜰. 사후토제는 능을 옮길 때 토지신土地神인 후토后土에게 지내는 제사를 말한다.

▸ 포주무명부삼성抱裯無命賦三星 : "홑이불 안고 명운 없어 삼성을 읊었다"로 풀이하였다. 『시경』「소성小星」에 "희미한 저 작은 별이여 삼성과 묘성이로세. 공경히 밤에 감이여, 이불과 홑이불 안고 가니 운명이 같지 않아서네."라 한 내용이 있다. 옛날 후궁들은 군주를 모실 적에 하룻밤을 차지하지 못하여 초저녁에 가서 군주의 잠자리를 보아 주고 왔다가 새벽이면 다시 군주의 침소에 가서 이부자리를 정리하는 데 그쳤다. 이 때문에 후세에는 첩을 '소성'이라 했는데, 여기서는 궁에서 물러난 사람을 소성에 비유했다.

▸ 태액太液 : 태액지太液地를 가리킨다. 태액지는 한 무제漢武帝가 세운 궁원宮苑 안의 연못으로, 대궐 조정을 가리킨다.

▸ 문설창오종제장 여하요슬원상령聞說蒼梧從帝葬 如何瑤瑟怨湘靈 : "창오에서 황제 따라 장사지냈다 들었는데, 어이해 옥 비파로 상수 신을 원망하리요"로 풀이하였다. '창오'는 순舜 임금이 남순南巡하던 도중에 죽은

곳이다. '상령'은 상수湘水에 빠져 죽어 수신水神이 되었다는 순 임금의
비妃 아황娥皇·여영女英의 넋을 이른다. 아황과 여영은 남편 순 임금이
죽자 남편을 애타게 그리워한 나머지 소상강 가에서 눈물을 흘리며
비파를 타다가 강물에 투신하여 죽었는데, 그들이 흘린 피눈물이 강
가의 대나무에 배어 붉은 반점이 되었다는 전설이 있다.

사진⑧ '은천恩泉'이라 새겨진 바위
【정만조는 진도읍 교동리 손병익孫秉翼의 사랑채에서 진도의 학동들을 가르쳤는
데, 그 당호堂號를 '자유당自有堂'이라 하였고, 그 주변 암벽에 '무정茂亭', '은천恩泉'
이라 새겼다. 암벽에 새긴 한자는 현재도 선명히 남아있다.】(2019. 05.06.)

48. 외론 밤에 또 앞 운을 사용하다 獨夜又疊

물길 산길이 다한 초정에서 잠을 자다가	水盡山窮宿草亭 수 진 산 궁 숙 초 정
술 깨고 잠에서 깨어 빈 뜨락에 서 있다	酒醒夢破立空庭 주 성 몽 파 립 공 정
그침이 없는 새벽닭은 비바람을 능멸하고	晨鷄不已凌風雨 신 계 불 이 릉 풍 우
의지할 곳 없는 밤 까치는 달별 원망한다	夜鵲無依怨月星 야 작 무 의 원 월 성
나는 본래 먼 데서 온 한스러운 사람이라	僕本恨人來遠道 복 본 한 인 래 원 도
그 어떤 지식인이 성현의 경전을 품을까	誰其知者抱遺經 수 기 지 자 포 유 경
말하기도 어렵고 나아가기도 어렵나니	欲言難語行難進 욕 언 난 어 행 난 진
나와 같은 동물은 최고 영장이 아니리라	動物如吾最不靈 동 물 여 오 최 불 령

◆ 이 작품은 앞 운을 사용해 외로운 밤에 읊었다. 작자는 초정草亭에서 잠을 자다 깨어나 빈 뜰에 서 있다. 함련 1구에서 '새벽닭'을 언급했으니 하루 때 중에서 새벽인 듯하다. 작자는 자신을 '먼 데서 온 한스러운 사람'이라 하였다. 그러니 그 어떤 지식인이 성현의 경전을 품어줄 것인가 하고 의문을 제기하였다. 자신은 한스러운 사람이기 때문에 지식인이 아니어서 성현의 경전을 품을 수 없다는 뜻으로 이해하였다. 한스러운 사람이기 때문에 떳떳하게 말도 잘 하지 못하고 전진하지도 못한다. 그래서 최고의 영장이 아니라고 하였다.

49. 읍인이 찾아왔다가 그가 돌아감에 매우 서운한 마음이 들어 이별을 시제로 또 앞 운을 사용하다
邑人來訪 其歸悵甚 以別離爲題又疊

몇 가닥 바람 젓대에 이별 정자 서운하니	數聲風笛悵離亭 수 성 풍 적 창 리 정
천 년의 비파 소리는 오랑캐도 싫어한다	千載瑟琶厭虜庭 천 재 슬 파 염 로 정
지난날 제비 공로에 나쁜 새 화답했는데	夙世燕勞應惡鳥 숙 세 연 로 응 악 조
평생토록 견우와 직녀는 차가운 별일 뿐	平生牛女只寒星 평 생 우 녀 지 한 성
넋 녹아 강랑의 오색붓 물리치지 못하고	消魂未退江郎筆 소 혼 미 퇴 강 랑 필
끈을 풀어 석씨 경전에 의지하기 어렵다	釋縛難憑釋氏經 석 박 난 빙 석 씨 경
대낮에 신선 되어 올라 끝내 이별했으니	白日登仙終是別 백 일 등 선 종 시 별
금단이 익었다 하나 신령스럽지 않도다	金丹雖熟不須靈 금 단 수 숙 불 수 령

◆ 이 작품은 읍에 사는 사람이 찾아왔다가 돌아가니 서운한 마음이 들어 앞 시의 운을 이어 지었다. 이별의 아쉬움이 묻어나온 작품이다. 수련 1구의 '창리정悵離亭'은 실제로 존재하는 누정이 아니라 "누정에서 이별하여 서운하다"는 의미로 가공한 것이리라. 함련은 비유적으로 내용을 구성하였다. 1구에서 말한 '제비'는 읍인을 말하고, '나쁜 새'는 정만조 자신을 두고 한 말로 이해된다. 경련 1구에서 "강랑의 오색붓

물리치지 못했다"라고 했는데, 이는 시문을 지을 수밖에 없었다는 의
미로 이해된다. 또한 "석씨 경전에 의지하기 어렵다"라고 했는데, 불경
佛經에 의지할 수 없다는 뜻으로 풀이하였다. 읍인과 이별한 아쉬움은
미련까지 계속 이어졌다. 작자는 읍인을 가리켜 '신선'이라 하였고, 그
신선이 없어졌으니 금단이 익었어도 전혀 신령스럽지 않다 하였다.
'금단'은 장생불사약長生不死藥인데, 함께 할 사람이 없으니 그 효험을
느낄 수 없는 것이다.

▸ 노정虜庭 : 오랑캐의 땅.

▸ 우녀牛女 : 견우와 직녀.

▸ 강랑필江郞筆 : 강랑의 오색붓. 강랑은 양梁나라 때 문장가 강엄江淹을
   가리킨다. 강엄은 본디 문장으로 크게 이름을 드날렸으나, 꿈에 오색
   五色의 붓을 곽박郭璞에게 돌려주고 나서 문재文才를 상실했다고 한다.

▸ 백일등선白日登仙 : 대낮에 신선이 되어 하늘로 올라갔다.

▸ 금단金丹 : 선인仙人과 도사道士가 만드는 장생불사약長生不死藥을 말한다.

50. 읍인이 돌아간 뒤에 또 앞 운을 사용하다 邑人歸後又疊

손님 보낸 노로정에 오르기 두려우니	怕上勞勞送客亭 파 상 로 로 송 객 정
사람 떠난 사립문 닫으니 뜰은 황량해	柴門人去閉荒庭 시 문 인 거 폐 황 정
나뭇잎에서 매미 우는데 빗소리 쏴쏴	螗蜩吟葉蕭騷雨 당 조 음 엽 소 소 우
숲에선 반딧불 떠도는데 별은 들쑥날쑥	螢燐流林錯落星 형 린 류 임 착 락 성
세상일은 세상 밖에서도 볼 수 있나니	世事堪從方外見 세 사 감 종 방 외 견
명장이 꿈속에 지나간 것이 후회스럽다	名場猶悔夢中經 명 장 유 회 몽 중 경
진흙상처럼 단정히 앉아있어도 무방하니	未妨端坐如泥塑 미 방 단 좌 여 니 소
아이들이 모신 영령으로 볼까 두렵다	只恐兒童視妥靈 지 공 아 동 시 타 령

◆ 이 작품은 읍인이 돌아간 뒤에 앞 시의 운을 이어 지었다. 읍인이 돌아간 뒤 작자는 상당히 쓸쓸한 감정을 느끼고 있다. 보이는 사람이 없으니 주변 물상에 집중할 수밖에 없다. 함련은 주변 물상에 집중하여 나온 표현이다. 나뭇잎에서 매미가 우는데 빗소리가 들리고, 숲속에서 반딧불이 떠도는데 별이 들쑥날쑥 반짝거린다. 물상만 표현한 것이 아니다. 세상일도 언급했다. 숲속에 있다고 해서 세상일을 모르는 것이 아니다. 명리名利를 쫓던 지난날이 후회스러울 뿐이다. 찾아오는 사람도 없으니 움직일 일도 없어 마치 진흙으로 빚은 소상塑像이 되었다 하였다.

▶ 노로勞勞 : 이별의 노래인 「노로가勞勞歌」를 말한다. 중국 강소성江蘇省 강녕현江寧縣 남쪽에 노로정勞勞亭이 있는데, 옛날 그곳은 송별하던 장소로서 떠나는 사람을 위해 노래를 부르며 전별하였다. 『事文類聚』

▶ 당조螗蜩 : 매미.

▶ 소소蕭騷 : 바람 소리 또는 빗소리가 쏴쏴 하고 들리다.

▶ 형린螢燐 : 반딧불.

▶ 착락錯落 : 모양이 가지런하지 않고 들쑥날쑥하다.

▶ 명장名場 : 명리名利를 추구하는 곳.

▶ 미방단좌여니소未妨端坐如泥塑 : "진흙상처럼 단정히 앉아있어도 무방하니"로 풀이하였다. '니소'는 진흙으로 빚어서 만든 소상塑像을 말한다. 북송 때 정호程顥의 문인인 사양좌謝良佐가 스승의 용모를 표현하기를, "종일토록 단정히 앉아있는 모습이 흙으로 사람의 형상을 빚은 조각과 같았다.[終日端坐如泥塑人]"라고 하였다.

▶ 타령妥靈 : 영령을 섬겨 모시다.

51. 또 앞 운을 사용해 우연히 짓다 偶成又疊

바람 가득한 정자에 댓잎 소리 들리고
瑟瑟筠簹風滿亭
슬 슬 균 황 풍 만 정

달빛 가로 지른 뜰에 물풀은 우거졌다
離離藻荇月橫庭
리 리 조 행 월 횡 정

반딧불이 높은 집에 드니 처마 새 놀라고
螢侵高屋檐驚鳥
형 침 고 옥 첨 경 조

물고기 맑은 파도에 물 뿜어 언덕별 뛴다
魚噴淸波岸躍星
어 분 청 파 안 약 성

아름다운 숲 골라서 「귤송」을 더럽히고
揀選嘉林忝橘頌
간 선 가 림 첨 귤 송

향초를 입으로 씹어 맛보아 『다경』 기운다
嚼嘗香艸補茶經
작 상 향 초 보 다 경

목인은 물고기와 깃발 꿈 이제 막 끝내고
牧人纔罷魚旟夢
목 인 재 파 어 여 몽

앞 시내에서 송아지 부르니 새벽비 신령해
麾犢前溪曉雨靈
휘 독 전 계 효 우 령

◆ 이 작품은 앞 운을 사용해 느낌을 적었다. 수련에서 청각적이고 시각적인 이미지를 극대화해 표현하였다. 바람이 부는 정자에 댓잎 소리가 들리고, 달빛이 있는 뜰에 물풀이 우거져 있음을 표현하였다. 함련에서는 주변 물상의 움직임을 표현하였다. 반딧불과 물고기의 움직임을 통해 미세한 변화를 포착해 표현하였다. 경련에서는 초나라 굴원屈原이 지은 「귤송橘頌」과 당나라 육우陸羽가 편찬한 『다경茶經』을 언급하였다. 「귤송」은 굴원이 귤나무에 빗대어 자신의 지절을 읊은 것이고, 『다경』은 차 이야기를 엮은 책이다. 작자는 아름다운 숲을 골라 굴원

과 같은 지절을 지키지도 못하였고, 향초를 씹어 맛보아 『다경』에서
부족한 부분을 보충한다고 하였다. 작자 자신이 무슨 일을 하고 있는
지를 말한 대목이다. 미련의 '목인牧人'은 정만조 자신이라 할 수 있다.
목인이 물고기와 깃발 꿈을 꾸었다는 것은 풍년과 집안 번성을 꿈꾸었
다는 뜻이다. 주변 물상의 미세한 표현과 함께 자신이 무슨 생각을 하
고 있는지 말한 시이다.

▶ 귤송橘頌 : 『초사楚辭』「구장九章」의 편명으로, 초楚나라의 굴원屈原이 자
신의 고결하고 변하지 않는 지절志節을 귤나무에 빗대어 읊었다.

▶ 다경茶經 : 당唐나라 때 육우陸羽가 편찬한 책으로서 주로 차茶 얘기들
로 엮어져 있다.

▶ 목인재파어여몽牧人纔罷魚旗夢 : "목인은 물고기와 깃발 꿈 이제 막 끝내
고"로 풀이하였다. '어여몽'과 관련하여 『시경』「무양無羊」에 "소와 양
치는 사람이 꿈을 꾸니, 사람들이 물고기로 보이고, 작은 기가 큰 기
로 보였도다. 태인이 이것을 점쳐 보니, 사람들이 물고기로 보인 것은,
올해 풍년이 들 조짐이요, 작은 기가 큰 기로 보인 것은 집안이 번성
할 조짐이라 하도다.〔牧人乃夢 衆維魚矣 旐維旟矣 太人占之 衆維魚矣 實維豊年 旐
維旟矣 室家溱溱〕"라 한 말이 있다.

52. 초복에 각헌이 찾아와 미산과 함께 짓다
初伏覺軒來訪 與米山作

적삼에 병에서 일어나 높은 누각 두려우니	輕衫病起怕高樓 경 삼 병 기 파 고 루
비가 지난 산 구름은 가을 되려 푸르다	過雨山雲碧欲秋 과 우 산 운 벽 욕 추
소서 지난 첫째 경일이 참 속절로 돌아와	第一庚回眞俗節 제 일 경 회 진 속 절
두세 제자들이 다 신선 되어 이르렀다	二三子至摠仙流 이 삼 자 지 총 선 류
금혁의 옛날 일 재주 아름다워 사랑스럽고	金革舊業憐才美 금 혁 구 업 련 재 미
옥국의 지난 일은 자취 허무해 부끄럽다	玉局前塵愧跡浮 옥 국 전 진 괴 적 부
술 따르며 서로 만류한 일 꼭 기억하리니	酌酒相留須記取 작 주 상 유 수 기 취
그대들 떠나자마자 곧바로 시름 맞이했다	送君纔去卽迎愁 송 군 재 거 즉 영 수

◆ 이 작품은 초복에 각헌覺軒 허변許抃이 찾아와 미산米山 허형許瀅과 함께 지었다. 허변과 관련한 내용은 앞에 나온 「허변의 호는 각헌으로 시의 재주가 있는데, 절 안으로 찾아와서[許抃號覺軒 有詩才 來訪于寺中]」 시를 참조할 수 있다.

이 작품을 지을 당시 정만조는 병석에 있었다. 그런데 허변, 허형 등 두세 사람이 집에 찾아온 것이다. 이들은 정만조와 시계詩契를 맺었으며, 정만조를 시 선생처럼 모셨다. 이때 누군가 누각에 바람 쐬러 가자

고 하였다. 그래서 정만조, 허변, 허형 등이 높은 누각에 올랐던 것이다. 높은 누각은 쌍계사雙溪寺 입구의 누각을 말한다고 추정한다. 높은 누각에 올라 주변 물상을 바라다보니, 비가 막 갠 뒤 산 구름은 마치 가을이 되려는 것처럼 푸르렀다. 이어 함련에서 초복이 되어 두세 제자들이 이르렀다는 사실을 말하였다. 여기서 작자가 두세 제자들을 '신선'이라 한 것이 주목된다. 경련에서 두세 제자들 중 어떤 사람이 지난 날 했던 행적을 말함과 동시에 작자 자신의 지난 행적도 말하였다. 곧, 지난 행적을 서로 대비하였다. 미련에서는 두세 제자들이 떠난 뒤 시름을 맞이한 사실을 말하였다.

▶ 미산米山 : 허형許瀅(1862~1938)을 말한다. 자는 정중靜中이요, 미산은 호이며, 본관은 양천陽川이다. 19세기 남종문인화의 대가 소치小癡 허련許鍊의 아들이다. 허련의 나이 44세에 넷째 아들로 태어났다. 초명은 허결許潔이고, 만년에는 허준許準으로 개명하였다. 허련의 화필을 전수받았다. 다산茶山 정약용丁若鏞의 장남 정학연丁學淵의 문하에서 시와 서를 배웠다. 1912년 강진으로 이주하였고, 1922년 목포에 정착하였다. 사군자四君子에 수작을 냈다. 대표작으로는 「미점산수도」, 「사계십곡병」, 「노매일지십곡병」 등이 있다. 두 아들 남농南農 허건許楗과 임인林人 허림許林에게 화풍을 전수하였고, 의재毅齋 허백련許百鍊도 어린 시절 허형에게 그림을 배웠다. 정만조와 함께 시계詩契를 맺었다. 한편, 진도의 구 토지대장에 의신면 사천리 450번지(대지 250평)의 1915년 소유자는 허형의 초명 허결로 표기되어 있음을 확인하였다. 사천리 450번지는 운림산방과 대략 800m 떨어져 있다. 허형은 이곳과 운림산방을 왕래하면서 생활하였고, 정만조도 두 곳을 오갔을 것을 추정한다. 이런

탓인지 정만조가 사천리 450번지 인근 산록에 '관란재'라는 서당을
열었다고 사천리 일원에서 전하고 있으나 앞으로 자세한 검토가 필요
하다.

▶ 제일경회진속절第一庚回眞俗節 : "소서 지난 첫째 경일이 참 속절로 돌아
  와"로 풀이하였다. '속절'은 초복을 말한다.

▶ 금혁구업련재미金革舊業憐才美 : "금혁의 옛날 일 재주 아름다워 사랑스
  럽고"로 풀이하였다. '금혁'은 원래 전쟁 또는 무기를 뜻한다. 이 구절
  은 허변 또는 허형의 지난 자취와 관련한 것인데, 자세한 사항은 알
  수 없다.

▶ 옥국玉局 : 송나라의 유명한 도관道觀 이름. 소식蘇軾이 일찍이 영주永州
  에서 사면을 받고 돌아와 옥국관玉局觀의 제거提擧를 지냈기 때문에 소
  식의 별칭으로 쓰이기도 한다. 여기서는 정만조 스스로를 가리킨다.

53. 절간 누각에서 앞 운을 거듭 써서 寺樓疊前韻

꾀꼬리와 매미 울음 누각에 어우러지니	鶯語蟬吟共一樓 앵 어 선 음 공 일 루
깊은 산에 뒤섞여 봄가을을 알 수 없다	山深渾不識春秋 산 심 혼 불 식 춘 추
연기 잠긴 옛 부엌엔 단사가 익어가고	烟沈古竈丹砂熟 연 심 고 조 단 사 숙
바람 부수는 나는 샘엔 푸른 옥 흐른다	風碎飛泉碧玉流 풍 쇄 비 천 벽 옥 류
우선 송죽으로 오랜 주인을 삼았나니	權把松篁爲主久 권 파 송 황 위 주 구
부평초와 함께 한 뜬 인생이 한스럽다	生憎萍梗與人浮 생 증 평 경 여 인 부
부디 그대들은 좋은 곳 오르라 권치 마라	煩君莫勸登臨好 번 군 막 권 등 림 호
관하에 해가 지고나면 예부터 시름겹거늘	日莫關河自古愁 일 모 관 하 자 고 수

◆ 이 작품은 앞 시와 서로 연결된다. 수련에서 누각 주변의 승경을 말하였다. 특히, 1구에서 청각적 이미지 효과를 극대화 하였다. 함련에서도 누각 주변의 모습을 그렸다. 절간이기 때문에 마치 신선이 사는 것처럼 보이기 위해 "단사가 익어간다"라고 하였고, 물이 흐르는 모습을 "푸른 옥 흐른다"라고 비유적으로 읊었다. 경련에서 작자는 송죽을 주인으로 삼았다고 하며, 한 곳에 정착하지 못한 인생이 한스럽다고 하였다. 유배 온 신세를 간접적으로 말한 대목이다. 그리고 마지막 미련에서 높은 누각에 올라 해가 지는 모습을 보니 시름겹다고 하며, 다시오르라 권하지 말 것을 당부하였다.

- 사루寺樓 : 절간의 누각. 쌍계사 입구의 누각이라 추정한다. 참고로 현재 쌍계정 입구에서 우화루雨花樓가 있다.
- 풍쇄비천벽옥류風碎飛泉碧玉流 : "바람 부수는 나는 샘엔 푸른 옥 흐른다"로 풀이하였다. '푸른 옥 흐른다'는 말은 물이 흘러가는 것을 비유적으로 나타낸 것이다.
- 평경萍梗 : 물 위에 떠다니는 부평浮萍과 단경斷梗이라는 말로, 사람의 행지行止가 불안정한 것을 비유한다.
- 관하關河 : 원래 함곡관函谷關과 황하黃河의 병칭으로 고향이나 도성에서 멀리 떨어진 변방이나 험준한 산천을 뜻한다.

54. 천향이 부친 시에 차운하다 次泉香見寄韻

쓸쓸한 몸 밖의 원수 은인 쓸어버리니
寥寥身外掃讎恩
요 요 신 외 소 수 은

하필 비구름처럼 번복함을 원망하겠나
飜覆何須怨雨雲
번 복 하 수 원 우 운

옛날 쫓겨난 신하에겐 다 녹 있었는데
昔日逐臣皆有祿
석 일 축 신 개 유 록

요사이 궁귀는 문장 지을 줄 모른다네
近來窮鬼不知文
근 래 궁 귀 부 지 문

교만한 글은 금호 드넓어 쉬이 잠기고
喬書易滯金湖闊
교 서 이 체 금 호 활

붓 적시고 목포 구분해 본뜨기 어렵다
淹筆難摹木浦分
엄 필 난 모 목 포 분

어떻게 펄펄 나는 푸른 새에게 시켜
安得翩翩靑鳥使
안 득 편 편 청 조 사

만 리 봉래산에서 은근히 찾게 할는지
蓬山萬里探殷勤
봉 산 만 리 탐 은 근

◆ 이 작품은 천향이라는 사람이 부친 시에 차운한 것이다. 천향은 누구를 말하는지 자세히 알 수 없다. 다만, 미련에 '봉래산'을 언급한 것으로 혹시 금강산과 관련한 사람이 아닌가 추정할 수 있다. 금강산에 있는 사찰의 불가인일 가능성도 있다.

수련에서 그동안 은인을 입었던 사람과 원수로 생각했던 사람들을 모두 기억에서 지웠다고 하며, 자주 번복되는 세상인심을 꼬집었다. 함련에서 작자는 과거와 현재 자신의 모습을 대비하여 말하였다. 과거에 녹을 받았으나 현재는 문장을 지을 줄 모른다고 하였다. 경련의 내용

은 함련 2구를 이은 것으로 얼마나 문장을 지을 줄 모르는지 그 실상
을 구체적으로 언급하였다. 겸손의 뜻이 담겨있다. 그리고 미련에서
작자는 시에서 말한 뜻을 푸른 새에게 시켜 전달하고 싶다는 생각을
적었다.

▶ 천향泉香 : 누구를 말하는지 알 수 없다.

▶ 석일축신昔日逐臣 : 옛날 쫓겨난 신하. 정만조 자신을 가리킨다.

▶ 궁귀窮鬼 : 당唐나라 한유韓愈가 자신을 곤궁하게 하는 원인이 되는 다
섯 가지를 귀신에 비기어 서술한 「송궁문送窮文」에서 온 말로, 지궁智
窮·학궁學窮·문궁文窮·명궁命窮·교궁交窮을 가리킨다. 정만조 스스로를
궁귀라 하였다.

▶ 금호金湖 : 어디를 말하는지 알 수 없다.

▶ 편편翩翩 : 새가 훨훨 날아가는 모습.

▶ 봉산만리탐은근蓬山萬里探殷勤 : "만 리 봉래산에서 은근히 찾게 할는지"
로 풀이하였다. '봉산'은 봉래산蓬萊山을 지칭한다. 중국 전설에 나타나
는 가상적 영산靈山인 삼신산三神山 가운데 하나로 동쪽 바다의 가운데
에 있으며, 신선이 살고 불로초와 불사약이 있다고 한다. 한편, 봉래
산은 여름 금강산을 이르는 말이기도 하다. 추정컨대, '천향'은 금강산
과 관련된 사람일 수도 있다.

55. 영재 시랑이 유배되어 고군산도에 도착한 뒤에 편지를 부쳐왔기에 見寧齋侍郎以流配 到古群山後 寄書

남쪽 변방 길 함께 가다 양쪽으로 나뉘니　　俱是南荒路兩岐
구 시 남 황 로 양 기

넓은 바다 조각배는 앞길이 까마득하다　　一帆滄海渺前期
일 범 창 해 묘 전 기

네 가지 시름은 또한 장평자 괴롭혔나니　　四愁又惱張平子
사 수 우 뇌 장 평 자

　영재가 일찍이 벽동으로 유배 갔을 때 부친 시에 이르기를 "「사수」를 읊은 아득히 먼 장평자요, 「구변」을 지은 쓸쓸한 송 대부라.〔寧齋曾謫碧潼時 有寄詩曰 四愁迢遞張平子 九辯蕭條宋大夫〕"라고 하였다.

세 번 쫓겨나 어찌 유 사사보다 부족할까　　三黜何嫌柳士師
삼 출 하 휴 류 사 사

　영재 시랑의 유배 길은 이제 세 번째가 된다.〔寧齋謫行 今爲三次〕

남에게 저촉될까 글로 뜻을 다 말 못했고　　書怕觸人難盡意
서 파 촉 인 난 진 의

나라 근심 눈물을 사사로이 할 틈 없었지　　涙因憂國未遑私
루 인 우 국 미 황 사

괴이타, 지우가 죄 지어 같이 돌아갔는데　　智愚却怪同歸罪
지 우 각 괴 동 귀 죄

그댄 벼슬 사양했었고 나는 사양치 않았지　　君坐辭官我不辭
군 좌 사 관 아 불 사

　영재 시랑은 황해 감사가 되어 여러 번 벼슬을 사양하고 부임하지 않으므로 죄를 얻었는데, 나는 당시에 어떤 이유로 벼슬을 버리지 않는 명목으로 삼았던가.〔寧齋以海西伯 屢辭不赴被罪 余則時以何不棄官爲目〕

◆ 이 작품은 이건창李建昌이 고군산군도古群山群島에 유배 가서 편지를 부쳐와 답장의 뜻으로 지었다. 이건창은 벼슬을 사양한 죄로 고군산군도에 유배 갔는데, 이 유배가 세 번째이다. 이건창은 평안북도 벽동碧潼으로 유배를 간 적이 있었는데, 이때 시를 부쳐와 이와 관련한 내용을 함련에 적었다. 경련에서는 이건창이 했던 행동을 정리해 적었다. 정만조가 볼 때 이건창은 혹시 남에게 어떤 해를 끼치지 않을까 하는 생각에 글 짓는 것도 함부로 하지 않았고, 나라를 근심한답시고 눈물도 사사롭게 흘리지 않았다고 하였다. 그리고 정만조는 마지막 미련에서 이건창과 자신을 대비해 두 사람 다 유배를 갔으나 서로 같지 않다는 것을 부각시켰다.

▶ 영재시랑寧齋侍郎 : 이건창李建昌(1852~1898)을 말한다. 자는 봉조鳳朝/鳳藻요, 호는 영재寧齋이며, 본관은 전주全州이다. 가학인 양명학을 계승하였으며, 강위姜瑋에게서 배우기도 하였다. 김택영金澤榮·황현黃玹과 가까웠다. 1866년(고종3) 문과에 급제하였으나 15세의 어린 나이로 인해 등용이 연기되어 1870년에 홍문관에 들어갔다. 1875년 충청도 암행어사로 관찰사 조병식趙秉式을 탄핵했다가 벽동에서 유배 생활을 한 후 벼슬을 포기하였다. 그러나 고종의 간곡한 부름을 받고 1880년과 1893년에 어사로 나가 민폐를 해결하여 백성들의 존경을 받았다. 1894년 갑오개혁 이후로 관직에 나아가지 않다가 고종의 노여움을 사 1896년(고종33) 6월 13일 유배 2년형을 받고 지도군 고군산에 유배되었다가 2개월만인 8월 4일 풀려났다. 서양과 일본의 침략을 철저히 배격하였고, 양명학자로서 심학心學을 강조하였다. 김택영에 의해 여한구대가麗韓九大家의 한 사람으로 꼽혔고, 문집에 『명미당집明美堂集』과 조선 중기 이후의 붕당을 개관하고 평가한 『당의통략黨議通略』이 있다.

▶ 고군산古群山 : 고군산군도古群山群島를 말한다. 현 전라북도 군산시群山
市 옥도면沃島面에 있다. 고군산은 조선 시대에 전라도 만경현에 속했
는데 23부제 당시 나주부 지도군 고군산면(1896.02.03.), 13도제 개편으
로 전라남도 지도군 고군산면(1896.08.04.)에 속했다. 1914년 4월 1일에
전라북도 옥구군에 편입되어 미면이 되었다가 뒤에 군산시에 편입되
어 미성읍(1980)과 옥도면(1986)으로 나뉘었다.

▶ 장평자張平子 : 후한後漢 때의 문인인 장형張衡을 가리킨다. 장형이 일찍
이 하간왕河間王의 상相으로 있으면서 시국을 몹시 근심한 나머지 동서
남북 사방을 바라보며 4장章으로 된 「사수시四愁詩」를 지어서 스스로
우수 번민憂愁煩悶의 정을 토로하였다.

▶ 벽동碧潼 : 평안북도에 소재한 군 이름.

▶ 송대부宋大夫 : 전국 시대 초나라 대부를 지낸 송옥宋玉 가리킨다. 굴원
屈原의 제자로 굴원의 방축放逐을 슬퍼하여 「구변九辨」이라는 시를 지었
다. 『楚辭 卷6』

▶ 유사사柳士師 : 춘추 시대 노나라의 현자賢者 유하혜柳下惠를 말한다. 『논
어』 「미자微子」에 "유하혜가 사사가 되어 세 번 쫓겨났다."라고 말한 대
목이 있다.

▶ 지우智愚 : 지혜로운 사람과 어리석은 사람. 지혜로운 사람은 이건창이
고, 어리석은 사람은 정만조 본인을 가리킨 것이다.

▶ 좌坐 : 죄를 받다.

56. 영재의 「기회」 시에 차운하다　次寧齋紀悔韻

미약한 신하가 임금 은혜 감히 바랄까　　　君恩敢望念臣微
　　　　　　　　　　　　　　　　　　　　　　　군 은 감 망 녑 신 미

북두칠성 아득하여 의지하지 못하겠네　　　北斗迢迢未可依
　　　　　　　　　　　　　　　　　　　　　　　북 두 초 초 미 가 의

유주는 천억으로 변해도 산 오르기 어렵고　億柳州難峯上化
　　　　　　　　　　　　　　　　　　　　　　　억 류 주 난 봉 상 화

동파는 거울 속 모습 잘못 되었음 알았지　　一東坡覺鏡中非
　　　　　　　　　　　　　　　　　　　　　　　일 동 파 각 경 중 비

강과 호수의 물고기는 세월 잊어버리고　　　江湖歲月魚相忘
　　　　　　　　　　　　　　　　　　　　　　　강 호 세 월 어 상 망

변방의 기러기들 소식을 쉬이 어긋낸다　　　關塞音書鴈易違
　　　　　　　　　　　　　　　　　　　　　　　관 새 음 서 안 이 위

애간장 끊어지고 눈물 말라 다 끝난듯해　　腸斷淚枯都已盡
　　　　　　　　　　　　　　　　　　　　　　　장 단 루 고 도 이 진

옆 사람들 나더러 돌아갈 생각 마라 한다　　傍人道我不思歸
　　　　　　　　　　　　　　　　　　　　　　　방 인 도 아 불 사 귀

◆ 이 작품은 이건창이 지은 「기회」 시에 차운한 것이다. 이 작품은 유배객의 처지를 되돌아보면서 소회를 적었다. 작자는 자신을 '미약한 신하'라고 하였다. 또한 임금과 멀리 떨어져 있어 의지할 수도 없다. 수련 2구의 '북두칠성'은 곧, 임금을 가리킨다. 함련에서 유종원柳宗元과 소식蘇軾을 언급하였다. 이 두 사람은 모두 좌천되거나 유배 갔던 사람들이다. 작자는 자신을 이 두 사람에 견주어 이야기하였다. 경련에서는 '강과 호수의 물고기'와 '변방의 기러기'를 들어 작자 자신과 다른 모습을 보이고 있음을 말하였다. 그리고 미련에서 유배객으로서 슬픈 마음을 내보였다.

▶ 억류주난봉상화億柳州難峯上化 : "유주는 천억으로 변해도 산 오르기 어렵고"로 풀이하였다. 유주는 조정에서 쫓겨나 유주 자사柳州刺史로 좌천된 당나라의 유종원柳宗元을 가리킨다. 그의 「여호초상인동간산기경화친고與浩初上人同看山寄京華親故」 시에 "해변의 산들 뾰족뾰족 칼끝이 솟은 듯, 가을이 되니 도처에서 나의 애를 끊는구나. 이 몸을 천억으로 바꿀 수만 있다면, 꼭대기 날아 올라가서 고향을 바라보련마는.〔海畔尖山似劍鋩 秋來處處割愁腸 若爲化得身千億 散上峰頭望故鄉〕"이라는 구절이 있다. 『柳河東集 卷42』

▶ 동파東坡 : 북송 시대 정치인 겸 시인인 소식蘇軾의 호.

▶ 강호세월어상망江湖歲月魚相忘 : "강과 호수의 물고기는 세월 잊어버리고"로 풀이하였다. 『장자』 「대종사大宗師」에 "물고기는 강이나 호수 속에서 서로를 잊고, 사람은 도의 세계에서 서로를 잊는다.〔魚相忘乎江湖 人相忘乎道術〕"라는 말이 있다. "물고기가 강이나 호수 속에서 서로 잊는다"는 말은 물 걱정을 할 것이 없어 서로를 잊고 유유자적한다는 뜻이다.

▶ 관새음서안역위關塞音書鴈易違 : "변방의 기러기들 소식을 쉬이 어긋낸다"로 풀이하였다. 유배지에 편지가 오지 않은 것을 말하였다. '관새'는 변방을 말하며, '음서'는 소식 또는 편지를 뜻한다.

57. 빗속에서 소창의 시운을 뽑다 雨中拈小倉韻

애써 머물러 원래 승지를 즐기지 않는데 　　苦住元非勝樂行
　　　　　　　　　　　　　　　　　　　　　고 주 원 비 승 락 행

밖으로 나가 눈을 드니 변방의 정이 깊다 　　出門擧目更關情
　　　　　　　　　　　　　　　　　　　　　출 문 거 목 갱 관 정

비바람은 바다로 인해 수시 때때 이르고 　　雨風因海多時至
　　　　　　　　　　　　　　　　　　　　　우 풍 인 해 다 시 지

산과 들의 모든 안개는 일색으로 덮었다 　　山野皆烟一色平
　　　　　　　　　　　　　　　　　　　　　산 야 개 연 일 색 평

피채대 같은 곳에서 더위 피해도 무방하니 　避暑無方如避債
　　　　　　　　　　　　　　　　　　　　　피 서 무 방 여 피 채

시 쓰기 좋아하나 이름은 적지 않으련다 　　題詩自好不題名
　　　　　　　　　　　　　　　　　　　　　제 시 자 호 부 제 명

가슴 속이 그 얼마나 큰지 알 수 없으나 　　胸中不識何如大
　　　　　　　　　　　　　　　　　　　　　흉 중 불 식 하 여 대

날마다 시름 에워싼 백만 병사와 싸운다 　　日鬪愁圍百萬兵
　　　　　　　　　　　　　　　　　　　　　일 투 수 위 백 만 병

◆ 이 작품은 비가 내리는 중에 소창의 시운을 따라 지었다. 소창은 어떤 사람의 호인 듯하나 누구를 가리키는지 알 수 없다. 작자는 어느 날 주변의 승경을 즐기기 위해 밖으로 나갔다. 이때 만난 것은 '비바람'과 '산과 들의 안개'였다. 또한 더위를 피하기 위해 누대에 올라 시를 지었으나 굳이 이름은 적지 않았다. 작자는 이렇듯 승경을 즐기는 듯하나 가슴 속 시름은 떨치지 못하였다.

▶ 소창小倉 : 어떤 사람의 호인 듯한데, 누구인지 자세하지 않다.

▶ 피채避債 : 피채대避債臺를 말한다. 주나라 난왕赧王이 이대謬臺로 도망하여 빛을 기피하였으므로 이 대의 이름을 피채대라 했다 한다. 『漢書 諸侯王表』

58. 운림산에 올라 登雲林山

산 깊어 구름이 손에 있는 듯	山深雲在手 산 심 운 재 수
길 좁아 잡초들 어깨를 지난다	路狹草過肩 로 협 초 과 견
발 옮길 때 땅 없음에 놀라고	移足驚無地 이 족 경 무 지
소리 높아 하늘 뚫릴까 두렵다	高聲恐徹天 고 성 공 철 천
바다 배는 오냥을 지나가는데	海舟經五兩 해 주 경 오 냥
낭떠러지 길은 삼천리 인 듯해	棧道又三千 잔 도 우 삼 천
세상살이 길도 이와 같으리니	世路亦如此 세 로 역 여 차
어수선함이 가련할 뿐이로세	紛紛徒可憐 분 분 도 가 련

◆ 이 작품은 운림산雲林山에 올라 지은 시이다. 운림산의 또 다른 이름은 첨찰산이다. 작자가 운림산에 올라 보고 느낀 것을 적었다. 운림산은 깊어 구름이 마치 손에 잡힌 듯하였고, 가는 길은 좁아 무성한 잡초는 어깨를 스쳐 지나갔다. 함련 1구의 발을 옮길 때 땅이 없어서 놀랐다는 말은 산세가 험악하다는 의미로 이해된다. 또한 소리가 높이 났는데, 작자는 하늘이 뚫릴까 두렵다는 마음을 드러내었다. 경련에서는 낭떠러지의 길이를 어림잡아 말하였고, 미련에서는 세상살이를 산세에 비유하며 어수선하여 가련하다 하였다. 운림산에 오르는 과정과

올라서의 느낌 등을 사실적으로 적었다. 한편, 이 작품은 『무정존고』 권2에도 실려 있다.

▸ 오냥五兩 : 고대의 측풍기測風器를 말한다. 닭 털 5냥 혹은 8냥을 장대 위에 매달아 풍향風向과 풍력風力을 가늠했던 데에서 나온 말이다.
▸ 잔도棧道 : 험한 산의 낭떠러지와 낭떠러지 사이에 다리를 놓듯이 하 여 낸 길을 말한다.

59. 절간 누각에 올라 登寺樓

인간의 고락은 생각하는 것 끊어버리니

人間苦樂絕思量
인 간 고 락 절 사 량

머물 땐 헌창이요 병듦에 침상에 있다

居有軒窓病有床
거 유 헌 창 병 유 상

티끌 없는 멋진 선비들 옥 기운 지녔고

佳士無塵皆玉氣
가 사 무 진 개 옥 기

불사 가까운 명산은 다 금빛 광채 내네

名山近佛摠金光
명 산 근 불 총 금 광

시를 완성함에 숲새들 전해 외운 듯하고

詩成林鳥如傳誦
시 성 임 조 여 전 송

술 깨니 시내 바람 몰아쳐 서늘함 돕는다

酒醒溪風驟助凉
주 성 계 풍 취 조 량

지금은 곧 장대비 내린 뒤라 하늘 맑은데

正是天淸潦雨後
정 시 천 청 료 우 후

누대에 있는 고장강의 마음은 참담하여라

樓頭慘澹顧長康
루 두 참 담 고 장 강

이때 미산이 종이를 펼쳐 그림을 그렸다.〔時 米山展紙 作畵〕

◆ 이 작품은 절 누각에 올라가 지었다. 여기서의 누각은 쌍계사 입구에 있는 것을 가리킨다고 생각한다. 이 작품의 내용에 따르면, 장대비가 내린 뒤 작자는 여러 선비들과 함께 절 누각에 올랐다. 수련 2구를 통해 작자는 집에 있을 때는 주로 창가에 있고, 아플 때는 주로 침상에 있음을 알 수 있다. 이러한 작자에게 몇몇 선비들이 나들이 하자고 한 듯하다. 작자는 선비들은 모두 옥 기운을 지녔고, 절 가까이 있는 산은 금빛 광채를 낸다고 하였다. '금빛 광채'라는 말을 한 것으로 보

아 계절은 가을일 것으로 추정한다. 여러 선비들이 모였으니 시와 술
이 없을 수 없다. 경련에서 그 분위기를 전달하였다. 그런데 한 가지
걱정스러운 것은 미산 허형이 그림을 그리기 위해 종이를 펼친 일이
다. 작자는 이제 막 장대비가 내린 뒤라 하늘은 맑은데, 글쎄 과연 그
림을 그릴 수 있을까 하는 생각을 하였다.

▶ 가사무진佳士無塵 : 티끌 없는 멋진 선비. 정만조가 동행한 사람들을 미
  화해 말하였다.

▶ 명산근불名山近佛 : 명산이 사찰 가까이에 있다. 여기서의 '명산'은 첨찰
  산이요, '사찰'은 쌍계사로 볼 수 있다.

▶ 요우潦雨 : 장대비.

▶ 누두참담고장강樓頭慘澹顧長康 : "누대에 있는 고장강의 마음은 참담하
  여라"로 풀이하였다. '고장강'은 동진東晉 시대 문인 화가인 고개지顧愷
  之를 말한다. '장강'은 그의 자이다. 고개지는 박학하고 재기才氣가 있
  었으며, 그림은 특히 인물화人物畫에 뛰어났다. 세상에서는 그를 재절
  才絕, 화절畫絕, 치절癡絕의 삼절三絕로 일컫기도 하였다. 여기서는 미산
  허형을 고개지에 대비해 말하였다.

사진⑨ 쌍계사 입구의 우화루雨花樓

【『은파유필』에 '절간 누각'이라는 말이 가끔 나온다. '절간 누각'은 바로 쌍계사 누각을 지칭한다고 생각한다. 정만조가 유배 왔을 당시에도 누각의 이름이 우화루였는지 확인할 수는 없다. 】(2019.05.06.)

60. 황운경이 찾아와서 黃雲卿來訪

운경이 바닷가의 나를 찾아왔으니
雲卿訪我海之隈
운 경 방 아 해 지 외

사백 리의 여정을 걸어서 왔노라
四百餘程裏足來
사 백 여 정 리 족 래

우선 편지로 탐색하다 지체되었고
書有先探仍阻滯
서 유 선 탐 잉 조 체

초행길을 걸어 자주 돌고 돌았다지
路因初涉屢迂回
로 인 초 섭 루 우 회

정 깊어 문자를 담론할 틈이 없었고
情深未暇談文字
정 심 미 가 담 문 자

기쁨이 커 되레 술 권하는 일 잊었네
喜劇還忘勸酒杯
희 극 환 망 권 주 배

나는 유마힐처럼 병으로 누워 있다가
我似維摩方臥疾
아 사 유 마 방 와 질

온몸에 홀연히 꽃비가 내린 듯하였네
遍身忽得雨花開
편 신 홀 득 우 화 개

이때 나는 병을 오랫동안 앓았는데, 운경을 보고 곧바로 일어났다.〔時
余久病 見雲卿卽起〕○운경은 일찍이 편지를 부친 일이 있다 하나 나는 받아
보지 못하였다.〔雲卿曾有付書云 而余未得見〕

◆ 이 작품은 황현黃玹이 찾아와서 기쁜 마음을 적었다. 황현은 그의
나이 42세(1896, 고종33) 때 불원천리不遠千里 먼 길을 마다하지 않고 정만
조의 유배지 진도를 찾아왔다. 황현은 정만조보다 세 살 위이다. 따라
서 인생 선배처럼 때로는 친구처럼 지내던 사이라 할 수 있다. 아마도
두 사람은 강위姜瑋로 인해 서로 알게 되었을 것으로 추정한다. 황현과

강위는 친하였고, 정만조에게 강위는 스승이기 때문에 서로 연결할 수 있는 고리는 충분하였다. 정만조의 입장에서 황현이 먼 길을 헤쳐 찾아온 것은 매우 기쁜 일이 아닐 수 없다. 그래서 시 전체가 기쁨으로 가득 차 있다. 시의 맨 마지막 소주의 내용을 따르면, 황현이 찾아왔을 당시 정만조는 아픈 몸이었다. 그런데 황현이 찾아와 아픈 몸이지만 곧바로 일어났다고 하였다. 또한 황현은 정만조를 찾아오기 전에 편지를 미리 부쳤다고 하였다. 그런데 정만조는 그 편지를 받아보지 못하였다. 편지가 아직 도착하지 않았거나 중간에 분실한 것이다. 정만조의 기쁜 마음은 경련에 다 드러나 있다. 기쁨이 너무 커 술을 권할 새도 없었다고 하였다. 특히, 미련 2구에서 그 기쁨이 너무 커 마치 하늘에서 꽃비가 내린 듯했다고 했으니, 그 마음을 헤아려볼 수 있다. 한편, 이 작품은 『무정존고』권2에도 실려 있다. 다만 『무정존고』에는 마지막 소주가 없다.

▶ 황운경黃雲卿 : 운경은 황현黃玹(1855~1910)의 자이다. 호는 매천梅泉이요, 본관은 장수長水. 전라도 광양현에서 태어났고, 강위姜瑋·이건창李建昌·김택영金澤榮 등과 교유하였다. 1883년(고종20) 보거과保擧科에 응시했을 때 그가 초시 초장에서 첫째로 뽑혔으나 시험관이 시골 출신이라는 이유로 둘째로 내려놓았다. 조정의 부패를 절감한 그는 회시會試·전시殿試에 응시하지 않고 관계官界에 뜻을 접고 귀향하였다. 1886년(고종23) 12월 8일 구례 간전면 만수동(현 수평리 만수동)으로 이거하였다. 1888년 아버지의 명을 어기지 못해 생원회시生員會試에 응시해 장원으로 합격하였다. 그러나 당시 나라는 수구파 정권의 부정부패가 극심했으므로 부패한 관료계와 결별을 선언, 다시 귀향하였다. 그리고 구례에서 구안실苟安室이라는 작은 서재를 마련해 3,000여 권의 서책을 쌓아 놓고

독서와 함께 시문 짓기와 역사 연구·경세학 공부에 열중하였다. 1902
년 11월 29일 구례 광의면 광의면 월곡리(당시 방광면 월곡리)로 이거하
였다. 1905년 11월 일제가 을사조약을 강제체결하자 통분을 금하지 못
하고, 당시 중국에 있는 김택영과 함께 국권회복운동을 하기 위해 망
명을 시도하다가 실패하였다. 1910년 8월 7일(양력 9월 10일) 일제에 의해
강제로 나라를 빼앗기자 통분해 「절명시絶命詩」 4수를 남기고 다량의 아
편을 먹고 자결하였다. 저서로는 『매천집』·『매천시집』·『매천야록梅泉野
錄』·『오하기문梧下記聞』·『동비기략東匪紀略』 등이 있다. 한편, 황현이 정
만조의 배소配所에 찾아간 때는 1896년(고종33) 매천의 나이 42세 때인
데, 『매천집』 권2 병신고丙申稿에 「방무정적거訪茂亭謫居」라는 작품이 있
어 참조할 만하다.

▶ 서유선탐잉조체書有先探仍阻滯 : "우선 편지로 탐색하다 지체되었고"로
풀이하였다. 소주小註에 따르면, 황현은 일찍이 정만조에게 편지를 부
친 일이 있었다. 즉, 편지로 안부를 물어보다가 지체되었음을 뜻한다.

▶ 아사유마방와질我似維摩方臥疾 : "나는 유마힐처럼 병으로 누워 있다가"
로 풀이하였다. '유마'는 유마힐維摩詰 즉 유마 거사維摩居士를 가리킨다.
유마힐은 인도 비야리성毗耶離城에 거주했는데, 중생이 병들었으므로
자신도 병들었다면서 드러눕자, 석가모니가 문수보살文殊菩薩 등을 보
내 문병하게 하였는데, 문수가 불이법문不二法門에 대해서 물었을 때
유마가 말없이 아무런 대답도 하지 않자, 문수가 탄식하며 "이것이 바
로 불이법문으로 들어간 것이다.〔是眞入不二法門也〕"라고 했다는 이야기
가 『유마경維摩經』 「입불이법문품入不二法門品」에 나온다.

▶ 우화雨花 : 불조佛祖가 설법說法할 때에 제천諸天에서 내려온 꽃을 말한다.

61. 운경이 그의 제자 이상락을 데리고 왔는데, 젊은 나이로
    시를 잘 지었고, 호는 금촌이다. 나에게 시 한 작품을
    주므로 그 시에 차운했으며, 겸하여 운경에게 보이다
    雲卿携其弟子李生相洛而來 妙年工詩 號琴村 贈余一詩 故次其韻 兼
    示雲卿

푸르고 누런 장독 낀 바닷가 고을에서	靑瘴黃雲海上州 청 장 황 운 해 상 주
어이해 쫓긴 신하 아껴 좇아 노니는가	如何愛逐逐臣游 여 하 애 축 축 신 유
밤 깊도록 상대하니 집안사람인 듯하고	夜闌相對如家眷 야 란 상 대 여 가 권
길이 멀어도 왔으니 속류들과는 다르다	道遠能來異俗流 도 원 능 래 이 속 류
박주를 삼일 마시며 머물게 함 부끄럽고	酒薄慚留三日飮 주 박 참 유 삼 일 음
이룬 시 의지해 반년의 시름 깨부수었다	詩成賴破半年愁 시 성 뢰 파 반 년 수
이생에서 잊지 못할 곳 쉬이 알았으니	此生易識難忘處 차 생 이 식 난 망 처
달 밝으면 쌍계 옛절 누각에 오르리라	明月雙溪古寺樓 명 월 쌍 계 고 사 루

◆ 이 작품은 황현이 그의 제자 이상락을 데리고 왔는데, 이 사람이 시
를 지어 정만조에게 주므로 정만조가 그 시에 차운한 뒤에 황현에게
보인 것이다. 앞 시에서 보았다시피 정만조는 황현이 찾아와 매우 기
뻤다. 이 시의 경련을 보면, 박주薄酒를 3일 동안 마셨다고 했으니 황현
이 온 뒤로 그 머문 시간을 알 수 있다. 기쁜 마음은 밤 깊도록 서로

이야기를 나눈 것으로 대신했으며, 정만조와 황현 모두 시 창작에 열성적인 사람들이니 시가 없을 수 없었으리라. 거기에 황현의 제자 이상락도 시재詩才가 있어 시를 지어 정만조에게 주었고, 그 시에 정만조가 차운하였다. 이 시는 그렇게 해서 탄생하였다.

▶ 묘년妙年 : 스무 살 안팎의 젊은 나이.
▶ 축신逐臣 : 쫓긴 신하. 유배 온 정만조 자신을 가리킨다.
▶ 야란夜闌 : 밤이 깊다.
▶ 쌍계고사雙溪古寺 : 진도의 쌍계사를 말한다.

62. 운경이 돌아가려고 함에 쌍계사의 누각에 모여 술을 마시며 會飮寺樓 雲卿將還

강산이 모두 좋아 함께 머물렀는데	江山都好共淹留 강 산 도 호 공 엄 유
게다가 손바닥 속의 근심이 풀림에랴	況有掌中能解憂 황 유 장 중 능 해 우
오랜 절의 바람 구름은 적멸상인 듯하고	古寺風雲寂滅相 고 사 풍 운 적 멸 상
바다 하늘의 물고기 새는 소요유인 듯하오	海天魚鳥逍遙遊 해 천 어 조 소 요 유
객이 된 두릉은 더욱더 병이 많아지고	杜陵爲客更多病 두 릉 위 객 갱 다 병
돌아가지 못한 왕찬은 여전히 루에 있소	王粲不歸猶有樓 왕 찬 불 귀 유 유 루
해질녘에 올라 굽어보며 시 지어 보내니	日莫登臨賦相送 일 모 등 림 부 상 송
저 모래 위 짝지어 나는 갈매기가 부럽소	羨他沙上雙飛鷗 선 타 사 상 쌍 비 구

◆ 이 작품은 황현이 돌아가려고 할 때 쌍계사의 누각에 모여 술을 마시며 지었다. 황현이 찾아와 기뻐했고, 며칠 동안 함께 머무르며 술도 마시고 시도 지으며 시간을 보냈다. 이제 헤어져야 하는 시간이 돌아왔는데, 그 이별의 장소가 쌍계사의 누각이다. 작자는 자신을 당나라의 시인 두보杜甫에, 그리고 황현을 왕찬王粲에 비유했다. 두보는 누구인가? 집을 떠나 타향살이를 오랫동안 했던 사람이 아닌가. 또한 왕찬은 누구인가? 형주荊州의 성루城樓 위에서 고향을 생각하며 「등루부登樓賦」를

지었던 사람이 아니던가. 정만조와 황현이 아쉽게 이별하는 모습이 드러난 작품이다. 한편, 이 작품은 『무정존고』 권2에도 실려 있다.

▶ 적멸상寂滅相 : 모든 대립이나 차별을 떠난 있는 그대로의 평온한 모습을 말한다.

▶ 소요유逍遙遊 : 장자莊子 사상 중 하나로, 인위적인 삶에서 벗어나 선악의 구분과 도덕 집착을 넘어선 정신적 해방 상태를 말한다.

▶ 두릉위객갱다병 왕찬불귀유유루杜陵爲客更多病 王粲不歸猶有樓 : "객이 된 두릉은 더욱더 병이 많아지고, 돌아가지 못한 왕찬은 여전히 루에 있소"로 풀이하였다. '두릉'은 두소릉杜少陵으로 당唐나라의 시인인 두보杜甫를 가리킨다. 두보는 고향을 떠나 객지에서 보낸 세월이 많았다. '왕찬'은 후한後漢 말기의 문학가로 건안칠자建安七子 중 한 사람. 그가 형주荊州의 성루城樓 위에서 고향을 생각하며 지은 「등루부登樓賦」에 "참으로 아름답지만 내 땅이 아니니, 어찌 잠시인들 머물 수 있으리요.[雖信美而非吾土兮 曾何足以少留]"라고 말한 부분이 있다. 정만조는 자신을 두보에, 황현을 왕찬에 대비하였다.

▶ 등림登臨 : 높은 산에 올라 먼 바다를 바라본다는 '등산임수登山臨水'의 준말이다.

63. 추석 잡절 秋夕雜絶

모두 번화해 쓸쓸한 계절 아닌 듯한데
繁華都不似蕭辰
번 화 도 불 사 소 신

다투어 옛 풍속 따라 한가위 준비한다
競餙嘉俳舊俗因
경 희 가 배 구 속 인

농촌에선 한 해 마치도록 고생했으니
爲是田家終歲苦
위 시 전 가 종 세 고

즐거운 일을 촌사람과 모두 다 옮긴다
盡輸樂事與村人
진 수 락 사 여 촌 인

보리로 빚은 술은 봄 구름처럼 짙고
濃似春雲醱麥醪
농 사 춘 운 발 맥 료

쌓아둔 송편은 보름달보다 더 크구나
大於望月飣松糕
대 어 망 월 정 송 고

밭에서 머리 숙여 땀을 흘리던 사람들
垂頭汗滴田中者
수 두 한 적 전 중 자

옷 벗고 배불리 먹으니 의기 호탕하다
飽腹解衣意氣豪
포 복 해 의 의 기 호

중농의 관정은 소 도살을 금지하니
重農官政禁屠牛
중 농 관 정 금 도 우

농촌에선 무엇으로 잔치 준비 하나
何物村家備燕遊
하 물 촌 가 비 연 유

뭇 닭들 재앙 만날까 걱정스러우니
可念鷄群逢厄日
가 념 계 군 봉 액 일

국 끓이고 남은 고기로 또 지짐질
羹湯賸肉又煎油
갱 탕 승 육 우 전 유

계집애들 색동옷은 설 명절 같으니	靑紅兒女似元朝 청 홍 아 녀 사 원 조
설에 비유함에 되레 즐겁고도 풍족해	却比元朝樂更饒 각 비 원 조 락 갱 요
감 밤은 주렁주렁 벼 이삭은 익어가니	杮栗團團禾黍熟 시 율 단 단 화 서 숙
가벼운 추위 오지 않고 더위 다 물러갔다	輕寒未作暑全消 경 한 미 작 서 전 소

장정들 신체 따라 맞는 사람 선정하니	丁男身手選相當 정 남 신 수 선 상 당
힘으로만 싸우지 단검을 가질 수 없네	鬪力曾無寸鐵將 투 력 증 무 촌 철 장
산촌에선 나쁜 바람 먼지 아랑곳 않고	山村不識風塵惡 산 촌 불 식 풍 진 악
일부러 볏단 묶어 싸움터를 만드는구나	故把禾場作戰場 고 파 화 장 작 전 장

이날 마을마다 짝을 지어 씨름을 하였다.〔是日 村村作耦 爲脚觝戲〕

높고 낮은 노래 호응이 천천히 돌아감에	高唱低膺緩緩回 고 창 저 응 완 완 회
한바탕 서성거리다 한바탕 배회하는구나	一番延佇一徘徊 일 번 연 저 일 배 회
여인의 마음이란 사내들 오기만 바랄 뿐	娘心只要郎來得 낭 심 지 요 랑 래 득
강강술래 노래 부를 때면 또한 오리라	强强來時亦是來 강 강 래 시 역 시 래

이날 밤 여러 집의 여자들이 달빛을 받아 밟으며 노래를 불렀다. 한 여자가 노래를 부르면 여러 여자들이 느린 소리로 호응하기를 "강강술래"라 하였다.〔是夜 家家女子 帶月踏歌 一女子唱之 衆女子曼聲應之 曰强强須來〕

손에 손 잡고 물고기 꿴 듯이 담 넘으니

連手乘垣似貫魚
연 수 승 원 사 관 어

남새밭 울타리 미친 놈도 놀라 비웃더라

瞿瞿樊圃笑狂夫
구 구 번 포 소 광 부

밤 깊어 미끄러질까 두려워 연꽃 밟은 듯

夜深恐跌金蓮步
야 심 공 질 금 연 보

지는 달에 담장 어두워 그림자 없어지네

斜月墻陰影欲無
사 월 장 음 영 욕 무

이날 밤에 여러 여자들이 손에 손을 잡고 둥글게 앉아 물고기 비늘처럼
이어져 뛰어넘었다가 다시 손에 손을 잡고 서니 이름 하여 '담 넘는 놀
이'라 하였다. 대체로 앉았다 서는 사이에 손을 놓치고 발이 미끄러지는
사람이 있으면 쫓겨나게 된다.〔是夜 衆女子 連手圍坐 鱗次跳越 還復連手而立 名曰
踰墻戱 盖坐立之間 有手離足跌者 黜之〕

금침 같은 손가락과 실 같은 머리카락

指似金針髮似絲
지 사 금 침 발 사 사

머리 나란히 하고 손 잡으니 한껏 기뻐

竝頭交手作歡嬉
병 두 교 수 작 환 희

바늘과 실을 가지고 회문금을 짜듯이

針絲爲織回文錦
침 사 위 직 회 문 금

밤새 내내 끊일 때 없이 돌고 도는구나

終夜回回無斷時
종 야 회 회 무 단 시

이날 밤에 뭇 여자들이 나란히 서서 머리를 드리우다가 앞에 선 사람의
겨드랑이를 물고기 엮듯이 차례대로 나가 손에 손을 잡고 끊어지지 않
으니 이름 하여 '실 바늘 놀이'라 한다.〔是夜 衆女子 連隊而立 以頭垂 前隊之腋
次第魚麗而出 連手不絶 名爲針絲戱〕

파과할 때가 되어 오이 따는 것 희롱하니

纔破瓜時戱摘瓜
재 파 과 시 희 적 과

어지럽게 꼭지 떨어짐에 꽃잎 떨어진 듯해

紛紛帶落落如花
분 분 대 락 락 여 화

그 어떤 사람이 풍류의 모범을 허여했던가 風流模範人何許
풍 류 모 범 인 하 허

벼슬은 첨지라 하고 성은 차씨라 한다네 官道僉知姓道車
관 도 첨 지 성 도 거

이날 밤에 뭇 여자들이 꼬리에 꼬리를 이어 서고, 한 여자가 앞으로 가서 손 가는 대로 잡으려고 하면 뭇 사람들은 피하여 달아난다. 만일 잡힌다면, 이를 '오이 딴다'라고 이르기 때문에 이름 하여 '오이 따는 놀이'라 한다. 옛날에 차 첨지가 있어 오이 따기를 잘 하니 민속에 이 말이 있었다.〔是夜 衆女子 連尾而立 有一女子前之 隨手促之 衆躱避奔走 若被促 則謂之摘瓜 故名爲摘瓜戲 古有車僉知 善摘瓜 俗有是語云〕

남쪽 변방에서 죽을 뻔한 외론 신하 南荒九死一孤臣
남 황 구 사 일 고 신

수조가 속에 나오는 궁궐이 그립구나 水調歌中念紫宸
수 조 가 중 념 자 신

좋은 집 높고 높아 그댈 보지 못하니 玉宇高高君不見
옥 우 고 고 군 불 견

하늘 끝의 풍속을 가까이할 뿐이로다 天涯風俗只相親
천 애 풍 속 지 상 친

◆ 이 작품은 추석에 행한 행사를 보고 지었으며, 총 10수로 이루어져 있다. 이 작품은 당시 진도 사람들이 추석에 실행한 놀이의 종류와 모습 등을 알 수 있는 자료적인 성격을 가지고 있다. 19세기 말 정만조의 눈에 비친 진도 사람들의 놀이 문화인 셈이다. 만일 정만조가 기록하지 않았다면 당시 진도 사람들이 추석에 어떤 놀이를 하며 시간을 보냈는지 알 수 없었을 것이다. 따라서 이 작품은 감성을 드러낸 것이 아닌 르포적인 성격이 강하며 극히 사실적寫實的이라고 할 수 있다. 제1수에서 추석 명절을 쇠기 위해 준비하는 진도 사람들의 모습을 그렸고, 제2수와 3수에서 명절을 쇠기 위해 음식을 장만하는 모습을 묘

사했으며, 제4수에서 여자아이들의 옷차림새와 함께 풍족한 음식을 말하였다. 제5수에서 장정들이 하는 씨름을 말하였고, 제6수에서 여인들이 하는 강강술래를 말하였다. 또한 제7수에서 담 넘이 놀이를 말하였고, 제8수에서 실 바늘 놀이를 말하였다. 제9수에서 오이 따는 놀이를 말하였고, 마지막 제10수에서 작자 자신이 유배 온 몸으로 진도의 풍속을 가까이 할 수밖에 없다는 것을 언급하였다. 한편, 제5수~9수의 작품 말미에 소주를 적어 작품 내용을 이해하도록 하였다. 또한 이 작품은 『무정존고』 권2에도 실려 있는데, 『은파유필』보다 세 작품이 부족한 총 7수가 실려 있다. 『은파유필』의 제2수, 제3수, 제10수가 『무정존고』에는 없다.

- ▶ 망월望月 : 보름달.
- ▶ 송고松糕 : 송편.
- ▶ 연유燕遊 : 주연을 베풀고 놀다.
- ▶ 전유煎油 : 지짐질 하는 일.
- ▶ 단단團團 : 과일이 주렁주렁 열린 모습.
- ▶ 경한輕寒 : 그다지 매섭지 않은 가벼운 추위.
- ▶ 정남丁男 : 장정.
- ▶ 신수身手 : 신체 또는 풍채.
- ▶ 촌철寸鐵 : 한 치의 쇠라는 말로, 예리한 단검을 뜻한다.
- ▶ 인차鱗次 : 물고기 비늘처럼 이어지다.
- ▶ 구구번포소광부瞿瞿樊圃笑狂夫 : "남새밭 울타리 미친 놈도 놀라 비웃더라"로 풀이하였다. 『시경』「동방미명東方未明」에 "동방이 밝기도 전에 허둥지둥 옷을 입노라. 허둥지둥 옷을 입거늘, 임금님 처소에서 부르도다.〔東方未明 顚倒衣裳 顚之倒之 自公召之〕"하고, "버들가지로 남새밭 울타

리 만든 것을 미친 놈도 보고 놀라는 건데, 새벽인지 밤인지도 몰라
서, 너무 이르지 않으면 너무 늦는다.〔折柳樊圃 狂夫瞿瞿 不能晨夜 不夙則莫〕"
라는 내용이 있다. 이 시는 신하들의 조회朝會 시간이 엄격히 정해져
있는데도, 임금이 기거起居에 절도가 없고 호령號令을 제때에 하지 않
아서 신하들을 밤중에 부르기도 하고 턱없이 늦게 부르기도 하는 것
을 풍자하여 부른 노래이다.

▶ 금연보金蓮步 : 여자의 아름다운 걸음걸이를 말한다. 제齊나라의 동혼
후東昏侯가 황금으로 연화蓮花를 만들어 땅에 깔고 총희인 반비潘妃에게
그 위를 걷게 하며 "걸음걸음 연꽃이 핀다."라고 했다는 말이 있다.

▶ 회문금回文錦 : 여인이 낭군에게 보내는 시문. 전진前秦의 여인 소혜蘇蕙
가 유사流沙에 가 있는 낭군 두도竇滔를 그리워하며 비단을 짜서 '회문
선도시回文旋圖詩'를 보낸 고사가 있다.

▶ 어리魚麗 : 고대 진법陣法의 하나인 어리진魚麗陣을 말한다. 마치 물고기
비늘처럼 전차戰車 사이의 간격을 보병步兵으로 빈틈없이 메워 전진하는
진법으로, 지극히 견고하고 치밀하여 필승을 기약할 수 있다고 한다.

▶ 재파과시희적과纔破瓜時戲摘瓜 : "파과할 때가 되어 오이 따는 것 희롱하
니"로 풀이하였다. 이 말은 차 첨지가 그렇게 했다는 뜻이다. '파과'와
관련해서 조선 후기 윤기尹愭의 문집 『무명자집』시고 제4책 「갑자년
설날[甲子元曉]」 시에 따르면, '파과'는 나이 64세를 뜻한다. 여동빈呂洞賓
이 장계張泊에게 준 시 「증장계贈張泊」에 "공훈은 마땅히 64세에 세우리
라.[功成當在破瓜年]"라고 하였고, 백낙천의 시에 "나이 예순넷이니, 어찌
노쇠하지 않을 수 있겠나.[行年六十四 安得不衰羸]"라고 하였다.

▶ 타피躲避 : 도피.

▶ 수조가중념자신水調歌中念紫宸 : "수조가 속에 나오는 궁궐이 그립구나"
로 풀이하였다. '수조가'는 곡조의 이름으로 수조가두水調歌頭라고도 하
는데, 수隋나라 양제煬帝가 처음 지었다고 전한다. 중국과 우리나라 문

인들이 이 수조가두에 가사歌詞로 시를 지어 붙이는 경우가 많았다.
송나라 신종神宗 때에 소식蘇軾이 황주黃州로 귀양 가 있으면서 수조가
두인 「병진중추작겸회자유丙辰中秋作兼懷子由」를 지었는데, 그 가사에 "오
직 두려워라 옥으로 된 월궁이, 높이 있어 추위를 이기지 못할까 염려
되네.[只恐瓊樓玉宇 高處不勝寒]"라고 하였다. 이 노래가 전파되자, 신종이
듣고서 임금을 그리워하는 내용이라고 여겨 "소식이 끝까지 임금을
사랑하는구나."라고 하고는 죄를 감하여 귀양지를 여주汝州로 옮겨 주
었다고 한다. '자신'은 조정 백관과 외국 사신들을 접견하는 정전正殿
의 이름이다.

사진⑩ 진도의 어린 소녀들이 강강술래 하는 모습
【정만조는 「추석 잡절」 제6수에서 강강술래 하는 모습을 형상화하였다. 이
사진은 진도문화원에서 2018년에 발행한 『보배섬 진도의 그때 그 시절』 8쪽
에 수록되어 있다. 이 책에서 설명하기를 "이 사진은 강강술래 최초의 영상
자료로 추정된다(1914년)"라고 하였다.】

64. 가을비 秋雨

서울의 소식이 너무도 아득한데
中州消息太茫然
중 주 소 식 태 망 연

나뭇잎 쓸쓸히 또 일 년이 지났다
木葉蕭蕭又一年
목 엽 소 소 우 일 년

조수 드나드니 사람은 쉬이 늙고
潮去潮來人易老
조 거 조 래 인 이 로

가을 비바람에 객은 잠들기 어렵다
秋風秋雨客難眠
추 풍 추 우 객 난 면

공연히 밤에 칼춤 추다 닭소리 듣나니
空然舞劍鷄聲夜
공 연 무 검 계 성 야

기러기들 하늘에 글자를 써서 전할까
能否傳書鴈字天
능 부 전 서 안 자 천

술잔 술은 가벼운 추위에 취하지 않아
盃酒輕寒不成醉
배 주 경 한 불 성 취

향로불이 다 되자 기름등을 매달았다
香爐火盡豆燈懸
향 로 화 진 두 등 현

풍진이 막히고 끊겨 강가에서 늙나니
風塵阻絕老江潭
풍 진 조 절 로 강 담

향불에 의지하여 절간에 머물러 있다
香火依歸住佛菴
향 화 의 귀 주 불 암

천상에 있는 옥당 바라보기 어려운데
難望玉堂天上在
난 망 옥 당 천 상 재

그 뉘 석궐 입 안에 머금어 가련타 했나
誰憐石闕口中含
수 련 석 궐 구 중 함

집 편지는 거의 일 년에 한 번 받나니
家書僅得一年一
가 서 근 득 일 년 일

유배객 길은 남해 남쪽에서 이미 다했다
客路已窮南海南
객 로 이 궁 남 해 남

꽃이 필 때에 와서 단풍잎을 보았으니
花叢時來見紅葉
화 총 시 래 견 홍 엽

나무는 이러하거늘 나는 어이 감당할까
樹猶如此我何堪
수 유 여 차 아 하 감

강산은 역력해 외로운 기러기를 보고
江山歷歷見孤鴻
강 산 력 력 견 고 홍

천지는 소슬하여 온갖 곤충 요동친다
天地騷騷撼百蟲
천 지 소 소 감 백 충

해 질 무렵이라 가는 것이 이와 같고
逝者如斯仍暮景
서 자 여 사 잉 모 경

가을바람 불어 또한 시들해질 뿐이라
點然而已又秋風
점 연 이 이 우 추 풍

등불 옮긴 뒤 외론 모습 보기 두려웠고
怕看隻影移燈後
파 간 척 영 이 등 후

술 이름에 천 시름 흩어진 듯이 하였다
擬散千愁到酒中
의 산 천 수 도 주 중

사람 흔드는 찬비는 여전히 여력 있어
寒雨撓人尚餘力
한 우 요 인 상 여 력

담장 가에 가 늙은 오동나무 두드린다
墻頭去打老梧桐
장 두 거 타 로 오 동

◆ 이 작품은 가을비가 내려 상념에 젖어 지었다. 총 3수로 이루어져 있다. 제1수에서 서울의 소식을 기다리고 있음을 말하였다. 경련 1구를 통해 작자가 고향을 그리워하다가 밤을 꼬박 새었다는 것을 알 수 있다. 제2수에도 고향을 그리워하는 마음을 드러내었다. 마지막 미련에서 꽃이 필 때에 유배 왔는데, 이제 가을이 되어 단풍이 들었다고 하면서 세월의 무상함을 언급하였다. 제3수에서 작자는 수련과 함련을 통해 가을의 풍광을 읊었고, 술로 쓸쓸함을 달래보래는 모습을 보이고 있다.

▸ 중주中州 : 중국을 가리키기도 하나 여기서는 한양을 말한다.

▸ 능부전서안자천能否傳書鴈字天 : "기러기들 하늘에 글자를 써서 전할까"
로 풀이하였다. 기러기가 고향 소식을 전할 수 있을까 그렇지 못할까
하고 의문을 제기한 것이다. '안자'는 기러기가 '일一' 자, 또는 '인人'
자로 나란히 줄을 지어 날아가는 것을 이르는 말로, 전하여 세서細書의
글줄을 의미한다.

▸ 난망옥당천상재難望玉堂天上在 : "천상에 있는 옥당 바라보기 어려운데"
로 풀이하였다. '천상'은 왕이 있는 궁궐을 뜻하며, '옥당'은 한림학사
를 지칭한 듯하다.

▸ 수련석궐구중함誰憐石闕口中含 : "그 뉘 석궐 입 안에 머금어 가련타 했
나"로 풀이하였다. '석궐'은 너무 슬퍼 말을 할 수 없음을 말한다. 『고
악부古樂府』에 "입안에 석궐이 생기니 빗돌을 문 듯 말할 수 없네.[石闕
生口中 含碑不得語]"라는 말이 있는데, 여기에서 유래하였다.

▸ 홍엽紅葉 : 단풍잎.

▸ 서자여사逝者如斯 : 『논어』「자한」에 "공자가 시냇가에서 말하기를 '가
는 것이 이와 같구나. 밤이고 낮이고 멈추는 법이 없도다.'라고 하였
다.[子在川上曰 逝者如斯夫 不舍晝夜]"라는 말이 있다.

▸ 모경暮景 : 해가 질 무렵의 경치.

▸ 점연點然 : 시들해지다.

65. 문 닫고 병을 앓으며 읊다 閉戶吟病

문 닫은 깊은 가을 벽라는 자라는데
門掩深秋長薜蘿
문 엄 심 추 장 벽 라

함께 할 사람 없으니 요즘 어떠한가
竝無人間近如何
병 무 인 간 근 여 하

물 건넌 저녁 바람에 고기 비린내 나고
夕風度水魚腥入
석 풍 도 수 어 성 입

산 지난 새벽 비에 호랑이 흔적 많구나
晨雨過山虎跡多
신 우 과 산 호 적 다

글방에 촌스러운 학문 완성해 부치고
書舍寄成村學究
서 사 기 성 촌 학 구

선방에 병든 중이라 하면서 머문다
禪窓佳作病頭陀
선 창 주 작 병 두 타

강 물결 소리 나는 나뭇잎이 없으니
但無木葉江波響
단 무 목 엽 강 파 향

꼭 구가 불러 시름 떨치지 못하리라
未必離憂動九歌
미 필 리 우 동 구 가

◆ 이 작품은 문 닫고 병을 앓으며 지었다. 작자는 깊은 가을에 홀로 병이 든 채 절 방에 머물렀다. 여기서의 절은 물론 진도 쌍계사를 말하리라. 쌍계사에 있으면 멀리 바닷가로부터 불어오는 바람 때문에 생선 비릿한 냄새도 날 것이고, 뒤에 첨찰산이 있어 마치 호랑이 흔적이 있는 듯이 느꼈을 것이다. 함련에서 이러한 것을 말하였다. 그리고 작자는 초나라의 굴원屈原이 지었던 구가九歌를 불러 시름을 떨치고 싶으나 그렇게 할 수도 없다. 쓸쓸한 가을날 시름을 읊은 시이다.

▶ 벽라薜蘿 : 벽려薜荔 넝쿨과 여라女蘿 넝쿨을 합칭한 말이다. 옛날에 은
자隱者들이 흔히 이것으로 옷을 지어 입었던 데서 온 말로, 전하여 은
자나 고사高士의 처소를 가리키기도 한다.

▶ 두타頭陀 : 중 또는 거사.

▶ 단무목엽강파향 미필리우동구가但無木葉江波響 未必離憂動九歌 : "강 물결
소리 나는 나뭇잎이 없으니, 꼭 구가 불러 시름 떨치지 못하리라"로
풀이하였다. '구가'는 초나라의 충신인 굴원이 지은 가곡歌曲의 이름이
다. 위로는 신神을 섬기는 공경을 진술하고 아래로는 자신의 억울함을
나타내어 임금에게 풍간諷諫한 것인데,「동황태일東皇太一」·「운중군雲中君」·
「상군(湘君)」·「상부인湘夫人」·「대사명大司命」·「소사명少司命」·「동군東君」·
「하백河伯」·「산귀山鬼」·「국상國殤」·「예혼禮魂」 등 11편으로 되어 있다. 이
중에「상부인」에 "산들산들 불어오는 저 가을바람, 동정호에 물결 일
고 나뭇잎은 떨어지네.〔嫋嫋兮秋風 洞庭波兮木葉下〕"라는 내용이 있다.

66. 밤 추위가 막 심해져 夜寒初劇

병과 시름 객지 회포에 더욱더 울적한데
病愁羈抱轉牢騷
병 수 기 포 전 뢰 소

깊은 밤 강 관문엔 눈 올 기미가 거세다
遙夜江關雪意豪
요 야 강 관 설 의 호

두 번 더위에 한나라 부채 생각나지 않고
再熱無期思漢扇
재 열 무 기 사 한 선

처음 추위에 진나라 솜옷 그리운 객 있다
一寒有客念秦袍
일 한 유 객 념 진 포

　　김윤원이 솜옷을 만들어 보낸 지가 오래되었는데, 오늘 처음 입었다.
〔金允源 製送綿衣日久 今日始着〕

마르거나 젖어 우는 벌레 얼마나 괴로울까
乾啼濕哭虫何苦
건 제 습 곡 충 하 고

물에 자고 바람 먹는 기러기도 수고롭겠지
水宿風餐鴈亦勞
수 숙 풍 찬 안 역 로

오래 앉으니 온 몸에 봄기운 두루 퍼지는데
坐久渾身春氣遍
좌 구 혼 신 춘 기 편

붉은 화로에 불 지펴 새 술을 끓여서라네
紅爐吹火煮新醪
홍 로 취 화 자 신 료

◆ 이 작품은 밤 추위가 처음으로 심해져 느낌을 담아 지었다. 수련 내용을 보면, 추위가 심해져 눈이 올 기미가 거세다. 유배 온 이래 첫 겨울을 맞이하려는 즈음이다. 점점 추워지고 있으니 여름 내내 더위를 물리치는데 사용되었던 부채는 필요 없고, 솜옷이 그리워지고 있다. 함련 끝에서 말한 소주를 통해 김윤원金允源이라는 지인이 미리 솜옷을 보내주었는데, 그것을 오늘 비로소 입어보았다. 작자는 자신이 추운

> 것도 문제지만 벌레, 기러기 등을 걱정하고 있다. 그래도 붉은 화로에
> 앉아 술 끓이니 온 몸에 봄기운이 두루 퍼지는 듯하다.

▶ 뇌소牢騷 : 마음이 울적하다.

▶ 강관江關 : 강의 관문.

▶ 김윤원金允源 : 누구를 말하는지 알 수 없다.

▶ 건제乾啼 : 눈물 없이 울다.

▶ 습곡濕哭 : 눈물을 글썽거리며 울다.

67. 첫눈이 심히 세찬데 제생들과 시를 짓다
初雪甚壯 與諸生拈韻

계산에 밤 되었으나 맑은 대낮과 같은데
入夜溪山淸晝同
입 야 계 산 청 주 동

쓸쓸한 깊은 연못 화공도 그리기 어렵다
泓渟蕭瑟畵難工
홍 정 소 슬 화 난 공

어지럽게 내린 비 그치니 하늘 꽃 점 찍고
紛紛撤雨天花點
분 분 철 우 천 화 점

깨끗한 바람이 불어와 옥수가 늘어선 듯해
皎皎臨風玉樹叢
교 교 임 풍 옥 수 총

가난한 집 새벽은 차 객지 생활 시름겹고
貧屋曉寒愁爨桂
빈 옥 효 한 수 찬 계

타향의 세모에 정처 없이 떠돎을 탄식한다
殊鄕歲莫歎飄蓬
수 향 세 모 탄 표 봉

시 지어 벽에 남기는 것 그대들은 아는가
題詩留壁君知否
제 시 유 벽 군 지 부

훗날 기러기의 진흙 발자국 지나감 알리라
泥爪他年認過鴻
니 조 타 년 인 과 홍

◆ 이 작품은 첫눈이 세차게 내린 초겨울 어느 날 여러 문생들과 함께 지은 것이다. 정만조는 진도 유배 시절 시계詩契를 만들어 여러 문생들과 함께 가끔 시회詩會를 열었다. 아마도 이때 첫눈이 내려 그 기념으로 함께 모여 시를 지었을 것으로 추정한다.

첫눈인데 제법 많이 내려 밤이 되었으나 마치 대낮처럼 느껴졌다. 그 모습은 아름다워 화공도 쉽게 그릴 수가 없다. 이상은 수련의 내용이다. 나뭇가지에 하얀 눈이 쌓이니 마치 옥수玉樹가 있는 듯하게 보였으

나 힘든 객지 생활을 하느라 탄식이 절로 나온다. 이상은 함련과 경련
의 내용이다. 작자는 여러 문생들에게 물었다. "훗날 기러기의 진흙 발
자국 지나가는 것 알 수 있을까?"라고……. 미련 2구의 '기러기의 진흙
발자국'은 정처 없는 종적을 말하는데, 객지 생활을 하고 있는 작자 자
신을 대변한 말이다.

▶ 입야계산청주동入夜溪山淸晝同 : "계산에 밤 되었으나 맑은 대낮과 같은
  데"로 풀이하였다. 밤이 되었으나 눈이 많이 내려 마치 대낮처럼 느껴
  진 것이다.
▶ 천화天花 : 하늘에서 내리는 눈을 꽃으로 표현한 것이다.
▶ 교교임풍옥수총皎皎臨風玉樹叢 : "깨끗한 바람이 불어와 옥수가 늘어선
  듯해"로 풀이하였다. 여기서의 '옥수'는 나뭇가지에 하얗게 눈이 쌓인
  것을 말한다.
▶ 찬계爨桂 : '찬계취옥爨桂炊玉'을 줄인 말로 객지에서 대단히 고생스러운
  생활을 한 것을 비유한 것이다. 전국 시대 소진蘇秦이 초나라에 간 지
  3일 만에야 위왕威王을 만나보고 바로 떠나려 하자, 위왕이 왜 급히 떠
  나려 하냐고 물었다. 소진이 대답하기를 "초나라에는 밥이 옥보다 귀
  하고, 땔나무는 계수나무보다 귀하며, 알자謁者 만나기는 귀신 만나기
  만큼 어렵고, 임금 만나기는 천제天帝 만나기만큼 어려운데, 지금 신에
  게 계수나무로 옥밥을 지어 먹으면서 귀신을 통하여 천제를 만나도록
  하시렵니까?"라고 한 데서 온 말이다. 『戰國策 楚威王』
▶ 수향殊鄕 : 타향.
▶ 표봉飄蓬 : 흩날리는 쑥대처럼 정처 없이 떠도는 신세를 말한다.
▶ 니조타년인과홍泥爪他年認過鴻 : "훗날 기러기의 진흙 발자국 지나감 알
  리라"로 풀이하였다. '홍니鴻泥'는 '설니홍조雪泥鴻爪'의 줄임말로 진흙에

남긴 기러기 발자국이란 뜻인데, 정처 없는 종적을 이른다. 소식蘇軾의
「화자유면지회구和子由澠池懷舊」 시에 "우리 인생 가는 곳마다 어떠한가.
응당 나는 기러기 눈 속 진흙 밟은 것과 같겠지. 진흙에 우연히 발자
국 남기지만 기러기 날아감에 어찌 동서를 따지랴.[人生到處知何似 應似飛
鴻踏雪泥 泥上偶然留指爪 鴻飛那復計東西]" 한 데서 유래하였다.

68. 눈이 갠 뒤에 또 운을 뽑다 雪晴後 又拈

시냇가 집에 눈 개어 바람 없이 고요하니	雪晴溪閣靜無風 설 청 계 각 정 무 풍
바로 삼청의 청명한 기운과 통하는구나	直與三淸灝氣通 직 여 삼 청 호 기 통
아련한 구름 배는 모래 밖 새인 듯하고	杳渺雲帆沙鳥外 묘 묘 운 범 사 조 외
영롱한 물에 뜬 달은 거울 속 꽃인 듯해	玲瓏水月鏡花中 영 롱 수 월 경 화 중
참선 깨친 경지에 시의 경지가 이어지고	悟禪境處仍詩境 오 선 경 처 잉 시 경
궁한 때 도 탄식하면 또한 세월 궁해지네	歎道窮時又歲窮 탄 도 궁 시 우 세 궁
외론 학과 솔개는 흰빛 잃음 부끄러워서	隻鶴孤鶡羞失素 척 학 고 한 수 실 소
새장에서 나와 나래 펼치지 못하는구나	未能振翮出樊籠 미 능 진 핵 출 번 롱

◆ 이 작품은 눈이 내리다 갠 뒤에 새로운 운을 뽑아 지었다. 이 작품은 앞 시와 같이 여러 문생들과 함께 지은 것으로 생각한다. 작자는 눈이 갠 뒤의 상황을 마치 삼청三淸의 맑은 기운과 통한 듯하다라고 하였다. 또한 멀리 보이는 구름 속에 떠 가는 배는 모래 밖의 새와 같고, 물에 뜬 달은 거울 속에 있는 꽃처럼 보였다. 수련과 함련에서 눈 온 뒤의 광경을 이와 같이 묘사하였다. 경련에서 잠시 자신의 생각을 정리하였고, 미련에서 다시 눈 온 뒤의 모습을 학과 솔개 등을 들어 말하였다.

▶ 삼청三淸 : 도교道敎의 이른바 삼동교주三洞敎主가 거하는 최고의 선경仙境, 즉 삼청경三淸境의 준말로, 옥청玉淸, 상청上淸, 태청太淸을 말한다.

▶ 호기灝氣 : 하늘의 청명한 기운.

▶ 척학고한수실소隻鶴孤鷳羞失素 : "외론 학과 솔개는 흰빛 잃음 부끄러워서"로 풀이하였다. 눈이 내려 온 세상이 하얗게 되니 흰 날개를 지닌 학과 솔개들이 제색을 내지 못하는 것을 희학적으로 표현하였다. 이와 관련하여 남조 송宋나라 사혜련謝惠連의 「설부雪賦」에 눈이 하얗게 덮인 풍경을 형용하여 "뜰에는 옥 섬돌이 늘어섰고 숲에는 옥 나무가 솟았으니, 백학이 고운 빛 빼앗기고 백한이 흰 빛을 잃었도다.〔庭列瑤階 林挺瓊樹 皓鶴奪鮮 白鷳失素〕"라고 하였다. 『文選 卷7』

▶ 번롱樊籠 : 새장. 자유롭지 못한 처지.

69. 보성의 관해 김형면이 찾아와서 寶城金觀海炯冕來訪

뜻밖에 타향에서 이렇게 한 번 만나니	分外殊鄕此一逢 분 외 수 향 차 일 봉
마음은 세상 자취 부끄러운 날 끄집었다	靈襟挹我愧塵蹤 령 금 읍 아 괴 진 종
섬긴 도 좇아 사귀어 깊은 사랑 알겠고	交從事道知深眷 교 종 사 도 지 심 권
객지 주방에서 대접이 야박해도 용서한다	客到羈廚恕薄供 객 도 기 주 서 박 공
오희가 끝마치니 장대한 포부가 풀리고	歌罷五噫消壯志 가 파 오 희 소 장 지
삼소도 완성하여 객의 시름 깨부수었다	畫成三笑破愁客 화 성 삼 소 파 수 객
하느님도 머문 그대 마음 풀어 주겠지	天公亦解留君意 천 공 역 해 유 군 의
땅 가득한 검은 구름은 비 기운이 짙네	滿地玄雲雨氣濃 만 지 현 운 우 기 농

◆ 이 작품부터 정만조의 나이 40세(1897년)에 지은 것이다. 어느 날 보성에 살고 있는 관해觀海 김형면金炯冕이 정만조를 찾아왔다. 객지 생활을 하고 있는 정만조로서는 매우 반가웠을 것이다. 그 반가운 마음을 담은 시라고 할 수 있다. 정만조와 김형면은 노래도 부르고, 그림도 그려 서로의 근심을 없애려고 하였다. 경련에서 이 두 사람이 노래를 부르고 그림을 그렸다고 했는데, 특히 후한 때 양홍梁鴻이 지었다는 「오희가五噫歌」와 혜원 법사慧遠法師와 관련한 「삼소도三笑圖」 내용이 등장해 여러 상상을 할 수 있도록 하였다.

▶ 영금靈襟 : 신령스러운 마음. 김형면의 마음이 신령스럽다고 말한 것이다.

▶ 가파오희소장지歌罷五噫消壯志 : "오희가 끝마치니 장대한 포부가 풀리고"로 풀이하였다. '오희'는 가사歌詞 끝에 탄식하는 뜻으로 '희噫' 자를 붙인 것을 말한다. 대표적으로 후한後漢 때 양홍梁鴻이 부른 「오희가五噫歌」가 있다. 양홍은 집안이 몹시 가난했는데, "저 북망을 오름이여, 슬프다! 서울을 돌아봄이여, 슬프다! 궁실이 드높음이여, 슬프다! 사람들의 수고로움이여, 슬프다! 아득한 미앙궁이여, 슬프다! 〔陟彼北芒兮 噫 顧覽帝京兮 噫 宮室崔嵬兮 噫 人之劬勞兮 噫 遼遼未央兮 噫〕"라고 하여 '희' 자를 다섯 번 써서 비통한 심정을 노래 불렀다. 『後漢書 卷83』

▶ 화성삼소파수객畵成三笑破愁客 : "삼소도 완성하여 객의 시름 깨부수었다"로 풀이하였다. '삼소도'와 관련하여 다음의 이야기가 전한다. 동진東晉 시대 여산廬山 동림사東林寺의 고승 혜원 법사慧遠法師가 당시의 명유名儒인 도잠陶潛, 육수정陸修靜과 노닐다가 그들을 전송할 때, 그들과 서로 의기가 투합한 나머지 이야기에 마음이 팔려 자기도 모르는 사이에 호계虎溪를 건너가 범 우는 소리를 듣고서야 비로소 정신을 차리고 세 사람이 서로 크게 웃었다〔三笑〕고 한다. 이를 소재 삼아 그림을 그려 「삼소도三笑圖」라고 했는데, 현재 전하고 있지 않다. 『廬山記 卷2』

▶ 천공天公 : 하느님.

70. 한식날에 寒食

전년엔 옥중에서 한식을 지나쳤는데	獄中寒食過前年 옥 중 한 식 과 전 년
섬에 사는 금년은 더욱더 암울하구나	海島今年更黯然 해 도 금 년 갱 암 연
이미 애간장 끊겨 위나라 민둥산 보고	已斷寸腸瞻魏屺 이 단 촌 장 첨 위 기
공연히 두 눈물 머금어 밭두둑 향한다	空含雙淚向隴阡 공 함 쌍 루 향 롱 천
파리한 얼굴은 유달리 청정반 떠올리고	瘦顔偏憶靑精飯 수 안 편 억 청 정 반
병든 다리는 백타전도 차기 어려워라	病脚難霑白打錢 병 각 난 점 백 타 전
고맙게도 주인은 궁한 날 가엽게 여겨	多謝主人憐我冷 다 사 주 인 련 아 냉
아침부터 여관방에 연기 금하지 않았다	朝來旅館不禁烟 조 래 려 관 불 금 연

◆ 이 작품은 정만조의 나이 40세 한식날에 지었다. 정만조는 39세 한식날에 감옥에 갇혀 있었다. 그런데 올해는 유배 와 진도에 머물고 있다. 수련 2구에서 이런 자신의 마음이 암울하다고 하였다. 그래서 『시경』 「척호陟帖」 시에 나온 것처럼 위魏나라 민둥산을 바라보고, 공연히 눈물 흘리며 밭두둑으로 향하였다. 또한 작자는 자신의 행색도 묘사하였다. 얼굴이 파리해 도가道家에서 말하는 청정석靑精石으로 지은 밥을 떠올리고, 다리가 병들어 이제 제기놀이를 하여 이긴 사람에게 상으로 내리는 돈꿰미도 차기 힘들게 되었다. 그런데 여관방 주인은 대접을 해주니 고마울 뿐이다.

▶ 위기魏屺 : 위나라의 민둥산. 멀리 나가 있는 자식이 부모를 애틋하게 그리워하는 마음을 비유하였다. 『시경』「척호陟岵」는 효자가 부역을 나가서 어버이를 잊지 못하는 심정을 노래한 것인데, 그 둘째 장에 "저 민둥산에 올라가서 어머님 계신 곳을 바라본다.〔陟彼屺兮 瞻望母兮〕" 라는 말이 나온다.

▶ 청정반靑精飯 : 도가道家에서 청정석靑精石으로 지은 밥을 말하는데, 이 밥을 오래 먹으면 안색顔色이 좋아지고 장수長壽한다고 한다. 두보의 「증이백贈李白」 시에 "어찌 저 도가의 청정반으로, 내 얼굴 좋게 할 길이 없을쏜가.〔豈無靑精飯 使我顔色好〕" 한 데서 온 말이다.

▶ 백타전白打錢 : '백타白打'는 제기놀이이고, 백타전은 제기놀이를 하여 이긴 사람에게 상으로 내리는 돈을 말한다. 당나라 시인 위장韋莊의 시 「장안청명長安淸明」에서 궁중의 청명 풍경을 읊어 "내궁에서 처음으로 청명화를 내리고, 상상은 한가로이 백타전을 나누어 주네.〔內宮初賜淸明火 上相閒分白打錢〕"라고 하였다. 『古今事文類聚 前集 卷8 長安淸明』

71. 병들어 고요히 지내며 病居涔寂

천 갈래 만 갈래의 시름 실마리	愁緖千端復萬端 수 서 천 단 부 만 단
졸리면 잊고 고요할 땐 물러난다	睡來能忘靜能寬 수 래 능 망 정 능 관
일생 동안 고황의 증세 지켰으나	一生相守膏肓竪 일 생 상 수 고 황 수
종일토록 시청 기관 번다함 없다	終日無煩視聽官 종 일 무 번 시 청 관
못난 시구는 촌 학당어 벗지 못하고	拙句難逃村學語 졸 구 난 도 촌 학 어
싱거운 술은 썩은 선비 음식에 맞다	薄醪端合腐儒餐 박 료 단 합 부 유 찬
작은 책상에서 머물러 세월 보내며	不離小榻經年月 불 리 소 탑 경 년 월
공연히 관유안처럼 무릎을 매만진다	拊膝空懷管幼安 부 슬 공 회 관 유 안

◆ 이 작품은 작자가 병들어 있을 때 소회를 읊은 것이다. 작자는 유배객으로서 객지 생활을 하고 있어서 천 갈래 만 갈래의 시름이 있다. 또한 일생 동안 고황膏肓에 깃든 병도 있으나 보고 듣는 기관의 번거로움은 없다. 작자는 수련과 함련에서 자신이 가진 병을 이야기하였다. 그리고 경련에서 자신을 낮춘 겸손의 말을 하였고, 미련에서 무료하게 시간을 보내고 있음을 말하였다. 한편, 이 작품은 『무정존고』 권3에도 있다.

▶ 고황수膏肓豎 : 고황의 병. 진 경공晉景公의 꿈에 병마가 더벅머리 두 아이[二豎]로 변해서 고황 사이로 숨어들었는데, 결국은 명의名醫도 고치지 못한 채 죽고 말았다고 한다. 『春秋左傳 成公 10年』

▶ 관유안管幼安 : 관령管寧을 말한다. 관령은 삼국 시대 위魏나라 사람으로서 황건黃巾의 난을 피해 요동遼東으로 옮겨 왔는데 이때 바다 건너 피난 온 사람들이 모두 그에게 모여들어 금세 촌락을 이루었다고 한다. 또 관령이 바다 건너 돌아온 뒤 늘 나무 걸상에 단정히 앉아 있었는데, 무릎이 닿은 곳의 나무 부분이 닳아 없어졌다는 이야기도 잘 알려져 있다. 『三國志 卷11 注』

72. 운림각에서 술에 취해 붓을 함부로 놀려 써서 주인에 게 보이다 雲林閣醉 毫亂題 示主人

어제와 오늘 꽃바람이 불고
花風昨日今日
화 풍 작 일 금 일

앞 뒷마을에 가을비 내린다
秋雨前村後村
추 우 전 촌 후 촌

꾀꼬리 울 때 대지팡이 짚으니
黃鳥啼時竹杖
황 조 제 시 죽 장

흰 구름 깊은 곳에 사립 있다
白雲深處柴門
백 운 심 처 시 문

동천복지는 어디쯤인가
洞天福地何處
동 천 복 지 하 처

허모란 집의 초당이로다
許牧丹家草堂
허 목 단 가 초 당

당 뒤 청산엔 옛 절 있고
堂後靑山古寺
당 후 청 산 고 사

당 앞 녹수엔 방당 있다
堂前綠水方塘
당 전 록 수 방 당

세 오솔길 바람에 달빛 드리우고
三逕風前月下
삼 경 풍 전 월 하

한 동이 술의 연북에 향남이라
一樽硯北香南
일 준 연 북 향 남

두견새야 귀거래사 부르지 말지니
子規莫唱歸去
자 규 막 창 귀 거

훗날 밤의 그리움 감당 못하리라
他夜相思不堪
타 야 상 사 불 감

저 솔 아래 동자에게 묻나니
問他松下童子
문 타 송 하 동 자

그 어떤 이 굴 속 노인이더냐
誰是橘中老人
수 시 귤 중 로 인

이 길은 신선 집과 머지않나니
此去仙家不遠
차 거 선 가 불 원

오솔길에 푸른 이끼 티끌 없다
蒼苔一路無塵
창 태 일 로 무 진

농촌에선 밭 갈러 일찍 나서니
農家耕耒朝出
농 가 경 뢰 조 출

절간에선 밥 때의 종 치지 마소
佛舍飯鍾莫撞
불 사 반 종 막 당

객은 맑은 바람 부는 반탑에 누워
客臥淸風半榻
객 와 청 풍 반 탑

해가 서쪽 창으로 지는 줄 모른다
不知日下西窓
부 지 일 하 서 창

승지는 원래 정해진 주인 없나니
勝地元無定主
승 지 원 무 정 주

한가한 사람은 나 같은 이 적네
閒人但少如吾
한 인 단 소 여 오

한 구역은 고무담 같은 산수요
一區鈷鉧山水
일 구 고 무 산 수

사면은 「망천도」 속 그림 같아라
四面輞川畵圖
사 면 망 천 화 도

버드나무 늦바람에 한 젓대 불고
楊柳晩風一篴
양 류 만 풍 일 적

도화 흐르는 물에 조각배 띄운다
桃花流水扁舟
도 화 류 수 편 주

봄빛은 어찌 노랑나비에 있는가
春光安在黃蝶
춘 광 안 재 황 접

백구의 맑은 흥을 그 누가 알까　　　　　　清興誰知白鷗
　　　　　　　　　　　　　　　　　　　　청 흥 수 지 백 구

왕우칭은 「삼출부」를 지었고　　　　　　　禹偁賦就三黜
　　　　　　　　　　　　　　　　　　　　우 칭 부 취 삼 출

두보는 칠애시를 완성했었지　　　　　　　子美詩成七哀
　　　　　　　　　　　　　　　　　　　　자 미 시 성 칠 애

해 질 무렵에 장사의 유배객이　　　　　　日莫長沙謫客
　　　　　　　　　　　　　　　　　　　　일 막 장 사 적 객

내 낀 강가 물결에 배회한다　　　　　　　烟波江上徘徊
　　　　　　　　　　　　　　　　　　　　연 파 강 상 배 회

부귀는 이생에서 다 끝났나니　　　　　　富貴此生已矣
　　　　　　　　　　　　　　　　　　　　부 귀 차 생 이 의

전원으로 어느 날에 돌아갈까　　　　　　田園曷日歸歟
　　　　　　　　　　　　　　　　　　　　전 원 갈 일 귀 여

그 사이 좋은 흥취 조금 얻는다면　　　　此間少得佳趣
　　　　　　　　　　　　　　　　　　　　차 간 소 득 가 취

약 캐고 돌아와 책 읽으련다　　　　　　采藥還來讀書
　　　　　　　　　　　　　　　　　　　　채 약 환 래 독 서

완적은 술 먹은 뒤 시가 읊었고　　　　　酒後詩歌阮達
　　　　　　　　　　　　　　　　　　　　주 후 시 가 완 달

장욱은 흥 이르면 먹물 춤 추었지　　　　興來墨舞張顚
　　　　　　　　　　　　　　　　　　　　흥 래 묵 무 장 전

운림각의 벽에 글자를 새기나니　　　　　雲林閣上題壁
　　　　　　　　　　　　　　　　　　　　운 림 각 상 제 벽

아이들이 외워 전하지 말라 하소　　　　莫遣兒童誦傳
　　　　　　　　　　　　　　　　　　　　막 견 아 동 송 전

◆ 이 작품은 운림각에서 밤에 술에 취해 시를 지어 허형에게 보였다. 운림각은 조선 후기 남종화의 대가 소치小痴 허련許鍊의 화실 당호堂號인데, 현재 '운림산방雲林山房'이라 불린다. 정만조는 당시 운림각과 가까운 곳에서 살고 있었다. 때문에 가끔 운림각을 가서 허형을 만나곤 하였다. 총 10수로 이루어져 있고, 특이하게 6언시로 지었다.

제1수에서 운림각에 막 들어선 내용을 적었다. 기구에서 '꽃바람'이라는 말을 한 것으로 보아 계절은 봄이라는 것을 알 수 있다. 제2수에서 운림각 주변의 승경을 말하였다. 기구에서 말한 '동천복지'는 신선이 사는 곳에 있는 지명으로 절승絶勝를 가리킨다. 제3수에서 밤에 허형과 술자리를 함께 한 것을 말하였고, 제4수에서 허형과 바둑을 함께 둔 것을 말하였다. 바둑을 둔 사실은 승구의 '귤중지락橘中之樂'이라는 말을 통해 알 수 있다. 제5수를 통해 이제 하루 때 중에서 저녁이 되고 있음을 알 수 있다. 제6수에서 운림각 주변의 승경을 다시 한 번 적었다. 정만조는 운림각 주변의 승경이 "한 구역은 고무담 같은 산수요, 사면은 「망천도」 속 그림 같다"라고 하였다. '고무담'은 당나라 유종원柳宗元이 영주永州로 귀양 가서 목격한 승경지이고, '「망천도」'는 역시 당나라 왕유王維가 그린 그림으로 '망천'은 산수가 수려하기로 유명한 곳이다. 이 부분에서 작자가 운림각을 어떻게 묘사했는가를 알 수 있다. 제7수에서 봄날의 모습을 말하였다. 제8수에서 북송 때의 시인 왕우칭王禹偁의 「삼출부三黜賦」와 당나라 두보杜甫의 칠애시七哀詩를 말하였는데, 이는 아마도 작자 자신의 처지와 비슷하다고 생각해 말한 듯하다. 제9수에서 전원으로 돌아가고 싶다는 마음을 드러내었다. 그리고 마지막 제10수에서 동진 시대 죽림칠현 중 한 사람인 완적阮籍과 당나라 때의 장욱張旭을 말하였다. 완적은 술을 잘 마셨던 사람이고, 장욱은 술에 취하면 울부짖으며 붓을 휘갈기기도 하고 먹물에 머리카락을

적혀 글씨를 썼던 사람으로 알려져 있다. 작자는 현재 자신의 모습이
마치 이 두 사람과 닮아 있다는 뜻으로 말한 듯하다. 한편, 이 작품은
『무정존고』권3에도 있다.

▶ 운림각雲林閣 : 진도 첨찰산尖察山 남쪽 자락에 있는 조선 후기 남종화
  의 대가 소치小痴 허련許鍊(1808~1893)의 화실 당호堂號이다. 한때 '소허암
  小許庵'이라 불리기도 했으나 현재 '운림산방雲林山房'이라 불린다. 국가
  명승 제80호로 지정되어 있다.

▶ 호란毫亂 : 붓을 어지럽게 놀린다. 작자의 겸손한 마음이 담겨있다.

▶ 주인主人 : 당시 운림각의 주인인 미산米山 허형許瀅을 가리킨다. 허형
  은 앞의 시「초복에 각헌이 찾아와 미산과 함께 짓다[初伏覺軒來訪 與米山
  作]」에 소개하였다.

▶ 동천복지洞天福地 : 신선이 사는 곳에 있다는 36동천洞天과 72복지福地로,
  천하의 절승絶勝을 의미한다.

▶ 허목단가許牧丹家 : "허모란 집"으로 풀이하였다. '허모란'은 허련의 다
  른 호이다. 허련의 자는 마힐摩詰이요, 호는 소치, 허모란 등이며, 본관
  은 양천陽川이다. 중국 당나라 남종화와 수묵산수화水墨山水畵의 효시인
  왕유王維의 이름을 따라서 '허유許維'로 개명하였다. 추사秋史 김정희金正
  喜의 제자이고, 정약용의 아들 정학연丁學淵과 민승호閔升鎬, 흥선대원군
  이하응李昰應, 민영익閔泳翊 등과 친분이 있었다. 저서로『소치실록小癡實
  錄』,『운림잡저雲林雜著』,『운림유록雲林儒錄』등이 전한다. 산수, 인물, 매,
  죽, 노송, 모란, 파초 및 괴석 등을 모두 잘 그렸다. 산수에 특히 뛰어
  났고, 모란을 잘 그려 '허모란'이라는 별명이 생기기도 하였다.

▶ 고사古寺 : 전남 진도군 의신면 사천리에 소재한 쌍계사를 말한다.

▶ 방당方塘 : 네모진 연못.

▶ 삼경三逕 : 세 오솔길. 한나라 때 은사隱士 장후蔣詡가 자기 문정門庭에 세 오솔길을 내놓고 구중求仲과 양중羊仲 두 사람하고만 종유했던 데서 전하여 은자의 처소를 가리킨다.『三輔決錄』또 도잠陶潛의「귀거래사歸去來辭」에 "세 오솔길은 묵었으나, 소나무와 국화는 아직 남아 있도다.〔三逕就荒 松菊猶存〕"라고 한 내용이 있다.『陶淵明集 卷5』

▶ 일준연북향남一樽硯北香南 : "한 동이 술의 연북에 향남이라"로 풀이하였다. '연북'은 벼루의 북쪽을 뜻한다. 책상과 벼루를 남쪽을 향하여 놓았을 때 자기 몸은 그 벼루의 북쪽에 위치하므로 한 말이다. '향남'은 향기 나는 남쪽이라는 뜻이다. 여기서 '연북'은 정만조 자신을 가리키고, '향남'은 허형을 가리킨 것으로 보인다.

▶ 자규子規 : 두견새.

▶ 귀거歸去 : 동진東晉 시대 도잠이 지은「귀거래사」를 말한다. 도잠이 평택 현령이 되었을 때 군의 장관長官이 의관을 갖추어 배알하라는 데에 분개하여 그날로 사직하고 고향으로 돌아가면서 지은 작품이다.

▶ 문타송하동자問他松下童子 : "저 솔 아래 동자에게 묻나니"로 풀이하였다. 당나라 가도賈島의「방도자불우訪道者不遇」시에 "소나무 아래에서 동자에게 물으니, 스님은 약초를 캐러 나갔다네. 이 산속에 계신 것만은 분명한데, 구름이 깊어서 어딘지는 모른다네.〔松下問童子 言師採藥去 只在此山中 雲深不知處〕"라는 표현이 있다.

▶ 수시귤중노인誰是橘中老人 : "그 어떤 이 귤 속 노인이더냐"로 풀이하였다. '귤중지락橘中之樂'이라는 말이 있는데, 바둑을 두는 즐거움을 뜻한다. '귤중노인'이란 귤 속에 있는 노인을 말한다. 옛날에 파공巴邛의 어떤 사람이 자기 귤원橘園에 대단히 큰 귤이 열려 있으므로, 이를 이상하게 여겨 따서 쪼개어 보니, 그 귤 속에 수염과 눈썹이 하얀 두 노인이 서로 마주 앉아 바둑을 두면서 즐겁게 담소를 나누고 있었는데, 그 중에 한 노인이 말하기를 "귤 속의 즐거움은 상산에 뒤지지 않으나,

다만 뿌리가 깊지 못하고 꼭지가 튼튼하지 못한 탓으로, 어리석은 사람이 따 내릴 수가 있었다.〔橘中之樂不減商山 但不得深根固蔕 爲愚人摘下耳〕"라고 했다 한다. 『玄怪錄 卷3』

▶ 반종飯鍾 : 승사僧舍에서 식사 시간을 알리기 위해서 치는 종을 말한다.
▶ 반탑半榻 : 반 걸상.
▶ 고무산수鈷鉧山水 : 고무담鈷鉧潭 같은 산수를 말한다. '고무'는 고무담을 말한다. 당나라 유종원柳宗元이 영주永州로 귀양 가서 「영주팔기永州八記」라는 유명한 글을 남겼는데, 그중 제3편인 「고무담서소구기鈷鉧潭西小丘記」가 있다.
▶ 망천화도輞川畫圖 :「망천도」 속 그림을 말한다.「망천도」는 당唐나라 시인 왕유王維가 망천輞川에 별장을 짓고, 그곳의 십이승경十二勝景을 묘사한 그림을 말한다. 망천은 섬서성陝西省 남전현藍田縣 남쪽에 있는 계곡으로, 산수가 수려하기로 유명하다.
▶ 우칭부취삼출禹偁賦就三黜 : "왕우칭은 「삼출부」를 지었고"로 풀이하였다. 왕우칭王禹偁은 북송 때의 시인으로 강직한 성품 때문에 여러 차례 파면 당하는 불운을 겪었으나 이에 굴하지 않고 「삼출부」를 지어 소신을 드러내었다.
▶ 자미시성칠애子美詩成七哀 : "두보는 칠애시를 완성했었지"로 풀이하였다. 이 부분은 저자가 착각한 듯하다. 두보는 칠애시가 아닌 '팔애시八哀詩'를 지었다. 팔애시는 당唐나라의 현신賢臣인 왕사례王思禮·이광필李光弼·엄무嚴武·왕진王璡·이옹李邕·소원명蘇元明·정건鄭虔·장구령張九齡 등 8인의 죽음을 슬퍼하여 노래한 시를 말한다.
▶ 완달阮達 : 중국 삼국 시대 위魏나라의 사상가인 완적阮籍을 말한다. 자는 사종嗣宗이요, 죽림칠현의 한 사람으로, 노장의 학문을 연구하였으며 술과 청담淸談으로 세월을 보냈다. 그의 저서 중에 『달장론達莊論』이 있어 '완달'이라 한 것으로 보인다.

▶ 장전張顚 : 초성草聖으로 불렸던 당唐나라 장욱張旭을 말한다. 장욱은 술
을 너무 좋아한 나머지 매번 크게 취할 때마다 미친 듯 부르짖으며 질
주하다 붓을 휘갈기기도 하고 머리카락을 먹물에 적셔서 쓰곤 하였으
므로, 세상에서 그를 '장전'이라고 불렀다. 술에서 깨어난 뒤에 다시
그와 같은 신필神筆을 시도해 보려고 해도 잘 되지 않았다 한다. 『新唐
書 卷202 張旭列傳』

사진⑪ 운림산방 전경

【운림산방은 조선 후기 화가 소치小癡 허련許鍊이 만년에 기거했던 화실의 당호이다. 허련은 허유許維라고도 하였다. 운림산방은 운림각雲林閣이라고도 하며, 진도군 의신면 사천리 쌍계사 옆에 위치해 있다. 현재 명승 제80호로 지정되어 있다.】(2019.05.06.)

사진⑫ 허련의 생가터에 새겨진 '소허암小許庵'

【허련의 생가터는 운림산방 뒤편에 자리해 있다. 정만조는 운림산방에서 허련의 아들 미산 허형과 가끔 시작詩作을 하였다.】(2019.05.06.)

73. 잠에서 깨어 睡起

부귀와 신선 아직 이루지 못했고	富貴神仙一未成 부 귀 신 선 일 미 성
문장과 도덕 둘 다 이름나지 않아	文章道德兩無名 문 장 도 덕 양 무 명
갈수록 험한 굽은 길에 고통스럽고	行行險絕羊腸苦 행 행 험 절 양 장 고
때때로 범 꼬리 같은 위험에 놀란다	往往危疑虎尾驚 왕 왕 위 의 호 미 경
옛 사람들 악객 많다 말하기 어려워	難道故人多惡客 난 도 고 인 다 악 객
성세에 어찌 백성 되는 게 해로울까	何妨聖世作編氓 하 방 성 세 작 편 맹
객지에서 갑자기 부귀공명 꿈 깨니	羈窓遽罷邯鄲夢 기 창 거 파 한 단 몽
즐거운 날 빈산엔 새소리만 들린다	樂日山空只鳥聲 낙 일 산 공 지 조 성

◆ 이 작품은 잠에서 깬 뒤에 느낌을 적은 것이다. 작자가 이 세상을 살면서 이루지 못하고 하지 못한 것이 많다. 그런데 갈수록 험한 길에 고통스러워하고, 마치 범 꼬리를 밟은 듯한 위험에 놀란다. 유배객이 된 상황에 어떻게 부귀공명을 바라겠는가. 체념한 듯한 내용을 담은 시이다.

▶ 양장羊腸 : 태항산에 있는 옛날의 판도坂道 이름으로, 길이 양의 창자처

럼 꼬불꼬불하여 아주 위태로우므로 이렇게 이름 붙였다고 한다.

▸ 호미虎尾 : 범의 꼬리로 위험한 상황을 이른다. 『서경』 「군아君牙」에 "마음에 걱정하고 조심하는 것이 마치 범 꼬리를 밟은 듯하고 봄 얼음을 밟는 듯하다.〔心之憂危 若蹈虎尾 涉于春氷〕"라는 말이 있다. 또 『주역周易』 이괘履卦 육삼효六三爻에 "호랑이 꼬리를 밟아 호랑이에게 물리니 흉하다.〔履虎尾 咥人 凶〕"는 말이 있다.

▸ 편맹編氓 : 호적에 편입된 일반 백성.

▸ 한단몽邯鄲夢 : 한단의 꿈. 당唐나라 때 노생盧生이 일찍이 한단邯鄲에서 도사道士 여옹呂翁의 베개를 베고 잠이 들었는데, 노란 메조〔黃粱〕로 밥을 한 번 짓는 동안에 세상의 부귀공명을 다 누린 꿈을 꾸었다는 고사에서 온 말로, 전하여 부귀공명이 덧없음을 의미한다.

74. 운명을 편히 여기며 安命

한도 끝도 없는 산에 또 끝 가없어	山窮山盡更無邊 산 궁 산 진 갱 무 변
몸과 그림자 둘 다 바라봄에 가련타	形影相看兩可憐 형 영 상 간 양 가 련
공연히 초사 같은 슬픈 사부 남기니	詞賦空餘哀楚些 사 부 공 여 애 초 사
이미 연연산에 공명 새김은 어긋났다	功名已失勒燕然 공 명 이 실 륵 연 연
도성 일천리와 멀리 이별을 하였고	遙辭京國一千里 요 사 경 국 일 천 리
삼십 년의 재주와 명성은 다 꺾였다	摠坐才名三十年 총 좌 재 명 삼 십 년
몸 피하고자 해도 땅 뚫을 곳 없으니	縱欲逃身無鑽地 종 욕 도 신 무 찬 지
분수 따라 천명을 들음만 같지 않다	不如安命只聽天 불 여 안 명 지 청 천

◆ 이 작품은 주어진 운명을 편히 여긴다는 의미를 담았다. 작자는 자신의 모든 면이 가련하다. 그래서 슬픈 시를 지어 체념을 하였다. 지금 사는 곳은 도성과 멀리 떨어진 곳. 그동안 이루었던 재주와 명성은 모두 꺾인 듯하다. 몸을 피해 다른 곳으로 갈 수 없으니 분수를 지켜 천명을 들음만 같지 않다. 정만조가 이제 서서히 유배 생활에 적응해 가는 듯한 모습을 보인 시이다.

▶ 안명安命 : 천명天命을 따라 분수分數를 지키다.

▶ 형영形影 : 형체와 그림자.

▶ 초사楚辭 : 혼을 부르는 글을 가리킨다. 『초사楚辭』 「초혼招魂」의 문장이
　구절 끝마다 '사兮' 자가 있는 데서 유래하였다. 혼은 본디 죽은 자의
　혼을 말하지만, 『초사』의 「초혼」은 송옥宋玉이, 죄 없이 쫓겨난 굴원屈
　原의 정신이 흐트러진 채 돌아오지 않는 것을 슬퍼하여 상제上帝의 명
　과 무당의 말을 가탁하여 그 정신을 부른 것이다.

▶ 연연燕然 : 연연산燕然山을 말한다. 후한 화제後漢和帝 때 거기장군車騎將
　軍 두헌竇憲이 군사를 거느리고 출병하여 북선우北單于를 크게 격파한
　뒤에 오늘날 몽고의 애항산愛杭山인 연연산에 올라가 비석을 세워 공
　적을 새기고 돌아왔는데, 그 비문은 반고가 천자의 명을 받고 지은 「연
　연산명燕然山銘」으로 한漢나라의 위력과 공덕을 선양한 내용이다. 『後漢
　書 卷23 竇憲列傳』

▶ 경국京國 : 수도. 서울.

75. 새벽이 되도록 객들과 이야기를 나누며 到曉與客話

달과 별 떨어져서 새벽하늘 가까운데 　月墮星沈近曉天
　　　　　　　　　　　　　　　　　월 타 성 침 근 효 천

등불 앞에서 분분히 담소를 나누었네 　紛紛笑語一燈前
　　　　　　　　　　　　　　　　　분 분 소 어 일 등 전

좋은 객들 이웃에서 자주 와 부끄럽고 　多慙好客從隣曲
　　　　　　　　　　　　　　　　　다 참 호 객 종 린 곡

시름겨운 사람이 술자리에 문득 이른다 　却引愁人到酒邊
　　　　　　　　　　　　　　　　　각 인 수 인 도 주 변

옛길 나막신으로 비 내린 붉은 이끼 뚫고 　古逕屐穿紅蘇雨
　　　　　　　　　　　　　　　　　고 경 극 천 홍 선 우

빈 강배엔 내 낀 푸른 버들이 잠을 잔다 　空江帆宿綠楊烟
　　　　　　　　　　　　　　　　　공 강 범 숙 록 양 연

많은 닭들 갑자기 도도의 음향을 보내니 　萬鷄俄送桃都響
　　　　　　　　　　　　　　　　　만 계 아 송 도 도 향

여기저기 침구가 온 자리에 흩어져 있다 　枕藉縱橫隘四筵
　　　　　　　　　　　　　　　　　침 자 종 횡 애 사 연

◆ 이 작품은 새벽이 될 때까지 여러 객들과 이야기를 나누었다는 내용을 담았다. 사람들이 모였는데, 술이 없을 수가 없다. 방 안에서 밤새 내내 술을 마시는 사이 밖의 빈 강배에서는 안개 낀 푸른 버들이 잠을 잔다고 하였다. 방 안과 밖의 분위기가 사뭇 다름을 나타내었다. 미련 1구에서 새벽닭이 여기저기 울리는 소리를 통해 새벽이 되었음을 알렸고, 2구를 통해 자유스러운 분위기가 이어졌음을 느낄 수 있다.

▶ 인곡隣曲 : 이웃 마을.

▶ 만계아송도도향萬鷄俄送桃都響 : "많은 닭들 갑자기 도도의 음향을 보내니"로 풀이하였다. 새벽이 되어 닭이 우는 것을 말한 것이다. '도도'는 전설에 나오는 나무 이름이다. 『현중기玄中記』에 의하면 "동남쪽에 도도산이 있고 그 위에 큰 나무가 있어 도도라 이름 하는데, 가지끼리 서로의 거리가 삼천 리나 되고, 그 위에는 하늘닭 한 마리가 있어 아침 해가 막 돋아 올라 햇살이 이 나무를 비추면 하늘닭이 즉시 울고 뭇 닭이 그를 따라 일제히 운다.〔東南有桃都山 上有大樹 名曰桃都 枝相去三千里 上有一天鷄 日初出 光照此木 天鷄則鳴 群鷄皆隨之鳴〕"라고 하였다. 『太平御覽 卷918』

▶ 침자종횡애사연枕藉縱橫隘四筵 : "여기저기 침구가 온 자리에 흩어져 있다"로 풀이하였다. 술자리가 파한 뒤의 모습을 나타내었다. '침자'와 관련하여 소식蘇軾의 「전적벽부前赤壁賦」 말미에 "객이 기뻐하여 웃고 잔을 씻어 번갈아 술을 따르니, 안주와 과일은 이미 바닥이 나고 술잔과 쟁반은 어지러이 흩어졌다. 그리하여 배 가운데에서 서로들 베고 누워 잠이 든 채, 동녘이 벌써 훤하게 밝아오는 것도 알지 못하였다.〔客喜而笑 洗盞更酌 肴核旣盡 杯盤狼藉 相與枕藉乎舟中 不知東方之旣白〕"라는 말이 나온다.

76. 한가히 지내며 閒居

새장 속 큰 날개 날아갈 생각 마라	六翮樊籠莫戀飛 육 핵 번 롱 막 연 비
화 기미는 되레 세속 잡념 끊었나니	禍機還得息塵機 화 기 환 득 식 진 기
일마다 천명 알아 나를 완전히 잊었고	事知有命渾忘我 사 지 유 명 혼 망 아
궁하여 경영 어려워서야 그릇됨 깨닫네	窮到難營始覺非 궁 도 난 영 시 각 비
어조와 서로 잊고 노년을 참아 보내나니	魚鳥相忘堪送老 어 조 상 망 감 송 로
발길 닿는 강산은 문득 고향인 듯하여라	江山所至便如歸 강 산 소 지 변 여 귀
마을에 술 익었단 말 들음이 걱정될 뿐	只憂聞得村醪熟 지 우 문 득 촌 료 숙
모두 전당잡혀 또 전당잡힐 옷이 없어라	典盡仍無更典衣 전 진 잉 무 갱 전 의

◆ 이 작품은 한가롭게 지내며 소회를 적은 것이다. 수련 1구에서 작자의 속마음을 읽을 수 있다. 작자는 자신을 '새장 속 새'라고 말하며, 자유롭지 못하다는 것을 간접적으로 나타내었다. 또한 일마다 천명天命을 알았다고 했으며, 궁하여 삶이 어려운 지경에 이르러서 비로소 지난 삶이 잘못되었다는 것을 깨달았다고 하였다. 지난 과거를 돌아다보며 현재를 체념하는 듯한 모습을 보이고 있다. 그리고 앞으로 자연과 함께 노년을 보내려고 마음을 먹으니 유배지가 고향처럼 느껴졌다. 작자는 상당한 애주가愛酒家였음에 틀림없다. 여러 시에서 술과 관련한 이야기를 자주 하고 있기 때문이다.

▶ 육핵六翮 : 튼튼한 날개. 공중에 높이 나는 새는 여섯 개의 강한 깃털을 지니고 있는 데에서 유래하였다.

▶ 번롱樊籠 : 새장. 자유롭지 못한 처지.

▶ 화기禍機 : 재변災變이 아직 드러나지 아니하고 잠겨 있는 기틀.

▶ 진기塵機 : 세속 잡념.

▶ 어조상망魚鳥相忘 : 물고기 새와 서로 잊다. 위태로운 상황에 처해서 서로들 애처롭게 여기며 알뜰살뜰 보살펴 주는 것을 말한다. 이와 관련해 『장자』 「대종사大宗師」에 "물이 바짝 말라 물고기들이 땅바닥에 처하게 되면, 서로들 김을 내뿜어 축축하게 해 주고 서로들 거품으로 적셔 주지만, 그보다는 강과 호수에서 서로 잊고 사느니만 못하다.〔泉涸 魚相與處於陸　相呴以濕　相濡以沫　不如相忘於江湖〕"라는 말이 있다.

77. 죽부인 竹夫人

예로부터 부인은 남편 따라 봉하나니　　　　古來封誥婦從夫
　　　　　　　　　　　　　　　　　　　　　　고 래 봉 고 부 종 부

남편 벼슬 잃을 때 부인도 봉전 없어져　　　夫褫官時婦亦無
　　　　　　　　　　　　　　　　　　　　　　부 치 관 시 부 역 무

내 죄명으로 인해 명부에서 제명되니　　　　因我罪名刊仕籍
　　　　　　　　　　　　　　　　　　　　　　인 아 죄 명 간 사 적

죽부인을 강등해 청노라 부르더라　　　　　竹夫人號降靑奴
　　　　　　　　　　　　　　　　　　　　　　죽 부 인 호 강 청 노

　　　산골짜기에서는 죽부인은 고쳐 '청노'라 하였다.〔山谷 改竹夫人爲靑奴〕

오동의 밤 달을 주렴으로 공연히 덮고　　　梧桐夜月簾空掩
　　　　　　　　　　　　　　　　　　　　　　오 동 야 월 렴 공 엄

버드나무 봄바람에 쪽문이 절로 열린다　　　楊柳春風閣自開
　　　　　　　　　　　　　　　　　　　　　　양 류 춘 풍 합 자 개

옛 사람들 나만 불쌍하다 여기지 마시길　　莫遣故人憐我獨
　　　　　　　　　　　　　　　　　　　　　　막 견 고 인 련 아 독

따뜻할 땐 대나무가, 찰 땐 매화가 아내라　暖時妻竹冷妻梅
　　　　　　　　　　　　　　　　　　　　　　난 시 처 죽 냉 처 매

　　　1,2구는 영재가 나에게 부친 시인데, "내 아내는 죽고 첩은 갔다."라 했다.
　〔一二句 寧齋寄余詩 爲余妻亡而妾去也〕

가볍고 시원한 옥색 비단 치마 입으니　　　輕凉玉色綠羅裙
　　　　　　　　　　　　　　　　　　　　　　경 량 옥 색 록 라 군

향풍이 은근하여 사향 향기로 바뀌었다　　微動香風換麝薰
　　　　　　　　　　　　　　　　　　　　　　미 동 향 풍 환 사 훈

홀쭉한 허리는 큰 서까래와 맞지 않으니　　瘦腰不合如椽大
　　　　　　　　　　　　　　　　　　　　　　수 요 불 합 여 연 대

세군으로 지어 부르는 것이 합당하리라　　　　端合稱呼做細君
　　　　　　　　　　　　　　　　　　　　　단 합 칭 호 주 세 군

◆ 이 작품은 죽부인을 대상으로 읊었으며, 의인화의 수사법을 활용하였다. 총 3수로 이루어져 있다. 제1수에서 죽부인을 '청노'라 부르게 된 사연을 적었고, 제2수에서 죽부인이 필요할 때는 날씨가 따뜻할 때인데, 날씨가 차가워졌다고 하여 대나무를 불쌍하게 생각하지 말라 하였다. 제3수에서는 죽부인을 '세군'이라 불러야 하는 이유를 말하였다. 죽부인을 재미있게 표현한 시이다. 이 작품은 『무정존고』 권3에도 있다.

▶ 죽부인竹夫人 : 대오리로 길고 둥글게 만든 것. 여름에 더위를 덜기 위하여 끼고 잔다.

▶ 봉고封誥 : 봉전封典의 고명誥命을 내리는 것을 말한다. '봉전'이란 임금이 신하 및 그 집안사람들에게 작위爵位의 명호名號를 주는 일을 말한다.

▶ 사적仕籍 : 벼슬아치의 명부.

▶ 청노靑奴 : 죽부인의 별칭.

▶ 영재寧齋 : 원문에 '영제寧齊'로 되어 있으나 의미를 따져 수정하였다. 영재는 이건창李建昌의 호이다.

▶ 세군細君 : 아내.

78. 월호 이병위의 시에 차운하다 次李月湖秉瑋韻

만나서 이별했다가 또 몇 년이 지났으니	一逢旋別又經年 일 봉 선 별 우 경 년
술자리에서 시 논한 일 얼마나 생각했나	幾憶論詩到酒邊 기 억 론 시 도 주 변
작은 정성 반짝이는 반딧불 밤 비추듯이	耿耿寸心螢照夜 경 경 촌 심 형 조 야
편지는 멀리 기러기 하늘 가로지른 듯이	沼沼尺素鴈橫天 초 초 척 소 안 횡 천
향내 자리는 여전히 순문약 기억하는데	座香尙記荀文若 좌 향 상 기 순 문 약
옥에 갇힌 검은 장무선 만나기 어려웠네	獄劍難逢張茂先 옥 검 난 봉 장 무 선
오고가는 데에 열닷새 정도 걸릴 뿐이니	來往只消旬五日 래 왕 지 소 순 오 일
시원한 바닷바람을 얻어 탈 수 있으리라	海風能得御冷然 해 풍 능 득 어 냉 연

◆ 이 작품은 월호 이병위의 시에 차운한 것이다. 이병위가 편지로 부친 시에 차운하였다. 작자는 이병위를 만난 지 몇 년이 지났다. 이전에 만났을 때 술자리를 가졌고, 시를 함께 논의했었다. 그런데 만나지 않고 이렇게 시로 서로 안부를 물으니, 작자는 다시 만나고 싶은 마음이 있다. 경련 1구에서 말한 '순문약'은 이병위를 말하고, 2구의 '장무선'은 정만조 본인을 말한다. 순문약이 앉은 자리에 3일 동안 향내가 나듯이 이병위가 앉았던 자리에서 아직까지 향내가 나는 듯하다라고 하였고, 작자 자신이 옥에 갇힌 검인데, 순문약 같은 사람이 없어서 그

검을 찾지 못하고 있다고 하였다. 정만조는 이병위가 오기를 고대하고 있다. 미련에서 이러한 뜻을 내보였는데, 거리상 열닷새 정도 걸리니 시원한 바닷바람 타고 꼭 반드시 다녀가라고 하였다.

▸ 이월호李月湖 : 월호는 이병위李秉瑋(1869~1918)의 호이다. 문집 『월호유고 月湖遺稿』가 있다.

▸ 척소尺素 : 편지.

▸ 좌향상기순문약座香尙記荀文若 : "향내 자리는 여전히 순문약 기억하는 데"로 풀이하였다. 정만조가 이병위가 이전에 다녀간 것을 순문약을 들어 말하였다. 곧, 순문약은 이병위를 말한다. '순문약'은 중국 후한後 漢의 정치가인 순욱荀彧을 가리킨다. 문약은 그의 자이다. 순욱은 처음 조조曹操를 도와 공을 세웠으나 뒤에 조조에게 죽임을 당하였다. 『양 양기襄陽記』에 "순욱이 남의 집에 앉았다가 돌아가면 그가 앉았던 방에 쳤던 장막에서 3일 동안 향내가 났다."라는 말이 있다.

▸ 옥검난봉장무선獄劍難逢張茂先 : "옥에 갇힌 검은 장무선 만나기 어려웠 네"로 풀이하였다. '옥검獄劍'은 원문에 '옥인獄釼'으로 되어 있으나 의 미상 수정하였다. '옥에 갇힌 검'은 정만조 자신을 말한다. 진정 자신 을 알아주는 장무선 같은 사람을 만나기 어려웠다는 의미에서 말하였 다. '장무선'은 진晉나라의 문인 겸 문신 장화張華를 말한다. 무선은 그 의 자이다. 장화가 예장豫章 사람 뇌환雷煥에게 두성斗星과 우성牛星 사 이에 특이한 기운이 있는 것이 무엇을 의미하는지 묻자, 뇌환이 대답 하기를, "그것은 보검寶劍의 정채가 하늘에까지 닿았기 때문이며, 현재 예장 풍성에 있다."고 하였다. 이에 장화가 그를 풍성 영豐城令으로 보 내 그 보검을 찾게 하였더니, 감옥으로 사용했던 집터에서 석함石函이

하나 나왔고, 그 석함 속에 용천龍泉과 태아太阿라는 쌍검雙劍이 있었다
고 한다.『晉書 卷36 張華列傳』

79. 벌레 우는 소리를 듣고 聞蟲

홀연 산 속 가득한 가을 기운에 놀라니	忽驚秋意滿山中 홀 경 추 의 만 산 중
찌륵 찌륵 찌르르르륵 온갖 벌레들 운다	喞喞啾啾百種蟲 즐 즐 추 추 백 종 충
동류들은 저절로 천기로 인해 발동하고	動類自因天氣發 동 류 자 인 천 기 발
뜬 인생은 공연히 세월 궁함에 탄식한다	浮生空歎歲華窮 부 생 공 탄 세 화 궁
나그네는 등잔불 외론 밤에 아내 생각하고	羈人思婦孤燈夜 기 인 사 부 고 등 야
낙엽은 만 리 바람 속 기러기를 슬퍼한다	落木哀鴻萬里風 낙 목 애 홍 만 리 풍
글재주 가지고 맞서 서로 견줄 만하니	堪與文辭相比況 감 여 문 사 상 비 황
소리마다 곡조는 다르나 기량은 같거늘	聲聲異曲復同工 성 성 이 곡 부 동 공

◆ 이 작품은 벌레 우는 소리를 듣고 지은 것이다. 정만조의 나이 40세 (1897년) 가을에 지었다. 이제 진도로 유배 온 지 1년이 훨씬 지났다. 처음 유배 왔을 때와 달리 주변의 물상에 관심을 보이니 벌레 우는 소리가 귀에 들린 것일까.

수련에서 가을이 되어 벌레들이 울음을 우는 것을 표현하였다. 함련에서 움직임이 있는 것과 자신을 대비하여 말하였고, 경련에서 작자 자신과 낙엽의 대비를 또한 하였다. 그리고 마지막 미련에서 벌레가 울음 우는 것과 작자의 글재주는 서로 견줄 만하다고 하며, 아마도 곡조는 다르나 기량은 같을 것이라 하였다.

▸ 동류動類 : 움직임이 있는 모든 종류.

▸ 세화歲華 : 세월.

▸ 비황比況 : 본뜨다. 흉내 내다.

▸ 이곡부동공異曲復同工 : '이곡 동공異曲同工'이란 곧 음악을 연주하는 데 있어 곡조는 서로 달라도 기량은 서로 같다는 뜻으로, 전하여 문장의 작법은 서로 다르지만 정교함은 서로 같은 것을 비유한 말이다.

80. 종형 규당 상공이 돌아가셨다는 소식을 듣고
聞宗兄葵堂相公棄世

기 막히고 놀란 마음 슬프지 않은 듯해 　　氣塞心驚似不悲
　　　　　　　　　　　　　　　　　　기 색 심 경 사 불 비

전한 소식 들었으나 여전히 의심하였네 　　聞人傳語尙然疑
　　　　　　　　　　　　　　　　　　문 인 전 어 상 연 의

중추부 늙은 상공 기미성을 타던 날에 　　西樞老相箕騎日
　　　　　　　　　　　　　　　　　　서 추 로 상 기 기 일

남국 외론 신하는 때로 북두성 의지했네 　南國孤臣倚斗時
　　　　　　　　　　　　　　　　　　남 국 고 신 의 두 시

점점 인간 세상 즐거운 일 없다 말했으나 　雖道漸無人世樂
　　　　　　　　　　　　　　　　　　수 도 점 무 인 세 락

어찌 더딘 날 기다리지 않음 기약했을까 　豈期不待我行遲
　　　　　　　　　　　　　　　　　　기 기 부 대 아 행 지

관 만지고 상여 끈 잡아도 다 닿기 어려워 　拊棺執紼俱難及
　　　　　　　　　　　　　　　　　　부 관 집 불 구 난 급

하늘 끝에서 한 꿈만 따름이 있을 뿐이라 　只有天涯一夢隨
　　　　　　　　　　　　　　　　　　지 유 천 애 일 몽 수

위로 나라 위하고 아래로 사적으로 곡하니 　上爲邦國下哭私
　　　　　　　　　　　　　　　　　　상 위 방 국 하 곡 사

장형처럼 친하였고 의리는 사우 겸하였네 　親惟兄長義兼師
　　　　　　　　　　　　　　　　　　친 유 형 장 의 겸 사

늦은 가을에 한공 정원에 핀 국화인 듯하고 　寒花秋盡韓公圃
　　　　　　　　　　　　　　　　　　한 화 추 진 한 공 포

쓸쓸한 봄날 사씨 연못의 방초인 듯하여라 　芳草春空謝氏池
　　　　　　　　　　　　　　　　　　방 초 춘 공 사 씨 지

백성들은 무슨 죄 지어 갈 곳을 잃었는가 　百姓何辜如失所
　　　　　　　　　　　　　　　　　　백 성 하 고 여 실 소

후생들은 누구를 따라 덕을 상고할는지	後生考德可從誰 후 생 고 덕 가 종 수
무지하고 어리석은 아우는 편애를 저버려	不知愚弟偏孤負 부 지 우 제 편 고 부
멀리 떨어져 임종에 애태우는 마음 슬프다	耿耿臨終惜遠離 경 경 임 종 석 원 리

둘째 동생이 편지에서 말하기를, 공의 병세가 위독해져 가서 보았는데,
오히려 "우리 형제를 보지 못한 것이 한이 된다 했다" 하였다.
〔仲弟書言 公之疾革 往視之 猶以不見吾兄弟爲恨惜〕

공은 어찌 이때에 차마 버리셨는지	公何忍棄此何時 공 하 인 기 차 하 시
나라 운명의 안위를 몸소 맡으셨어라	國步安危身佩之 국 보 안 위 신 패 지
은총을 좇아 온실 속 나무와 친해지고	眷遇迹親溫室樹 권 우 적 친 온 실 수
충성 고하여 태양 해바라기 하사받았다	精忠號賜太陽葵 정 충 호 사 태 양 규
사방에 보루 많은 것 뉘 치욕으로 알까	四郊多壘誰知恥 사 교 다 누 수 지 치
한 기둥으로 하늘을 떠받쳐 지탱하였네	一柱擎天尙得支 일 주 경 천 상 득 지
유달리 남쪽 백성들 옛 은덕 생각함에	偏是南民思舊德 편 시 남 민 사 구 덕
분분히 눈물 흘려 내 슬픔보다 지나치다	紛紛墮淚過余悲 분 분 타 루 과 여 비

공이 일찍이 호남 관찰사의 남은 사랑이 백성들 사이에 있어서 소식을
들은 날 선비들이 왔는데, 위로한 사람들은 슬퍼 근심을 머금지 않음이
없었다.〔公嘗觀察湖南 遺愛在民 聞報之日 土人之來 慰者莫不銜悲於邑〕

| 훈공과 명예는 옛날에도 있었나니 | 勳業榮名古有之
훈 업 영 명 고 유 지 |

풍류와 자애 공과 같은 이 그 누구인가
風流仁愛似公誰
풍 류 인 애 사 공 수

맹헌자가 벗을 사귐에 집안을 잊은 듯이
友於獻子家相忘
우 어 헌 자 가 상 망

기공이 은혜 돌림 선비들 모르게 한 듯이
恩出沂公士不知
은 출 기 공 사 부 지

한밤중에 갑자기 갑마 소리 들려 놀라고
半夜忽驚聞甲馬
반 야 홀 경 문 갑 마

하루아침에 다투어 큰 스승 잃어 안타깝다
一朝爭惜失蓍龜
일 조 쟁 석 실 시 귀

당신 닮아 어진 명성 지닌 자제 두었으니
賢聲惟有郞君肖
현 성 유 유 랑 군 초

동각 드나드는 사람들이 재차 엿본다더라
東閣人人得再窺
동 각 인 인 득 재 규

간힌 신세에 위축된 마음 가진 귀양살이
羈蹤畏約一湘纍
기 종 외 약 일 상 류

빈 산에 곡위 만들어 잠깐 슬픔 쏟아낸다
爲位空山暫泄悲
위 위 공 산 잠 설 비

다시 인간들 보니 날 아끼는 이 없을진대
復視人間無愛我
부 시 인 간 무 애 아

다만 지하에서 만날 때가 반드시 있으리라
但須地下有逢時
단 수 지 하 유 봉 시

훈계의 글은 갑자기 멈추어 유언이 되었고
誡書遽已成治命
계 서 거 이 성 치 명

쇠잔한 몸은 원래 용렬한 의원 책임 아니다
鞠瘁元非責冗醫
국 췌 원 비 책 용 의

이로부터 읊은 시는 그 누가 감상하겠는가
從此吟篇誰見賞
종 차 음 편 수 견 상

오열할 뿐 아니라 시도 이루어지지 않는다
不惟嗚咽不成詩
불 유 오 열 불 성 시

4월에 공이 부친 편지에 힘써 경계하라는 말이 많았는데, 그 뒤에 다시 공의 필적을 얻지 못하였다.〔四月 公寄書 多勉戒之辭 其後 不復得公筆蹟〕

◆ 이 작품은 종형 규당葵堂 정범조鄭範朝가 세상을 떴다는 소식을 듣고 지은 만시輓詩이다. 총 5수로 이루어져 있으며, 『무정존고』 권3에도 수록되어 있다. 정범조는 정승까지 올랐던 연유로 정만조가 시제에서 '상공相公'이라고 하였다. 전체 시 내용을 보면, 정만조가 평소 정범조를 얼마나 존경하고 따랐는지 알 수 있다. 그랬던 종형인데, 유배지에서 세상을 떴다는 소식을 들었으니 그 슬픔은 몇 배였을 것이다.

제1수에서 작자는 유배지에서 부고訃告를 들었음을 말하며, 정범조가 4월에 보낸 편지글의 내용을 들어가며 시를 지었다. 특히, 경련의 1구에서 "점점 인간 세상 즐거운 일 없다 말했으나"는 정범조가 4월에 보낸 편지에서 한 말이다. 보다시피, 제1수 마지막에 소주小註가 없다. 그러나 『무정존고』에 "4월에 상공이 보낸 편지를 받았는데, 거기에 '근래에 점점 인간 세상의 즐거움이 없다. 다만 너희들이 서둘러 돌아온다면, 충분히 남은 생이 즐거울 텐데.'라고 하였다."〔四月拜公書 有曰 近日漸無生世之樂 但得君輩遄返 足以娛餘生〕라는 소주가 있어 정범조가 편지에서 한 말을 정만조가 시에 들었음을 알 수 있다. 주로 빨리 돌아가 종형 정범조를 만나지 못한 안타까움을 적었다. 제2수에서 작자는 정범조가 자신을 얼마나 사랑했는지를 적었다. 특히, 수련 2구의 "장형처럼 친하였고 의리는 사우를 겸하였네"라는 구절을 통해 정범조가 작자를 어느 정도 아끼고 사랑했는지 가늠할 수 있다. 제3수에서 정범조가 내외 관직을 어떻게 수행했는가를 주로 말하였다. 정범조는 전라도 관찰사를 역임한 적이 있었는데, 세상을 뜨자 많은 사람들이 작자보다 더 슬퍼했다는 말을 하였다. 제4수에서 정범조가 치적을 남기고도 드러내지 않았던 것을 말하였고, 남은 자제가 훌륭하다는 말도 하였다. 그리고 제5수에서 다시 한 번 유배자의 신세가 되어 부고를 들은 것을 되새기면서 슬픈 마음을 전하였다.

▶ 규당葵堂 : 정범조鄭範朝(1833~1897)의 호이다. 자는 우서禹書요, 본관은 동
래東萊이며, 시호는 문헌文獻이다. 우찬성 정기세鄭基世의 아들이다. 1859
년 증광시에 병과丙科로 급제하여 1860년 대교를 거쳐 여러 청환직清宦
職을 역임하였다. 1864년 좌참찬으로 승진한 뒤에 이조 참의, 성균관
대사성, 전라도 관찰사, 예조 판서 등 여러 주요 관직을 두루 거쳤으
며, 1892년 우의정이 되었고, 좌의정을 여러 차례 역임하였다. 한편,
정만조와 황현, 정범조와의 관련 내용은 『매천집』 권수, 김택영이 쓴
「본전本傳」에 나온다. 일찍이 정만조는 이건창을 통해 황현의 재주를
알았다. 황현이 광양에서 구례로 옮긴 뒤에 향공초시생鄕貢初試生으로
성균 회시成均會試 이소二所의 생원시生員試에 응시하였다. 이때 판서判書
정범조가 시관試官이었는데, 정만조가 정범조에게 말하기를 "황현이 1등
을 차지하지 못하면 이번 시험도 공정한 시험이 되지 못할 것이다."라고
하자, 정범조가 그 말을 받아들여 황현을 1등으로 선발했다고 한다.

▶ 서추로상기기일西樞老相箕騎日 : "중추부 늙은 상공 기미성을 타던 날에"
로 풀이하였다. '중추부 늙은 상공'은 정범조를 말한다. 원문의 '서추'
는 중추부의 별칭이다. '기기'는 기미성箕尾星을 타다는 뜻이다. 은殷나
라 고종高宗의 재상 부열傅說이 죽은 뒤 기미성에 올라 타 열성列星과
나란히 했다.〔騎箕尾而比於列星〕는 고사에서 연유하여, 재상의 죽음을 뜻
한다. 『莊子 大宗師』

▶ 한화추진한공포寒花秋盡韓公圃 : "늦은 가을에 한공 정원에 핀 국화인 듯
하고"로 풀이하였다. '한화'는 국화를 말한다. '한공포'는 한기韓琦의 정
원을 뜻한다. 송나라의 명상名相 한기가 북문北門에 있을 때 중양절重陽
節에 동료들을 모아놓고 술자리를 벌이다가 「구일수각九日水閣」이라는
시를 지었는데, "늙은 정원사가 가꾼 가을빛이 담담함을 부끄러워 말
고, 우선 늦게 피는 국화를 보라.〔不羞老圃秋容淡 且看寒花晚節香〕"는 구절을
읊었다. 이를 본 사람들은 한기의 절개가 높음을 알았다고 한다. 『古今

事文類聚 續集 卷29 晩節自況』이 구절은 정범조가 늦게까지 절개가 있었음을 말한 것이다.

▶ 방초춘공사씨지芳草春空謝氏池 : "쓸쓸한 봄날 사씨 연못의 방초인 듯하여라"로 풀이하였다. '사씨지'는 사영운謝靈運과 사혜련謝惠連의 연못을 가리킨다. 이들은 남조南朝 시대 송나라의 시인이면서 종형제간으로 모두 시를 잘 지었다. 어느 날 사영운이 영가永嘉의 서당西堂에서 온종일 시를 생각했으나 이루지 못했다가, 꿈에 족제族弟인 사혜련을 만나서 "못 둑 위에 봄풀이 난다.[池塘生春草]"라는 시구詩句를 얻어서 비로소 "못 둑 위엔 봄풀이 나고, 동산 버들엔 우는 새가 바뀌었네.[池塘生春草 園柳變鳴禽]"라는 대구對句를 이루고는 스스로 대단히 만족하게 여기어 "이 말에는 귀신의 도움이 있었고, 내가 할 수 있는 말이 아니다.[此語 有神助 非吾語也]"라고 했다 한다.『南史 卷19 謝惠連列傳』정범조와 정만조를 사영운과 사혜련에 대비해 말한 것이다.

▶ 질혁疾革 : 병세가 위독해지다.

▶ 권우적친온실수眷遇跡親溫室樹 : "은총을 좇아 온실 속 나무와 친해지고"로 풀이하였다. 임금과 친하게 지낸 것을 말한다. '권우'는 임금이 신하를 특별히 사랑하여 후하게 대우하다는 뜻이다. '온실수'의 '온실'은 원래 한漢나라 때의 궁전 이름인데, 전하여 궁궐에 있는 수목樹木을 가리킨다. 여기서는 임금을 뜻한다.

▶ 정충호사태양규精忠號賜太陽葵 : "충성 고하여 태양 해바라기 하사받았다"로 풀이하였다. '정충'은 국가나 민족에 대해 끝없이 충성한다는 뜻이다. '태양규'는 태양을 바라다보는 해바라기로 임금에 대한 신하의 일편단심을 의미한다. 정범조가 임금으로부터 신임을 받았음을 말한 것이다.

▶ 사교다누수지치四郊多壘誰知恥 : "사방에 보루 많은 것 뉘 치욕으로 알까"로 풀이하였다.『예기』「곡례 상曲禮上」에 "나라가 환란을 당하여 사

방 교외에 보루가 많이 보이는 것은 경대부의 수치이다.〔四郊多壘 此卿大夫之辱也〕"라는 말이 나온다.

▶ 일주경천一柱擎天 : 하나의 기둥이 하늘을 떠받친다는 말로, 전하여 혼자의 힘으로도 천하의 중임을 거뜬히 감당하는 것을 비유한다. 『초사楚辭』권3 「천문天問」에 "하늘이 주야로 도는 것을 어떻게 잡아매며, 하늘 끝까지에 어떻게 미칠까. 여덟 기둥은 어디 있으며, 동남쪽은 누가 이지러뜨렸는가.〔斡維焉繫 天極焉加 八柱何當 東南何虧〕"라고 하였는데, 여기에서 온 말이다.

▶ 유애遺愛 : 사람은 떠났으나 사랑은 남아 있다.

▶ 우어헌자가상망友於獻子家相忘 : "맹헌자가 벗을 사귐에 집안을 잊은 듯이"로 풀이하였다. 정범조가 친구를 사귐에 집안을 따지지 않았다는 의미이다. '헌자'는 노나라의 어진 대부 맹헌자孟獻子를 말하며, 이름은 중손멸仲孫蔑이다. 『맹자』「만장 하萬章下」에 "맹헌자는 백승의 집안이었다. 벗 다섯 명이 있었는데 악정구와 목중이요, 나머지 세 사람은 내 그 이름을 잊었노라. 헌자가 이 다섯 사람과 사귀며 교우한 것은 헌자가 자기 집안을 마음에 두지 않았기 때문이요, 이 다섯 사람도 헌자 집안을 마음에 두었다면 서로 사귀며 벗이 되지 않았을 것이다.〔孟獻子 百乘之家也 有友五人焉 樂正裘牧仲 其三人 則予忘之矣 獻子之與此五人者友也 無獻子之家者也 此五人者亦有獻子之家 則不與之友矣〕"라고 한 내용이 있다.

▶ 은출기공사부지恩出沂公士不知 : "기공이 은혜 돌림 선비들 모르게 한 듯이"로 풀이하였다. 정범조가 은혜를 임금께 돌렸던 것을 선비들이 모르게 했다는 의미이다. '은출'은 '은출원귀恩出怨歸'를 줄인 말로 "은혜는 임금께 돌아가게 하고, 원망은 나에게 돌린다."는 뜻이다. '기공'은 송나라의 재상 왕증王曾의 봉호이다. 왕증이 사류를 등용하거나 퇴출할 때 남들이 모르게 하자 범중엄范仲淹이 그에게 "사류를 공공연히 등용하는 것이 재상의 임무인데 공의 성덕盛德은 유독 이 점이 부족하

다.” 하였다. 이에 왕증이 “대저 집정자는 은혜는 자기에게 돌리려 하기 마련이니, 원망은 누구에게 돌아가게 하겠는가.” 하여, 원망은 자기가 감당하고 은혜는 임금에게 돌아가게 하겠다는 뜻을 말하였다. 『宋史 卷310 王曾列傳』

▶ 갑마甲馬 : 갑옷을 입힌 말.

▶ 시귀蓍龜 : 점을 칠 때 쓰는 시초蓍草와 거북으로, 국가에서 그처럼 믿고서 의지할 수 있는 원로를 비유할 때 쓰는 표현이다.

▶ 동각東閣 : 동쪽으로 열린 쪽문이라는 뜻으로, 고관이 빈객을 예우하며 초치招致하는 것을 비유한 말이다. 한漢나라 공손홍公孫弘이 재상이 된 뒤에 “객관을 세우고 동쪽 쪽문을 열어서 현인을 맞이하였다.〔起客館 開東閣以延賢人〕”라는 고사에서 유래하였다. 동합東閤이라고도 한다. 『漢書 卷58 公孫弘傳』

▶ 상류湘纍 : 상수湘水에서 죄를 받아 죽는다는 뜻으로 억울한 귀양살이를 의미한다. 양웅揚雄의 「반이소反離騷」에 “민강汶江 가를 따라 이 애도문을 보냄이여. 삼가 상강에서 억울하게 죽은 굴원을 애도하노라.〔因江潭而注記兮 欽弔楚之湘纍〕” 하였는데, 이에 대한 안사고顏師古의 주에 “죄를 짓지 않고 죽는 것을 모두 ‘유纍’라 한다. 굴원은 상수에 가서 몸을 던져 죽었으므로 상류라 한 것이다.〔諸不以罪死曰纍 屈原赴湘死 故曰湘纍也〕” 하였다. 『漢書 卷87上 揚雄傳』

▶ 위위공산爲位空山 : 빈산에 곡하는 자리를 만들다.

▶ 치명治命 : 죽을 무렵 맑은 정신으로 남긴 유언을 말한다.

81. 밤에 근심이 있어서 夜有憂思

바닷가 가을의 쓸쓸함이 보기 두려워	怕見蕭寥海上秋 파 견 소 요 해 상 추
이미 맑은 낮인데도 이불 속에 뒹군다	已從淸畫擁衾裯 이 종 청 주 옹 금 주
장평자에게 금장식 칼을 줄 미인 없고	人無贈佩張平子 인 무 증 패 장 평 자
나는 심 은후의 옷도 감당하지 못하네	我不勝衣沈隱侯 아 불 승 의 심 은 후
거울에 가득한 서리 예전 모습 아니고	非復舊時霜滿鏡 비 부 구 시 상 만 경
누각에 뜬 달은 한밤에도 기쁘지 않네	不怡中夜月當樓 불 이 중 야 월 당 루
누구 집 막걸리가 좋은지 물어보나니	濁醪借問誰家好 탁 료 차 문 수 가 호
이제 한 잔 술에 온갖 근심 흩어지거늘	一酌能今散百憂 일 작 능 금 산 백 우

◆ 이 작품은 밤에 근심이 있어 적은 것이다. 작자는 낮에도 밖에 잘 나가지 않고 방 안에 있다. 자신을 알아주는 미인美人도 현재 없고, 몸이 야위었으며, 거울에 비춘 모습도 예전 같지 않다. 다만 생각나는 것은 좋은 막걸리. 좋은 막걸리라도 먹으면 온갖 근심이 싹 사라지기 때문이다.

▶ 소요蕭寥 : 고요하고 쓸쓸한 모양.

▶ 인무증패장평자人無贈佩張平子 : "장평자에게 금장식 칼을 줄 미인 없고"
로 풀이하였다. '장평자'는 후한後漢 때의 문인인 장형張衡을 가리킨다.
평자는 장형의 자이다. 장형이 일찍이 하간왕河間王의 재상으로 있으
면서 시국을 몹시 근심한 나머지 4장章으로 된「사수시四愁詩」를 지어
서 스스로 우수 번민憂愁煩憫의 정을 토로하였다. 그 첫 수에 "미인이
나에게 금으로 장식한 칼을 주었네. 무엇으로 보답할까 빛나는 경옥
이지. 먼 길 갈 수 없으니 소요하며 노닐 것이지, 무엇하러 시름 품어
마음을 괴롭히나.〔美人贈我金錯刀 何以報之英瓊瑤 路遠莫致倚逍遙 何以懷愁心煩
勞〕"라고 하였다. 정만조는 자신을 가리켜 '장평자'라고 하였다.

▶ 아불승의심은후我不勝衣沈隱侯 : "나는 심 은후의 옷도 감당하지 못하네"
로 풀이하였다. '심 은후'는 남조南朝 시대 양梁나라 심약沈約을 말한다.
시문에 능하였다고 한다. 건창후建昌侯에 봉해졌고, 시호가 은隱이었으
므로 심 은후라 불렀다. 심약은 청수하고 병치레를 많이 했다고 한다.
그래서 북송의 소식蘇軾은 그의 시「차운왕공안부동범주次韻王鞏顔復同泛
舟」에서 "심랑은 청수하여 옷을 감당하지 못했고, 변로는 배가 똥똥해
허리띠가 십 위나 되었네.〔沈郎淸瘦不勝衣 邊老便便帶十圍〕"라고 하였다.

▶ 상만경霜滿鏡 : "거울에 가득한 서리"로 풀이하였다. 정만조가 노쇠해
진 스스로의 모습을 표현한 말이다.

82. 그림자에게 贈影

만남과 이별 분분함이 세상의 정이던가	離合紛紛卽世情 리 합 분 분 즉 세 정
그림자만 평생토록 같이 따라다닌다	相隨惟影共平生 상 수 유 영 공 평 생
숨긴 기틀 머금은 모래에 홀연 놀라고	潛機忽有含沙驚 잠 기 홀 유 함 사 경
숨긴 자취 달리는 해 어렵게 따라간다	鏟跡難爲走日行 산 적 난 위 주 일 행
뱀들은 몇 번이나 잔속에서 변했던가	幾度蛇從盃底幻 기 도 사 종 배 저 환
난새는 어느 때 거울에 비춰 우는지	何時鸞到鏡中鳴 하 시 란 도 경 중 명
네가 내게 의지하나 되레 지혜 많아서	汝雖依我還多智 여 수 의 아 환 다 지
오히려 출처의 명암을 볼 수 있으리라	出處猶能視晦明 출 처 유 능 시 회 명

◆ 이 작품은 그림자와 관련해 지은 것이다. 그림자는 물건의 형체를 그대로 닮아 비춘다. 따라서 그림자를 보면, 그 어떤 사람의 행적을 살필 수 있다. 작자가 시에서 말한 그림자는 상징적이다. 어떤 행적을 남겼느냐를 그림자를 통해 알 수 있다는 의미이기도 하다. 미련 2구에서 "오히려 출처의 명암을 볼 수 있으리라"라고 한 말은 그림자를 통해 행적을 더듬어 볼 수 있다는 말이기도 하다. 이 작품은 『무정존고』 권 3에도 수록되어 있다.

▶ 함사含沙 : 중국 남방에 있는 함사역含沙蜮을 말한다. 함사역은 모래를 머금고 사람의 그림자에 쏘면 그 사람이 병이 들어 죽는다고 한다. 곧, 소인이 음흉한 수단으로 남을 해치는 것을 이르기도 한다.

▶ 기도사종배저환幾度蛇從盃底幻 : "뱀들은 몇 번이나 잔속에서 변했던가"로 풀이하였다. '사배蛇盃'는 사영배궁蛇影杯弓의 준말로, 술잔 속에 비친 활의 그림자를 뱀으로 착각한다는 뜻이다. 공연한 의심과 걱정으로 고민하는 것을 비유한 말이다. 이는 진晉나라 때의 악광樂廣과 관련된 고사이다. 악광에게 친한 손님이 있었는데 오랫동안 오지 않았으므로 그 까닭을 물으니 "전에 이 자리에서 술을 마실 때, 잔속에 뱀이 있는 것을 보고 마음에 너무 싫었으므로 마시고 난 뒤에 병이 들었다."라고 대답하였다. 그 당시 하남河南의 청사廳舍 벽에 뱀 모양을 그려서 칠한 각궁角弓이 걸려 있었다. 악광이 술잔 가운데 뱀이란 곧 각궁의 그림자였을 것으로 생각하고, 다시 전의 장소에 술을 차려놓고 손님에게 이르기를 "술잔에 다시 보이는가?"라고 하니, 대답하기를 "전에 보던 것과 똑같다."라고 하였다. 악광이 그 까닭을 말하니 손님의 의심이 풀리어 오래된 병이 나았다고 한다.

▶ 하시란도경중명何時鸞到鏡中鳴 : "난새는 어느 때 거울에 비춰 우는지"로 풀이하였다. '난경鸞鏡'이란 말이 있다. 이는 남조南朝 송宋나라 범태范泰의 「난조시서鸞鳥詩序」에 나오는 고사이다. 계빈국罽賓國의 임금이 준기산峻祁山에 그물을 쳐서 난조鸞鳥 한 마리를 잡아 애지중지하였는데 3년 동안 울지 않았다. 그 부인이 "일찍이 들으니 새는 자기와 같은 무리를 보면 운다고 하였으니 거울을 걸어서 제 모습을 비추어 보게 하지 않겠습니까?" 하여 거울을 걸어 두었더니 난조가 거울에 비친 제 모습을 보고 슬피 울더니 하늘로 한번 날아오르고는 바로 죽었다고 한다. 『太平御覽 卷916 鸞鳥詩序』

▶ 회명晦明 : 명암明暗.

83. 성곽 서쪽의 우사에 쓰다 題郭西寓舍

푸른 바다 곧바로 문호와 통하고 　　碧海直通戶
　　　　　　　　　　　　　　　　　벽 해 직 통 호

청산은 임시로 울타리 만들었다 　　青山權作籬
　　　　　　　　　　　　　　　　　청 산 권 작 리

새와 물고기 다투어 재주 보이고 　　禽魚爭獻技
　　　　　　　　　　　　　　　　　금 어 쟁 헌 기

꽃과 대나무는 서로 가지 얽혔다 　　花竹亞交枝
　　　　　　　　　　　　　　　　　화 죽 아 교 지

채소밭 좁아 이웃집에서 빌리고 　　圃窄隣相借
　　　　　　　　　　　　　　　　　포 착 린 상 차

문은 깊어 손님들 알지 못한다네 　　門深客不知
　　　　　　　　　　　　　　　　　문 심 객 부 지

띠 집이 작아도 싫지 않으니 　　不嫌茅屋小
　　　　　　　　　　　　　　　　　불 혐 모 옥 소

누워서 시 읊는 나는 편안해졌다 　　寬我臥吟詩
　　　　　　　　　　　　　　　　　관 아 와 음 시

시중의 방 은사와 　　市中方隱士
　　　　　　　　　　　　　　　　　시 중 방 은 사

숲 속의 박 사인은 　　林下朴詞人
　　　　　　　　　　　　　　　　　임 하 박 사 인

내가 외로운 객 된 것 생각해 　　念我爲孤客
　　　　　　　　　　　　　　　　　념 아 위 고 객

이웃으로 맞이하였네 　　要之作比隣
　　　　　　　　　　　　　　　　　요 지 작 비 린

부엌에선 맛난 밥을 제공하고 　　廚供兼味飯
　　　　　　　　　　　　　　　　　주 공 겸 미 반

당에 가득한 먼지 손수 쓸어내네 　　手掃滿堂塵
　　　　　　　　　　　　　　　　　수 소 만 당 진

이러한 의리 참으로 얻기 어려워	此義諒難得 차 의 량 난 득
심한 고생 위로할 뿐만 아니네	非惟慰苦辛 비 유 위 고 신
닭 개는 생선 시장과 통하고	鷄犬通魚市 계 견 통 어 시
벼논 삼밭은 약초 울과 접하였네	禾麻接藥欄 화 마 접 약 란
지팡이 시험해 찬거리 해결하고	試笻消飯食 시 공 소 반 식
항구에 나갈 땐 의관 간단히 하네	出巷簡衣冠 출 항 간 의 관
나무 베어 술에 취해 편히 다니고	芟樝醉過穩 삼 수 취 과 온
담장 허물어 시 읊으며 편히 보네	撤墻吟望寬 철 장 음 망 관
촌사람들 손가락질 하며 비웃으나	村人相笑指 촌 인 상 소 지
예전 벼슬하던 때와 같지 않다네	不似舊爲官 불 사 구 위 관

◆ 이 작품은 정만조가 삶의 터전을 성곽 서쪽으로 옮긴 뒤에 지은 것으로 보인다. 정만조는 처음에 진도 금갑도로 유배지가 정해져 그곳에서 얼마 동안 지내다가 사천리로 옮겨 살았다. 그리고 다시 성곽 서쪽으로 삶의 터전을 옮긴 것이다. 이 진도읍성 서쪽으로 옮기는 데에 도움을 준 사람으로 방 은사方隱士와 박 사인朴詞人이 있다. 시 내용을 보면, 이 두 사람은 정만조가 외로운 객 된 것을 생각해 이웃으로 맞이했다고 하였다.

작품은 총 24구로 이루어져 있는데, 압운으로 따져보면 1~8구까지 나눌 수 있고, 9~24구까지 다시 나눌 수 있다. 우선 1~8구까지 우사寓舍

가 어떤 곳에 위치해 있고 주변 상황은 어떠한지를 적었다. 작자는 7~8구에서 "띠 집이 작아도 싫지 않으니, 누워서 시 읊는 나는 편안해졌다"라고 했으니, 우사가 비록 작아도 편하게 생각했다는 것을 알 수 있다. 9~24구에서 우사로 옮기게 된 것은 방 은사와 박 사인이 도운 덕분이라고 하면서 주변 상황을 여러 가지 말하였다. 특히, 이전에 살았던 곳과 대비되는 점은 사람들이 북적인다는 것이다. 시장과도 가깝고 사람들과 쉽게 접할 수도 있다. 또한 "당에 가득한 먼지 손수 쓸어내네"라는 내용이 나오는데, 여기서 말하는 '당'은 서당書堂이라고 생각한다. 어쩌면 자유당自有堂이라고도 할 수 있다. 한편, 이 작품은 『무정존고』 권3에도 수록되어 있다.

▶ 우사寓舍 : 임시 거처.

▶ 헌기獻技 : 재주를 보여주다. '회교헌기回巧獻技'라는 말이 있는데, 이는 기교를 부려 에워싸고서 재주를 보여 준다는 뜻으로, 주위의 경관이 매우 아름다운 것을 형용하는 말이다. 당나라 유종원柳宗元의 「고무담서소구기鈷鉧潭西小丘記」에 "그 안에서 바라다보면, 산이 높이 솟고 구름이 떠 있으며 시내가 흐르고 새와 짐승들이 한가히 노닌다. 이들 모두가 즐겁고 기쁜 낯빛으로 기교를 부려 에워싸고 재주를 보여 주며 이 언덕 아래에 공을 바친다.[由其中以望 則山之高 雲之浮 溪之流 鳥獸之遨遊 擧熙熙然回巧獻技 以效茲丘之下]"라는 말이 나온다.

▶ 방은사方隱士 : 방 은사. 누구를 말하는지 자세히 알 수 없다.

▶ 박사인朴詞人 : 박 사인. 누구를 말하는지 자세히 알 수 없다.

84. 초사 조성근의 시에 차운하여 부여로 돌아감에 이별시로 주다 次趙樵史聖根韻 贈別歸扶餘

해악 명산 있는 드넓은 고을에서 　　　　　海嶽名山廣漠鄉
　　　　　　　　　　　　　　　　　　　　　해 악 명 산 광 막 향

만 리 풍광은 시 짓는 창자 흔든다 　　　　風烟萬里盪詩腸
　　　　　　　　　　　　　　　　　　　　　풍 연 만 리 탕 시 장

가난하나 맑은 지조 변하지 않았고 　　　　雅操曾不移寒素
　　　　　　　　　　　　　　　　　　　　　아 조 증 불 이 한 소

의젓한 기골 어느덧 백발이 되었다 　　　　傲骨居然到老蒼
　　　　　　　　　　　　　　　　　　　　　오 골 거 연 도 로 창

술잔 앞의 옛 벗들 이별이 한스럽고 　　　舊雨尊前離別怨
　　　　　　　　　　　　　　　　　　　　　구 우 준 전 리 별 원

　　초사는 평천의 옛 친구로 평천이 만류했으나 머물지 않았다.
　　　〔樵史爲平泉舊要 平泉挽之 以不留〕

베갯머리 아침 구름에 꿈이 향기롭다 　　朝雲枕畔夢魂香
　　　　　　　　　　　　　　　　　　　　　조 운 침 반 몽 혼 향

　　초사가 스스로 "사랑하는 여인이 심히 생각난다" 하였다.
　　　〔樵史自言有愛姬甚念云〕

바라봄에 다시 세속의 객이 아니니 　　　相看非復紅塵客
　　　　　　　　　　　　　　　　　　　　　상 간 비 부 홍 진 객

그대는 칡덩굴 옷, 나는 마름 옷 짓네 　　君製蘿衣我芰裳
　　　　　　　　　　　　　　　　　　　　　군 제 라 의 아 기 상

눈 내리려 어둑하고 해는 흐릿한데 　　　雪意蒼蒼日色黃
　　　　　　　　　　　　　　　　　　　　　설 의 창 창 일 색 황

끝없는 망망대해 돛대에 의지하였네 　　水天無際倚風檣
　　　　　　　　　　　　　　　　　　　　　수 천 무 제 의 풍 장

진협은 사람에게 줄 보배 검이 없고	贈人寶劍無秦俠 증 인 보 검 무 진 협
초광은 세상 피해 슬픈 노래 부른다	避世悲歌有楚狂 피 세 비 가 유 초 광
백제의 푸른 산은 바다와 관통하고	百濟靑山通海國 백 제 청 산 통 해 국
십주의 밝은 달은 선향을 기억한다	十洲明月記仙鄕 십 주 명 월 기 선 향
사군이 진중히 면 솜옷을 준 의미는	使君珍重綈袍義 사 군 진 중 제 포 의
곧 먼 길 눈서리 막으라는 것 아니리	非直長途禦雪霜 비 직 장 도 어 설 상

평천이 면 솜옷 한 벌을 주었다는 말을 들었다.〔聞平泉贈以一綿裘〕

◆ 이 작품은 초사樵史 조성근趙聖根이 먼저 시를 짓자 그 시에 차운한
것이다. 총 2수로 이루어져 있다. 제1수 중간 소주에 따르면, 조성근은
부여 사람으로 당시의 사군使君 평천平泉과 옛날부터 알아온 친구이다.
이러한 조성근이 진도에 왔다가 다시 부여로 돌아감에 정만조가 송별
시로써 주었다.
작자는 제1수 함련에서 조성근이 어떤 사람인지를 말하였다. 그 내용
에 "가난하나 맑은 지조 변하지 않았고, 의젓한 기골 어느덧 백발이
되었다"라고 하였다. 조성근의 집은 가난했으나 지조는 변하지 않았다
고 했고, 이전에 의젓했던 기골은 어느덧 백발로 변했다라고 하였다.
경련에서는 이별에 즈음해 술자리를 함께 한 내용과 함께 조성근이 여
인을 이야기한 것을 들어 구절을 완성하였다. 제2수에서 눈이 내리려
고 하는데, 조성근이 돛단배 타고 가려고 하는 것을 우선 말하였다. 또
한 진협秦俠과 초광楚狂으로 조성근과 정만조 자신을 각각 나타내고, 부
여와 진도가 앞으로도 소통하면서 지내기를 갈망한다는 내용을 담았

다. 그리고 마지막 미련에서 사군이 면 핫옷 한 벌을 준 것으로써 구를 완성하였다. 특히, 사군이 면 핫옷을 준 의미를 따졌는데, "먼 길 눈서리 막으라는 것 아니리"라는 부분을 주목할 필요가 있다. 작자는 면 핫옷에 전국 시대 위魏나라의 수가須賈가 그의 옛 친구 범수范雎에게 주었던 제포綈袍와 같은 것으로 보아 '우정'을 담고 있다는 것을 강조하였다. 이 작품은 『무정존고』 권3에도 수록되어 있다.

▶ 조초사趙樵史 : '초사'는 조성근趙聖根의 호인데, 자세한 이력은 알 수 없다.

▶ 해악海嶽 : 바다와 산.

▶ 한소寒素 : 빈한한 생활.

▶ 오골傲骨 : 자존심이 강하여 굽힐 줄 모르는 성격을 말한다.

▶ 노창老蒼 : 늙어서 머리가 희어지다.

▶ 구우舊雨 : 옛 벗을 가리킨다. 반대로 금우今雨는 새 벗을 가리킨다. 당나라 두보杜甫의 「추술秋述」에 "내가 병으로 장안長安의 여관에 누워 있을 때에, 장마가 져서 물고기가 생길 정도였고 푸른 이끼가 침상까지 올라왔다. 평상시에 오가던 벗들이, 예전에는 비가 와도 왔는데[舊雨來] 요즘은 비가 오면 오지 않는다.[今雨不來]"라고 한 내용이 있다.

▶ 준전尊前 : '존' 자는 술 단지를 뜻하는 '준樽' 자로 보아야 한다.

▶ 평천平泉 : 어떤 이의 호인데, 누구인지 자세하지 않다. 다만 위 시 두 번째 작품의 미련을 통해 사군使君 벼슬에 있다는 것은 알 수 있다.

▶ 구요舊要 : 옛 친구.

▶ 조운朝雲 : 아침 구름. 여기서의 뜻은 운우지정雲雨之情과 연결되어 있다. 운우지정과 관련하여 다음의 이야기가 있다. 전국 시대 초楚나라의 양왕襄王이 송옥宋玉과 운몽택雲夢澤에 있는 고당高唐이란 누대樓臺에

서 놀았는데, 송옥이 말하기를 "옛날에 선왕께서 고당에서 노시다가 낮잠이 들어 꿈속에서 무산巫山의 선녀를 만나 놀았는데, 선녀가 이별하는 즈음에 말하기를, '첩은 무산의 남쪽 고구高丘의 산속에 사는데, 아침이면 떠가는 구름이 되고 저녁이면 내리는 비가 되어 매일 아침과 저녁마다 양대陽臺의 아래로 내려옵니다.' 하였습니다." 하였다. 『文選 卷19 高唐賦』

▶ 나의蘿衣 : 벽라의薜蘿衣를 말한다. 칡덩굴을 엮어서 만든 옷으로 신선이나 은자隱者가 입는 옷을 가리킨다.

▶ 기상芰裳 : 마름으로 만든 옷. 은자가 입는 옷을 가리킨다.

▶ 피세비가유초광避世悲歌有楚狂 : "초광은 세상 피해 슬픈 노래 부른다"로 풀이하였다. '초광'은 춘추 시대 초楚나라의 은자隱者인 육통陸通으로, 자가 접여接輿이다. 그는 거짓으로 미친 것처럼 행동하고 벼슬하지 않았으므로 당시의 사람들이 초광이라고 불렀다. 공자 앞을 지나가면서 "봉이여, 봉이여. 어찌 그리 덕이 쇠하였는가." 라고 한 말이 『논어』「미자微子」에 전한다.

▶ 백제청산통해국 십주명월기선향百濟青山通海國 十洲明月記仙鄕 : "백제의 푸른 산은 바다와 관통하고, 십주의 밝은 달은 선향을 기억한다"로 풀이하였다. 조성근이 가는 부여는 백제의 옛 도읍지이다. "백제의 푸른 산은 바다와 관통한다"는 말은 부여와 바다가 있는 진도가 멀리 떨어져 있어도 사로 관통한다는 뜻이다. 또한 "십주의 밝은 달"은 부여를 말하고, '선향'은 진도를 말한다. 곧, 조성근이 부여로 가더라도 진도에 있는 정만조를 기억할 것이라는 의미이다.

▶ 사군진중제포의使君珍重綈袍義 : "사군이 진중히 면 솜옷을 준 의미는"으로 풀이하였다. '사군'은 임금의 명령을 받들고 나라 밖으로나 지방에 온 사신의 경칭이다. '제포'는 두꺼운 명주로 만든 솜옷인데, 친구 간의 우정을 말할 때 쓰는 말이다. 전국 시대 위魏나라의 수가須賈가 그

의 옛 친구 범수范雎가 추위에 떠는 것을 보고 제포를 주었던 고사가
있다. 『史記 卷79 范雎列傳』 소주에 따르면, 평천이 면 핫옷 하나를 조성
근에게 주었다고 하였다. 따라서 '사군'은 평천이다.

85. 가객 박덕인에게 주다 贈歌者朴德寅

가객의 나이는 70여 세로 모든 가곡의 고상함과 속됨, 맑음과 탁함, 느림과 빠름, 슬픔과 기쁨을 최고로 잘 하였다. 그것을 폐한지 20여 년이 지났으나 나를 위해 비로소 펼친다고 하였다. 또 춤을 잘 추었는데, 가야금 및 퉁소를 부는 것보다 더 잘하였다.〔歌者年七十餘 凡歌曲雅俗淸濁緩促哀愉 無不極善 廢之二十年餘 爲余始發云 又能舞 尤工於伽倻琴及吹簫笛〕

수년 동안 절에서 꽹과리 실컷 익혀　　　　經年佛寺飽鐃鑼
　　　　　　　　　　　　　　　　　　　경 년 불 사 포 요 라

매일 진도에서 실컷 노래 불렀단다　　　　每日邊城厭嗔囉
　　　　　　　　　　　　　　　　　　　매 일 변 성 염 홍 라

하룻밤 귓가를 냉랭이 울려 놀래키니　　　一夜冷冷驚砭耳
　　　　　　　　　　　　　　　　　　　일 야 냉 냉 경 폄 이

하늘 가득 찬바람은 맑은 노래 내린다　　滿天風露落淸歌
　　　　　　　　　　　　　　　　　　　만 천 풍 로 락 청 가

황폐해진 산수는 가야금 끊게 했으니　　　殘山剩水斷雲和
　　　　　　　　　　　　　　　　　　　잔 산 잉 수 단 운 화

이원을 문 닫은 지 이십 년이 지났다　　　閉戶梨園卄載過
　　　　　　　　　　　　　　　　　　　폐 호 리 원 공 재 과

늙고 지친 풍정 때문은 아닐 터인데　　　非爲風情因老倦
　　　　　　　　　　　　　　　　　　　비 위 풍 정 인 로 권

금인들 고상한 노래 자주 구경 못한다　　今人多不賞高歌
　　　　　　　　　　　　　　　　　　　금 인 다 불 상 고 가

연하 기운 입 깨진 옥병에서 나오니　　　玉壺口碎氣如霞
　　　　　　　　　　　　　　　　　　　옥 호 구 쇄 기 여 하

강개한 마음은 갈바람에 반쯤 취했다　　慷慨西風酒半酡
　　　　　　　　　　　　　　　　　　　강 개 서 풍 주 반 타

빈 산 밤에 외론 객은 창자 끊어지는데
腸斷空山孤客夜
장 단 공 산 고 객 야

길 잃은 슬픈 새는 슬픈 노래 돕는다
羈雌悽惻助悲歌
기 자 처 측 조 비 가

동풍 향해 애쓴 미인들 원망하나니
苦向東風怨綺羅
고 향 동 풍 원 기 라

누구 집 아녀자가 이별 많이 했는가
誰家兒女別離多
수 가 아 녀 별 리 다

등불 앞에 노래 듣다 정신 잃은 듯한데
隔燈聞曲疑相失
격 등 문 곡 의 상 실

아름다운 여인들이 고운 노래 부른다
皓齒丹脣發艷歌
호 치 단 순 발 염 가

온 자리 숙연히 시끄러운 소리 끊고
四筵穆穆絶諠譁
사 연 목 목 절 훤 화

다만 어깨 산과 눈 물결만 움직인다
只動肩山與眼波
지 동 견 산 여 안 파

뜰의 꽃과 새들 모두 졸리는 듯이
庭花庭鳥都如睡
정 화 정 조 도 여 수

한가히 봄잠 자며 느리게 노래 부른다
閒却春眠緩節歌
한 각 춘 면 완 절 가

한낮 주렴 친 창에 거센 비 들이니
白日簾櫳急雨斜
백 일 렴 롱 급 우 사

홀연 어지럽다가 너울너울 춤 춘다
忽然凌亂忽婆娑
홀 연 릉 란 홀 파 사

입과 손 병창을 그 뉘 구분해 알까
口彈手唱知誰辨
구 탄 수 창 지 수 변

이것을 영산 촉절가라고 말하더라
道是靈山促節歌
도 시 령 산 촉 절 가

강한의 정풍과 상복의 음악엔
　江漢正風桑濮哇
　강 한 정 풍 상 복 왜

편편마다 남녀들 원한이 많다
　篇篇男女怨恩多
　편 편 남 녀 원 은 다

조정에 혹여 시 모은 법 있다면
　朝廷倘有陳詩法
　조 정 당 유 진 시 법

길거리의 민요 모두 채집하기를
　採盡街謠與巷歌
　채 진 가 요 여 항 가

예부터 금슬에 세월 아까워했나니
　古來錦瑟惜年華
　고 래 금 슬 석 년 화

악관의 머리 센 것 최고 한스럽다
　最恨伶官鬢雪皤
　최 한 령 관 빈 설 파

손끝의 열두 줄의 거문고 소리는
　指頭十二鵾絃語
　지 두 십 이 곤 현 어

쓸쓸히 대비 내리 듯 슬프게 들린다
　竹雨蕭蕭入楚歌
　죽 우 소 소 입 초 가

하늘 끝에서 떠돌아 이미 한스러운데
　天涯漂泊已堪嗟
　천 애 표 박 이 감 차

좋은 계절 다 가는데 어디로 가는가
　荏苒佳辰奈去何
　임 염 가 신 내 거 하

문예에 뛰어난 영웅들 모두 죽었으니
　文采英雄都已矣
　문 채 영 웅 도 이 의

술 마시고 노래 부름만 같지 않구나
　不如對酒又當歌
　불 여 대 주 우 당 가

위수에서 창을 한 어떤 이 성씨 무엔가
　唱渭何人道姓何
　창 위 하 인 도 성 하

영문 노래에 화답할 자 예로부터 적었다
　郢門能和古無多
　영 문 능 화 고 무 다

오랜 세월 뒤 악부에 이름 올리려한다면
　千秋樂府聯芳計
　천 추 악 부 련 방 계

그대 노래 쓴 내 시를 곧바로 집으리라　　　　卽把吾詩述汝歌
　　　　　　　　　　　　　　　　　　　　　　　즉 파 오 시 술 여 가

◆ 이 작품은 가객 박덕인을 소재로 썼다. 정만조는 박덕인의 나이 70살이 조금 넘었을 때에 만났다. 박덕인은 집안이 세습무계世襲巫系였는데, 노래와 춤, 가야금, 퉁소 등 예능 부분에 두루두루 다 잘 하였다. 그런데 나이 50세 무렵에 부인이 세상을 뜨자 더 이상 예능을 하지 않고 은거하였다. 그리고 20년 뒤 정만조를 만나 그 앞에서 예능을 선보인 것이다. 박덕인이 정만조 앞에서 예능을 선보이게 된 사연은 잘 알 수 없다. 정만조가 요구했는지 아니면 박덕인이 자발적으로 예능을 선보였는지 그 사연은 알 수 없다. 그러나 아무튼 두 사람이 만나 이렇게 시로써 당시 모습을 기록한 것은 진정 의미 있는 일이라 할 수 있다. 총 10수로 이루어져 있다. 한편, 이 작품은 『무정존고』 권3에도 수록되어 있는데, 『은파유필』에 있는 제2수, 제7수, 제10수는 없다. 즉, 『무정존고』에는 총 7수가 수록되어 있다.

제1수에서 박덕인이 수년 동안 절에서 꽹과리를 익혀 진도에서 노래 불렀던 사실을 말하였고, 제2수에서 박덕인이 20년 동안 악기 연주 등 예능 활동을 하지 않은 것을 말하였다. 제3수에서 박덕인의 예능을 구경하는 곳에서 술자리가 마련된 것을 말하였고, 제4수에서 박덕인이 부른 노래를 은유적으로 나타내었다. 기구와 승구의 내용을 통해 박덕인이 부른 노래는 이별과 관련한 것이라는 것을 알 수 있다. 제5수에서 박덕인이 춤을 추는 모습을 나타내었다. 승구에서 "다만 어깨 산과 눈 물결만 움직인다"라고 했는데, 이 부분은 박덕인이 춤을 추고 구경꾼들이 보는 모습을 표현한 것이다. 제6수에서도 춤을 추는 모습을 그렸는데, 이와 함께 노래도 부르는 병창竝唱하는 광경을 묘사하였다. 박덕인이 여기서 부른 노래는 '영산 촉절가靈山促節歌'이다. 제7수에서는 작자가 자신이 생각한 의견을 제시하였다. 결구에서 "길거리의 민요 모두 채집하기를"이라고 하였는데, 일반 백성들이 무슨 생각을 하는지를 알려면 길거리의 민요를 알아야 한다는 의미로도 읽을 수 있다. 제8수에서 작자는 박덕인의 현재 모습이 한스럽다 하였고, 제9수에서 예능이 끝난 뒤에 박덕인이 어디로 가는지 궁금하다고 하였다. 박덕인이 훌륭한 예능인이라는 것을 안 정만조는 그의 재능을 널리 알리지 못한 것이 안타까웠다. 그리고 마지막 제10수에서도 박덕인의 예능을 칭찬하면서 만일 악부樂府에 그 이름을 올리려한다면 아마도 자신이 지은 이 시를 곧바로 집을 것이라 하였다. 제10수에서 정만조가 말한 것은 현실화되어 현재 박덕인을 알고자 하는 사람들은 이 시를 반드시 언급하고 있다.

▶ 박덕인朴德寅 : 1827?~1900. 본관은 밀양密陽이며, 진도에서 태어났다. 초명은 기순基順. 집안이 세습무계世襲巫系였으므로 한동안 가업에 종사한 것으로 짐작된다. 노래와 춤과 가야금과 피리에 정통하였으나 50여 세에 부인이 죽자 은거하였다. 대금산조의 창시자 박종기朴鐘基의 아버지이다.

▶ 소소小簫 : 원문에 '소소小蕭' 자로 되어 있으나 의미상 수정하였다.

▶ 요라鐃鑼 : 꽹과리.

▶ 변성邊城 : 진도를 말한다.

▶ 홍라嘩囉 : 노래를 부르다.

▶ 냉랭冷冷 : 음성이 널리 풍부하게 넘치는 모양.

▶ 잔산잉수단운화殘山剩水斷雲和 : "황폐해진 산수는 가야금 끊게 했으니"로 풀이하였다. '잔산잉수'는 패망한 나라의 산천 또는 전쟁에 패하여

황폐한 풍경을 말한다. 당나라 때 두보杜甫가 지은 「배정광문유하장군산림陪鄭廣文遊河將軍山林十首」 다섯 번째 수련에 "남은 물은 창강을 헐어 가져 오고, 남은 산은 갈석 같이 열었도다.[剩水滄江破 殘山碣石開]"라는 내용에서 유래하였다. '운화'는 거문고 재목을 내는 산 이름으로, 전하여 거문고를 말하나 박덕인과 관련되어 가야금이라고 하였다.

▶ 이원梨園 : 노래와 악기를 가르치는 곳의 의미로 쓰인다. 원래 당나라 현종玄宗 때 금원禁苑 안에 있던 원園 이름이다. 현종이 자제 300명을 선발하여 이곳에서 속악俗樂을 가르치고, 또 수백인의 궁녀들로 하여금 이곳에서 가무와 기예를 학습하게 하였다.

▶ 옥호구쇄기여하玉壺口碎氣如霞 : "연하 기운 입 깨진 옥병에서 나오니"로 풀이하였다. 입이 깨진 호리병에서 술이 나오는 모습을 표현한 것이다.

▶ 기자羈雌: 길 잃은 새.

▶ 기라綺羅 : 원래 곱고 아름다운 비단이라는 뜻이나 여기서는 '미인'으로 풀었다.

▶ 호치단순皓齒丹脣 : 붉은 입술과 하얀 치아라는 뜻으로, 아름다운 여인을 이른다.

▶ 사연四筵 : 온 자리.

▶ 지동견산여안파只動肩山與眼波 : "다만 어깨 산과 눈 물결만 움직인다"로 풀이하였다. '견산'은 박덕인이 춤추는 모습을, '안파'는 구경꾼들이 보는 것을 말한다.

▶ 강한정풍상복왜江漢正風桑濮哇 : "강한의 정풍과 상복의 음악엔"으로 풀이하였다. '강한'은 원래 양자강揚子江과 한수漢水를 말하나 여기서는 한강을 뜻해 한양으로 지칭하였다. '상복'은 위衛나라 지역인 복수濮水가와 상간桑間을 말하는데, 그 곳에 뽕나무가 많아서 남녀의 밀회가 성행하여 음란하고 퇴폐한 음악이 성행하였다. 『예기』「악기편樂記篇」에 "상간 박상의 음악은 망국의 음악이다.[桑間濮上之音 亡國之音也]"라는 말

이 있다.

▶ 진시陳詩 : 시를 모으고 조사하는 것.

▶ 금슬錦瑟 : 화려한 거문고.

▶ 연화年華 : 가는 세월.

▶ 영관伶官 : 원래 음악과 광대를 맡은 벼슬을 뜻하나, 여기서는 악관으로서 박덕인을 가리킨다.

▶ 곤현鵾絃 : 거문고 줄.

▶ 초가楚歌 : 초楚나라 지방에서 부른 슬픈 노래로, 흔히 직간直諫하다가 쫓겨난 굴원屈原이 부른 노래를 의미한다.

▶ 임염荏苒 : 차츰 차츰 세월이 지나간다. 또는 사물이 점진적으로 변화한다. 당나라 두보杜甫가 지은「숙부宿府」시에 "난리가 심해져 편지도 끊기고, 변방이라 쓸쓸해 행로조차 어렵다.〔風塵荏苒音書絶 關塞蕭條行路難〕"라고 한 내용이 있다.

▶ 영문능화고무다郢門能和古無多 : "영문 노래에 화답할 자 예로부터 적었다"로 풀이하였다. '영문'은 영성郢城, 영도郢都라고도 하는데, 전국 시대 초楚나라의 도성 언영鄢郢을 가리킨다.『문선』「대초왕문對楚王問」에 "어떤 나그네가 영중郢中에서 처음에「하리파인下里巴人」이라는 노래를 부르자 그 소리를 알아듣고 화답한 사람이 수천 명이었고,「양아해로陽阿薤露」를 부르자 회답하는 사람이 수백 명으로 줄었으며,「양춘백설가陽春白雪歌」를 부르자 화답하는 사람이 수십 명에 불과하였다."라고 한다. 이는 박덕인의 노래 실력이 독보적이라는 의미이다.

사진⑬ 박덕인의 아들 박종기朴鐘基가 대금산조를 연주하는 모습
【박종기는 대금산조의 창시자로 1927년부터 1941년까지 경성방송국에 출연
하여 대금산조를 연주하였다. 이 사진은 가야금을 연주하는 김종기와 함께
찍은 사진의 일부이다. 이상의 설명은 진도문화원에서 2018년에 발행한 『보
배섬 진도의 그때 그 시절』 21쪽에 수록된 내용을 참조해 적었다.】

86. 정월 보름날에 빗속에서 강재와 시를 짓다
上元雨中 與康齋拈韻

정월 보름 비바람 불어 괜한 수심 이니

風雨空愁値上元
풍 우 공 수 치 상 원

날 개면 어느 곳에 술자리 마련할는지

天晴何處置芳樽
천 청 하 처 치 방 준

적막히 지내며 좋은 때 온통 잊으려했고

幽居渾欲忘佳節
유 거 혼 욕 망 가 절

즐거운 일은 고향을 뚜렷이 보는 것이라

樂事森然見故園
낙 사 삼 연 견 고 원

고요한 다리엔 나막신 소리 들리지 않고

橋靜不聞雙屐響
교 정 불 문 쌍 극 향

깊은 누대엔 어둑한 등불 쓸쓸히 대했다

樓深悄對一燈昏
누 심 초 대 일 등 혼

좋은 밤에 뿌연 흙먼지 끝나지 않음 아니

良宵知不終霾晦
양 소 지 부 종 매 회

새벽달이 구름을 뚫고 강촌에 이르리라

曉月穿雲到水村
효 월 천 운 도 수 촌

◆ 이 작품은 정만조가 41세(1898년)에 접어들어 지은 첫 시이다. 새해가 밝아 정월 보름이 되었다. 비바람이 부는 밤에 강재康齋 박진원朴晉遠과 함께 시를 지었다. 박진원은 작자와 시계詩契를 맺었던 대표적인 사람이다. 작자는 비바람이 부는 밤에 옛날에 좋았던 때를 회상하기도 하고, 고향을 떠올려보기도 하였다. 또한 비바람이 부는 밤이라서 찾아오는 사람도 없어서 어둑한 등불만 쓸쓸히 대하고 있음을 말하였다.

▶ 상원上元 : 음력 정월 보름날을 말한다.
▶ 매회霾晦 : 바람에 먼지가 날려 온 하늘이 뿌옇게 되는 현상을 말한다.

87. 관해·월호가 찾아왔고, 송오가 또 이르렀는데, 강재는 이미 자리에 있었다 觀海月湖來訪 松塢又至 康齋已在坐

칼 같은 매서운 추위 겹 갖옷에 닿아
峭寒測測觸重裘
초 한 측 측 촉 중 구

이 호산에서 한가로이 노닐지 않는다
不是湖山汗漫遊
불 시 호 산 한 만 유

천리 길 이 행차에 그 누가 또 있나
千里此行誰更在
천 리 차 행 수 갱 재

같은 시간에 동석하길 꾀한 듯하구나
一時同席若相謀
일 시 동 석 약 상 모

봄 오면 바로 꽃송이 피는 것을 보고
春來卽見花生吻
춘 래 즉 견 화 생 문

늙을수록 머리카락 세는 것을 잊는다
老去能忘雪上頭
노 거 능 망 설 상 두

그대들은 처음부터 은둔한 객 아니니
君輩端非嘉遯客
군 배 단 비 가 둔 객

왕후 우습게 보는 서리 기운 갖지 마라
莫將霜氣傲王侯
막 장 상 기 오 왕 후

◆ 이 작품은 강재 박진원과 함께 있을 때 관해 김형면, 월호 이병위, 송오 김필근 등이 찾아와 지었다. 정만조와 이들 네 사람 대부분은 시계詩契를 맺었기 때문에 유대 관계가 사뭇 깊다고 할 수 있다. 정만조는 이 작품을 통해 네 사람과의 유대 관계를 다시 한 번 확인하면서 마지막 미련을 통해 은둔객이 되지 말라는 당부의 말을 전달하였다. 세상을 어떻게 살아가야 하는지를 말하였다.

▶ 관해觀海 : 보성 사람 김형면金炯冕의 호이다.

▶ 월호月湖 : 이병위李秉瑋의 호이다.

▶ 송오松塢 : 김필근金弼根의 호로, 본관은 김해金海이다. 군수를 지낸 김
남서의 5대손으로 학행과 문장이 뛰어났다. 진도 훈도와 남원 부훈도
를 역임하였다. 남원의 봉산사鳳山祠에 배향되었다. 정만조와 함께 시
계詩契를 맺었다.

▶ 초한峭寒 : 매서운 추위를 뜻한다.

▶ 한만유汗漫遊 : 세상 밖을 벗어나서 마음 내키는 대로 한가로이 노니는
것을 말한다.『회남자淮南子』「도응훈道應訓」에 "약사若士가 노오盧敖에게
이르기를, '나는 한만과 함께 구해九垓 밖에서 노닌 사람이다.' 하였다."
는 구절이 있다.

▶ 가둔嘉遯 : 출처거취出處去就를 중정中正한 도리에 맞게 하여 은둔하는
것을 말한다.『주역』「돈괘遯卦 구오九五」에 "아름다운 은둔이니, 정하
여 길하다.〔嘉遯貞吉〕라고 하였다. 이에 대한 전傳에서 "구오는 중정이
니, 은둔하기를 아름답게 한 자이다. 처함이 중정의 도를 얻어서 때에
맞게 멈추고 행함이 이른바 아름다움이란 것이다. 그러므로 정정하여
길함이 된다.〔九五 中正 遯之嘉美者也 處得中正之道 時止時行 乃所謂嘉美也 故爲貞
正而吉〕라고 하였다.

▶ 오왕후傲王侯 : 왕후를 우습게 여긴다는 뜻이다. 중국 남송南宋 때의 문
인 육유의 「미치광이〔狂夫〕」에 "광부는 세상과는 본래 어울리기 어렵
지. 취하여 왕후도 우습게보니 또한 아니 장대한가.〔狂夫與世本難諧 醉傲
王侯亦壯哉〕라고 한 내용이 있다.『劍南詩稿 卷25』

88. 버들 빛을 보고 느낌이 일어 見柳色有感

올해 버드나무도 바람에 살랑거리니
今年楊柳又依依
금 년 양 류 우 의 의

누대에 올라 옷깃 떨치기 부족치 않아
不乏登樓一振衣
불 핍 등 루 일 진 의

헛되이 세월 보내 마음 절로 약해지고
歲月消磨情自弱
세 월 소 마 정 자 약

고향은 막혀 꿈에서도 날기 어려워라
關山阻絕夢難飛
관 산 조 절 몽 난 비

남쪽으로 와 분분히 동서객이 되었고
南來紛作東西客
남 래 분 작 동 서 객

　　나는 섬으로 유배 와서 비로소 동림에 우거하다가 근래에 성의 서쪽으로 옮겼다.〔余謫島 始寓東林 近移郭西〕

모든 일 늘 어려워 팔구 할은 어긋났다
十事恒難八九違
십 사 항 난 팔 구 위

고향에 일찍이 심은 씨앗 차마 떠올리니
忍憶故園曾手種
인 억 고 원 증 수 종

응당 한창 커서 이미 아름드리 되었겠지
也應老大已成圍
야 응 로 대 이 성 위

◆ 이 작품은 작자가 41세 봄이 되어 버드나무가 바람에 살랑거리는 모습을 보고 느낌이 일어 지었다. 시 전체에서 고향을 그리워하는 마음을 읽을 수 있다. 특히, 경련 1구에서 유배 온 이래 삶의 근거지가 자주 바뀌었음을 말하였다. 맨 처음 진도 금갑도로 유배 온 정만조는 삶의 터전을 의신면 사천리로 옮겼고, 또 다시 읍내로 옮겨 지내고 있다. 경련 1구의 "남쪽으로 와 분분히 동서객이 되었고"라는 말은 주거지를 이사移徙한 것을 뜻한다.

▶ 의의依依 : 바람에 흔들거리는 모양.

▶ 세월소마歲月消磨 : 소마세월消磨歲月과 같다. 즉, 닳아서 없어지는 세월
  이라는 뜻으로, 하는 일없이 헛되이 세월만 보낸다는 뜻이다.

▶ 관산關山 : 고향의 산 또는 고향을 말한다.

▶ 동림東林 : 마을 지명인지 동쪽나무 숲 등 지형을 말하는지 살필 필요
  가 있다. 진도읍성에서 보면, 금갑진은 남쪽이고, 의신면의 사상과 사
  하(사천리), 쌍계사 쪽은 동쪽이다. 읍성 밖에도 동외리東外里가 있다.

▶ 곽서郭西 : '곽'은 성城을 이른다. 진도읍성의 서쪽으로 자유당이 있던
  진도읍 교동리를 말하는 듯하다. 정만조는 금갑도로 유배 와서 동림
  에 우거하다가 성의 서쪽으로 옮겼다. 이로써 '곽서'는 세 번째 거소居
  所라는 것을 알 수 있다.

▶ 고원故園 : 고향.

89. 만취 박명항 서실의 작은 모임에서 두시 운으로 시를 짓다 朴晚翠命恒書室小集 拈杜韻

깨끗한 초당은 훌륭한 숲으로 둘렸는데　　茅堂瀟灑夾嘉林
　　　　　　　　　　　　　　　　　　　　모 당 소 쇄 협 가 림

지난해에 보고서 여전히 눈에 삼삼했지　　一見經年尙眼森
　　　　　　　　　　　　　　　　　　　　일 견 경 년 상 안 삼

노래는 평성을 안배하니 절창이 놀랍고　　歌按平聲驚絕調
　　　　　　　　　　　　　　　　　　　　가 안 평 성 경 절 조

꽃으로 수수께끼 만들어 고운 마음 보였다　花成謎語見芳心
　　　　　　　　　　　　　　　　　　　　화 성 미 어 견 방 심

　　만취는 평성자집으로 '사자가'를 만들었는데, 이는 천고의 절조이다. 또
꽃 이름을 써서 은어를 만들어 장편을 지었는데, 심히 아름다웠다.

〔晚翠以平聲字集 爲四字歌 是千古絕調 又以花名作隱語 爲長篇 甚佳〕

뜻은 좋은 도 온전히 해 가난 되레 즐겼고　志全好道貧猶樂
　　　　　　　　　　　　　　　　　　　　지 전 호 도 빈 유 락

사귐은 지음 허여해 늙을수록 더욱 깊구나　交許知音晚更深
　　　　　　　　　　　　　　　　　　　　교 허 지 음 만 갱 심

시내 소나무 뿐 아니라 푸른빛 사랑하니　非獨澗松憐翠色
　　　　　　　　　　　　　　　　　　　　비 독 간 송 련 취 색

맑은 바람은 때때로 길이 읊조림 돕는다　清風時至侑長吟
　　　　　　　　　　　　　　　　　　　　청 풍 시 지 유 장 음

◆ 이 작품은 만취 박명항의 서실 모임에서 두보杜甫의 시 운을 따라
지은 것이다. 박명항의 행적은 드러나지 않아 자세히 알 수 없다. 그렇
지만 이 작품을 통해 숲에 초당을 가지고 있었고, 노래를 꽤 잘 불렀
으며, 말재간이 있었고, 가난을 되레 즐겼다는 것을 짐작할 수 있다.
이 작품은 박명항이 어떤 사람이라는 것을 알려주었다. 한편, 이 작품

> 은 『무정존고』 권3에도 수록되어 있는데, 『은파유필』과 다른 점은 총 2수로 이루어져 있다.

▶ 두운杜韻 : 중국 당나라 때의 시인 두보杜甫의 시 운을 말한다.

▶ 미어謎語 : 수수께끼.

▶ 지음知音 : 자신의 속마음을 알아주는 진정한 친구. 춘추 시대 거문고 의 명인 백아伯牙가 높은 산에 뜻을 두고 연주하면, 친구인 종자기鍾子 期가 "멋지다, 마치 태산처럼 높기도 하구나.〔善哉 峩峩兮若泰山〕"라고 평 하였고, 흐르는 물에 뜻을 두고 연주하면 "멋지구나, 마치 강하처럼 넘실대는구나.〔善哉 洋洋兮若江河〕"라고 평했다는 고사가 있다. 『列子 湯問』

90. 나는 술을 마시지 못하는데, 조금 마셨다가 문득 병이
    났다. 괴로이 술을 권하는 사람이 있어 장난삼아 써서
    보도록 하였다 余不能飮 飮少輒病 有苦勸者 戲題示之

천년의 동병상련은 초나라 「이소」이니	同病千秋是楚騷 동 병 천 추 시 초 소
강가에서 날마다 얼굴 쇠해짐 깨닫는다	江潭日日覺顔凋 강 담 일 일 각 안 조
황무지에 심을 세 되의 볍씨 부족하고	荒田乏種三升秫 황 전 핍 종 삼 승 출
집안 좁아 한 파초잎도 들이기 어렵다	窄戶難容一葉蕉 착 호 난 용 일 엽 초
어찌 탐스러운 양숙자란 사람 있었던가	豈有耽人羊叔子 기 유 탐 인 양 숙 자
개관요는 나에게 많이 따르지 말라 했지	無多酌我蓋寬饒 무 다 작 아 개 관 요
가슴을 적시면 번민만 더해질 뿐이니	澆胸只得添煩悶 요 흉 지 득 첨 번 민
너와 함께 시름 해소됨을 믿지 않는다	不信憂愁與爾消 불 신 우 수 여 이 소

◆ 이 작품을 이해하기 위해서는 상황 파악을 해야 한다. 작자는 술을
잘 마시지 못한다. 그런데 그 술을 조금 마셨다가 병이 났다. 이때 괴
롭게 술을 권하는 사람이 있어 장난스럽게 이 작품을 지었다. 수련과
함련에서 현재 작자 자신의 처지와 상황을 말하였다. 사실 여기까지는
술과 무관하다. 그런데 경련에서 '양숙자'와 '개관요'를 '괴로이 술을
권하는 사람'과 '작자 자신'을 대신하는 사람으로 들어 이 작품이 술과

관련이 있음을 알렸다. 그리고 마지막 미련에서 "가슴을 적시면 번민만 더해질 뿐이니, 너와 함께 시름 해소됨을 믿지 않는다."라고 하여 작자가 술을 어떻게 인식하고 있는지를 말하였다. 한편, 이 작품은 『무정존고』 권3에도 수록되어 있다.

▶ 초소楚騷 : 전국 시대 초楚나라의 굴원屈原이 지은 「이소離騷」를 말한다.

▶ 기유탐인양숙자豈有耽人羊叔子 : "어찌 탐스러운 양숙자란 사람 있었던가"로 풀이하였다. '숙자'는 진晉나라 양호羊祜의 자. 위魏나라 말엽에 종사관이 되어 순욱荀彧과 같이 나라의 기밀에 관한 일을 관장하였다. 평일에는 갑옷을 입지 않고 가벼운 갖옷에 허리띠를 느슨히 맨 차림으로 오나라 장수 육항陸抗과 사신을 교환하면서 원근을 안심시켜 강한江漢과 오나라 사람의 인심을 수습하였다. 양호가 육항과 함께 각각 적국의 장수로서 국경에서 마주 대하고 있을 때, 육항이 양호에게 술을 보내니 양호는 의심 없이 마셨고, 육항이 병이 들자 양호가 약을 보내니 육항은 "어찌 사람을 독살하는 양숙자이겠는가." 하며 의심 없이 마셨다는 고사가 전한다. 『三國志 卷58 陸抗傳』 정만조는 괴로이 술을 권하는 사람을 양숙자에 비유하였다.

▶ 무다작아개관요無多酌我蓋寬饒 : "개관요는 나에게 많이 따르지 말라 했지"로 풀이하였다. '개관요'는 한漢나라 사람으로 강직한 성격을 지녔다. 당시의 귀족인 허백許伯의 새 집 낙성식에 가서 술잔을 받을 때 "많이 따르지 말라. 나는 술 취하면 광기가 나온다.〔無多酌我 我乃酒狂〕"고 하자, 승상 위후魏侯가 웃으면서 그의 강직한 성품을 빗대어 놀리기를 "차공은 정신이 멀쩡할 때에도 광기를 부리는데, 어찌 술이 필요하겠는가.〔次公醒而狂 何必酒也〕"라고 한 고사가 전한다. 『漢書 蓋寬饒傳』 '차공'은 개관요의 자이다. 정만조는 개관요를 자신에 비유하였다.

91. 남포의 입구를 지나며 過門南浦

남포 입구엔 누구 집의 배가 있는가	門南浦口誰家船 문 남 포 구 수 가 선
쌀과 물고기 팔던 사람들 연기 같다	賣稻賣魚人似烟 매 도 매 어 인 사 연
길가는 사람은 봄의 강 빛만 사랑해	行人但愛春江色 행 인 단 애 춘 강 색
강가 버들 늘어진 곳에 말을 세운다	立馬江干垂柳邊 립 마 강 간 수 류 변

◆ 이 작품은 남쪽 포구의 입구를 지나면서 지었다. 포구에는 늘 많은 사람들이 오고간다. 특히, 쌀과 물고기를 팔던 사람들이 많이 있었는데, 작자가 남쪽 포구에 왔을 때 사람들은 없었다. 그래서 승구에서 "연기 같다"라고 하였다. 또한 전구와 결구를 통해 봄에 이 작품을 지었음을 알 수 있다.

▶ 남포南浦 : 진도군 진도읍 해창 부근을 말한다. 간척하기 전에는 이곳까지 바닷물의 들었다. 즉, 진도읍성에서 남천교를 지나면 바로 바다로 이어졌다.

▶ 매도매어인사연賣稻賣魚人似烟 : "쌀과 물고기 팔던 사람들 연기 같다"로 풀이하였다. 쌀과 물고기를 팔던 사람들이 연기처럼 사라졌다는 뜻이다.

▶ 강간江干 : 강변.

92. 나호를 지나는 도중에 蘿湖路中

서쪽은 금골산이요 동쪽은 철마산이라	金鶻山西鐵馬東 금 골 산 서 철 마 동
봄을 찾는 동지들 일시에 함께 하였다	探春仙侶一時同 탐 춘 선 려 일 시 동
만 점 소금가마엔 검은 연기 자욱하고	烟鋪萬點鹽窯黑 연 포 만 점 염 요 흑
천 층 석탑에는 붉은 꽃들이 에워쌌다	花擁千層石塔紅 화 옹 천 층 석 탑 홍
병든 말 더디 가는데 고개 비 재촉하고	病馬遲行催嶺雨 병 마 지 행 최 령 우
땀받이 옷 갑자기 차가워 강풍 거스른다	汗衣陡冷遡江風 한 의 두 냉 소 강 풍
예로부터 좋은 계절 과객과 같이 하나니	佳辰終古如過客 가 진 종 고 여 과 객
도중에 길이 소일해도 해롭지 않으리라	未害長消道路中 미 해 장 소 도 로 중

◆ 이 작품은 나호를 지나는 도중에 지었다. 나호의 서쪽에는 금골산이 있고, 동쪽에는 철마산이 있다. 수련 1구에서 나호의 위치를 진도의 지명을 통해 말하였다. 작자의 나이 41세 어느 봄날에 뜻이 맞는 사람들과 나들이를 가서 주변 경관에서 본 것과 느낌을 적었다. 작자의 눈에 소금가마와 높은 석탑이 보였다. 또한 고개를 넘어가는데 비가 내렸고, 강풍도 불었다. 상황이 이러한데 그리 급히 서두르는 모습은 볼 수 없다. 이 작품은 『무정존고』 권3에도 수록되어 있다.

▸ 나호蘿湖 : 어디를 말하는지 알 수 없다.

▸ 금골산金鶻山 : 진도 금골산金骨山을 말한다. 진도군 군내면 둔전리에 있다. 해발 193m에 불과하나 산 전체가 거대한 바위로 되어 있다. 1498년(연산군4) 무오사화 때 진도로 유배 온 이주李胄는 금골산의 아름다움에 감탄해 「금골산록金骨山錄」을 지었다. 「금골산록」은 『속동문선』 권21에 수록되어 있다.

▸ 철마鐵馬 : 철마산을 말한다. 전라남도 진도군 진도읍 성내리에 있는 산으로 높이 304m이다. 원래 북산 또는 망적산望敵山이라 불렸다. 진도 읍성과 함께 철마산성이 세워져 있다. 고을 수령이 북산에서 1년 중 특정한 날짜에 말 목장의 원활한 마정馬政을 기원하며 철마신상을 모시고 제사를 지내던 마조단馬祖壇이 있던 데서 '철마산'이라는 이름이 붙었다.

▸ 선려仙侶 : 원래 신선의 짝이라는 뜻이나 여기서는 동행하거나 같이 노는 사람을 칭찬하여 이르렀다.

▸ 한의汗衣 : 땀받이 옷.

93. 최 첨사의 서루에서 앞 운을 거듭 써서 崔僉使書樓疊前韻

동서쪽 물가에 버들 꽃 부들 잎 있어	楊花蒲葉水西東 양 화 포 엽 수 서 동
그림 경치 의연히 초수 삽수 같구나	畫境依然苕霅同 화 경 의 연 초 삽 동
들판 학은 머리 센 것 시기할 것이고	野鶴應猜雙鬢白 야 학 응 시 쌍 빈 백
모래 갈매기들 속세에 물들지 않는다	沙鷗不染一塵紅 사 구 불 염 일 진 홍
나는 오늘부터 신선 배우고자 하고	學仙我欲從今日 학 선 아 욕 종 금 일
그대는 고풍 있어 자식들 가르친다	敎子君能有古風 교 자 군 능 유 고 풍
송구하게도 강가 비 밤새 내내 내려	慚愧連宵江上雨 참 괴 연 소 강 상 우
작은 누각에 머문 객은 맑게 즐긴다	淸歡留客小樓中 청 환 유 객 소 루 중

◆ 이 작품은 최 첨사가 지은 서루書樓에서 앞 시의 운을 따라 지은 것이다. '최 첨사'는 누구를 말하는지 자세히 알 수 없다. 작자는 최 첨사 소유의 누각에서 주변 경관을 바라다보면서 느낌을 적었다. 작자가 누각에서 바라다본 주변 경치는 마치 초수苕水와 삽수霅水 같았으며, 학과 갈매기도 눈에 들어왔다. 초수와 삽수는 당나라 때 장지화張志和가 은거한 곳이다. 즉, 작자는 최 첨사의 누각 주변을 마치 은거지처럼 그렸다. 경련에서 작자는 자신과 최 첨사를 서로 비교하여 대비되는 모습을 나타내었다.

▶ 최첨사崔僉使 : 최 첨사는 누구를 말하는지 알 수 없다. '첨사'는 조선 시대 각 진영鎭營에 속한 종3품의 무관으로, 첨절제사僉節制使의 약칭이다.

▶ 초삽苕霅 : 중국 절강성浙江省 호주시湖州市 경내에 있는 초수苕水와 삽수霅水로, 당나라 때 장지화張志和가 은거한 곳이다. 안진경顔眞卿이 호주자사湖州刺史가 되었을 때 장지화가 타고 다니는 배가 낡은 것을 보고 새것으로 바꿔주겠다고 하자, 사양하며 말하기를 "나는 이 배를 물 위에 뜬 집으로 삼아 초수와 삽수 사이를 오가며 지내기를 바랄 뿐입니다.[願爲浮家泛宅 往來苕霅間]"라고 하였다. 『新唐書 卷196 隱逸列傳 張志和』

94. 우수영에서 벼슬살이하는 추담 박유련이 미처 돌아가지 못하고, 최씨 별장에서 서로 글을 읽다가 앞 시의 운으로 주다 朴秋潭有鍊宦游右水營 仍未歸 相唔於崔莊 用前韻以贈

벼슬살다 바람에 큰 강 동쪽에 떨어지니　宦游飄墮大江東
　　　　　　　　　　　　　　　　　　환 유 표 타 대 강 동

타향에서 이 자리 함께 한 것 뜻밖이다　匪意殊鄉此席同
　　　　　　　　　　　　　　　　　　비 의 수 향 차 석 동

푸른 바다의 흰 안개 물결에 떠돌아다니고　滄海浮蹤烟浪白
　　　　　　　　　　　　　　　　　　창 해 부 종 연 랑 백

봉래산의 붉게 갠 구름은 옛 꿈이 되었다　蓬萊舊夢霽雲紅
　　　　　　　　　　　　　　　　　　봉 래 구 몽 제 운 홍

인적 드문 영시에서 「백설가」 뉘 수답할까　人稀郢市誰酬雪
　　　　　　　　　　　　　　　　　　인 희 영 시 수 수 설

큰 도시 길이 막혀 바람도 아니 빌려준다　路阻洪都不借風
　　　　　　　　　　　　　　　　　　로 조 홍 도 불 차 풍

내 죄 돌리기 어렵고 그댄 이미 늙었으니　我罪難歸君已老
　　　　　　　　　　　　　　　　　　아 죄 난 귀 군 이 로

이웃집터 사서 이 산속에서 살아보세나　買隣擬卜此山中
　　　　　　　　　　　　　　　　　　매 린 의 복 차 산 중

◆ 이 작품도 앞 시의 운을 이어 지었다. 정만조는 최소 하룻밤은 최 첨사의 서루에서 묵었다. 최 첨사의 서루에서 묵던 밤에 추담 박유련을 만났다. 박유련은 전라우수영에서 벼슬살이 하는 사람인데, 큰 바람 때문에 집에 미처 돌아가지 못하고 최 첨사의 누각에서 묵게 되었다. 이 작품은 우선 수련에서 박유련이 어떤 연유로 최 첨사의 누각에서 머물게 되었는지를 말하였다. 작자는 생각하지도 못했는데, 갑자기

박유련을 만나 뜻밖이라고 하였다. 시제와 시의 내용을 보면, 박유련도 상당한 시 창작 능력을 갖추고 있는 사람이다. 경련 1구에서 "인적 드문 영시에서 「백설가」 뉘 수답할까"라고 했는데, 이는 박유련의 시 창작 능력이 뛰어나 답하기가 어렵다는 뜻으로 이해할 수 있다. 또한 미련의 내용을 통해 박유련은 나이가 지긋했음을 알 수 있다.

▶ 환유宦游 : 벼슬을 얻기 위해 돌아다니다.

▶ 최장崔莊 : 최 첨사의 누각을 말한 듯하다.

▶ 봉래蓬萊 : 봉래산을 말한다. 동해 동쪽의 해도海島로서 신선이 살고 있다 전한다.

▶ 인희영시수수설人稀郢市誰酬雪 : "인적 드문 영시에서 「백설가」 뉘 수답할까"로 풀이하였다. 이 부분은 송옥宋玉이 지은 「대초왕문對楚王問」과 관련된다. 이 글에 따르면, 어떤 사람이 영중郢中에서 처음에 「하리파인下里巴人」이라는 노래를 부르자 그 소리를 알아듣고 화답하는 사람이 수천 명이었고, 다음으로 「양아해로陽阿薤露」를 부르자 화답하는 사람이 수백 명으로 줄었으며, 다음으로 「양춘백설가陽春白雪歌」를 부르자 화답하는 사람이 수십 명으로 줄었던 바, 곡조가 더욱 높을수록 그에 화답하는 사람이 더욱 적었다 한다. 『文選 卷45』 '영시'는 영중을 말한다. 박유련 시의 수준이 너무 높아 수답할 사람이 적음을 말하였다.

95. 진달래꽃을 달이며 煮杜鵑花

붉은 화로에서 손수 달인 진달래꽃	紅爐手煮杜鵑花 홍 로 수 자 두 견 화
봄은 가슴 속에, 향기는 어금니에 있다	春在胸中香在牙 춘 재 흉 중 향 재 아
색칠 미세해 나는 나비 날개인가 하고	粉細直疑飄蝶翅 분 세 직 의 표 접 시
꿀처럼 달아 벌집인가 자주 오인한다	蜜柑頻誤集蜂衙 밀 감 빈 오 집 봉 아
진홍의 수려함은 반찬 색보다 나은데	絳仙秀麗堪餐色 강 선 수 려 감 찬 색
이부는 문장에서 꽃을 씹는다고만 했지	吏部文章但咀華 이 부 문 장 단 저 화
복숭아 밥 살구 술과 같이 차려내니	桃飯杏酥同鋪設 도 반 행 소 동 포 설
하늘은 어여쁜 복을 시인에게 먹이려한다	天將艶福餉詩家 천 장 염 복 향 시 가

◆ 이 작품은 진달래꽃을 달이면서 느낀 점을 적었다. 진달래꽃은 봄이 되면 산천에서 흔히 볼 수 있는 대표적인 꽃이다. 또한 식용으로 꽃잎을 따서 생으로 먹을 수 있으나 작자는 차로 달여 먹었다. 진달래꽃의 분홍빛과 단맛 등의 시각적, 미각적 이미지를 부각한 시로 작자의 뛰어난 감각을 읽을 수 있다. 특히, 수련 2구의 "봄은 가슴 속에, 향기는 어금니에 있다"는 표현에서 읽는 사람으로 하여금 진달래꽃 향기가 은연중에 느껴지게 만든다. 이어 함련에서 진달래꽃을 달일 때 떠돌아다니는 모습과 마셨을 때의 맛 등을 비유적으로 표현한 것이 인상적이다. 한편, 이 작품은 『무정존고』 권3에도 실려 있다.

▸ 두견화杜鵑花 : 진달래꽃.

▸ 봉아蜂衙 : 벌집.

▸ 이부문장단저화吏部文章但咀華 : "이부는 문장에서 꽃을 씹는다고만 했지"로 풀이하였다. '이부'는 이부시랑吏部侍郎을 말하며, 당나라 때의 문장가인 한유韓愈의 벼슬을 뜻한다. '저화'와 관련하여 한유의 「진학해進學解」에 "향기 물씬한 미문에 흠뻑 젖고 그 꽃술을 입에 머금고 씹어서 문장을 지으니 그 책이 집 안에 가득하다.〔沈浸醲郁 含英咀華 作爲文章 其書滿家〕"는 표현이 나온다.

▸ 도반桃飯 : 반도반蟠桃飯으로, 반쯤 끓인 쌀에 산복숭아를 삶아서 체에 걸러 넣고 지은 밥을 말한다.

▸ 행소杏酥 : 살구로 담근 술.

96. 오곡 박 충정공의 사당에 배알하다 拜鳥谷朴忠貞公廟

옛 세 어진이 마음 같고 자취 달랐으며 　同心異迹古三仁
　　　　　　　　　　　　　　　　　동 심 이 적 고 삼 인

또한 육신들은 나라 위해 목숨을 바쳤다 　報國忘身又六臣
　　　　　　　　　　　　　　　　　보 국 망 신 우 육 신

세간에 충신열사가 많다고 하지만 　多少世間忠烈士
　　　　　　　　　　　　　　　　　다 소 세 간 충 렬 사

박 충정의 죽음과 짝할 이 유독 없다 　朴忠貞死獨無倫
　　　　　　　　　　　　　　　　　박 충 정 사 독 무 륜

고사리 캐어 여전히 굶주림 달랬으니 　采采山薇尚療飢
　　　　　　　　　　　　　　　　　채 채 산 미 상 료 기

도성 문 부월은 세상 사람들도 안다 　都門斧鉞世人知
　　　　　　　　　　　　　　　　　도 문 부 월 세 인 지

적막한 용만관의 등불은 외로워 　孤燈寂寞龍灣館
　　　　　　　　　　　　　　　　　고 등 적 막 용 만 관

일각의 약 달일 시간도 얻기 어려웠네 　一刻難消煮藥時
　　　　　　　　　　　　　　　　　일 각 난 소 자 약 시

　　공이 이때 사신으로 명나라에 갔다가 의주에 도착했는데, 육신들이 목
　　숨을 걸고 절개를 지킨 소식을 듣고 즉석에서 약을 먹었다.

　　〔公時以使銜赴明 歸到義州 聞六臣死節之報 卽地而藥〕

두견화와 봄 달은 각각 하늘 끝에 있어 　杜鵑春月各天涯
　　　　　　　　　　　　　　　　　두 견 춘 월 각 천 애

막힌 변방 강산은 아득한 한 꿈일레라 　越絕江山一夢賒
　　　　　　　　　　　　　　　　　월 절 강 산 일 몽 사

피 맺힌 원한은 변하여 천 점 눈물 되니 　冤血化成千點淚
　　　　　　　　　　　　　　　　　원 혈 화 성 천 점 루

우는 새소리 듣지 않고 나는 꽃을 본다   不聞啼鳥見飛花
                               불 문 제 조 견 비 화

공과 육신은 밤에 후원에 앉았는데, 진달래꽃 아래로 달빛이 뜰에 가득하였다. 배회하다가 "시절을 감탄하니 꽃은 눈물을 뿌리게 하고, 이별을 슬퍼하니 새는 마음을 놀라게 하누나."의 구절을 읊으며 눈물을 비 오듯이 흘리니 여러 공들도 울었다. 마침내 함께 죽음을 맹세했는데, 이때 단종이 영월에서 손위하였다. 「자규루」 시가 있는데, 말뜻이 심히 처절하다.〔公與六臣 夜坐後園 杜鵑花下月色滿庭 徘徊咏感時花濺淚恨別鳥驚心之句 淚下如雨 諸公亦泣 逐爲同死之誓 時端廟遜于寧越 有子規樓詩 詞意極凄切〕

압록강 동쪽 사신 갔다 돌아왔는데   鴨水東回使者轅
                               압 수 동 회 사 자 원

노량 소식은 비바람 불어 어둡다   露梁消息雨風昏
                               노 량 소 식 우 풍 혼

몸에 옻칠하고 산발하는 방법 있나니   漆身披髮非無術
                               칠 신 피 발 비 무 술

누더기 보존한 인간이 오히려 부끄럽다   尙愧人間一縷存
                               상 괴 인 간 일 루 존

천운 되돌리기 어렵고 국운 어려우니   天運難回國步艱
                               천 운 난 회 국 보 간

군신과 붕우는 생사 사이에 있도다   君臣朋友死生間
                               군 신 붕 우 사 생 간

도움 없는 듯한 칠 척의 몸을 바쳐   捐軀七尺如無補
                               연 구 칠 척 여 무 보

태산처럼 중한 목숨 새 깃털처럼 한다   能使鴻毛重泰山
                               능 사 홍 모 중 태 산

고령과 상당은 훈훈한 기운 올랐으나   高靈上黨氣薰天
                               고 령 상 당 기 훈 천

부귀는 원래 백년을 간 적이 없다   富貴元無到百年
                               부 귀 원 무 도 백 년

오늘날 반드시 역사서 보아야 하니   今日須看靑竹裏
금 일 수 간 청 죽 리

천년의 명예와 업적 뉘에게 다 물을까   千秋名業問誰全
천 추 명 업 문 수 전

어린 임금 은혜 깊어 맹세 잊지 않아   幼主恩深誓不忘
유 주 은 심 서 불 망

예조랑의 한 조각 붉은 명정이어라   丹旌一片禮曹郎
단 정 일 편 예 조 랑

길 가는 사람들 당시 사람 이름 몰라   路人不識時人諱
로 인 불 식 시 인 휘

천리에서 관 붙드니 눈물 줄줄 흐른다   千里扶棺涕淚滂
천 리 부 관 체 루 방

별과 달은 원래 오랫동안 어둡지 않나니   星月元非久晦蒙
성 월 원 비 구 회 몽

강물은 만 번 꺾이나 동으로 꼭 돌아간다   江河萬折必歸東
강 하 만 절 필 귀 동

백 년 동안 춘추 붓 가리지 않았으니   百年不掩春秋筆
백 년 불 엄 춘 추 필

두 정씨와 두 홍씨의 문장이라   二鄭文章又二洪
이 정 문 장 우 이 홍

공의 죽음은 집안사람들조차 감히 말하지 않았는데, 영양위 정종이 그 일을 심히 자세히 기록하였다. 훗날 또 나의 선조 임당 상공의 문집 속에 그 말이 실려 있었는데, 이로부터 비로소 드러났다. 이계 홍 태사는 묘지명을 지었고, 연천 홍 상공은 충절록을 지었다.〔公之死 雖家人 不敢言 寧陽尉鄭公悰 記其事甚悉 後又得於余先祖林塘相公文集中載其言 自是始顯 耳溪洪太史 撰墓銘 淵泉洪相公 撰忠節錄〕

하늘이 벼슬 주어 충정이라 시호하였고   贈天官長諡忠貞
증 천 관 장 시 충 정

향화가 천년을 이으니 죽음도 영광일세   香火千年死亦榮
향 화 천 년 사 역 영

후대인들 아름다움을 보고 느낄 뿐이니　　　只爲後人觀感美
　　　　　　　　　　　　　　　　　　　　지 위 후 인 관 감 미

공의 마음 어찌 이름 알리는 데 있었을까　　公心豈必在垂名
　　　　　　　　　　　　　　　　　　　　공 심 기 필 재 수 명

강호에 쫓겨난 신하 난초를 찼으니　　　　蘭佩江湖一逐臣
　　　　　　　　　　　　　　　　　　　　난 패 강 호 일 축 신

먼 친척과 사촌들은 옛 친인척들이라　　　葭莩中表舊姻親
　　　　　　　　　　　　　　　　　　　　가 부 중 표 구 인 친

꾀꼬리가 오산 사당의 잡초에서 우니　　　黃鸝碧艸烏山廟
　　　　　　　　　　　　　　　　　　　　황 리 벽 초 오 산 묘

옷깃 여미고 노래 부르며 신께 향사한다　斂衽嫩詞唱侑神
　　　　　　　　　　　　　　　　　　　　렴 임 눈 사 창 유 신

◆ 이 작품은 박심문朴審問의 사당에 배알하며 느낌을 적은 것이다. 박심문은 밀양박씨의 중시조로 1456년(세조2) 성삼문成三問 등 사육신死六臣이 단종 복위운동을 하다 참형에 처하자 울분과 수치스러움을 견디지 못해 음독 자결한 사람이다. 이 작품은 총 10수로 이루어져 있다. 한편, 이 작품은 『무정존고』 권3에도 수록되어 있는데, 『은파유필』에 있는 1수, 5수, 6수, 7수, 9수 등은 없다. 곧, 『무정존고』에는 총 5수만 수록되어 『은파유필』과 서로 대비된다.

제1수에서 작자는 박심문의 충정은 세간의 어느 충신열사보다 뛰어나다고 하였고, 제2수에서 박심문이 명나라 사신으로 갔다가 사육신 등이 참형을 당했다는 소식을 듣고 의주 용만관龍灣館에서 자결했던 일을 적었다. 제3수에서는 박심문이 죽기 이전의 일을 들었다. 박심문은 1453년 계유정난이 일어나자 일부러 아프다 하고 집에 있으면서 성삼문·하위지河緯地 등과 함께 화초를 가꾸고 시를 읊으면서 단종 복위를 모의했는데, 이러한 사실을 시적으로 표현하였다. 제4수에서 명나라를 다녀오던 중에 사육신이 참형에 처한 내용을 박심문의 입장에서 적었고, 제5수에서 박심문이 자결을 한 사실을 간접적으로 전달하였으며, 제6수에서 사육신과 반대편에 섰던 신숙주申叔舟·한명회韓明澮 등이 누렸던 부귀를 부정적으로 평가하였다. 제7수에서 단종을 향한 성삼문의 절개를 찬양하면서 이러한 사실을 사람들이 잘 모르는 것이 안타깝다 하였고, 제8수에서 정종鄭悰·정유길鄭惟吉·홍양호洪良浩·홍석주洪奭周 등이 박심문의 행적을 기록한 것을 언급하였다. 제9수에서 박심문의 시호가 '충정忠貞'이라 하면서 천년 동안 그 이름이 전해져 영광스럽다 하였고, 제10수에서 작자가 박심문의 사당에 향사享祀한 사실을 말하였다.

▶ 오곡박충정공烏谷朴忠貞公 : 박심문朴審問(1408~1456)을 말한다. 자는 신숙愼叔이요, 호는 청재淸齋이며, 본관은 밀양密陽이다. '오곡'은 박심문의 또 다른 호인 듯하다. 여말선초 두문동杜門洞 72현 중 한 사람인 박침朴忱이 할아버지이다. 박심문은 세종 때 집현전 학사와 부제학을 지낸 박강생朴岡生의 셋째 아들이다. 학행으로 천거되어 사온서 직장司醞署直長이 되었고, 1436년(세종18) 문과에 급제하여 기주관記注官을 역임하였다. 김종서金宗瑞가 6진鎭을 개척할 때 그 종사관으로 야인野人의 안무按撫에 힘을 썼다. 1453년(단종1) 계유정난으로 김종서가 수양대군首陽大君에 의해 살해되자 칭병稱病하고 집에 있으면서 성삼문成三問·하위지河緯地 등과 함께 화초를 가꾸고 시를 읊으면서 단종 복위를 모의하였다. 벼슬을 사양하다가, 1456년(세조2) 질정관質正官으로 명나라에 다녀오던 중 의주義州에서 성삼문 등이 참형을 당했다는 소식을 접하고 울분과 스스로 수치스러움을 견디지 못해 음독 자결하였다. 훗날 이조 판서에 추증되었고, 충청남도 공주의 숙모전肅慕殿에 배향되었으며, 충정忠貞

시호를 받았다. 강원도 영월군 소재 창절사彰節祠에 배향되었고, 이후
진도 후손들에 의해 진도군 의신면 침계리에 사효재思孝齋를 지어 모
시고 있다.

▶ 삼인三仁 : 이 말은 공자孔子가 『논어』 「미자微子」에서 은나라의 미자微
子, 기자箕子, 비간比干에 대해 평하기를 "은나라에 삼인이 있었다.[殷有
三仁焉]"라고 한 데에서 유래하였다. 여기서는 박심문·성삼문·하위지
이 세 사람을 가리킨다.

▶ 육신六臣 : 조선조 세조世祖 때 단종端宗의 복위를 꾀하다가 사전에 발
각되어 처형되었던 박팽년朴彭年, 이개李塏, 성삼문成三問, 하위지河緯地,
유성원柳誠源, 유응부兪應孚 등 사육신死六臣을 가리킨다.

▶ 채채산미상료기采采山薇尚療飢 : "고사리 캐어 여전히 굶주림 달랬으니"
로 풀이하였다. 은殷나라가 주 무왕周武王에게 멸망당하자 백이伯夷와
숙제叔齊 형제가 주나라 곡식을 먹지 않겠다면서 서산, 즉 수양산首陽山
으로 들어가 「채미가采薇歌」를 부르며 고사리만 뜯어 먹다가 굶어 죽은
고사가 전한다. 『史記 卷61 伯夷列傳』 이후로 고사리는 절의의 상징이 되
었다.

▶ 도문부월세인지都門斧鉞世人知 : "도성 문 부월은 세상 사람들도 안다"로
풀이하였다. 박심문이 왕의 명령을 받고 명나라에 사신으로 간 일을
말한다. '부월'은 작은 도끼와 큰 도끼이다. 이는 원래 출정出征하는 대
장이나 중요한 군직軍職을 띠고 나갈 때 임금이 친히 주었다.

▶ 용만관龍灣館 : 조선 시대 중국으로 가는 사신 행차 길에 설치한 객사客
舍의 하나이다. 평안도 의주義州에 설치되었다. 의주의 옛 지명이 용만
현龍灣縣이었던 것에서 그 명칭이 유래되었다. 1484년(성종15)에 처음으
로 설립했으며, 1718년(숙종44) 중문과 대문을 세웠다. 여기에서 중국
사신을 자주 영접하고 교역 등을 행하였다.

▶ 사절死節 : 목숨을 걸고 절개를 지키다.

▶ 감시화천루한별조경심感時花濺淚恨別鳥驚心 : "시절을 감탄하니 꽃은 눈물을 뿌리게 하고, 이별을 슬퍼하니 새는 마음을 놀라게 하누나"로 풀이하였다. 이 시는 당나라 때 두보杜甫가 읊은 「춘망春望」 시에 그대로 나온다. 두보는 안녹산安祿山의 난으로 가족과 헤어져 지내면서 「춘망」 시를 통해 자연의 아름다움과 전란으로 인한 인간사의 고통을 읊었다.

▶ 유자규루시有子規樓詩 : "「자규루」 시가 있는데"로 풀이하였다. 『정조실록正祖實錄』 15년(1791년) 2월 6일의 기사에 의하면, 자규루는 영월부寧越府의 객관客館 근처에 있는데 옛 이름은 매죽루梅竹樓였다고 한다. 단종端宗이 동쪽으로 옮겨 갔을 때 언젠가 이 누각에 와서 소쩍새 소리를 듣고 「자규사子規詞」를 지었는데 그 가사가 매우 처절하여 영월 사람들이 슬퍼한 나머지 그 누각을 '자규루'라 했다 한다. 『해동야언海東野言』에 실린 단종이 읊은 시는 다음과 같다. "달은 서산에 지려고 하는데 두견새 울어대니, 옛일을 회상하고 다락머리에 기대어 섰노라. 네 소리 괴롭고 내 듣기 슬프다, 네 소리 없으면 내 수심 없으리라. 천하의 고로가 있는 사람에게 알려 주어, 춘 3월에 자규루에는 아예 오르지 말게 하소.〔月欲低蜀魄啾 相思憶倚樓頭 爾聲苦我聞哀 無爾聲無我愁 爲報天下苦勞人 愼莫登春三月子規樓〕"

▶ 칠신피발漆身披髮 : 몸에 옻칠하고 머리카락을 풀어 헤치다. 『고시기古詩紀』의 기자조箕子操에 "아아, 주왕이 무도하여 비간을 살해했도다. 아아, 어찌하여 홀로 옻칠을 해 몸을 헐게 하고 머리를 풀어 헤쳐 미친 체하였나. 지금 종묘를 어찌하리오. 하늘이여, 하늘이여, 돌을 안고 강물 속으로 뛰어들고 싶구나. 아아, 사직을 어찌하리오.〔嗟嗟 紂爲無道殺比干 嗟復嗟 獨奈何漆身爲癩 被髮以佯狂 今奈何宗廟 天乎天哉 欲負石自投河 嗟復嗟 奈社稷何〕"라는 내용이 있다.

▶ 국보國步 : 나라의 운명.

▶ 고령상당高靈上黨 : '고령'은 1455년(세조원년) 세조가 왕 위에 올라 고령

군高靈君에 봉해진 신숙주申叔舟를 말하고, '상당'은 청주淸州의 옛 이름
으로, 곧 상당부원군上黨府院君 한명회韓明澮 등 청주한씨淸州韓氏의 일족
一族을 가리킨다.

▶ 청죽靑竹 : 청사靑史로, 사적史籍을 말한다. 고대에는 죽간竹簡에다 역사
를 기록하였다.

▶ 유주幼主 : 어린 단종을 말한다.

▶ 단정일편예조랑丹旌一片禮曹郎 : "예조랑의 한 조각 붉은 명정이어라"로
풀이하였다. '예조랑'은 예조참의에 올랐던 성삼문을 가리킨다. 성삼
문은 1456년(세조2) 세조를 제거하려던 일이 발각되어 모진 고문을 당
하다 결국 죽었다. '단정'은 붉은 명정銘旌으로, 붉은 천에 망자의 이름
을 쓴 깃발을 말한다.

▶ 강하만절필귀동江河萬折必歸東 : "강물은 만 번 꺾이나 동으로 꼭 돌아간
다"로 풀이하였다. 『순자荀子』 「유좌宥坐」에 "중국의 하수가 모두 동쪽을
향하면서 바다로 흘러들어간다.〔萬折必東 朝宗于海〕"는 말에서 유래하였
다. 즉, 중국의 황하黃河가 여러 번 굽이쳐 흐르지만 마침내는 반드시
동쪽으로 흘러 황해로 들어간다는 뜻으로, 어떠한 일이 있어도 중국의
은혜를 배반하지 않는다는 뜻이다. 한편, 임진왜란 때 선조宣祖가 중국
에 보낸 「피무변명주被誣辨明奏」에 "일편단심 북신을 향하는 정성은 만
번 굽이쳐도 반드시 동으로 흐르는 물과 같습니다.〔惟其一心拱北之誠 有似
萬折必東之水〕"라는 말도 있다. 『月沙集 卷22 奏 被誣辨明奏, 韓國文集叢刊 69輯』

▶ 이정문장우이홍二鄭文章又二洪 : "두 정씨와 두 홍씨의 문장이라"로 풀이
하였다. '두 정씨'는 정종鄭悰·정유길鄭惟吉을 말하고, '두 홍씨'는 홍양
호洪良浩·홍석주洪奭周를 말한다.

▶ 영양위정공종寧陽尉鄭公悰 : 영양위에 봉해진 정종(?~1461)을 말한다. 본
관은 해주海州요, 시호는 헌민獻愍이다. 1450년(세종22) 문종의 딸 경혜
공주敬惠公主와 결혼하여 영양위가 되었고, 단종 초 형조 판서로서 왕

의 신임을 받았다. 1455년(단종3) 수양대군 제거를 모의한 금성대군錦城大君과 친교가 있었다 하여 영월에 유배되었다. 이 해에 수양대군이 즉위, 문종의 유일한 사위라는 점을 참작, 양근楊根에 양이量移되었으나, 1456년(세조2) 사육신 사건으로 죄가 가중되어 수원水原을 거쳐 통진通津·광주光州에 안치되었다. 1461년 승려 성탄性坦 등과 모반을 꾀하였다가 능지처참되었다.

▶ 임당상공林塘相公 : 임당은 정유길의 호이다. 자는 길원吉元이요, 본관은 동래東萊이다. 1538년(중종33) 별시문과에 장원급제한 뒤 전적典籍이 되었고, 공조 좌랑·중추부도사 등을 역임하였다. 1544년 이황李滉·김인후金麟厚 등과 함께 동호서당東湖書堂에서 사가독서賜暇讀書한 뒤에 대사헌·예조 판서 겸 대제학이 되었다. 1581년(선조14) 이조 판서에서 우의정에 임명되었으나 사헌부에서 윤원형尹元衡에게 아첨한 사람이라고 반대하여 사직하였다. 1583년 우의정에 승진되고, 1585년 좌의정에 이르렀다. 시와 문장에 능하였고 글씨는 송설체松雪體로 유명하였다. 문집에 『임당유고林塘遺稿』가 있다.

▶ 이계홍태사耳溪洪太史 : 이계는 홍양호의 호이다. 자는 한사漢師요, 본관은 풍산豊山이다. 1752년(영조28) 문과에 급제하였고, 지평·수찬·교리를 지낸 뒤 1774년(영조50) 등준시登俊試에 병과로 급제하였다. 1777년(정조1) 홍국영洪國榮의 세도정치가 심해지자 경흥慶興 부사로 나갔다가 홍국영이 실각한 뒤 한성부 우윤·대사간을 지내고, 1782년 동지 부사冬至副使로 청나라에 다녀왔다. 그 뒤에 대사헌·평안도 관찰사·이조 판서·양관兩館 대제학을 겸임하였다. 학문과 문장에 뛰어나 『영조실록英祖實錄』·『국조보감國朝寶鑑』·『갱장록羹墻錄』·『동문휘고同文彙考』 등의 편찬에 참여하였다. 글씨는 특히 진체晉體·당체唐體에 뛰어났으며, 문집으로 『이계집耳溪集』이 있다.

▶ 연천홍상공淵泉洪相公 : 연천은 홍석주의 호이다. 자는 성백成伯이요, 본

관은 풍산豊山이다. 1795년(정조19) 식년문과에 갑과로 급제, 직장直長을 거쳐 주서注書로 검열을 겸하고, 1802년(순조2) 정언正言이 되었다. 이듬 해 사은사로 청나라에 다녀온 뒤에 교리·도승지·충청도와 전라도 관 찰사·병조 판서가 되었다. 또 다시 사은사로 청나라에 다녀와서 1834 년(순조34) 이조 판서를 거쳐 좌의정에 올랐다. 성리학에 정통한 10대 문장가로 꼽혔으며, 문집에 『연천집淵泉集』이 있고, 그 외 다수의 저서 를 남겼다.

▶ 향화香火 : 향불을 태운다는 뜻으로 제사를 이른다.

▶ 난패蘭佩 : 난초를 차다는 뜻으로 고결한 마음을 말한다. 전국 시대 초 楚나라 회왕懷王의 충신 굴원屈原이 소인들의 참소를 받고 조정에서 쫓 겨난 뒤 강호를 노닐면서 지은 「이소離騷」에 "강리와 벽지를 몸에 걸쳐 입고, 가을 난초를 꿰어서 허리에 찬다.〔扈江離與辟芷兮 紉秋蘭以爲佩〕"라고 한 데서 유래하였다.

▶ 가부葭莩 : 갈대 대롱 속에 있는 얇은 막膜이라는 뜻으로, 친분이 그다 지 중하지 않은 친척을 비유한다.

▶ 중표中表 : 내외종內外從 사촌 형제를 말한다.

▶ 오산묘烏山廟 : 박심문의 사당을 가리킨다.

97. 강재·소산·완재 등 여러 사람들과 뒷동산에 올라 함께 짓다 康齋蘇山阮齋諸人登後園共賦

오두막집에 봄이 와 역시 환하게 빛나니	春來蓬蓽亦光輝 춘 래 봉 필 역 광 휘
아름다운 비단 병풍으로 사면을 둘렀다	宮錦屏風屋四圍 궁 금 병 풍 옥 사 위
승지 구경에 도죽장만 있으면 만족하고	濟勝祇饒桃竹杖 제 승 지 요 도 죽 장
높은 곳에 오름에 이미 솜옷이 싫어졌다	登高已厭木綿衣 등 고 이 염 목 면 의
따뜻한 물의 강물고기들 멀리 악취 풍기고	江魚水暖遙聞臭 강 어 수 난 요 문 취
울창한 숲의 골짝 새 나는 것 뵈지 않는다	谷鳥林繁不見飛 곡 조 림 번 불 견 비
같은 마음을 가진 우리들은 소원도 같나니	吾輩齋心同所願 오 배 재 심 동 소 원
많은 꽃 피는 계절엔 비바람이 드물었으면	百花時節雨風稀 백 화 시 절 우 풍 희

◆ 이 작품은 강재 박진원·소산 이승희·완재 박봉우 등과 함께 뒷동산에 올랐을 때 지었다. 때는 정만조의 나이 41세 봄이다. 정만조와 이들 세 사람은 봄나들이를 뒷동산으로 갔다.

수련에서 봄이 왔음을 알렸는데, 특히 2구의 "아름다운 비단 병풍으로 사면을 둘렀다"는 말은 꽃이 사방에 피었음을 표현한 것이다. 함련에서는 나들이를 하는데 많은 것은 필요하지 않고 도죽장만 있으면 된다 하였고, 또한 따뜻한 봄이 되어 이제 솜옷이 필요하지 않다고 하였다.

경련에서 원근의 주변 풍광을 언급하였고, 미련에서 네 사람은 모두
같은 마음을 가지고 있다는 것을 확인하였다. 한편, 이 작품은 『무정
존고』 권3에도 수록되어 있다.

▶ 소산蘇山 : 이승희李承曦(1858~?)의 호이다. 자는 중백仲白이요, 본관은 광
산光山이다. 훈도를 역임하였고, 서예에 능하였다.
▶ 완재阮齋 : 박봉우朴鳳瑀(1872~1941)의 호이다. 또 다른 호로 연북硯北이 있
다. 본관은 경주慶州이다. 진도읍 북상리에서 출생하였다. 『증증진도
읍지』의 감수를 맡았고, 훈도를 역임하였다. 정만조와 함께 시계詩契
를 맺었다.
▶ 봉필蓬蓽 : 오두막의 사립문을 뜻하는 봉문필호蓬門蓽戶의 준말이다.
▶ 도죽장桃竹杖 : 도죽으로 만든 지팡이. 도죽은 대나무의 일종으로 재질
이 견실하여 화살이나 지팡이를 만들기에 좋다고 한다.

98. 여러 벗들과 소창의 운으로 시를 짓다 與諸伴拈小倉韻

산골짜기 끝에 한 서실이 있는데	澗頭山尾一書齋 간 두 산 미 일 서 재
버드나무 네거리 꽃 가에 뻗었다	柳底花邊十字街 류 저 화 변 십 자 가
봄은 윤달 얻어 수명 늘릴 수 있고	春得閏餘能益壽 춘 득 윤 여 능 익 수
산은 비 온 뒤라 좋은 경치 더했다	山從雨後更添佳 산 종 우 후 갱 첨 가
농사철 이웃들 들밥 나눠줌 비로소 알겠고	始知農節隣分饁 시 지 농 절 린 분 엽
돌아갈 기약한 부인 비녀 잃을까 점친다	屢卜歸期婦失釵 누 복 귀 기 부 실 채
그대는 괜히 술 적게 사왔다 시름 말라	君莫謾愁沽酒少 군 막 만 수 고 주 소
한 잔 술로도 천 시름 풀기에 충분하거늘	只饒一勺散千愁 지 요 일 작 산 천 수

작설차 덖기 끝내고 채소 모종 파니	挑罷茶芽撥菜苗 도 파 다 아 발 채 묘
엷은 구름 비 내려 봄 하늘 지나간다	澹雲作雨度春霄 담 운 작 우 도 춘 소
시 즐겨 결국 마음이 형체에 얽매이고	耽詩竟是心爲役 탐 시 경 시 심 위 역
물상 보니 쓸데없는 뜻이 해소되었다	覽物徒然意也消 람 물 도 연 의 야 소
따뜻한 산 날씨에 지친 소 더디 일어나고	倦犢眠遲山日暖 권 독 면 지 산 일 난
강한 늦바람에 어린 꾀꼬리 가늘게 운다	新鶯啼弱晚風驕 신 앵 제 약 만 풍 교

3년 동안 이웃에서 조석으로 만났나니	三年隣曲相晨夕 삼 년 인 곡 상 신 석
묻노니, 뉘 집에서 쑥 캐는 노래 부르는가	借問誰家賦采蕭 차 문 수 가 부 채 소

◆ 이 작품은 여러 벗들과 함께 소창 시의 운을 집어 지은 것이다. 총2수로 이루어져 있는데, 모두 봄날의 풍경을 읊었다. 정만조의 나이 41세 봄에 여러 사람과 함께 나들이를 가서 지었다고 생각한다.

비가 온 뒤의 봄날의 풍경은 청명하여 좋을 수밖에 없다. 또한 이제 막 농사를 시작하는 계절로 농부들은 이웃들에게 들밥을 나눠줄 정도로 인심이 후하다. 작자는 제1수에서 이러한 내용을 적었다. 제2수에서도 봄날의 풍경을 읊었다. '작설차 덖기'와 '채소 모종'을 하는 광경은 봄에만 볼 수 있다. 작자는 유배 온 지 횟수로 3년이 지났다. 처음 유배 왔을 때 현지에 적응하지 못했던 모습은 이제 찾을 수 없다. 마음의 여유가 느껴지는 시이다.

▶ 윤여閏餘 : 윤달을 말한다.
▶ 다아茶芽 : 작설차.
▶ 채묘菜苗 : 채소 모종.
▶ 인곡隣曲 : 이웃 마을.

99. 늦은 봄날 마을에 온통 탱자나무 꽃·멀구슬나무 꽃이 보여 장난으로 지어 울적한 마음을 달래며 晚春 見一村 都是枳殼花苦練花 戲作排悶

밝은 때에 벼슬 막혔으니 운명 어쩌리	枳塞明時奈命何 지 색 명 시 내 명 하	
애써 수레 몰아 하늘 끝에 떨어졌구나	苦輪驅遣到天涯 고 륜 구 견 도 천 애	
인사에 끼어든 다른 봄빛이 괴이하나니	怪他春色干人事 괴 타 춘 색 간 인 사	
탱자 꽃 곁에 멀구슬나무 꽃이 있구나	枳殼花邊苦練花 지 각 화 변 고 련 화	

◆ 이 작품은 작자의 나이 41세 늦은 봄날 마을에 탱자나무 꽃과 멀구슬나무 꽃이 피어 있는 모습을 보고, 마음을 달래기 위해 지었다. 기구와 승구를 읽어보면, 시제에서 말한 바와 같이 작자의 마음은 울적하다. 그런데 그 울적한 마음을 탱자나무 꽃과 멀구슬나무 꽃이 달래주고 있다. 작자가 자연에 동요된 모습을 엿볼 수 있다.

▶ 지각화枳殼花 : 탱자나무 꽃.
▶ 고련화苦練花 : 멀구슬나무 꽃. 땀띠, 살충제로 약용하고 모기 향불을 피우는데 사용된다.
▶ 지색枳塞 : 어떤 사유가 있어 벼슬에 막히다.

100. 북치에 올라 登北峙

오도카니 짊어진 중한 시름 어찌 견딜까	兀兀那堪負重憂 올 올 나 감 부 중 우
의기양양 때때로 또 한가히 노닐어본다	施施時復作間遊 시 시 시 부 작 간 유
피곤해진 나막신의 앞쪽 굽을 높여	倦携雙屐高前齒 권 휴 쌍 극 고 전 치
우연히 삼산의 최고 정상에 도착했다	偶到三山最上頭 우 도 삼 산 최 상 두
별 같은 만 점은 섬이 되어 떠 있고	萬點如星浮島嶼 만 점 여 성 부 도 서
비 오려는 듯 사방엔 모래톱 사라졌다	四方欲雨失汀洲 사 방 욕 우 실 정 주
여기에 와 전생의 업보 있음 알았나니	此來知有前生業 차 래 지 유 전 생 업
하늘 가까이서 나는 그 이유 물으련다	天近吾將問所由 천 근 오 장 문 소 유

◆ 이 작품은 북치北峙에 올라가 지었다. 수련 1구에서 '중우重憂'라는 말을 했으니, 작자의 현재 마음이 무겁다라는 것을 알 수 있다. 그래도 작자는 의기양양 한가롭게 노닐다 북치에 오른 것이다. 북치에서 내려 다보고서 "별 같은 만 점은 섬이 되어 떠 있고, 비 오려는 듯 사방엔 모래톱 사라졌다"라고 하였다. 곧, 경련에서 북치에서 내려다본 광경을 묘사하였다. 그리고 기왕에 높은 언덕 하늘 가까이까지 올라왔으니 전생의 업보를 알고 싶다고 하였다. 작자의 마음 상태를 알 수 있는 시이다.

▶ 북치北峙 : 진도군 진도읍 수역리 북치 마을이 있다. 1789년『호구총수』
  에 따르면, 군내면郡內面 북치리北峙里가 있다. 군내면은 뒤에 군일면郡
  一面과 군이면郡二面으로 나뉘는데, 북치리는 군이면에 속한다. 1914년
  군내면으로 합해지면서 군내면 수역리에 속한 북치리가 된다. 1973년
  에 진도읍으로 편입되었다.

▶ 권휴쌍극고전치倦携雙屐高前齒 : "피곤해진 나막신의 앞쪽 굽을 높여"로
  풀이하였다. 여기에는 진晉나라의 시인인 사영운謝靈運과 관련한 내용
  이 있다. 사영운은 나막신을 즐겨 신었는데, 산에 올라갈 때는 걷기
  편하기 위해 앞쪽 굽[前齒]을 빼고, 내려올 때는 뒤쪽 굽[後齒]을 뺐다는
  일화가 있다.『宋書 卷67 謝靈運列傳』

101. 바다에서 또 앞 운을 쓰다 海上又疊

인간세상 어디에서 근심을 쏟을는지	何處人間可瀉憂 하 처 인 간 가 사 우
문 나서서 문득 바닷가 산 놀음 한다	出門便得海山游 출 문 변 득 해 산 유
순풍 기다린 장삿배 깃발을 바라보고	候風商舶瞻旗尾 후 풍 상 박 첨 기 미
날마다 행장 꾸려 읊으며 지팡이 갖춘다	課日吟裝備杖頭 과 일 음 장 비 장 두
신의 죄일랑 합당히 시호굴에 던지나니	臣罪合投豺虎窟 신 죄 합 투 시 호 굴
신선의 거처는 바로 봉린주와 가깝겠지	仙居直傍鳳麟洲 선 거 직 방 봉 린 주
한 가닥 한라산은 중천에 가로 놓여서	漢拏一髮橫天半 한 라 일 발 횡 천 반
망망한 구름 물은 자유를 막았도다	雲水茫茫阻子由 운 수 망 망 조 자 유

◆ 이 작품은 바다에서 읊었는데, 앞 시의 운을 그대로 따랐다. 특히, 경련에서 작자는 바다를 보며 상상력을 발휘해 '시호굴豺虎窟'과 '봉린주鳳麟洲'를 언급하였고, 미련에서 제주도로 유배 간 동생 정병조를 생각하는 내용도 적었다.

▶ 후풍候風 : 배가 떠날 때에 순풍을 기다리다. 또는 그때 부는 순풍을 말한다.

▸ 시호굴豺虎窟 : 승냥이와 호랑이와 같은 맹수가 있는 굴을 말한다.

▸ 봉린주鳳麟洲 : 『해내십주기海內十洲記』에 의하면, 서해西海에 있으며 선
가仙家가 많다고 한다. 그 선가에서 봉황새의 부리와 기린의 뿔[鳳喙麟
角]을 고아서 제조한 기름을 난교라 하는바, 이것은 이미 끊어진 궁노
弓弩의 줄도 다시 접속시킬 수 있는 강력한 접착제라고 한다.

▸ 한라일발횡천반 운수망망조자유漢拏一髮橫天半 雲水茫茫阻子由 : "한 가닥
한라산은 중천에 가로 놓여서, 망망한 구름 물은 자유를 막았도다"로
풀이하였다. '한라'는 제주도에 있는 한라산을 뜻하고, '자유'는 송나라
의 문장가 소식蘇軾의 동생 소철蘇轍의 자로 정만조 자신의 동생 정병
조를 견주어 말하였다.

102. 병을 앓았는데 여러 벗들이 온 것이 기뻐 마침내 당나라 사람의 운을 뽑아 짓다 吟病 喜諸伴至 遂拈唐人韻

어제와 오늘 아침의 더위와 추위 다른데	昨日今朝異暖寒 작 일 금 조 이 난 한
봄바람은 또한 세상인심 보도록 하는구나	春風亦作世情看 춘 풍 역 작 세 정 간
안개구름 윤기 낸 종이에 가늘게 떨어지고	煙雲細落硏光紙 연 운 세 락 아 광 지
꽃과 대 '아' 자 문양 난간에 깊이 간직했다	花竹深藏亞字欄 화 죽 심 장 아 자 란
병세는 위급치 않아 일 적음이 사랑스럽고	病不瀕危憐少事 병 불 빈 위 련 소 사
지은 죄 죽음 두려우나 벼슬 없음 기쁘다	罪雖怵死喜無官 죄 수 출 사 희 무 관
내 몸엔 절로 한가로이 지킨 건강 있으니	身中自有閒康濟 신 중 자 유 한 강 제
늙어가는 요부는 잠을 최고 편히 여긴다네	老去堯夫睡最安 노 거 요 부 수 최 안

◆ 이 작품은 작자가 병을 앓고 있을 때 여러 벗들이 찾아와 기쁜 나머지 당나라 어떤 사람 시의 운을 따라 지은 것이다. 봄날의 날씨는 예측불가이다. 어제는 좋았던 날씨가 오늘은 그렇지 않을 수도 있기 때문이다. 하지만 좋은 봄날을 통해 세상인심을 읽을 수도 있다. 수련에서 이러한 내용을 적었다. 작자는 현재 환자로 방 안에 있다. 함련에서는 방 안에서 문의 문양 등을 묘사하였다. 그렇지만 경련과 미련의 내용을 통해 작자의 병세病勢가 그리 심각한 것이 아니라는 것을 알 수

> 있다. 미련 2구의 '요부堯夫'는 북송 시대의 학자 소옹邵雍의 자인데, 작자 자신을 가리키는 것으로 볼 수 있다.

▶ 아광砑光 : 제지·방직업에서 돌로 만든 도구로 누르거나 문질러서 종이나 천 등을 윤을 낸다.

▶ 아자란亞字欄 : '아'자 문양을 한 난간.

▶ 빈위瀕危 : 위급하다.

▶ 요부堯夫 : 북송 시대의 학자 소옹邵雍의 자이다.

103. 벗이 된 여러 시인들과 운림산방을 산보하다 도중에 소리 내어 읊다 步出雲林與諸詩人作伴 途中口號

붉은 비가 만 점 꽃에 흩뿌리니
紅雨漂搖萬点花
홍 우 표 요 만 점 화

녹음이 사방 이웃집을 빙 둘렀다
綠陰匝匝四隣家
록 음 잡 잡 사 인 가

이별에 꽤 맘 상했는데 봄 가려하고
屢傷離別春將去
누 상 이 별 춘 장 거

등산 좋아하나 석양은 쉬 기울더라
縱好登臨日易斜
종 호 등 림 일 이 사

가게 장부 음식 값 외상해 깨끗지 않고
店簿未淸連酒食
점 부 미 청 포 주 식

의학서는 산수병을 구제치 못하더라
醫書無救病烟霞
의 서 무 구 병 연 하

강산은 익히 일찍이 다녔던 곳인데
江山慣是曾行處
강 산 관 시 증 행 처

걷기 지쳐 되레 길 더욱 멀어졌나 했네
步倦翻疑路更遐
보 권 번 의 로 갱 하

◆ 이 작품은 여러 친구들과 운림산방을 산보하다가 도중에 지은 것이다. 계절은 봄에서 여름으로 넘어가는 그 무렵이라 할 수 있다. 그러니 꽃이 있고 녹음도 있다. 여러 친구들과 만났으니 술집을 들르지 않을 수 없다. 그런데 외상술을 먹어 이전부터 적었던 장부는 깨끗하지 않다. 운림산방은 작자 정만조에게 익숙한 곳이다. 그러나 오늘은 걷기 지쳐 길이 멀게만 느껴졌다.

▶ 운림雲林 : 현재 진도의 운림산방을 말한다.

▶ 홍우紅雨 : 꽃에 내리는 비를 말한다.

▶ 암잡匼匝 : 주위를 둘러싼 모습.

사진⑭ 운림산방 입구에 세워진 표지석
【정만조는 허형이 사는 운림산방에 들러 시
도 짓고, 그림도 감상하였다.】(2019.05.06.)

104. 금갑도 뒷 기슭에 올라 앞 운을 쓰다 登金甲後麓 用前韻

물 흐르는 봄 되자 사방이 온통 꽃인데　　　流水春來遍是花
　　　　　　　　　　　　　　　　　　　　유 수 춘 래 편 시 화

어부 집 가까이에 신선 집이 있어라　　　　漁家咫尺有仙家
　　　　　　　　　　　　　　　　　　　　어 가 지 척 유 선 가

다만 돌니가 신발 훼손할까 두려운데　　　　秖愁石齒雙鞋損
　　　　　　　　　　　　　　　　　　　　지 수 석 치 쌍 혜 손

멀리 비낀 산허리 분별하기가 쉽구나　　　　易辨山腰一遙斜
　　　　　　　　　　　　　　　　　　　　이 변 산 요 일 요 사

높고 낮은 언덕 습지에서 벼보리 가꾸고　　原隰高低秧間麥
　　　　　　　　　　　　　　　　　　　　원 습 고 저 앙 간 맥

밝고 어둔 바다 하늘은 비안개 이어진다　　海天明暗雨連霞
　　　　　　　　　　　　　　　　　　　　해 천 명 암 우 연 하

돌아감 허락한다면 천리 길도 가벼울 텐데　許歸應即輕千里
　　　　　　　　　　　　　　　　　　　　허 귀 응 즉 경 천 리

반나절 한가한 행차도 되려 멀다 원망한다　半日閒行尙怨遐
　　　　　　　　　　　　　　　　　　　　반 일 한 행 상 원 하

◆ 이 작품은 금갑도金甲島의 뒷 기슭에 올라 앞 시의 운을 그대로 이어 받아 지었다. 작자는 41세 봄날에 금갑도 뒷산 기슭에 올랐다. 수련 2구에서 "어부 집 가까이에 신선 집이 있어라"라고 말했으니, 아마도 금갑에 사는 지인을 만나러 간 것으로 생각한다. 그런데 가는 길은 그리 원만하지 않았다. 바위에 난 삐죽삐죽한 모서리가 있어 신발이 훼손될까를 걱정하고 있기 때문이다. 경련은 금갑에 가면서 본 광경을 묘사한 것이고, 미련 1구에서 작자는 자신이 먼 곳으로 유배 온 것을 다시 한 번 상기하였다.

▶ 금갑金甲 : 진도 금갑도를 말한다.

▶ 석치石齒 : 돌니. 바위의 삐죽삐죽 나온 모서리를 가리킨다.

105. 송정의 김송오를 찾아갔으나 만나지 못하여
松亭訪金松塢 不遇

은자가 문 밖을 나가는 때 극히 적은데 幽人絶少出門時
유 인 절 소 출 문 시

밭두둑 넘어 찾아갈 기한을 두지 않았다 越陌相尋不實期
월 맥 상 심 불 치 기

외론 배 손님 옴을 알리려 뉘 학을 풀는지 報客孤舟誰放鶴
보 객 고 주 수 방 학

빈 골짝 사람 찾으니 꾀꼬리 소리만 들려 求人空谷但聽鸝
구 인 공 곡 단 청 리

바다의 뗏목 탄 늙은이 쫓아가기 어렵나니 難從海上乘桴叟
난 종 해 상 승 부 수

산속 약초 캐러 간 스승 만나지 못하였네 不見山中來藥師
불 견 산 중 래 약 사

송오가 바다를 건너 영남에 갔다는 말을 들었다. 나는 습질이 있는데,
송오가 좋은 약을 간직한 것을 알고 그것을 구하려 했으나 뜻을 이루지
못하였다.〔聞松塢越海往嶺南 余有濕疾 知松塢藏良藥 擬求之 未遂〕

문 지나자 서운한 마음 까맣게 잊었으니 經戶頓忘惆悵意
경 호 돈 망 추 창 의

평원의 훌륭한 아우는 태구 아이니라 平原佳弟太邱兒
평 원 가 제 태 구 아

◆ 이 작품은 송정松亭에 사는 송오 김필근金弼根을 만나러 갔으나 만나
지 못해 그 느낌을 적었다. 김필근은 학행과 문장이 뛰어난 사람으로
정만조와 시계詩契를 맺었다. 경련 다음에 적은 소서의 내용에 따르면,
김필근은 정만조가 찾아가기 이전에 바다를 건너 영남에 갔다. 수련

내용을 따르면, 김필근은 평소 마치 은둔자처럼 살아 밖을 잘 나가지
않는다. 때문에 정만조는 찾아가면 바로 만날 수 있겠지 하고 아무런
약속을 정하지 않았다. 그런데 예외의 일이 발생한 것이다. 김필근이
영남에 가 만나지 못하였다. 여기서 작자는 당대唐代의 시인 가도賈島의
「심은자불우尋隱者不遇」 시를 연상하여 비슷한 시 구절을 만들기도 하였
다. 김필근을 만나지 못한 것을 운치 있게 표현하였다.

▸ 송정松亭 : 진도군 임회면에 소재한 마을 이름.
▸ 김송오金松塢 : '송오'는 김필근金弼根의 호이고, 본관은 김해金海이다. 군
  수를 지낸 김남서의 5대손으로 학행과 문장이 뛰어났다. 진도 훈도와
  남원 부훈도를 역임하였다. 훗날 남원의 봉산사鳳山祠에 배향되었다.
  정만조와 함께 시계詩契를 맺었다.
▸ 유인幽人 : 은둔자. 여기서는 김송오를 말한다.
▸ 보객고주수방학報客孤舟誰放鶴 : "외론 배 손님 옴을 알리려 뉘 학을 풀
  는지"로 풀이하였다. 이 부분은 북송 시대의 은자 임포林逋의 이야기
  와 관련 있다. 임포는 서호 고산孤山에 은거하였는데 처자도 없이 살
  면서 매화梅花와 학鶴을 대단히 애호하여 당시 사람들이 그를 '매처학
  자梅妻鶴子'라 일컬었다. 임포는 항상 학 두 마리를 길렀는데 임포가 배
  를 타고 서호에서 노닐 때, 찾아온 손님이 있으면 학이 날아오르니 이
  를 보고 다시 배를 저어 돌아왔다고 한다. 『宋史 卷457 隱逸列傳 林逋』 즉,
  김송오의 집에 아무도 없다는 것을 표현한 구절이다.
▸ 해상승부수海上乘桴叟 : "바다의 뗏목 탄 늙은이"로 풀이하였다. 김송오
  가 바다 건너 영남에 간 것을 말한다.
▸ 불견산중래약사不見山中來藥師 : "산속 약초 캐러 간 스승 만나지 못하였

네"로 풀이하였다. 이 부분은 당대唐代의 시인 가도賈島의 「심은자불우
尋隱者不遇」 시의 내용을 모방하였다. 「심은자불우」 시에 "소나무 아래
서 동자에게 물으니, 스승이 약초 캐러 가셨다 하네. 다만 이 산 안에
있으련만, 구름이 깊어 간 곳을 알 수 없구나.〔松下問童子 言師採藥去 只在
此山中 雲深不知處〕"라고 하였다.

▶ 평원가제태구아平原佳弟太邱兒 : "평원의 훌륭한 아우는 태구 아이니라"
로 풀이하였다. 이 부분을 통해 추측해 볼 수 있는 것은 김송오가 정
만조보다 나이가 어리며, 당시 송정의 장長이라는 점이다. '태구'는 후
한後漢 영제靈帝 때 사람 진식陳寔이 장이 되어 다스리던 곳을 말한다.
진식은 벗을 지나치게 사귀었는데, 『후한서後漢書』 「허소전許劭傳」에 허
소가 항상 영천潁川 지방에 가서 여러 장자長子들과 놀되 오직 진식을
만나지 않으므로 어떤 사람이 그 이유를 물으니, "태구는 도가 넓으니
〔道廣〕 넓으면 두루 하기 어렵다." 했다 한다.

106. 강재·경파 등 여러 사람들과 함께 남산에 올라 봄을 보내며 與康齋景坡諸人 登南山餞春

이곳은 하늘땅이 다한 변방인지라	此是天窮地盡邊 차 시 천 궁 지 진 변
봄철 가는 길이 또한 전례가 없다	東君去路更無前 동 군 거 로 갱 무 전
결국 나 따라 왔던 곳으로 간다면	止竟從吾來處去 지 경 종 오 래 처 거
한 편지 고향에 전해줄 수 있는지	一書能否故鄉傳 일 서 능 부 고 향 전

하늘이 남은 수 손에 끼워 한 달 남으니	天敎奇扐衍三旬 천 교 기 륵 연 삼 순
특별히 금년에는 넉넉히 봄을 본다	分外今年飽見春 분 외 금 년 포 견 춘
다만 정을 쏟은 날이 오래 되어	只是鍾情爲日久 지 시 종 정 위 일 구
되레 지금 이별은 배나 마음 상한다	徒今離別倍傷神 도 금 이 별 배 상 신

나 본래 가을 슬퍼하나 봄 더욱 슬프니	僕本悲秋春更悲 복 본 비 추 춘 갱 비
등산임수하여 돌아가려는 사람 원망한다	登山臨水怨將歸 등 산 임 수 원 장 귀
떨어진 꽃은 나와 견주면 되레 더 꿋꿋해	落花比我還多健 낙 화 비 아 환 다 건
위아래 동서쪽 마음대로 날아다닌다	上下東西恣意飛 상 하 동 서 자 의 비

◆ 이 작품은 박진원朴晉遠·소승규蘇升圭 등과 함께 남산에 올라 봄을 보내며 소회를 적은 것이다. 총3수로 이루어져 있다.

제1수에서 작자는 자신이 있는 곳이 변방인지라 봄 가는 길이 다른 데와 다르다는 것을 말하였다. 이어 제2수에서 마침 윤달이어서 봄이 한 달 더 늘어났으나 그래도 보내려고 하니 마음이 상한다고 하였고, 제3수에서 가을보다 봄을 보낼 때에 느낌이 더 일어난다고 하면서 여기저기 떨어지는 꽃을 말하였다. 봄을 보내는 아쉬운 마음을 느낄 수 있는 작품이다.

▶ 강재康齋 : 박진원朴晉遠의 호이다. 정만조와 시계詩契를 맺었다.

▶ 경파景坡 : 소승규蘇升圭의 호이다. 정만조와 시계를 맺었다.

▶ 동군東君 : 봄을 주관하는 신神라는 뜻의 시적인 표현이다. 봄은 동방東方과 청색靑色으로 대표되기 때문에 동제東帝, 동황東皇, 청황靑皇, 청제靑帝 등으로 불렸다.

▶ 천교기륵연삼순天敎奇扐衍三旬 : "하늘이 남은 수 손에 끼워 한 달 남으니"로 풀이하였다. 윤달이라는 뜻이다. '기륵'과 관련한 내용은 『주역』 「계사전 상繫辭傳上」에 나온다. 여기의 내용에 "대연의 수가 오십이요 사용하는 것은 사십구이다. 이를 나누어 둘로 만들어서 천지를 본뜨고, 하나를 손가락 사이에 걸어서[掛一] 삼재三才를 본뜨고, 이것을 넷으로 셈하여 사시四時를 본뜨고, 남은 수를 손가락 사이에 끼워서[歸奇於扐] 윤달을 본뜬다.[大衍之數五十 其用四十有九 分而爲二 以象兩 掛一 以象三 揲之以四 以象四時 歸奇於扐 以象閏]"라고 하였다. '삼순'은 한 달을 말한다.

▶ 등산임수원장귀登山臨水怨將歸 : "등산임수하여 돌아가려는 사람 원망한다"로 풀이하였다. 이 내용은 초나라 송옥宋玉이 지은 『초사楚辭』 권6 「구변九辯」과 관련된다. 송옥은 구변을 통해 서글픈 가을의 정경을 읊었

는데, "슬프다, 가을 기운이여. 소슬바람에 낙엽이 져 초목의 모습 일
변하니, 멀리 떠난 나그네 산에 오르고 물가에 임해 고향 사람 전송하
듯 서글퍼지네.〔悲哉 秋之爲氣也 蕭瑟兮 草木搖落而變衰 憭慄兮 若在遠行 登山臨水
兮 途將歸〕"라고 하였다. 『文選 卷33』 즉, 정만조는 이 구절을 통해 자신은
봄도 슬픈데, 가을을 슬프게 읊은 송옥을 원망한다고 하였다.

107. 강재·소산·석정·완재가 함께 모였는데, 그때 마침 술을 권하는 해남의 늙은 기생이 있어서
康齋蘇山石亭阮齋共集　適有海南老妓勸酒

해질녘 강촌은 다 그림 누각 같은데	向晚江村摠畫樓 향 만 강 촌 총 화 루
연못 가득한 버들은 푸른 안개 거둔다	滿汀楊柳綠烟收 만 정 양 류 록 연 수
세월 보내면서 지은 시가 삼천 수요	消磨日月三千首 소 마 일 월 삼 천 수
풍정에서 벗어난 지 사십 년이란다	脫略風情四十秋 탈 략 풍 정 사 십 추
늙은 기생과 떨어진 꽃은 한이 같고	老妓落花同所恨 노 기 낙 화 동 소 한
남은 술과 먹은 쉬이 근심스러워진다	殘杯賸墨易爲愁 잔 배 승 묵 이 위 수
돌아갈 길 까맣게 잊고 마음이 슬픈데	頓忘歸路成怊悵 돈 망 귀 로 성 초 창
한 번 취해 혼미하니 만사가 그만일세	一醉昏昏萬事休 일 취 혼 혼 만 사 휴

◆ 이 작품은 정만조 등 총 다섯 사람이 모였는데, 해남의 늙은 기생이 술을 권하여 느낌을 적은 것이다. 시제에 언급한 강재는 박진원朴晉遠, 소산은 이승희李承曦, 완재는 박봉우朴鳳瑀의 각각의 호이며, 석정은 누구를 말하는지 알 수 없다.

이 작품은 해가 질 무렵에 지었으니, 수련에서 이러한 사실을 말하였다. 시제에서 말한 바와 같이 해남의 늙은 기녀가 술을 권하여 작자는

받아 마셨고, 마침내 혼미할 정도로 취하였다. 마지막 미련에서 이러
한 모습을 나타내었다.

108. 객과 풍토를 이야기하다가 이어 소창의 시에서 운을 뽑다 與客說風土 仍拈小倉韻

어이해 푸른 바다에 깊은 정 붙였을까	滄海何由寄遠情 창 해 하 유 기 원 정
청산만 절로 스스로 알아 맞이하는구나	靑山獨自解相迎 청 산 독 자 해 상 영
땅이 척박해 봄 되면 먹을 양식 없고	稻粱地瘠春無食 도 량 지 척 춘 무 식
마을 깊어 낮에도 호랑이 소리 들린다	虎豹村深晝有聲 호 표 촌 심 주 유 성
금갑도의 풍토는 외지고 황량했으며	風土偏荒金甲島 풍 토 편 황 금 갑 도
수군영의 관방은 옛날에 굳세었다지	關防昔壯水軍營 관 방 석 장 수 군 영
나라 중심 아니라 심회 풀 근심 않는데	不愁意緖非中國 불 수 의 서 비 중 국
외람되이 고을 사람들 내 이름 사랑해주네	謬被鄕人愛姓名 류 피 향 인 애 성 명

◆ 이 작품은 어떤 사람과 진도 풍토를 이야기하다가 소창의 시 운을 이어 지은 것이다. 이 시를 통해 정만조가 진도를 어떤 시각으로 바라보았는지 알 수 있다. 함련에서 진도 풍토를 말하기를 "땅이 척박해 봄 되면 먹을 양식 없고, 마을 깊어 낮에도 호랑이 소리 들린다"라고 하였다. 곧, 진도는 땅이 척박하여 많은 곡식을 생산할 수 없어서 봄이 되면 양식이 바닥나는가 하면, 마을은 깊은 곳에 있어 낮에도 호랑이 소리가 들리는 곳이다. 또한 경련에서 '금갑도'와 '수군영'의 특성

> 을 말하였고, 마지막 미련에서 인심이 후하다는 것을 간접적으로 말
> 하였다.

▸ 금갑도金甲島 : 전라남도 진도군 의신면 접도리에 딸린 섬이다.
▸ 관방關防 : 변방의 방비를 위하여 설치하는 요새를 말한다.
▸ 수군영水軍營 : 전라남도 진도군 의신면 금갑도 일원에 조선 전기에 설
  치하였던 금갑 수군만호진을 말한다.

109. 4월 8일에 시를 읊어 강재에게 보이다
四月八日 吟示康齋

해산에서 하필이면 거문고 어루만지며	海山何必撫孤桐 해 산 하 필 무 고 동
홀로 난간에서 늦은 바람에 노래 부른다	獨倚欄干嘯晚風 독 의 난 간 소 만 풍
가없는 녹음방초에 먼 데서 손님이 오고	芳草無邊仍遠客 방 초 무 변 잉 원 객
청 매실이 점점 익어가니 영웅이 적어라	靑梅漸熟少英雄 청 매 점 숙 소 영 웅
술은 달빛처럼 항상 가득차길 요구하고	酒如月魄常要滿 주 여 월 백 상 요 만
꽃은 불교 인연처럼 마침내 비게 된다	花似禪因竟是空 화 사 선 인 경 시 공
봄 다 가도 좋은 계절 없음 근심 않나니	春盡不愁無勝節 춘 진 불 수 무 승 절
집집마다 영산홍 피어 성이 온통 다 붉다	家家火樹滿城紅 가 가 화 수 만 성 홍

◆ 이 작품은 작자의 나이 41세 4월 8일에 지어 강재 박진원에게 보인 시이다. 4월 8일은 석가 탄신일이기도 하다. 그런 이유 때문인지 경련 2구에서 "꽃은 불교 인연처럼 마침내 비게 된다"라고 하여 잠깐 불교를 언급하였다.

4월 8일에 작자는 홀로 난간에 있었다. 이때 찾아온 사람이 박진원이다. 박진원은 누구인가? 작자 정만조와 시계詩契를 맺은 대표 인물이다. 경련 1구를 통해 정만조와 박진원은 술을 함께 마셨다는 것을 알

> 수 있다. 또한 이 두 사람 주변에는 영산홍이 붉게 피어 봄이 무르익
> 었다는 것을 알려주었다.

▶ 고동孤桐 : 우뚝한 오동나무. 오동나무는 거문고를 만드는 재료로 쓰인다.

▶ 청매점숙소영웅靑梅漸熟少英雄 : "청 매실이 점점 익어가니 영웅이 적어
  라"로 풀이하였다. 이 구절은 '청매자주논영웅靑梅煮酒論英雄', 즉 "매실
  안주에 술 데우며 영웅을 논하다"라는 말과 관련 있다. 이 내용은 『삼
  국지』에 나온다. 조조曹操의 감시 아래에 놓인 유비劉備는 자신의 야심
  을 숨기기 위해 일부러 나가지도 않고 정원을 가꾸며 지낸다. 관우關
  羽와 장비張飛가 국가 대사에 마음 쓰지 않는다며 원망하였지만 유비
  는 아무런 해명도 하지 않았다. 하루는 조조가 유비를 청하여 매실을
  안주 삼아 술을 데우며 영웅을 논하였다. 흐린 하늘에서 용이 오르는
  것을 본 조조가 "용은 커질 수도 있고 작아질 수도 있으며, 오를 수도
  있고 숨을 수도 있소. 봄이 깊어진 지금 용이 때를 타고 변화하고 있
  는데, 이는 마치 사람이 뜻을 얻어 사해四海를 종횡하는 것과 같소. 용
  이란 물건은 세상의 영웅에 비할 수 있소."라고 하였다. 그리고 나서
  손가락으로 자신과 유비를 가리키며 말하기를 "지금 천하에 영웅이
  있다면 오로지 공과 나 두 사람 뿐이요."라고 한다. 유비는 깜짝 놀라
  젓가락을 떨어뜨렸다. 마침 하늘에서 천둥이 치자 유비는 일부러 놀
  란 척하였다. 조조가 크게 웃으며, "대장부가 천둥을 무서워하오?"라
  고 말했다. 조조는 유비가 겁쟁이로 천하를 쟁패爭覇하려는 웅지雄志가
  없다고 여기고 더 이상 경계하지 않았다.

▶ 월백月魄 : 하늘에 떠 있는 달을 말한다.

▶ 화수火樹 : 영산홍의 꽃이 불같이 붉은 것을 비유한 것이다. 당나라 백
  거이白居易의 「산개기山槪杞」 시에 "타는 나무에 바람 부니 붉은 불꽃 번

득이고, 옥 가지에 해가 뜨니 붉은 비단 쏟아지네.〔火樹風來飜絳焰　瓊枝日出晒紅紗〕"라고 하였다.

110. 강재·완재와 함께 또 소창의 시 운을 집다
與康齋阮齋 又拈小倉韻

내부의 청현 관직인 비서승을 지냈나니	內府氷銜秘署丞 내 부 빙 함 비 서 승
십년의 덧없는 영화는 바람 앞 등불이라	浮榮十載一風燈 부 영 십 재 일 풍 등
만년 경세제민의 꽃은 세 번 멀어졌는데	晩來經濟花三遙 만 래 경 제 화 삼 요
의례히 일생동안 썼던 먹은 몇 되이던가	日例生涯墨數升 일 예 생 애 묵 수 승
센 귀밑 머리칼의 살랑거리는 소리 들리고	雪鬢如聞聲颯颯 설 빈 여 문 성 삽 삽
서리 말발굽의 늠름한 기세 이미 벗어났다	霜蹄已脫氣稜稜 상 제 이 탈 기 릉 릉
그대들과 만취해 어지러이 소리 높여 읊어	與君轟醉紛高咏 여 군 굉 취 분 고 영
갈등으로 얽힌 천만의 수심들 쓸어버린다	萬慮千愁掃葛藤 만 려 천 수 소 갈 등

◆ 이 작품은 강재 박진원·완삼 박봉우 등과 함께 있다 소창의 시 운을 따라 지은 시이다. 작자를 비롯해 세 사람은 모여 술을 마셨는데, 미련의 내용을 통해 모두 만취했음을 알 수 있다. 수련부터 경련까지 주로 작자 자신의 지난 과거와 현재의 모습을 간추려 말하였다. 과거 어떤 벼슬에 있었는지, 얼마나 많은 글을 지었는지, 그리고 현재의 변한 외모와 기세 등을 주로 말하였다.

▸ 빙함氷銜 : 청현淸顯한 관직을 말한다.

▸ 상제霜蹄 :『장자莊子』「마제馬蹄」에 "말은 발굽으로는 서리와 눈을 밟을
수 있고, 터럭으로는 바람과 추위를 막을 수 있다.〔馬蹄可以踐霜雪 毛可以
禦風寒〕"라고 한 데서 온 말로, 전하여 준마의 발굽, 또는 준마를 가리
킨다.

▸ 굉취轟醉 : 술에 몹시 취하다.

111. 각헌이 해 뜨자 찾아와 당시의 운을 집다
覺軒乘日來訪 拈唐韻

횟대 걸친 성근 울 가에 작은 연못 있어	一桁疎籬半畝塘 일 항 소 리 반 무 당
솔과 대나무 귤나무 등 많은 나무 섞였다	松篁橘柚襍千章 송 황 귤 유 잡 천 장
산에 명월 떠오르면 부엌에서 단약 굽고	出山明月燒丹竈 출 산 명 월 소 단 조
길가에 꽃 많아 마을에서 비단 부순듯해	滿逕飛花碎錦坊 만 경 비 화 쇄 금 방
나는 번개 같은 빠른 세월을 포기하였고	抛我光陰如掣電 포 아 광 음 여 체 전
그댄 서리 맞은 듯이 열흘간 가로 막혔지	阻君旬日似經霜 조 군 순 일 사 경 상
이제부터 이 고을에 향약을 더 보태어	玆州從此添鄕約 자 주 종 차 첨 향 약
명원에 이른 객에게 으레 술잔 채우리라	客至名園例實觴 객 지 명 원 례 치 상

◆ 이 작품은 각헌 허변이 찾아와 당나라 시의 운을 따라 지었다. 경련 2구에서 "그댄 서리 맞은 듯이 열흘간 가로 막혔지"라고 했으니, 작자와 허변이 10일 만에 만났음을 알 수 있다.

수련과 함련에서 거주지 주변의 경관을 스케치하듯 묘사하였다. 거주지 주변에 작은 연못이 있는데, 거기에는 여러 나무들이 심어져 있다. 특히, 함련 1구에서 "산에 명월 떠오르면 부엌에서 단약 굽고"라고 하여 신선의 이미지를 부각시켰다.

▸ 반무당半畝塘 : 작은 연못.

▸ 천장千章 : 많은 수목.

▸ 체전掣電 : 번개처럼 빠르다.

112. 만취가 군수의 초대를 받아 관서에 머무르며 시를 읊어 부쳐주어 급히 화답하다
晚翠爲郡倅所邀 留官署 寄示吟韻 走和

저현 사람들 태수정을 따르는데
滁縣人從太守亭
저 현 인 종 태 수 정

강가로 쫓겨난 술 취한 신하 뉘 위로하리
湘潭誰慰逐臣醒
상 담 수 위 축 신 성

아교를 옻칠에 던지듯이 반평생 사귀었고
半生交要膠投漆
반 생 교 요 교 투 칠

버들개지 떠돈 듯이 오랜 세월 떠돌았소
百劫浮蹤絮化萍
백 겁 부 종 서 화 평

회포 지닌 봄 나무 강가에서 푸르고
江上有懷春樹綠
강 상 유 회 춘 수 록

잠들지 못한 새벽 등은 빗속에서 푸르오
雨中無睡曉燈靑
우 중 무 수 효 등 청

그대가 사립문 찾아옴이 오래 되었나니
自君久絕柴門枉
자 군 구 절 시 문 왕

나도 뜰에 내려가기 싫어 깊게 문 닫았소
我亦深局懶下庭
아 역 심 경 나 하 정

◆ 이 작품은 만취晚翠 박명항朴命恒이 진도 군수의 초대를 받아 관서에 머무르며 시를 읊어 부쳐주어 화답한 시이다.
수련에서 진도 군수와 작자 자신의 처지가 서로 다르다는 것을 비유적으로 나타내었다. 함련 1구에서 박명항과 군수가 친하다는 것을 말한 반면, 2구에서 작자는 한 곳에 정착하지 못하고 떠돌아다니고 있다는 것을 언급하였다. 이어 경련에서 주변 상황을 말하였고, 미련에서 박명항과 만난 지 오래되었다는 것을 나타내었다.

▸ 군쉬郡倅 : 진도 군수를 말한다.

▸ 저현인종태수정滁縣人從太守亭 : "저현 사람들 태수정을 따르는데"로 풀이하였다. '저현'과 '태수정'은 북송北宋 시대 명상名相 구양수歐陽脩와 관련된다. 구양수가 일찍이 저주 자사滁州刺史로 나가 있을 때, 그곳의 빼어난 산수의 경치를 몹시 좋아한 나머지, 앞서 산승山僧 지선智仙이 지어 놓은 정자를 스스로 취옹정醉翁亭이라 이름하고 날마다 빈객들을 초치하여 술을 마시고 노닐며 유유자적한 생활을 하였다. 구양수는 이 밖에도 저주에다 또 풍락정豐樂亭을 지어서 그곳 백성들과 노닐며 즐기곤 하였다. 따라서 '저현'은 '저주'를, '태수정'은 구양수가 지은 '취옹정'과 '풍락정'을 가리킨다. 또한 한편으로 '저현'은 진도를 말한다고도 할 수 있다. 이 구절은 진도 사람들이 진도 군수를 따르는 것을 구양수와 관련시켜 말하였다.

▸ 상담수위축신성湘潭誰慰逐臣醒 : "강가로 쫓겨난 술 취한 신하 뉘 위로하리"로 풀이하였다. '강가로 쫓겨난 술 취한 신하'는 정만조 자신을 가리킨다. 초나라 굴원屈原이 지은 「어부사漁父辭」에 "굴원이 조정에서 쫓겨난 뒤에 상수湘水의 강담江潭을 서성이고 택반澤畔에서 읊조렸다."라는 대목이 있다.

▸ 반생교요교투칠半生交要膠投漆 : "아교를 옻칠에 던지듯이 반평생 사귀었고"로 풀이하였다. 아교와 옻칠은 둘 다 접착시키는 것으로 교제의 친밀함을 뜻한다. 「고시십구수古詩十九首」 중 '객종원방래客從遠方來'에 "아교를 칠 속에 넣으면 누가 이를 분리할 수 있을까.[以膠投漆中 誰能別離此]"라는 구절에서 유래하였다. 만취 박명항과 군수가 반평생 동안 서로 친하게 지냈음을 말한 것이다.

▸ 백겁부종서화평百劫浮蹤絮化萍 : "버들개지 떠돈 듯이 오랜 세월 떠돌았소"로 풀이하였다. 작자 자신이 떠돌이 신세라는 것을 표현한 것이다.

▸ 시문柴門 : 사립문.

113. 강재·완재와 함께 송설의 시운을 집다
康齋阮齋共拈松雪韻

쌓인 강은 내게만 거룻배 용납 안하니	重江我獨不容刀 중 강 아 독 불 용 도
쫓겨나 되레 감옥에 갇힌 것과도 같다	放逐還同鎖狂牢 방 축 환 동 쇄 안 뢰
해 지자 깊은 시름 북쪽 물가에서 오고	落日遠愁來北渚 낙 일 원 수 래 북 저
바람 불자 긴 휘파람은 동쪽 언덕에 있다	長風高嘯在東皐 장 풍 고 소 재 동 고
세 웃음 이룬 그림 속을 함께 사랑하나니	共憐畵裏成三笑 공 련 화 리 성 삼 소
두 호걸은 술잔 앞에서 가눈 눈 뜨지 마라	莫向尊前眇二豪 막 향 준 전 묘 이 호
종일토록 끊어짐 없이 한가로이 읊나니	盡日閒吟無斷絶 진 일 한 음 무 단 절
꾀꼬리의 성질 또한 우리들과 같아라	黃鶯性愨亦吾曹 황 앵 성 벽 역 오 조

◆ 이 작품은 강재 박진원·완재 박봉우 등과 함께 송설도인松雪道人 조맹부趙孟頫가 지은 시 운을 따랐다. 한편, 이 시를 읽어 보면, 조맹부가 남긴 「중강첩장도重江疊障圖」를 감상했다는 것을 알 수 있다. 특히, 수련과 함련에서 그림과 관련해 적었다. 실제 조맹부가 그린 「중강첩장도」를 보면, 강을 중심에 두고 산이 그 강을 에워쌌다. 수련 1구에서 "쌓인 강은 내게만 거룻배 용납 안하니"라고 했는데, 이는 실제 그림을 본 뒤 현실과 결부시킨 것이다. 함련도 마찬가지이다. '북쪽 물가'

와 '동쪽 언덕'은 그림 속의 물가와 언덕을 말한다. 정만조와 박진원·박봉우 세 사람은 술을 마시며 그림을 감상하고 있는데, 작자는 두 사람에게 잠들지 마라 당부하였다. 세 사람이 있는 그곳에 꾀꼬리 소리가 끊임없이 들렸다.

▶ 강재완재공념송설운康齋阮齋共拈松雪韻 : '송설'은 원나라의 화가이자 서예가인 조맹부趙孟頫의 호이다. 즉, 강재 박진원·완재 박봉우와 함께 조맹부가 지은 시 운을 따라 작품을 지었다는 뜻이다. 한편, 이 시를 통해 정만조를 비롯한 세 사람은 조맹부가 그린 「중강첩장도重江疊障圖」를 감상했다는 것을 알 수 있다.

▶ 중강重江 : 조맹부의 그림 「중강첩장도」에 나오는 겹겹이 쌓인 강을 말한다.

▶ 불용도不容刀 : 거룻배도 용납 못하다. '도'는 거룻배를 뜻한다. 『시경』 「하광河廣」에 "누가 하수가 넓다 말하는고, 한 갈대로 건널 수 있도다. 누가 송이 멀다 말하는고, 발돋움하면 내 바라보겠도다. 누가 하수가 넓다 말하는고, 거룻배도 용납하지 못하는도다. 누가 송이 멀다 말하는고, 하루아침 거리도 다 못 되도다.[誰謂河廣 一葦杭之 誰謂宋遠 跂子望之 誰謂河廣 曾不容刀 誰謂宋遠 曾不崇朝]"라는 말이 있다.

▶ 공련화리성삼소共憐畫裏成三笑 : "세 웃음 이룬 그림 속을 함께 사랑하나니"로 풀이하였다. 정만조와 박진원·박봉우가 그림을 감상하는 모습을 묘사하였다.

▶ 막향존전묘이호莫向尊前眇二豪 : "두 호걸은 술잔 앞에서 가는 눈 뜨지 마라"로 풀이하였다. 술에 취하지 말라는 뜻이다. '두 호걸'은 박진원과 박봉우를 가리킨다.

▶ 황앵黃鶯 : 꾀꼬리.

▶ 벽嬖 : 원래 '초췌하다'는 뜻이나 여기서는 '벽癖', 즉 '버릇'의 의미로
    풀이하였다.

114. 낮잠을 자다 겨우 일어나 가는 비가 올 때에 지었는데, 아이한테 시의 운을 부르라 명령하여 즉흥적으로 경치를 기록하다 午睡纔起 小雨時作 命小童呼韻 述卽景

높은 처마 들썩일 듯이 매미 요란히 울어	亂蟬鳴樹殷高檐 란 선 명 수 은 고 첨
자다 일어나 무심히 붓끝을 시험해본다	睡起無心試筆尖 수 기 무 심 시 필 첨
제비집 흙으로 수리해 벽지 더러워졌고	燕壘補泥污紙壁 연 루 보 니 오 지 벽
거미줄은 비에 젖어 주렴으로 변하였다	蛛絲籠雨化珠簾 주 사 롱 우 화 주 렴
술에 깨어 찌는 더위 물러감 잠깐 기뻤고	酒醒乍喜炎蒸退 주 성 사 희 염 증 퇴
인적 없어 낮인데 번득 동지인가 의심했다	人靜翻疑晝刻添 인 정 번 의 주 각 첨
이웃에서 준 지팡이 보내 조금 막지 마라	莫遣隣笻貽小阻 막 견 린 공 이 소 조
밭가는 사람들 옷이 젖을까 근심 않는다	耘田千耦不愁霑 운 전 천 우 불 수 점

◆ 이 작품은 술을 마시고 낮잠을 자다가 일어났는데, 가는 비가 내렸고, 이때의 감회를 적기 위해 어린 아이한테 시 운을 부르라 하여 그 자리에서 즉흥적으로 지은 것이다. 수련 1구에서 "높은 처마 들썩일 듯이 매미 요란히 울어"라고 했으니, 계절은 이제 바야흐로 여름이다. 그리고 비록 가는 비지만 더위를 식혀주기 때문에 반가울 수밖에 없다. 술을 마시고 잠에 들었는데, 더위를 식혀주는 비가 내리니 기뻤고,

낮인데 길가에 사람들이 없어 혹시 겨울철 동지冬至인가 의심하기도
하였다. 더위를 식혀주는 반가운 비를 밭갈이 하는 사람들이 혹시 옷
이 젖을까 근심하지 않는다고도 하였다.

▶ 인정번의주각첨人靜翻疑晝刻添 : "인적 없어 낮인데 번득 동지인가 의심
했다"로 풀이하였다. 여름철 한낮에 사람들이 보이지 않아 동지冬至로
잠깐 착각한 것이다. '첨'은 '첨선添線'을 말하며, 동지를 뜻한다. 중국
진晉·위魏 때에 궁중에서 해 그림자를 재면서 동지가 지난 뒤에는 매
일 붉은 실을 조금씩 늘려 갔던 데에서 유래하였다. 『事文類聚』

▶ 막견린공이소조莫遣隣筇貽小阻 : "이웃에서 준 지팡이 보내 조금도 막지
마라"로 풀이하였다. 좋은 비가 오는 것을 막지 마라는 뜻이다.

▶ 운전천우耘田千耦 : "밭갈이 하는 사람들"로 풀이하였다. 『시경』「재삼載
芟」에 "풀을 베어 내고 나무를 베어 내니 푸실푸실 흙을 잘 갈았구나.
일천 짝이 김을 매니 논밭에도 다니고 두둑에도 다니도다.[載芟載柞 其耕
澤澤 千耦其耘 徂隰徂畛]"라는 내용이 있다. '천우'는 많은 사람들을 뜻한다.

115. 칠석에 생각나 '와간견우직녀성' 운을 나누었는데, '견' 자를 얻다 七夕有所思 分臥看牽牛織女星 得牽字

이 생애에 얽힌 데서 벗어날 길 없는데	此生無計脫纏綿 차 생 무 계 탈 전 면
오랜만에 만나자 마자 곧바로 이별이네	終古逢場卽別筵 종 고 봉 장 즉 별 연
조화옹은 응당 재밌는 연극이 됨을 알고	造化知應爲戲劇 조 화 지 응 위 희 극
선가에선 부질없이 인연이라 말하더라	禪家空自說因緣 선 가 공 자 설 인 연
오늘 저녁에만 견우직녀는 사랑 나누고	殷勤牛女惟今夕 은 근 우 녀 유 금 석
새벽 지기는 새벽이 쉬 됨을 슬퍼한다	怊悵鷄人易曉天 초 창 계 인 이 효 천
신선이나 세속 사는 사람들 한결 같나니	一例神仙與塵土 일 례 신 선 여 진 토
정 들면 그 누가 서로 맞당기지 않을까	有情誰得不相牽 유 정 수 득 불 상 견

◆ 이 작품은 정만조의 나이 41세 칠월 칠석에 지었다. 이 작품은 『무정존고』 권3에도 수록되어 있는데, 여기의 시제는 『은파유필』과 달리 「칠석여제우분운득견자七夕與諸友分韻得牽字」이다. 따라서 이 작품은 정만조가 홀로 있을 때 지은 것이 아니라 '제우諸友', 즉 여러 사람들과 함께 있을 때 지었다는 것을 알 수 있다. 시제를 좀 더 구체적으로 살피겠다. 작자는 41세 칠월칠석날 여러 사람들과 함께 있다가 오늘이 견우와 직녀가 1년 만에 만나는 날이라는 것이 생각났다. 그리고 떠올린

시가 두목이 지은 「칠석七夕」이었다. 두목의 이 시는 「추석秋夕」이라고
도 한다. 「칠석」의 마지막 시 구절이 '와간견우직녀성臥看牽牛織女星'인
데, 여러 사람들이 한 글자씩 가져다 운으로 정하였다.
시 전체 내용은 칠월칠석을 벗어나지 않았다. 수련부터 견우직녀가 만
났다 곧바로 헤어진다는 내용을 담았으며, 특히 경련 2구에서 새벽 지
기는 새벽이 쉽게 되는 것을 슬퍼한다고 하여 안타까운 마음을 간접적
으로 전달하였다. 그런데 정작 작자가 시를 통해 하고 싶은 말은 미련
에 나와 있다. 작자는 보통 사람들도 견우와 직녀처럼 정이 들면 서로
맞당긴다는 말을 하려 하였다.

▶ 와간견우직녀성臥看牽牛織女星 : "앉아서 견우 직녀성을 바라본다"로 풀
   이할 수 있다. 이는 당나라 때의 시인 두목杜牧이 지은 「추석秋夕」의 마
   지막 구절에 나온다. '좌간견우직녀성坐看牽牛織女星'이라 한 책도 있고,
   제목을 「칠석七夕」이라 한 곳도 있다.
▶ 전면纏綿 : 실 따위가 단단히 얽혀 풀리지 않다.
▶ 조화造化 : 조화옹造化翁을 말한다.
▶ 선가禪家 : 불교.
▶ 계인鷄人 : 주周나라 때 벼슬 이름으로 소위 새벽지기를 말한다. 계생鷄
   牲 등을 담당하고 큰 제사가 있을 때에는 밤에 닭 울음을 해서 모든
   벼슬아치들을 일어나게 하였다. 『周禮 春官 鷄人』
▶ 진토塵土 : 원래 티끌과 흙을 이르나 여기서는 세속인의 뜻으로 사용
   하였다.

116. 7월 25일에 읍인들이 여럿이 모여 마음으로 축하하여
七月二十五日 會諸邑人 以志慶祝

해마다 이날은 강가에 있으면서
年年此日在江潭
연 년 차 일 재 강 담

하늘땅 은혜 깊어 즐겨 함양하네
天地恩深樂育涵
천 지 은 심 락 육 함

성상 은택 길이 물고기 헤엄 따라
聖澤長隨魚鼈泳
성 택 장 수 어 별 영

봉황 머금은 사면장 감히 기다리니
赦書敢俟鳳凰含
사 서 감 사 봉 황 함

뭇 관료들 한 외로운 신하를 막고
千官獨阻孤臣一
천 관 독 조 고 신 일

궁궐에선 멀리 만세 삼창 외치겠지
雙闕遙呼萬歲三
쌍 관 요 호 만 세 삼

축하 의례 거듭 번역해 꼭 이르리니
須看賀儀重譯至
수 간 하 의 중 역 지

어찌 팔방에 이르러 다스려질 뿐일까
豈惟治化八埏覃
기 유 치 화 팔 연 담

◆ 이 작품은 작자의 나이 41세 7월 25일에 지었다. 자세한 설명이 없어 이날 무슨 일이 있었는지 알 수 없다. 그런데 시 내용을 보면, 작자에게 사면장赦免狀이 온다는 소식이 전해진 듯하다. 그래서 읍인들이 여러 명이 모여 축하하였다. 작자는 그 축하를 받고 느낌을 적었다. 특히, 함련에서 사면장이 오기를 고대하는 마음을 담았고, 경련에서 만일 사면장이 내린다면 궁궐에서 어떤 반응을 보일까를 상상하여 적었다. 한편, 이 작품은 『무정존고』 권3에 같은 제목으로 수록되어 있다.

▸ 어별魚鼈 : 물고기와 자라.

▸ 사서赦書 : 사면장.

▸ 쌍관요호만세삼雙關遙呼萬歲三 : "궁궐에선 멀리 만세 삼창 외치겠지"로 풀이하였다. '쌍궐'은 궁전 앞 양쪽에 높이 세운 누관樓觀으로 궁궐을 뜻한다.

▸ 중역重譯 : 먼 지방에서 여러 나라를 거쳐 오기 때문에 통역通譯을 여러 번 거친다는 말이다.

▸ 연담埏覃 : 국토의 팔방 끝.

117. 추석에 느낌을 적어 강재에게 보이고 화답을 요구하다 秋夕述懷 示康齋 求和

용창에서 「이소」 읽다 늦게 파하여	榕窓晚罷讀離騷 용 창 만 파 독 이 소
좋은 시절 보답하며 막걸리 마신다	報答良辰撫濁醪 보 답 양 신 무 탁 료
대전의 덧없는 영화 밤새 생각하고	唐殿浮榮思撤燭 당 전 부 영 사 철 촉
초궁의 오랜 병에 파도 보기 두렵다	楚宮久病怕觀濤 초 궁 구 병 파 관 도
검은 머리칼은 희어져 더욱 변해가고	靑絲白雪看逾變 청 사 백 설 간 유 변
궁궐을 바라다봄에 점점 높아만 간다	玉宇瓊樓望漸高 옥 우 경 루 망 점 고
눈 들어 초목 지는 뜻 견디지 못하니	擧目不堪搖落意 거 목 불 감 요 락 의
멀리 쑥대 엮은 사립문 닫은들 어떠리	未妨門遙閉蓬蒿 미 방 문 요 폐 봉 호

◆ 이 작품은 작자의 나이 41세 추석에 느낌이 일어 강재 박진원에게 보이고 화답을 요구한 시이다. 추석 명절에 유배지에 있으니 작자는 심란할 수밖에 없다. 그 마음을 담아 시를 지어 박진원에게 화답할 것을 요구하였다. 그래서인지 시의 전체 분위기는 우울하다. 멀리 궁궐을 바라다보면 높아 보일 뿐 마음으로 가깝지가 않다. 상황이 이러하니 작자는 쑥대 엮은 사립문을 닫을 수밖에 없다.

▶ 용창榕窓 : 유배지를 뜻한다. 당나라 유종원柳宗元이 일찍이 유주柳州로
폄척되어 가서 있을 때 봄 2월에 용나무 잎이 다 지는 것을 보고 지은
「유주이월용엽낙진우제柳州二月榕葉落盡偶題」 시에 "벼슬살이 나그네 심
정 둘 다 처량하기만 한데, 봄 중반이 가을 같아서 뜻이 더욱 헷갈리
네. 산성에 비가 와서 온갖 꽃이 다 떨어지고, 용나무 잎 뜰에 가득한
데 꾀꼬리는 어지러이 우누나.〔宦情羈思共悽悽 春半如秋意轉迷 山城遇雨百花盡
榕葉滿庭鶯亂啼〕"라고 하였다. 이로써 '용등榕燈', '용창' 등은 전하여 유배
지를 뜻하게 되었다. 『柳河東集 卷42』

▶ 이소離騷 : 전국 시대 초나라 굴원屈原이 지은 작품이다. 「이소경離騷經」
이라고도 한다.

▶ 당전唐殿 : 임금이 있는 대전을 말한다.

▶ 철촉撤燭 : 밤새 내내.

▶ 초궁楚宮 : 초나라의 굴원이 유배 간 것에 빗대어 말한 것으로 정만조
자신의 유배지 진도를 가리킨다.

▶ 옥우경루玉宇瓊樓 : 임금이 있는 궁궐을 뜻한다.

▶ 요락搖落 : 초목이 지는 것을 말한다. 전국 시대 초楚나라 송옥宋玉의 「구
변九辯」에 "슬프다 가을 기운이여, 쓸쓸하게 초목은 지고 쇠한 모습으
로 바뀌었네.〔悲哉秋之爲氣也 蕭瑟兮 草木搖落而變衰〕"라는 구절이 있다.

▶ 봉호蓬蒿 : 쑥대로 엮은 사립문.

118. 이날 저녁에 걸어서 성 위에 이르러 강강술래 노래를 듣고서 是夕步至城上 聞唱强强來曲

겹바지 홑치마를 담색으로 지어 입고	疊短襌裙淡色裁 첩 수 단 군 담 색 재
무리 지어 문을 나서 구름머리 쌓는다	出門隊隊髻雲堆 출 문 대 대 고 운 퇴
좋은 계절 나를 버리고 빨리 지나가고	芳辰背我怱怱去 방 신 배 아 총 총 거
좋은 밤에 그대들은 강강술래를 부른다	良夜須君强强來 양 야 수 군 강 강 래
춤추는 모습은 돌았다 흩어져 다시 합하고	舞貌便旋離復合 무 모 변 선 리 부 합
노래는 화미하고 더뎌 슬픈 듯한 가락이라	歌音靡曼樂如哀 가 음 미 만 악 여 애
달이 뜬 오늘밤 즐기다 다 보내버렸나니	佳歡消盡今宵月 가 환 소 진 금 소 월
이제 길쌈 등불 밝혀 세상 일 재촉하리라	從此紡燈歲事催 종 차 방 등 세 사 최

◆ 이 작품에서는 추석날 저녁에 성 위에 이르러 강강술래 노래를 듣고서 감회를 적었다. 이 작품은 또한 『무정존고』 권3에도 수록되어 있는데, 시제는 「추석보지성상문창강강래곡秋夕步至城上聞唱强强來曲」이라 했으니, 『은파유필』과 약간 다르다. 강강술래는 2009년 유네스코 인류무형문화유산에 등재되어 있으며, 주로 진도 등 남서부 지역에서 팔월 한가위에 즐기는 놀이이다. 작자는 이러한 강강술래의 연행을 직접 눈으로 보고 이 작품을 지었다. 따라서 이 작품은 19세기 말 진도의 강강

> 술래의 연행 모습을 알려준다는 점에서 큰 의의를 부여할 수 있다. 특히, 수련에서 '문지기 놀이'를, 경련에서 강강술래를 하는 모습을 사실적寫實的 묘사했다는 점에 주목한다.

▸ 출문대대고운퇴出門隊隊髻雲堆 : "무리 지어 문을 나서 구름머리 쌓는다"로 풀이하였다. 이 구절은 진도 강강술래 문지기 놀이를 표현한 것이다.

▸ 미만靡曼 : 음이 지나치게 화미하고 더딘 것을 말한다. 『禮記 樂記』

119. 강가에서 낚시질을 하였는데, 풍랑이 방해해 두 마리의 작은 물고기만 낚아서 江上釣魚 爲風浪所沮 只得二小魚

낚시질하는 인간 한가하다 뉘 말했나 誰道人間釣者閒
수 도 인 간 조 자 한

풍파는 원래 험한 세상길과도 같거늘 風波元似世途艱
풍 파 원 사 세 도 간

작은 배에서 오래 고생하다 되돌아옴에 辛苦片舟洄泝久
신 고 편 주 회 소 구

석양에 물고기 몇 마리만 얻어 돌아왔다 夕陽只得數魚還
석 양 지 득 수 어 환

◆ 이 작품은 강가에서 낚시질을 하였는데, 풍랑이 일어 두 마리의 작은 물고기만 낚아 돌아온 뒤에 감회를 적은 것이다. 전구를 보면, 낚시질하러 갔다가 풍랑 때문에 고생을 많이 한듯하다.

120. 호구 마을을 지나다가 過虎口洞

비탈길 무너진 다리의 호구만 있어	側徑崩橋虎口灣 측 경 붕 교 호 구 만
찬 구름 맑은 날 산에 봉새가 난다	寒雲澹日鳳翔山 한 운 담 일 봉 상 산
숲 속 사이 몇 척의 범선 우뚝하고	數帆突兀林巒際 수 범 돌 올 임 만 제
초목 사이에 많은 집들은 흐릿하다	萬井糢糊草樹間 만 정 모 호 초 수 간
석양에 상인들 주막 멀까 근심하고	商旅日斜愁店遠 상 려 일 사 수 점 원
중추에 농촌엔 농한기라서 기뻐해	田家秋半喜農閒 전 가 추 반 희 농 한
암연히 꽃그늘 아래의 일이 기억나니	黯然記得花陰下 암 연 기 득 화 음 하
글 읽는 아이에게 술 찾아오라 했었지	分付書童索酒還 분 부 서 동 색 주 환

봄이 저물녘에 이곳을 지나다가 마을의 글방 스승의 힘을 입어 머물러 술을 마셨었다.〔春莫過此 被洞中塾師 留飮〕

◆ 이 작품은 호구虎口 마을을 지나가며 소회를 적었다. 경련 2구를 통해 가을 농사가 다 끝난 즈음에 호구 마을을 지나가 이 시를 지었다는 것을 알 수 있다. 작품 맨 마지막의 소서를 보면, 작자는 지나간 봄에도 이 호구 마을을 지나갔었다. 그때 마을 글방 스승이 작자에게 호의를 베풀어 술자리를 함께 했던 기억이 있다. 미련에서는 이러한 지나간 봄에 있었던 일을 더듬어 적었다.

▶ 호구동虎口洞 : 지금의 진도군 임회면 용호리 호구虎口 마을을 가리킨다. 1872년 진도부 지도에 임회면臨准面 호구 마을이 보인다. 임회면은 뒤에 임일면臨一面과 임이면臨二面으로 나뉘는데, 호구 마을은 임일면에 속한다. 1914년에 임일면과 임이면이 합해져 다시 임회면이라 하고, 용산龍山과 호구가 합해 용호리龍虎里가 되었다.

▶ 만정萬井 : 고대에 지방 1리里를 1정井이라고 했던 데서, 즉 만 리 지방을 말하는데, 또는 천가 만호千家萬戶의 뜻으로도 쓰인다.

▶ 암연기득화음하黯然記得花陰下 : "암연히 꽃그늘 아래의 일이 기억나니"로 풀이하였다. 작자는 시 마지막 부분에 소서를 적어 지나간 봄에 호구동을 지나가는데, 마을의 글방 스승이 호의를 베풀어 함께 술을 마셨던 일을 적었다. 시의 '꽃그늘 아래의 일'이란 이를 말한다.

121. 가을날 병석에서 짓다 秋日病中作

풍물이 소슬한 이 계절에 슬픔 깊은데	蕭辰風物已堪悲 소 진 풍 물 이 감 비
하물며 빈 서재에서 병으로 누워있나니	況値空齋臥病時 황 치 공 재 와 병 시
게을러 옷 정리 못했는데 객 되어 부끄럽고	懶未整衣慙有客 나 미 정 의 참 유 객
가난해 약 못 쓰는데 의원 없어 다행이라	貧難謀藥幸無醫 빈 난 모 약 행 무 의
고목 같이 된 신체는 바로 나를 잊었고	形如槁木仍忘我 형 여 고 목 잉 망 아
산발한 듯한 머리칼은 누구로 기억하는지	首似飛蓬正憶誰 수 사 비 봉 정 억 수
네 구석지의 풀벌레들 응당 기운찬데	四壁候蟲應得氣 사 벽 후 충 응 득 기
신음하니 무슨 일로 고통도 따라온다	呻吟何事苦相隨 신 음 하 사 고 상 수

◆ 이 작품은 작자의 나이 41세 가을에 병석에서 지었다. 가을이라 사방에 풀벌레 소리가 들리는데, 작자는 병이 들어 방안에 누워있다. 몸은 고목 같이 메마르고, 머리칼은 단정히 빗지 않아 산발한 듯하다. 유배 기간이 길어지면서 몸과 마음, 모두 피폐해지고 있음을 느낄 수 있는 시이다. 한편, 이 작품은 『무정존고』권3에도 같은 시제로 수록되어 있다.

▶ 후충候蟲 : 철 따라 나오는 벌레. 봄의 나비, 여름의 매미, 가을의 귀뚜
라미 따위.

122. 강재가 후사를 얻기 위해 젊고 예쁜 여자를 첩으로 들였는데, 처음 만나던 밤에 시를 가지고 조롱하면서 또한 그를 위로하다 康齋爲求嗣 卜少艾 始會之夕 以詩嘲之 且慰之

비단 거문고에 무단히 또 한 줄 생기니　　錦瑟無端又一絃
　　　　　　　　　　　　　　　　　　　금 슬 무 단 우 일 현

밝은 등 푸른 술 마시며 인연을 말한다　　明燈綠酒話因緣
　　　　　　　　　　　　　　　　　　　명 등 녹 주 화 인 연

오늘밤 만남 없었던 것 오래 탄식하나니　　久歎邂逅無今夕
　　　　　　　　　　　　　　　　　　　구 탄 해 후 무 금 석

이 자리 마련코자 그 얼마나 망설였을까　　幾費商量辦此筵
　　　　　　　　　　　　　　　　　　　기 비 상 량 판 차 연

전생엔 달빛 노인의 붉은 끈으로 기약했고　　月老赤繩期夙世
　　　　　　　　　　　　　　　　　　　월 로 적 승 기 숙 세

젊은 시절엔 두추랑의 「금루사」 맹세했지　　秋娘金縷誓芳年
　　　　　　　　　　　　　　　　　　　추 낭 금 루 서 방 년

서생은 풍류 일이 익숙한 사람이 아니니　　書生不慣風流事
　　　　　　　　　　　　　　　　　　　서 생 불 관 풍 류 사

몰래 부탁하니, 괜한 소문 전하지 마시라　　密囑傍人莫謾傳
　　　　　　　　　　　　　　　　　　　밀 촉 방 인 막 만 전

사람들은 풍정을 부질없이 말하지 마라　　傍人莫謾說風情
　　　　　　　　　　　　　　　　　　　방 인 막 만 설 풍 정

그대 같은 가문은 일찍 경영함이 합당하다　　門戶如君合早營
　　　　　　　　　　　　　　　　　　　문 호 여 군 합 조 영

하늘 위 기린아는 응당 종자가 있어서　　天上麟兒應有種
　　　　　　　　　　　　　　　　　　　천 상 린 아 응 유 종

하동의 사자 역시 아무런 소리가 없다　　河東獅子亦無聲
　　　　　　　　　　　　　　　　　　　하 동 사 자 역 무 성

주택은 오랫동안의 재계 어렵게 되었고　　難敎周澤淸齋久
　　　　　　　　　　　　　　　　　　　난 교 주 택 청 재 구

마침내 상구는 늦은 계책 이룸 보리라　　會見商瞿晩計成
　　　　　　　　　　　　　　　　　　　회 견 상 구 만 계 성

지난해의 오늘 일 떠올리며 웃음 짓나니　笑憶去年今日事
　　　　　　　　　　　　　　　　　　　소 억 거 년 금 일 사

선생으로 만들어 상좌 된 것 사양치 않소　不辭上座作先生
　　　　　　　　　　　　　　　　　　　불 사 상 좌 작 선 생

　　나는 지난해 이때쯤 첩을 얻었는데, 속언에 선취한 사람을 '선생'이라
한다.〔余於去年此時卜姓 而俗以先娶者爲先生〕

◆ 이 작품은 강재 박진원이 후사를 얻기 위해 첩을 들인 첫날밤에 지은 것이다. 총 2수로 이루어져 있다. 시제에서 말했다시피 은근히 조롱하면서 또한 위로한 뜻이 담겨있다. 박진원은 누구인가? 정만조가 진도로 유배 왔을 때 얼마 지나지 않아 지은 시를 봐달라고 찾아온 사람이 아니던가. 이후로 시계詩契를 맺어 둘은 그 어느 누구보다 막역한 사이가 되었다. 그러니 서로 개인사까지 서슴없이 나누었을 것으로 생각한다.

제1수에서 박진원이 첩을 얻는 과정 등을 주로 말하였다. 함련 2구에서 "이 자리 마련코자 그 얼마나 망설였을까"라고 하여 박진원이 첩을 얻기까지 많은 고민을 했다는 것을 전하였다. 또한 미련에서 박진원은 풍류를 즐기는 사람이 아니니 소문을 내지 말라는 당부를 하였다. 곧, 박진원이 첩을 얻은 것은 어쩔 수 없는 선택이었음을 강조한 것이다.

제2수에서는 주로 박진원이 첩을 통해 후손을 이을 것이라는 내용을 적었다. 특히, 함련 2구에서 "하동의 사자 역시 아무런 소리가 없다"라고 하여 박진원의 부인이 시기질투를 하지 않았음을 말하기도 하였다. 부인의 시기질투는 현실적인 문제로 다른 사람들도 궁금해 할 수 있기

에 말한 것이 아닌가 생각한다. 그리고 미련에서 작자도 지난해 첩을
얻었던 사실을 서슴없이 말하였다. 정만조와 박진원은 개인 사생활도
자연스럽게 말하는 막연한 사이였음을 다시 확인한 작품이다.

▶ 구사求嗣 : 대를 이을 아들을 얻으려고 첩을 들이는 일을 말한다.

▶ 소애少艾 : 젊고 예쁜 여자를 말한다.

▶ 녹주綠酒 : 좋은 술을 뜻한다.

▶ 월로적승月老赤繩 : 부부의 인연을 말한다. '월로'는 전설상에 혼인을 주
  관한다는 신神인 월하노인月下老人을 가리킨다. 당나라 위고韋固는 장가
  를 들기 전에, 송성宋城에 머물러 있었다. 어느 날 달빛 아래 글을 읽
  는 노인을 만나 무슨 일을 하시는 분인지 물으니, 자신은 천하의 혼인
  을 주관한다고 대답하였다. 다시 주머니 속의 붉은 끈〔赤繩〕이 무엇이
  냐고 묻자, 대답하기를 "이 끈으로 남녀의 발을 묶으면 원수의 집이나
  이역만리라 할지라도 부부의 인연을 바꿀 수 없다." 하였다.『續幽怪錄』

▶ 숙세夙世 : 전생을 뜻한다.

▶ 추낭금루서방년秋娘金縷誓芳年 : "젊은 시절엔 두추랑의 「금루사」 맹세했
  지"로 풀이하였다. '추낭'은 당唐나라 때의 여시인 두추랑杜秋娘을 말한
  다. '금루'는 「금루곡金縷曲」 혹은 「금루의金縷衣」의 준말로, 남자의 욕정
  을 부추기며 유혹하는 노래 이름이다. 「하신랑賀新郞」, 「유연비乳燕飛」라
  고도 한다. 두추랑이 15세에 이기李錡의 첩妾이 되었는데, 일찍이 이기
  를 위해 사詞를 지어 노래하기를 "그대에게 권하노니 금루의를 아끼지
  말고, 모쪼록 젊은 시절을 아끼시기를. 꽃이 피어 꺾을 만하면 곧바로
  꺾어야지, 꽃 없는 때에 공연히 가지만 꺾지 마소서.〔勸君莫惜金縷衣 勸君
  須惜少年時 花開堪折直須折 莫待無花空折枝〕" 하였다는 이야기가 당나라 두목
  杜牧의 「두추랑시杜秋娘詩」 서문序文과 자주自註에 나온다.『全唐詩 卷520』

▶ 하동사자역무성河東獅子亦無聲 : "하동의 사자 역시 아무런 소리가 없다"
로 풀이하였다. 이 부분은 강재의 부인이 투기하지 않았음을 말한 것
이다. '하동'은 송나라 용구 거사龍丘居士의 아내 하동유씨河東柳氏를 가
리키고, '사자'는 '사자후獅子吼'로 여기서는 부인의 투기가 심하여 남편
에게 발악發惡하는 것을 말한다. 용구 거사는 빈객을 좋아하고 가무하
는 기녀를 좋아하였으나, 그의 아내 하동유씨의 투기가 워낙 심했으
므로, 소식蘇軾이 일찍이 그에게 준 시에 "용구 거사 또한 가련하기 그
지없어라, 공을 말하고 유를 말하며 밤잠도 안 자다가, 문득 하동의
사자 으르렁대는 소리만 들으면, 주장은 손에서 떨어지고 마음은 아
득해지네.〔龍丘居士亦可憐 談空說有夜不眠 忽聞河東獅子吼 拄杖落手心茫然〕"라고
한 내용이 있다.

▶ 난교주택청재구難教周澤淸齋久 회견상구만계성會見商瞿晚計成 : "주택은 오
랫동안의 재계 어렵게 되었고, 마침내 상구는 늦은 계책 이룸 보리라"
로 풀이하였다. 이 두 구절에서 강재가 첩을 얻어 오랫동안 재계하는
일이 이제 어렵게 되었고, 반면 대를 이으려는 늦은 계책을 마침내 이
룰 것이라 하였다. '주택청재'란 후한後漢 사람 주택이 아주 엄숙한 마
음으로 재계하여서 종묘의 제사를 받들었다는 뜻이다. 『후한서後漢書』
제79권 하 유림열전儒林列傳 「주택전周澤傳」에 "주택이 다시 태상太常이
되어서 재계를 아주 엄격하게 하면서 공경한 마음으로 종묘를 받들었
는데, 일찍이 병이 들어서 재궁齋宮에 누워 있었다. 이에 그의 처가 주
택이 늙고 병든 것이 애처로워서 몰래 가서 엿보았다. 그러자 주택이
몹시 화를 내면서 아내가 재계하는 데 대한 금법을 범하였다는 이유
로 조옥詔獄에 보내어 가둔 다음 황제에게 사죄하였다." 하였다. 이를
본 당시에 사람들이 혀를 차면서 "이 세상에 못할 일은 태상의 처가
되는 것, 일 년 삼백육십 일에 삼백오십구 일을 재계齋戒하네." 하였다
한다. '상구'와 관련한 내용은 『사기』 열전 「상구」에 나온다. 그 내용

에 "상구는 노나라 사람으로 자를 자목子木이라 했다. 공자보다 29년 아래였다. 공자는 『역易』을 상구에게 전하고, 구는 초나라 사람 한비 자홍馯臂子弘에게 전했으며, 홍은 강동江東 사람 교자용자矯子庸疵에게 전하였고, 자는 연나라 사람 주자가수周子家豎에게 전하였으며, 수는 순우淳于 사람 광자승우光子乘羽에게 전하였고, 우는 제나라 사람 전자 장하田子莊何에게 전하였으며, 하는 동무東武 사람 왕자중동王子中同에게 전하였고, 동은 치천菑川 사람 양하楊何에게 전했다. 양하는 『역』을 연구하여 원삭元朔 연간에 한나라 중대부中大夫가 되었다."라고 하였다.

▶ 소억거년금일사笑憶去年今日事 : "지난해의 오늘 일 떠올리며 웃음 짓나니"로 풀이하였다. 시의 마지막 소서를 보면, 정만조는 지난해 같은 때에 첩을 얻었는데, 그 일을 생각하니 웃음이 나온다 한 것이다.

▶ 복성卜姓 : 첩을 얻는 일을 말한다.

사진⑮ 경주이씨 부인 묘소
【정만조는 진도 유배 시절에 경주이씨 부인이 돌봐주었다고 한다. 이씨 부인의 묘소는 첨찰산 아랫자락 의신면 사천리 운림산방 뒷 고개에 있다.】
(2019.05.06.)

123. 석란 안종석·완재·소산·해남 시인 노하 장봉정과 함께 쌍계사로 출발하던 도중에 운자를 부르다
與安石蘭鍾奭阮齋蘇山海南詩人張蘆下鳳廷　出雙溪寺道中呼韻

벗님들과 조계산에서 베풀 것 약속하여	故人有約置曹溪 고 인 유 약 치 조 계
걸음걸음 나란히 동쪽 교외를 함께 걷는다	聯屐東郊步步齊 연 극 동 교 보 보 제
낙엽은 물 타고 흘러 돌아 언덕 지나고	落葉乘流回過岸 낙 엽 승 류 회 과 안
평전에서 거둔 곡식 곧장 지름길로 통한다	平田斂熟直通蹊 평 전 렴 숙 직 통 혜
봉래산의 진경 찾아 청색 신조를 찾고	尋眞蓬島探靑鳥 심 진 봉 도 탐 청 조
파산의 험한 곳 밟아 푸른 옥 닭 부른다	涉險巴山喚碧鷄 섭 험 파 산 환 벽 계
도성에 살았을 때 많이 물들었기 때문에	爲是城塵多染得 위 시 성 진 다 염 득
한 지팡이 쥐고 부끄럽게 절문 향한다	一筇羞向寺門携 일 공 수 향 사 문 휴

◆ 이 작품은 석란石蘭 안종석安鍾奭·완재 박봉우·소산 이희승·해남 시인 노하蘆下 장봉정張鳳廷 등과 함께 쌍계사로 향하던 도중에 눈에 들어온 것을 묘사하고 또한 소회를 밝힌 것이다. 안종석·박봉우·이희승 등은 진도 현지인이고, 장봉정은 해남에서 온 사람이다. 작자는 유배 온 이래 현지인들과 상당히 친해졌는데, 이를 잘 알려주는 시이다. 수련 1구에서 말한 '조계산'은 진도에 있는 첨찰산을 말한다. 첨찰산은 진도

> 를 대표하는 산으로 그곳에는 유서 깊은 쌍계사가 있다. 계절은 가을
> 로 낙엽이 떨어져 계곡물을 타고 흘러 내려오고, 들판에서는 곡식을
> 거두고 있었다. 경련에서는 쌍계사를 찾아가는 이유를 적었는데, 대체
> 로 신선의 이미지를 가미해 표현하였다. '봉래산', '청색 신조', '푸른
> 옥 닭' 등은 현실 세계와 관련 없는 신선 세계에서는 볼 수 있는 것들
> 이다.

▶ 안석란安石蘭 : '석란'은 안종석安鍾奭의 호인 듯하나 그 외는 자세히 알
수 없다.

▶ 조계曹溪 : 진도에 있는 첨찰산을 대신 부른 말이다.

▶ 봉도蓬島 : 선인仙人이 산다는 삼신산三神山의 하나로 동해 봉래산蓬萊山
을 가리킨다.

▶ 청조靑鳥 : 서왕모西王母의 옆에 있던 세 마리의 푸른 새를 말한다. 이
새는 서왕모가 하강하려면 먼저 사자使者로 날아왔다 한다. 한나라 무
제武帝가 신선을 무척 좋아했는데 한번은 7월 7일 승화전承華殿에 있을
때 청조 한 마리가 서쪽에서 날아와 전각 앞에 내려앉으므로 그 이유
를 동방삭東方朔에게 물었더니 동방삭이 "이것은 서왕모가 오려는 징
조입니다."라고 하였다. 한참 만에 과연 서왕모가 오색 반룡五色斑龍이
끄는 뿌연 구름의 연輦을 타고 전각으로 왔다 한다. 『漢武內傳』

▶ 파산巴山 : 중국 호북성湖北省 파동현巴東縣 서쪽에 있는 협곡 이름으로,
파협巴峽이라고도 한다.

▶ 벽계碧鷄 : 전설상의 신물神物로 닭 모양의 옥이다.

▶ 성진城塵 : 경성京城의 풍진이라는 뜻이다.

124. 쌍계사에서 묵으며 또 앞 운을 사용하다 宿雙溪寺 又疊

연하를 익히 보고 쌍계사에 묵으며　　烟霞慣眼宿雙溪
　　　　　　　　　　　　　　　　　연 하 관 안 숙 쌍 계

채소 과일로 배 채우니 술보다 낫다　　蔬菓充腸勝五齊
　　　　　　　　　　　　　　　　　소 과 충 장 승 오 제

쑥대머리는 새벽 눈 덮어 다 놀라고　　蓬鬢俱驚添曉雪
　　　　　　　　　　　　　　　　　봉 빈 구 경 첨 효 설

띠풀 마음에 숲 길 다퉈 더욱 기쁘다　　茅心更喜鬪林蹊
　　　　　　　　　　　　　　　　　모 심 갱 희 투 임 혜

산길은 이미 익숙해져 호랑이를 보고　　山行已熟從看虎
　　　　　　　　　　　　　　　　　산 행 이 숙 종 간 호

밤 이야기 한창 깊어 닭소리를 놓쳤다　　夜話方濃失聽鷄
　　　　　　　　　　　　　　　　　야 화 방 농 실 청 계

구름에 누운 듯한 의상 훌쩍 날아가니　　雲臥衣裳飄欲擧
　　　　　　　　　　　　　　　　　운 와 의 상 표 욕 거

문득 내 몸을 신선들이 잡아끄는 듯하다　　却疑身被列仙携
　　　　　　　　　　　　　　　　　각 의 신 피 열 선 휴

◆ 이 작품은 앞 시와 연결되어 있다. 작자를 비롯한 일행은 쌍계사에서 하룻밤을 묵었다. 이 시는 하룻밤을 묵으면서 느낌을 적었다. 함련 1구에서 "쑥대머리는 새벽 눈 덮어 다 놀라고"라고 했으니, 아마도 밤새에 눈이 내린 듯하다. 그리고 일행은 새벽이 될 줄도 모르고 밤을 새워 이야기를 나누었다. 이 시도 앞 시와 마찬가지로 쌍계사를 신성하게 그렸다.

▶ 오제五齊 : 술의 다섯 가지 종류를 말한다. 제齊는 술의 농담濃淡의 도수를 뜻한다. 첫째는 범제泛齊, 둘째는 예제醴齊, 셋째는 앙제盎齊, 넷째는 제제緹齊, 다섯째는 침제沈齊이다. 『周禮 天官 酒正』

▶ 봉빈蓬鬢 : 원래 쑥풀처럼 어지럽게 흐트러진 머리 즉, 봉두난발蓬頭亂髮을 말한다.

▶ 모심갱희투임혜茅心更喜鬪林蹊 : "띠풀 마음에 숲 길 다퉈 더욱 기쁘다"로 풀이하였다. 『맹자』「진심장 하盡心章下」에 "맹자孟子가 일찍이 고자高子에게 이르기를 '산중의 오솔길이 사용하는 순간에는 길을 이루었다가, 잠시 사용하지 않으면 띠풀이 꽉 차 버리나니, 지금 자네의 마음속에도 띠풀이 꽉 찼도다.〔山徑之蹊間 介然用之而成路 爲間不用 則茅塞之矣 今茅塞之心矣〕'라는 말이 있다. 이는 의리義理의 마음을 망각함으로써 사욕私慾이 점차 자라나는 것을 뜻한다.

▶ 열선列仙 : 여러 신선을 가리킨다.

사진⑯ 쌍계사 안 모습
【전라남도 진도군 의신면 사천리 첨찰산尖察山 아래에 소재해 있다. 신라 문성왕 때 도선국사가 창건했으며 절 양쪽으로 계곡물이 흐른다고 하여 절 이름을 쌍계사라고 하였다. 그 뒤 1648년(인조26) 의웅이 중건하였다.】(2019.05.06.)

125. 강재가 뒤따라 이르러 다시 명나라 율시의 운으로 짓다
康齋追至　復拈明律韻

검은 머리 서리꽃으로 변한 때 생각하며　思時綠髮變霜華
　　　　　　　　　　　　　　　　사 시 녹 발 변 상 화

반가운 눈빛으로 해가 지는 곳 바라본다　望處靑眸到日斜
　　　　　　　　　　　　　　　　망 처 청 모 도 일 사

흙다리의 달밤 기약 저버릴까 두렵고　恐負圯橋期夜月
　　　　　　　　　　　　　　　　공 부 이 교 기 야 월

방장실에 하늘 꽃 뿌려져 홀연 놀랐다　忽驚丈室撒天花
　　　　　　　　　　　　　　　　홀 경 장 실 살 천 화

굶주림에 이웃의 거른 술 우선 재촉하고　念饑先促隣蒭酒
　　　　　　　　　　　　　　　　염 기 선 촉 린 추 주

험지는 걸음이 수레보다 더 낫다 말한다　歷險爭詫步勝車
　　　　　　　　　　　　　　　　역 험 쟁 타 보 승 거

그저 오늘처럼 환대해주기만 한다면　但使逢迎如今日
　　　　　　　　　　　　　　　　단 사 봉 영 여 금 일

이 몸이 어찌 장사에서 늙음을 한할까　此身寧恨老長沙
　　　　　　　　　　　　　　　　차 신 녕 한 로 장 사

◆ 이 작품도 앞 시와 연결되어 있다. 작자 일행은 현재 쌍계사에 머물고 있는데, 또한 강재 박진원이 이르렀다. 이전에 작자를 비롯해 총 다섯 명이 있었는데, 박진원이 합류했으니 이제 여섯 사람이 되었다. 이 작품은 박진원이 와서 반가운 마음을 드러낸 것이기도 하다. 특히, 함련 2구에서 "방장실에 하늘 꽃 뿌려져 홀연 놀랐다"라고 하였으니, 불승의 설법도 들었다는 것을 알 수 있다. 여섯 사람의 회합은 화기애애하였고, 작자는 여러 사람들로부터 환대를 받았다는 것을 느낄 수 있다.

▶ 녹발綠髮 : 검고 윤이 나는 아름다운 머리로, 젊음을 뜻한다.

▶ 상화霜華 : 머리가 센 것을 말한다.

▶ 망처청모도일사望處靑眸到日斜 : "반가운 눈빛으로 해가 지는 곳 바라본 다"로 풀이하였다. '청모'는 푸른 눈동자란 뜻으로 '청안靑眼'과 같다. '청안'은 다정한 눈길이라는 뜻이다. 삼국 시대 위魏나라 완적阮籍이 속된 사람을 만나면 백안白眼, 즉 흰 눈자위를 드러내어 경멸하는 뜻을 보이고, 의기투합하는 사람을 만나면 청안, 즉 검은 눈동자로 대하여 반가운 뜻을 드러낸 고사가 전한다.『世說新語 簡傲』이 구절은 박진원을 반갑게 맞이했다는 뜻으로 볼 수도 있다.

▶ 이교기圯橋期 : 큰 일을 이루고자 하는 기약을 말한다. '이교'는 흙다리란 뜻이다. 한 고조漢高祖 유방劉邦을 보필하여 한漢나라를 건국한 장량張良이 하비下邳 땅 흙다리 위에서 황석공黃石公이란 노인을 만나 그로부터 태공망太公望의 병서兵書를 받아 대업大業을 이룰 수 있었다 한다.

▶ 장실丈室 : 여기서는 쌍계사의 주지가 머무는 곳을 이른다.

▶ 천화天花 : 부처가 설법할 때 하늘에서 연꽃 모양의 각종 만다라화曼陀羅花가 비처럼 쏟아졌다고 하는데, 보통 고승의 설법을 비유할 때 쓰는 표현이다.『法華經 序品』

▶ 추주蒭酒 : 풀로 술을 거르는 것을 말한다.

▶ 장사長沙 : 한 문제漢文帝 때 가의賈誼가 권신權臣의 배척을 받아 장사왕長沙王 태부太傅로 좌천되어 귀양 간 고사에서 유래하여, 유배지를 가리키는 말로 쓰이게 되었다.

126. 여럿이 짝 지어 낚시질하다 앞 운을 거듭 써서
與諸伴釣魚 疊前韻

꿈속 같은 서울의 번화함 사절하고	京塵如夢謝紛華 경 진 여 몽 사 분 화
해질녘 강호에서 갓 그림자 기울인다	向晚江湖一笠斜 향 만 강 호 일 립 사
농어와 순채 얻음 참으로 사랑하노니	正愛得鱸竝蓴菜 정 애 득 로 병 박 채
어찌 꼭 쏘가리 낚고 복사꽃 따라갈까	何須釣鱖趁桃花 하 수 조 궐 진 도 화
무릉의 앞 나루에서 헤맬까 두려울 뿐	武陵只恐迷前渡 무 릉 지 공 미 전 도
위수의 뒤 수레에 실리길 바라지 않는다	渭水非望載後車 위 수 비 망 재 후 거
해질녘에 어기여차 노 젓는 소리 들려	欸乃聲聲山日暮 애 내 성 성 산 일 모
바람결에 멀리 「낭도사」로 화답한다	臨風遙和浪淘沙 림 풍 요 화 랑 도 사

◆ 이 작품은 여러 사람이 함께 낚시질을 갔다가 앞 시의 운을 따라 지었다. 농어와 순채 얻는 것으로 만족하지 그 이상 다른 것은 바라지 않는다고 하였다. 작자는 바닷가에서 물고기를 잡으면서 동진東晉 시대 무릉武陵에 살던 어부와 강 태공姜太公을 떠올렸다. 상상력을 발휘한 작품이다.

▶ 경진京塵 : 서울을 달리 이르는 말이다.

▶ 정애득로병박채正愛得鱸並薄菜 : "농어와 순채 얼음 참으로 사랑하노니"
로 풀이하였다. 진晉나라 장한張翰이 낙양洛陽에 들어가서 동조연東曹掾
벼슬을 하다가, 가을바람이 불어오자 고향인 오중吳中의 순챗국과 농
어회가 생각이 나서 곧장 사직하고 돌아간 고사가 있다. 『晉書 卷92』

▶ 무릉지공미전도武陵只恐迷前渡 : "무릉의 앞 나루에서 헤맬까 두려울 뿐"
으로 풀이하였다. 이 내용은 도잠陶潛의 「도화원기桃花源記」에 나오는
이른바 무릉도원武陵桃源의 전설과 관련된다. 진晉나라 때 무릉의 어부
가 복사꽃이 흘러 내려오는 물길을 따라 거슬러 올라갔다가 진秦나라
의 난리를 피해 들어온 사람들을 만났는데, 그곳이 워낙 선경仙境이라
서 바깥세상의 변천과 세월의 흐름도 잊고 살았다는 내용으로 되어
있다.

▶ 위수비망재후거渭水非望載後車 : "위수의 뒤 수레에 실리길 바라지 않는
다"로 풀이하였다. 주 문왕周文王이 어느 날 사냥을 나가면서 점을 쳐
보니, 점사占辭에, "용도 아니요, 이무기도 아니요, 곰도 아니요, 말곰도
아니요, 범도 아니요, 비휴도 아니요, 얻을 것은 패왕의 보좌로다.〔非龍
非麤非熊非羆非虎非貔 所獲霸王之輔〕"했는데, 과연 위수 가에서 강 태공姜太公
을 만나 그를 후거後車에 싣고 돌아왔던 데서 온 말이다. 강 태공과 같
이 왕의 눈에 띠는 사람 되기를 바라지 않는다는 뜻으로 이해된다.

▶ 애내欸乃 : 배의 노를 젓는데 따라서 일어나는 소리 또는 배에서 노를
저으면서 부르는 뱃노래를 뜻한다.

▶ 낭도사浪淘沙 : 옛 사패詞牌의 이름으로, 강물 위의 뱃놀이를 소재로 한
백거이白居易의 「낭도사사浪淘沙詞」 6수가 유명하다. 『白樂天詩集 卷12』

127. 첫눈 때문에 다시 머물러 또 앞 운을 사용하다
因初雪 更留 又疊

늙어가는 세월에 시편에 관심 두어	老去詩篇管歲華 노 거 시 편 관 세 화
술 취하니 두건은 저절로 비끼었다	醉來巾幘任橫斜 취 래 건 책 임 횡 사
전생 인연은 삼생석으로 증명하고	夙緣人證三生石 숙 연 인 증 삼 생 석
때마침 하늘에서는 눈꽃을 피웠다	會事天開六出花 회 사 천 개 육 출 화
옛 전각엔 바람 높아 철마가 우는 듯하고	古殿風高鳴鐵馬 고 전 풍 고 명 철 마
빈산엔 물 떨어져 무자위가 누운 듯하다	空山水落臥繙車 공 산 수 락 와 번 거
향적을 좇아서 선미를 탐할 뿐	但從香積耽禪味 단 종 향 적 탐 선 미
벼슬의 허명은 모래 밥에 부쳤다	總把浮名付飯沙 총 파 부 명 부 반 사

◆ 이 작품은 작자의 나이 41세 때 첫눈이 내려 쌍계사에 머무르며 지은 것이다. 이제 겨울에 접어들었다고 할 수 있다. 첫눈인데 바람이 세차게 불어 그 바람 소리가 마치 철마鐵馬가 우는 듯하였고, 또한 산에 물 떨어지는 소리가 무자위, 즉 물을 퍼 올리는 농기구가 누운 듯하다라고 하였다. 사찰에 머무르는 이 순간만은 벼슬의 헛된 이름은 아무런 공로도 없이 힘만 허비한 일로 생각하고 싶을 뿐이다. 미련에서 작자의 이러한 생각을 읽을 수 있다.

▶ 세화歲華 : 세월을 뜻한다.

▶ 건책巾幘 : 두건을 뜻한다.

▶ 삼생석三生石 : 삼생은 불교의 용어로, 전생前生·금생今生·내생來生을 가
리키는데, 당나라 간의대부諫議大夫 이원李源이 낙양 혜림사惠林寺의 승
려 원관圓觀과 깊은 우정을 나누다가, 원관이 죽은 뒤에 목동으로 환생
한 그를 만나 서로들 알아보았다는 전설이 당나라 원교袁郊의 『감택요
甘澤謠』에 전한다. 후세 사람들이 이 전설에 기초하여 중국 항주杭州 천
축사天竺寺 뒷산의 바위를 그들이 해후했던 삼생석으로 부회附會하기도
하였는데, 이후 시문에서는 숙명적인 인연을 비유하는 말로 쓰게 되
었다.

▶ 육출화六出花 : '육출'은 눈의 별칭이다. 다른 초목은 대부분 다섯 개의
꽃잎을 가지고 있는 반면, 설화雪花만은 육각六角으로 되어 있기 때문
에 붙여진 이름인데, 육출공六出公이라고도 한다.

▶ 철마鐵馬 : 바람에 휘몰아쳐 날리는 눈발을 형용한 말이다.

▶ 번거繙車 : '번繙'은 번翻과 같다. 무자위라 하는데, 물을 퍼 올리는 농기
구를 말한다.

▶ 향적香積 : 승려의 음식을 뜻한다.

▶ 선미禪味 : 불자佛子가 조용히 앉아서 진리를 직관直觀하는 참선參禪의
취미를 말한다.

▶ 총파總把 : 벼슬을 말한다.

▶ 반사飯沙 : 모래를 삶아 밥을 짓는 것을 말하는데, 아무런 공로도 없이
힘만 허비한 것을 비유한 것이다. 당唐나라 고황顧況의 「행로난行路難」
에 "그대는 보지 못했는가, 눈을 져다가 우물을 메우느라 공연히 힘쓰
는 것을, 모래를 때어 밥을 지은들 어찌 먹을 수 있으랴.〔君不見擔雪塞井
徒用力 炊沙作飯豈堪喫〕"라고 하였다.

128. 다시 미산의 집에서 읊다 復吟米山室

풍광이 사랑스럽고도 그리웠나니
風光堪愛更堪思
풍 광 감 애 갱 감 사

또 세모에 하늘 끝에서 보노라
又見天涯歲暮時
우 견 천 애 세 모 시

벽려 입고 등라 둘러 「산귀」를 노래하고
被茘帶蘿山鬼賦
피 려 대 라 산 귀 부

산반 형과 국화 아우는 「수선화」 시 읊는다
兄礬弟菊水仙詩
형 반 제 국 수 선 시

고운 마음 늙은 몸처럼 쇠하지 않으니
芳心不與身俱老
방 심 불 여 신 구 로

평소의 뜻이 어찌 외물에 흔들릴까
素志寧爲物所移
소 지 녕 위 물 소 이

다 함께 요대의 옛 신선이 되었으니
同是瑤臺舊仙侶
동 시 요 대 구 선 려

마침내 진토에 던져질 기약 못한다
竟投塵土未曾期
경 투 진 토 미 증 기

　　미산 집에 수선화가 있는데, 한창 피어 화분에 심었다.
　　〔米山家有水仙花　方開而種于土盆〕

◆ 이 작품은 미산米山 허형許瀅(1862~1938)의 집에서 읊었다. 시 마지막 부분에 "미산 집에 수선화가 있는데, 한창 피어 화분에 심었다."라는 소주를 적었는데, 이것은 이 시를 이해하는 관건이기도 하다.

수련에서 허형을 세모에 만난 것을 말하였다. 그리고 함련에서 작자 자신은 은둔자로서 살고 있으며, 허형 집에 와서 집 주인과 함께 「수선화」 시를 읊는다고 하였다. 이어 경련과 미련에서 수선화를 본 느

껌을 적었다. 수선화는 고운 마음을 지니고 있으며 늙은 몸처럼 쇠하
지도 않고, 평소 지닌 뜻이 외물에 흔들리지도 않는다. 또한 화분에 심
었기 때문에 요대瑤臺의 신선이 되었으니 진토塵土에 던져질 기약도 하
지 못한다 하였다. 수선화와 관련한 시이다.

▶ 피려대라산귀부被荔帶蘿山鬼賦 : "벽려 입고 등라 둘러「산귀」를 노래하
고"로 풀이하였다. '벽려'와 '등라'는 은자隱者가 입는 옷과 허리에 두른
띠를 말한다. '산귀'는 초나라 굴원屈原이 지은『초사楚辭』권2의「산귀
山鬼」작품을 말한다. 굴원은 자신을 깊은 대숲에 숨어 살며 임을 기다
리는 처량한 산신에 비유하여, 불우하게 은거하는 자신의 처지를 빗
대었다.

▶ 형반제국수선시兄礬弟菊水仙詩 : "산반 형과 국화 아우는「수선화」시 읊
는다"로 풀이하였다. 송宋나라의 시인 황정견黃庭堅의「수선화水仙花」라
는 시에 "산반은 아우요, 매화는 형이다.[山礬是弟 梅是兄]"라는 구절이
나오는데, 이를 조금 바꾸었다. 정만조는 1858년생이고, 허형은 1861년
생이다. 즉, 정만조가 허형보다 세 살 더 위이다. '산반 형'은 정만조
를, 국화 아우는 허형을 가리키는 것으로 보인다.

▶ 요대瑤臺 : 신선이 사는 곳.

사진⑰ 미산米山 허형許瀅이 살았던 옛집

【진도군 의신면 사천리 450번지. 1915년 구토지대장상 소유자가 허결許潔로 되어 있다. 허형의 초명은 허결이고, 만년에는 허준許準으로 개명하였다. 소치 허련의 아들로 허련의 남종화풍을 전수받았다. 허형은 정만조와 함께 시계詩契를 맺었다.】(2019.05.06.)

129. 밤에 잠을 이루지 못해 홀로 앞 운으로 시를 짓다
夜無寐 獨疊前韻

술 마신 뒤 등 앞에서 조용히 생각하니	酒後燈前靜自思 주 후 등 전 정 자 사
이 생애의 성세에 보답할 계책 없어라	此生無計答昌時 차 생 무 계 답 창 시
아직도 고해의 삼천계 넘지 못하여	未超苦海三千界 미 초 고 해 삼 천 계
여전히 「성상십이시」를 읊고 있다	尚有盛山十二詩 상 유 성 산 십 이 시
명업은 따로 역사에 드러나지 않으니	名業判非靑史著 명 업 판 비 청 사 저
머문 곳에서 자주 본심이 옮겨간다	居停頻爲素心移 거 정 빈 위 소 심 이
고향의 솔과 계수는 홀로 서 있겠지	故山松桂徒延佇 고 산 송 계 도 연 저
유유한 세모의 기약 저버릴까 두렵다	恐負悠悠歲暮期 공 부 유 유 세 막 기

◆ 이 작품은 41세 세모歲暮에 잠이 오지 않아 느낌을 적은 것이다. 수련 2구에서 작자는 다시 벼슬에 나아가고 싶은 마음을 드러내었다. 그러나 지금은 유배자의 몸이 되어 당나라 위처후韋處厚가 그랬던 것처럼 「성산십이시盛山十二詩」를 읊을 수밖에 없다. 그리고 또한 고향 생각도 난다. 해가 저물어가는 즈음에 유배자의 신세가 된 것을 되돌아본 시이다.

▶ 삼천계三千界 : 불교의 용어인 삼천대천세계三千大千世界의 준말로, 우주宇宙와 같은 말이다. 수미산須彌山을 중심으로 칠산팔해七山八海가 에워싸고 다시 철위산鐵圍山이 둘러친 세계를 소세계小世界라고 하고, 이것이 천 개 모인 것이 소천세계小千世界요, 소천세계가 천 개 모인 것이 중천세계中千世界요, 중천세계가 천 개 모인 것이 대천세계大千世界인데, 이것을 총칭하여 삼천대천세계라고 한다. 『大智度論 卷7』

▶ 성산십이시盛山十二詩 : 시 작품 이름이다. 당唐나라 위처후韋處厚가 고공부랑考功副郞으로 있다가 성산盛山이란 외진 고을로 좌천되어 산수를 유람하면서 읊은 「성산십이시盛山十二詩」란 작품이 있다. 이 시에 당대의 명사인 원진元稹, 백거이白居易 등이 차운次韻하였는데, 이에 「성산십이시」와 그 차운시들이 세상에 크게 유포되었다.

▶ 명업名業 : 이름과 업적을 말한다.

▶ 청사靑史 : 역사 또는 역사서를 말한다. 옛날 대쪽에 문자를 기록할 때에 대의 푸른빛을 빼내고 나서 썼기 때문에 살청殺靑·한청汗靑에서 어원이 생겼다.

▶ 거정居停 : 머문 곳을 뜻한다. 원래 임시로 더부살이하는 곳 또는 그곳의 주인을 이른다.

130. 영재의 부음을 듣고 되는 대로 절구를 짓다
聞寧齋訃音 譯成絕句

슬픔이 지나쳐 눈물도 없고	悲過欲無淚 비 과 욕 무 루
정 지극해 글 지을 경황없다	情至不遑文 정 지 불 황 문
천리는 천고의 시간 따르니	千里仍千古 천 리 잉 천 고
그 뉘 어찌 들었나 묻는다	誰言詎得聞 수 언 거 득 문
세교와 인척의 인연을 겸해	世好兼姻好 세 호 겸 인 호
사이좋게 지낸 지 사십 년이라	肩隨四十年 견 수 사 십 년
기미가 유독 서로 비슷하여	氣味偏相似 기 미 편 상 사
지초 불타니 혜초 절로 가련해 해	芝焚蕙自憐 지 분 혜 자 련
으리으리한 큰 집안에서	隆隆大門戶 융 융 대 문 호
아우를 곡하고 또 형마저 잃어	哭弟又喪兄 곡 제 우 상 형
만사는 그대에게만 있었거늘	萬事唯君在 만 사 유 군 재
아아, 이보경이여	嗟哉李保卿 차 재 이 보 경
그립고 그리운 동상객이요	戀戀東牀客 연 연 동 상 객
여위고 초췌해진 선민이라	欒欒一鮮民 란 란 일 선 민

다행히도 아이 일찍 낳아	差幸兒生早 차 행 아 생 조
엿 먹이는 어버이 기뻐했었지	含飴及悅親 함 이 급 열 친
어둔 밤에 외로운 별 나온 듯한데	昏夜孤星出 혼 야 고 성 출
쇠퇴한 세상에 외짝 기둥 되었다	頹波隻柱支 퇴 파 척 주 지
우리의 도에 이 무슨 액운인가	吾道一何厄 오 도 일 하 액
이 사람이 이런 지경에 이르렀구나	斯人而至斯 사 인 이 지 사
하늘 뜻 가볍게 빼앗지 못하여	天意非輕奪 천 의 비 경 탈
티끌 세상에 즐겨 오래 머물렀으니	塵寰肯久留 진 환 긍 구 유
문장과 충의 중에서	文章與忠義 문 장 여 충 의
한 가지 일이라도 천추토록 전하리라	一事足千秋 일 사 족 천 추
사람이 죽으면 나라도 쇠해지는데	人亡爲國瘁 인 망 위 국 췌
나의 슬픔은 나 개인의 슬픔이라	吾慟慟吾私 오 통 통 오 사
이제 부탁할 곳이 없으니	付托今無所 부 탁 금 무 소
선친 묘소의 글이 빠지겠군	先人闕墓辭 선 인 궐 묘 사

◆ 이 작품은 영재寧齋 이건창李建昌의 부음을 듣고 지은 오언고체시로
서 총 28구로 이루어져 있다. 작자가 있는 진도와 이건창이 살던 한양
은 거리가 멀다. 따라서 이건창이 세상을 떴을 때 곧바로 작자에게 전

달되지 않았을 것이다. 갑자기 전해진 부고 소식이 얼마나 슬펐는지 제1구에서 말하였다. 너무 슬픈 나머지 글을 지을 경황도 없었다. 그러나 시를 통해 그 슬픔을 조금이나마 달래었다. 5~6구에서 "세교와 인척의 인연을 겸해, 사이좋게 지낸 지 사십 년이라"라 말한 것을 통해 작자와 이건창의 친밀 정도와 인연의 기간 등을 알 수 있다. 정만조는 이건창에 비해 6년이 더 어리다. 따라서 정만조가 이건창을 마치 형처럼 모시며 따랐을 것으로 생각한다. 이건승李建昇은 이건창의 동생이다. 정만조는 이건승에게도 위로의 말을 전달하였다. 또한 앞으로 이건창의 문장과 충의 중에서 한 가지라도 오랫동안 전해질 것으로 전망하였다. 그리고 마지막으로 문장가인 이건창이 세상을 떠 세상에 없으니 선친 묘소에 글을 써줄 사람이 없을 것이라 하였다. 이건창만한 훌륭한 문장가가 없다는 것을 간접적으로 말하였다. 한편, 이 작품은 『무정존고』 권3에 같은 제목으로 수록되어 있다.

▶ 영재寧齋 : 이건창李建昌의 호이다.

▶ 세호겸인호世好兼姻好 : "세교와 인척의 인연을 겸해"로 풀이하였다. '세호'는 세교世交와 같은 말로, 집안 간에 대대로 교분을 맺는 것을 말한다. '인호'는 인척 관계로 맺어진 인연을 말한다. 정만조는 이건창과 세교와 인척 모두 관련되어 있음을 말하였다.

▶ 견수肩隨 : 원래 조금 뒤처져서 어깨를 나란히 하고 걷는다는 뜻으로, 5년 정도의 나이 차이가 나는 것을 말하나 여기서는 사이좋게 지내다는 뜻으로 풀었다. 수견隨肩이라고도 한다. 『예기禮記』 「곡례 상曲禮上」에 "나이가 배나 더 많은 사람에게는 아버지처럼 섬기고, 10년이 더 많은 사람에게는 형처럼 섬기고, 5년이 더 많은 사람과는 어깨를 나란히 하고 걷되 조금 뒤처져서 따라간다.[年長以倍 則父事之 十年以長 則兄事之

五年以長 則肩隨之]"라는 말이 나온다.

▶ 기미氣味 : 마음과 취미를 말한다.

▶ 지분혜자련芝焚蕙自憐 : "지초 불타니 혜초 절로 가련해 해"로 풀이하였다. 이와 관련하여 육사형陸士衡의 「탄서부嘆逝賦」에 "진실로 소나무가 무성하매 잣나무가 기뻐하고, 지초芝草가 불에 타니 혜초蕙草가 탄식함을 한탄하도다.[信松茂而柏悅 嗟芝焚而蕙嘆]"라는 말이 있는데, 이 뜻은 같은 무리끼리는 기운이 서로 통하여 상대가 잘 되면 같이 기뻐하고 하나가 못 되면 같이 슬퍼한다는 말이다. 『文選 卷16』

▶ 이보경李保卿 : '보경'은 이건창의 아우 이건승李建昇(1858~1924)의 자이다. 본관은 전주全州요, 호는 경재耕齋이다. 강화학파江華學派의 학맥을 이어서 양명학陽明學의 사상을 지녔다. 매천梅泉 황현黃玹과 깊이 교유했다.

▶ 동상객東牀客 : 사위를 말한다. 진晉나라 태부太傅 치감郗鑒이 왕씨王氏 가문에 사람을 보내 사윗감을 고를 적에, 모두 의관衣冠을 단정히 하고 나와서 극진하게 맞았는데, 오직 왕희지王羲之만은 이를 아랑곳하지 않고서 동상에 누워 배를 내놓은 채 호떡을 먹고 있었다. 이를 기특하게 여긴 치감이 그를 사위로 선발한 고사에서 유래하였다. 『世說新語 雅量』

▶ 선민鮮民 : 아버지를 여읜 자식이 스스로를 일컫는 말이다. 『시경』「육아蓼莪」에 "선민의 생애는 죽는 것만도 못한 지가 오래일세.[鮮民之生 不如死之久矣]"라고 한 말에서 유래하였다.

▶ 함이含飴 : 입에 엿을 물고 녹여서 손주에게 먹이는 것으로, 손주를 기르는 즐거움을 뜻한다. 『후한서後漢書』 권10상 「황후기皇后紀 명덕마황후明德馬皇后」에 "내가 엿을 물고서 손주 재롱이나 보고 다시는 정사政事에 관여치 않을 것이다." 한 데서 유래하였다.

131. 하루에 세 번 음식을 나누어주어 시로 사례하며
日三饋餕 以詩謝之

정성스럽게 대하는 예속이 고을에 보이니	肫肫禮俗見鄕隣 순 순 예 속 견 향 린
제사 모신 음식으로 으레 손님 초청한다	饗祖餘需例速賓 향 조 여 수 례 속 빈
제육 보낸 노나라 늙은이 슬퍼하지 않았고	致胙更無悲魯叟 치 조 갱 무 비 로 수
무덤 사이의 제나라 사람 왜 꼭 비웃으랴	乞墦何必笑齊人 걸 번 하 필 소 제 인
타향살이 굶주림에 보낸 음식 사양 못하고	羈居乏食難辭餽 기 거 핍 식 난 사 궤
공구는 집안에 맞추니 가난 근심치 않는다	供具稱家不患貧 공 구 칭 가 불 환 빈
제사 뒤의 연회는 원래 복을 받는 것이니	祭畢燕私元受福 제 필 연 사 원 수 복
풍년 들어 곡식 풍족하고 자손들 번창하리	豊年穰穰子振振 풍 년 양 양 자 진 진

◆ 이 작품은 진도 사람들의 인심을 적은 것이다. 특히, 제사를 지낸 뒤에 이웃 사람들과 음식을 나누어먹는 풍속을 주로 적었다. 수련 1구에서 "정성스럽게 대하는 예속이 고을에 보이니"라고 하여 마을 사람들의 후한 인심을 말하였다.

▶ 순순肫肫 : 정성스럽게 대하는 모습을 뜻한다.

▶ 치조갱무비로수致胙更無悲魯叟 : "제육 보낸 노나라 늙은이 슬퍼하지 않았고"로 풀이하였다. '치조'는 원래 옛날 천자가 제사를 지낸 뒤에 제후에게 제사 고기를 나누어 주고 예우함을 보이는 것을 말한다.

▶ 걸번하필소제인乞墦何必笑齊人 : "무덤 사이의 제나라 사람 왜 꼭 비웃으랴"로 풀이하였다. 전국 시대 제齊나라의 어떤 사람이 날마다 집을 나가 동곽東郭의 무덤 사이[墦間]를 이리저리 돌아다니면서 남은 주식酒食을 실컷 빌어먹고 집에 돌아와서는 매양 처첩妻妾에게 부귀富貴한 이들과 만나서 먹었다고 거드름을 떨곤 했으므로, 뒤에 그의 처첩이 그 내막을 알고 나서 남편의 한심한 행위에 대단히 실망하여 뜰에서 울었다는 고사에서 온 말이다. 『孟子 離婁下』

▶ 공구칭가불환빈供具稱家不患貧 : "공구는 집안에 맞추니 가난 근심치 않는다"로 풀이하였다. '공구'는 큰 일에 쓰는 그릇이나 도구를 말한다. '칭가'와 관련한 내용은 『예기』 「단궁 상檀弓上」에 보인다. 공자의 제자인 자유子游가 상구喪具에 대해 묻자 공자가 "재물이 있고 없는 것에 걸맞게 해야 한다.[稱家之有無]"라고 답하였다.

▶ 연사燕私 : 옛날에 제사를 마치고 친족들끼리 사적으로 마련한 연회를 말한다.

132. 음력 정월 보름 달밤에 만취·송오·강재·소산과 함께 남천교를 밟으며 上元夜月 與晚翠松塢康齋小山 踏南川橋

달빛 비친 강물 빛 운연을 쓸어버리니	江光月色掃雲烟 강 광 월 색 소 운 연
춤추고 노래 부름은 악기 연주보다 낫다	舞手歌喉勝管絃 무 수 의 후 승 관 현
좋은 시절에 친구들 와서 외롭지 않고	佳節難孤來舊雨 가 절 난 고 래 구 우
기쁜 자리 신년에 제일 먼저 들어왔다	歡場第一入新年 환 장 제 일 입 신 년
돌 진흙은 옮기는 발걸음 시름겹게 만들고	青泥黏石愁移屐 청 니 점 석 수 이 극
다리의 푸른 물결은 배 탄 듯 의심한다	綠漲平橋訝上船 녹 창 평 교 아 상 선
굳이 번화한 도성 거리 옮길 필요 없거늘	未必繁華輸紫陌 미 필 번 화 수 자 맥
옷 그림자의 세속 소리 성에서 시끄럽다	塵聲衣影鬧城邊 진 성 의 영 료 성 변

◆ 이 작품은 작자의 나이 42세 음력 정월 보름에 지었다. 이제 정만조가 진도로 유배 온 지 4년째 접어들었다. 4년째 접어든 정월 보름 달밤에 만취 박명항·송오 김필근·강재 박진원·소산 박응원 등과 함께 남천교를 밟은 것을 시로 옮겼다. 강삼 호를 가진 사람은 누구인지 알 수 없다. 수련 2구의 "춤추고 노래 부름은 악기 연주보다 낫다"고 한 내용을 통해 작자를 비롯 총 다섯 사람이 달밤 놀이를 흥겹게 한 모습을 상상할 수 있다.

▶ 남천교南川橋 : 진도군 진도읍 쌍정리 257-10 일원의 남천南川에 있는 다리이다. 지금도 남천교라 부른다. 현재 다리는 1966년 6월에 만든 것이다. 1872년 진도부지도에 진도읍 남문 밖에 남천교가 보인다.

▶ 구우舊雨 : 원래는 옛 친구를 뜻하나 여기서는 그냥 친구의 뜻으로 풀이하였다. 두보杜甫의 시 「추술秋述」에 "평소 나를 찾아오던 사람들이 옛날에는 비가 와도 오더니 지금은 비가 오면 오지 않는다.[常時車馬之客 舊雨來 今雨不來]"라는 말이 나온다

▶ 자맥紫陌 : 도성 거리를 말한다.

▶ 진성塵聲 : 세속의 소리를 뜻한다.

사진⑱ 남천교 모습
【남천교는 진도읍과 의신면 등 남부 지역을 통행하는 중요한 교통로 역할을 하였다. 사진 속 다리는 1966년 6월에 세워졌다.】(2019.11.01.)

133. 16일 밤에 다시 남천교를 밟으러 가서 줄다리기를 구경하다 十六夜 復作踏橋行 觀索戱

멋진 벗님네 만나지 못했다면	不因逢勝友 불 인 봉 승 우
좋은 이 밤을 어떻게 꾸몄을까	何以餙良霄 하 이 희 양 소
달빛 아래의 길은 세 갈래이니	月下三分逕 월 하 삼 분 경
강남의 가장 훌륭한 다리라네	江南第一橋 강 남 제 일 교
찬 새벽은 술기운을 시기하고	曉寒猜酒力 효 한 시 주 력
봄뜻은 매화 가지를 사랑한다	春意寵梅條 춘 의 총 매 조
구경하려 많은 사람들 모였는데	觀場萬人集 관 장 만 인 집
불러 초대하지도 않았다네	不待費招邀 부 대 비 초 요

◆ 이 작품은 앞 시와 연결시켜 보아야 한다. 앞 시를 통해 작자는 42세 정월 보름에 네 사람과 함께 남천교에서 달밤 놀이를 한 것을 알았다. 이 작품은 그 다음날 같은 장소에서 있은 줄다리기를 구경한 것을 적었다. 앞 시와 이 작품에서 전통 시대 진도 지역 놀이문화의 한 단면을 볼 수 있다. 진도 사람들은 정월 16일 밤에 줄다리기를 하였는데, 구경꾼들이 많이 모였다. 이 구경꾼들은 일부러 동원한 것도 아닌데 모였다. 작자는 이러한 부분을 특히 흥미롭게 말하였다.

▶ 삭희索戱 : 줄다리기를 말한다.

134. 또 앞 운을 이 소년에게 보내다 상휘는 원님 평천의 세 번째 아들이다. 疊前韻 送李少年 祥輝卽主倅平泉第三子

왕발은 강남 칠백 리 길을 갔고	王勃江南路 왕 발 강 남 로
한부는 등잔불 아래에서 밤 보내	韓符燈下霄 한 부 등 하 소
꽃다운 나이에 사책을 기약했고	芳年期射策 방 년 기 사 책
장한 뜻 다리에 쓴 것을 보았네	壯志見題橋 장 지 견 제 교
떨어진 매화의 새 열매 사랑스럽고	梅摽憐新實 매 표 련 신 실
꺾인 가시나무에서 옛 가지가 운다	荊摧泣舊條 형 최 읍 구 조

소년은 근래에 혼례를 치렀는데, 또 그 백형을 곡하였다.

〔少年近行婚禮 又哭其伯兄〕

늙은이는 마땅히 눈을 비비나니	老夫當刮目 노 부 당 괄 목
훗날에 초대해주기를 고대하노라	他日待相邀 타 일 대 상 요

◆ 이 작품은 앞 시의 운을 이어 지었으나 내용은 전혀 상관없다. 이 작품은 원님 평천平泉의 세 번째 아들 이상휘李祥輝를 찬양한 것이다. 이 상휘의 훌륭한 면모와 겪었던 아픔 등을 특히 함련과 경련을 통해 낱낱이 말하였다. 꽃다운 나이에 시험을 치렀던 것, 높은 뜻을 이루고자 했던 것, 혼례를 올렸던 것, 백형이 세상을 떴던 것 등을 말하여 이상

> 휘가 어떤 사람이라는 것을 알렸다. 이뿐 만이 아니라 장래에 기대하
> 는 바가 크다는 것도 미련에서 말하였다.

▶ 왕발강남로王勃江南路 : "왕발은 강남 칠백 리 길을 갔고"로 풀이하였다.
'왕발'은 당초唐나라 초기의 시인이다. 왕발王勃이 교지交趾의 영令으로
있는 아버지에게 가다가 시신詩神을 만나 하루 저녁에 강남江南 700리
를 가서 「등왕각서滕王閣序」를 지었다.

▶ 한부등하소韓符燈下霄 : "한부는 등잔불 아래에서 밤 보내"로 풀이하였
다. '한부'는 당나라 한유韓愈의 아들이다. 한유가 성남城南으로 독서하
러 가는 아들 부에게 준 「부독서성남符讀書城南」 시에 "때는 가을이라
장맛비 개고 새로이 시원한 기운 교외郊外에 들어오니, 등잔불을 점점
가까이하고 책을 덮었다 폈다 할 만하다. 어찌 아침저녁으로 생각하
지 않겠는가. 너를 위해 세월을 아까워하노라. 은혜와 의義는 서로 빼
앗음이 있으니, 시詩를 지어 주저하는 너를 권면하노라."라고 하였다.

▶ 사책射策 : 관리를 선발할 때에 책문策問으로 시험하는 것이다.

▶ 제교題橋 : 이는 중국 전한前漢 때의 문장가 사마상여司馬相如와 관련한
것이다. 사마상여가 장안을 가는 길에 고향 촉군蜀郡을 지나다가 승선
교升仙橋 기둥에 "다른 날 만일 사마의 높은 수레를 타지 못하면 이 다
리를 지나지 않겠다.〔他日若不乘高車駟馬 不過此橋〕"라는 말을 적었다.

▶ 매표련신실梅摽憐新實 : "떨어진 매화의 새 열매 사랑스럽고"로 풀이하
였다. 이 구절은 『시경』 「표유매摽有梅」 시의 내용을 인용하였다. 이 시
에 의하면, 혼기婚期가 늦어진 것을 염려하는 처녀가 노래하기를 "떨어
지는 매화여 그 열매가 일곱이로다 나를 구하는 서사는 좋은 시기를
놓치지 말라.〔摽有梅 其實七兮 求我庶士 迨其吉兮〕" 하였다. 곧, 이상휘가 제
때에 혼례를 올린 것을 말한다.

▶ 형최읍구조荊摧泣舊條 : "꺾인 가시나무에서 옛 가지가 운다"로 풀이하였다. 이는 이상휘의 백형이 세상을 뜬 것을 표현한 것이다.

▶ 괄목괄目 : 괄목상대刮目相對를 말한다. 이는 삼국 시대 오나라 노숙魯肅이 친구인 여몽呂蒙과 담론하다가 학식이 몰라보게 진보한 것에 탄복하면서 극구 칭찬하자, 여몽이 "선비는 사흘만 헤어져 있어도 눈을 씻고 다시 보게 되는 법이다.〔土別三日 卽更刮目相待〕"라고 대답한 것에서 유래하였다. 『三國志 卷54 吳書 呂蒙傳 裴注』

135. 포구 주점을 지나치며 過浦上酒壚

봄잠 곤히 자다 낮에 주막에 당도했는데　　　春眠驕困晝當壚
　　　　　　　　　　　　　　　　　　　　　춘 면 교 곤 주 당 로

홀연히 지나는 사람이 불러 술을 찾았지　　　忽被行人索酒呼
　　　　　　　　　　　　　　　　　　　　　홀 피 행 인 색 주 호

잠에서 깨어 진한 땀 향 감당치 못하여　　　睡起不堪香汗重
　　　　　　　　　　　　　　　　　　　　　수 기 불 감 향 한 중

문으로 들어 옅은 비단옷으로 갈아입었다　　入門換着淡羅襦
　　　　　　　　　　　　　　　　　　　　　입 문 환 착 담 라 유

보리술에 물 타면 취기 오르지 않는데　　　麥醪和水不成酡
　　　　　　　　　　　　　　　　　　　　　맥 료 화 수 불 성 타

사람들 붙들고서 추파를 보내는 듯한다　　　把向人人費眼波
　　　　　　　　　　　　　　　　　　　　　파 향 인 인 비 안 파

맘속 계책은 손님 주머니에만 기울어서　　　心計只要傾客橐
　　　　　　　　　　　　　　　　　　　　　심 계 지 요 경 객 탁

은근히 자주 다정한 듯이 술을 권한다　　　殷勤屢勸似情多
　　　　　　　　　　　　　　　　　　　　　은 근 루 권 사 정 다

◆ 이 작품은 작자의 나이 42세 봄날에 포구 주점에서 있었던 일을 적
었다. 총2수로 이루어져 있다.

작자는 주점에 가기 전에 봄잠을 자고 있었는데, 어떤 사람에 의해 주
점에 이르게 되었다. 제1수에서는 술을 마시기 이전의 모습을 적었고,
제2수는 주로 술을 마시고 있는 상황의 모습을 담았다. 기구에서 "보
리술에 물 타면 취기 오르지 않는데"라는 말을 한 것으로 보아 술에
막 취한 상황은 아니다. 그런데 그 다음의 내용이 흥미롭다. 승구 이후

의 내용은 아마도 주점의 여주인과 관련해 적은 듯하다. 여주인은 추파를 보내는데, 그것도 다 손님들에게 술을 더 팔려고 하는 수작이라고 말하여 약간 웃음을 자아내도록 하였다.

▶ 주로酒壚 : 목로木壚 비슷한 술청을 말하는데, 죽림칠현竹林七賢인 왕융王戎, 혜강嵇康, 완적阮籍 등이 질탕하게 마셔 대던 황공주로黃公酒壚가 유명하다. 『世說新語 傷逝』

136. 앞 시내에서 작은 게 잡는 것을 보며 前溪見捕小蟹

앞 시내에서 밤새워 방게를 잡았는데
前溪夜去捉螃蜞
전 계 야 거 착 팽 기

작고 작아 한 손에도 채우기 어렵다
小小難盈一手持
소 소 난 영 일 수 지

껍질 벗겨 오히려 첫 조숫물 바라보고
退殼猶望潮始至
퇴 각 유 망 조 시 지

새끼 품으면 응당 달과 함께 따라간다
懷胎應與月相隨
회 태 응 여 월 상 수

희미해진 관솔불은 다리 밑 지나가고
松燈明滅過橋底
송 등 명 멸 과 교 저

종횡의 대나무 통발 물가에 홀로 있다
竹籲縱橫獨水湄
죽 단 종 횡 독 수 미

타향살이 하는 나는 네가 진짜 부럽나니
自我羈居偏羨汝
자 아 기 거 편 선 여

괴로움 많을 때 마디 창자 끊어지려 한다
寸腸欲斷苦多時
촌 장 욕 단 고 다 시

◆ 이 작품은 시냇가에서 게 잡는 것을 보고 느낌을 적었다. 특히, 함련에서 게의 생태적인 모습을 적은 것이 인상적이다. 이어 경련에서는 게를 잡는 모습을 형상화하였고, 마지막 미련에서 자신의 소회를 적었다. 곧, 작자는 미물이지만 게가 부럽다고 하였다. 자신은 타향살이하면서 괴로움이 많을 때 창자가 끊어지는 아픔을 겼지만 게는 그렇지 않기 때문이다.

▶ 팽기蟛蜞 : 방게.

▶ 회태懷胎 : 잉태하는 것을 말한다.

137. 동산 잡영 園中雜永

동족이면서 이름은 다르니	同族而異名 동 족 이 이 명
귤은 유자의 큰 것이라	橘柚之大者 귤 유 지 대 자
물건은 커서 포용하지만	物大能包容 물 대 능 포 용
절로 달기는 귤 아래에 있다	自甘居橘下 자 감 거 귤 하

유자〔柚〕

시 쓰느라 종이 찾지 말고	題詩休覓紙 제 시 휴 멱 지
술 사는데 값 따지지 마라	沽酒莫論錢 고 주 막 론 전
열매는 옥액을 감당하고	實能當玉液 실 능 당 옥 액
잎은 금전지와 바꿀만하다	葉可替金箋 엽 가 체 금 전

감〔柿〕

담장 뒤로 대나무를 옮겼는데	築墙後移竹 축 장 후 이 죽
석달 지난 대나무 담장 넘었다	三月竹過墻 삼 월 죽 과 장
어린애 대나무 아래에서 놀면서	嬰兒戲竹下 영 아 희 죽 하

날마다 저렇게 자라길 바란다

日望似許長
일 망 사 허 장

대나무〔竹〕

옛날에 노나라 사당에 있던 나무가

昔爲魯廟樹
석 위 로 묘 수

이제는 초나라 못가에서 읊조린다

今入楚澤吟
금 입 초 택 음

모름지기 외론 신하의 절개 알리니

須識孤臣節
수 식 고 신 절

이 또한 곧은 여자 마음과 같아라

亦如貞女心
역 여 정 여 심

광나무〔女貞樹〕

치자는 큰 나무가 없나니

梔子無大樹
외 자 무 대 수

우리 집 뜰의 절반만 덮었다

我家覆半庭
아 가 복 반 정

봄가을 꽃과 열매는 아름답고

春秋花實美
춘 추 화 실 미

가지와 잎은 겨울에도 푸르다

柯葉又冬靑
가 엽 우 동 청

치자〔梔子〕

오가피를 다 선비초라 하나니

五家盡仙飛
오 가 진 선 비

사람들 신선초인 줄 비로소 알았다

仙草人始識
선 초 인 시 식

이 말은 징험할 만한데

此言如可徵
차 언 여 가 징

나는 이미 날개가 생겼도다

我已生羽翼
아 이 생 우 익

오가피〔五家皮〕

길쌈하면서 고된 세월 마쳤나니

蠶織終歲苦
천 직 종 세 고

그 뉘 뽕나무더러 한가하다 하나

孰謂桑者閒
숙 위 상 자 한

세상 풍진이 나쁠 뿐이니

只是風塵惡
지 시 풍 진 오

열이랑 사이를 침범하지 않는다

不侵十畝間
불 침 십 무 간

　　　뽕나무〔桑〕

늙으면서 푸르러 부끄럽나니

慚愧晚翠老
참 괴 만 취 로

모란 싹을 가려내어 보내노라

採送牧丹芽
채 송 목 단 아

길이 초췌해질 것을 생각하여

念我長憔悴
념 아 장 초 췌

너의 얼굴 밝아지도록 도왔다

敎汝助顏華
교 여 조 안 화

　　　모란〔牧丹〕

온갖 꽃 다 시들어 가는데

百花皆垂盡
백 화 개 수 진

붉은 작약 전각 봄이 더디다

紅藥殿春遲
홍 약 전 춘 지

상대함에 날짜가 최고 오래가니

相對日最久
상 대 일 최 구

장차 이별할 때 어이 부를까

如何號將離
여 하 호 장 리

　　　작약〔芍藥〕

소쩍새 촉나라 돌아가며 우는데

杜鵑啼歸國
두 견 제 귀 국

파산은 삼월 봄이로구나

巴山三月春
파 산 삼 월 춘

헛것이 변하여 한 꽃이 되었으니

幻爲花一種
환 위 화 일 종

수심에 겨워 나라 떠난 사람이라

愁煞去國人
수 살 거 국 인

진달래〔杜鵑花〕

해바라기 해를 볼 수 있으니

向日能見日
향 일 능 견 일

사람과 꽃은 같지 않구나

人與花不同
인 여 화 부 동

아, 나는 머리 들고 바라보나니

嗟我擧頭望
차 아 거 두 망

뜬구름 길이 허공을 가렸다

浮雲長蔽空
부 운 장 폐 공

해바라기〔向日花〕

봉선화는 심는 것이 아니니

仙花種非所
선 화 종 비 소

담백한 시골 규수인 듯해

澹泊村女閨
담 박 촌 여 규

규수를 손수 호미로 캐어

閨人手鋤採
규 인 수 서 채

무심코 부드러운 손에 시험하네

無意試柔荑
무 의 시 유 이

봉선화〔鳳仙花〕

나는 초나라 영균과 비슷하여

我似楚靈均
아 사 초 령 균

황혼에 날마다 길을 바꾼다

黃昏日改路
황 혼 일 개 로

저기의 야합화가 부럽나니 　羨他夜合花
　　　　　　　　　　　선 타 야 합 화

어제도 접혔는데 오늘도 접힌다 　昨瞑又今瞑
　　　　　　　　　　　작 막 우 금 막

　　　　야합화〔夜合花〕

화려한 봄은 겨우 잠깐이더니 　春華徒片時
　　　　　　　　　　　춘 화 도 편 시

늦가을 홀로 그윽함 보존했다 　晚節葆幽獨
　　　　　　　　　　　만 절 보 유 독

나 역시 중양절이 되면 　我亦爲重陽
　　　　　　　　　아 역 위 중 양

비 맞으며 정원에 국화 옮긴다 　冒雨移庭菊
　　　　　　　　　　　모 우 이 정 국

　　　　국화〔菊〕

성인의 몸은 살리기 좋아하나 　聖人體好生
　　　　　　　　　　　성 인 체 호 생

앙상한 몸인들 죽지 않을까 　殘骸欲無死
　　　　　　　　　　　잔 해 욕 무 사

도를 들어야 신선이 되나니 　聞道作神仙
　　　　　　　　　　　문 도 작 신 선

구기자 먹는 것과 같지 않다 　莫如餐拘杞
　　　　　　　　　　　막 여 찬 구 기

　　　　구기자〔拘杞〕

꽃은 아름답고 덩굴도 그늘져 　花美藤又蔭
　　　　　　　　　　　화 미 등 우 음

열매는 밥과 약에 마땅하다 　實宜飯與藥
　　　　　　　　　　　실 의 반 여 약

무슨 일로 고금의 시에 　何事古今詩
　　　　　　　　하 사 고 금 시

너 위해 지은 것 극히 적을까

絶少爲汝作
절 소 위 여 작

　　　불콩〔扁豆〕

궁한 삶은 기운이 항상 막혀

窮居氣常閟
궁 거 기 상 비

날마다 으레 생강차 갖추었지

日例具薑茶
일 례 구 강 다

마음속 찌꺼기를 씻어낼 뿐

但能去心穢
단 능 거 심 예

몸의 허물은 씻지 못하는구나

未及滌身瑕
미 급 척 신 하

　　　생강〔薑〕

위로 성스럽고 밝은 군주 있어

上有聖明君
상 유 성 명 군

현자가 중하지 색 중한 것 아니다

重賢不重色
중 현 부 중 색

한 떨기 붉은 여지는

一朶荔支紅
일 타 려 지 홍

쫓긴 신하 먹이로 제공할 뿐

只供逐臣食
지 공 축 신 식

　　　여지〔荔支〕

남쪽 땅 기후가 따뜻하여

南土氣候暖
남 토 기 후 난

사계절 채전에 배추가 있다

四時圃有菘
사 시 포 유 숭

눈 속에선 푸른 잎 보이나니

雪中見靑綠
설 중 견 청 록

글자 뜻 솔에서 취함이 맞다

字義合取松
자 의 합 취 송

　　　배추〔菘〕

상쾌한 과일로 입에 최고 좋아 　快果最悅口
　　　　　　　　　　　　　쾌 과 최 열 구

남쪽 무는 배보다 낫다 말한다 　南菁號勝梨
　　　　　　　　　　　　　남 청 호 승 리

난도로 시험 삼아 껍질 자르면 　鸞刀試剖甲
　　　　　　　　　　　　　난 도 시 부 갑

은빛 액체는 긴 칼을 적신다 　銀液滴淋灕
　　　　　　　　　　　　　은 액 적 림 리

　　　무우〔菁〕

온양샘물 보내지 말지니 　莫遣溫陽泉
　　　　　　　　　　막 견 온 양 천

이월인데 너무 일찍 뻗었다 　二月誇太早
　　　　　　　　　　　　이 월 과 태 조

어찌 오이와 같은 종류일까 　豈若種黃瓜
　　　　　　　　　　　　기 약 종 황 과

서리 맞아도 되레 쇠하지 않네 　經霜猶不老
　　　　　　　　　　　　　경 상 유 불 로

　　　수박〔水瓜〕

뭇 채소 무엇이 좋지 않을까 　百菜孰非佳
　　　　　　　　　　　　백 채 숙 비 가

호박보다 더 좋은 것은 없다 　莫如南瓜好
　　　　　　　　　　　　막 여 남 과 호

담백한 맛은 오래 싫지 않아 　淡味久不厭
　　　　　　　　　　　　담 미 구 불 염

조금 먹어도 쉬 배를 불린다 　少嚼易令飽
　　　　　　　　　　　　소 작 이 령 포

　　　호박〔南瓜〕

면면히 가는 줄기 이어지고 　綿綿細延蔓
　　　　　　　　　　　　면 면 세 연 만

알알이 씨앗은 혹 매단 듯해   顆顆似懸瘤
                                                  과 과 사 현 류

칼로 베어 두 표주박 만들면   剖一爲兩匏
                                                  부 일 위 양 포

이미 안씨 같은 부자 많겠지   已多顔氏富
                                                  이 다 안 씨 부

           박〔瓠〕

멀리 고향 동산을 떠올려보니   遙憶故園裡
                                                  요 억 고 원 리

봄에 파를 반드시 재배했었지   春葱定已栽
                                                  춘 총 정 이 재

어머니께서 손수 칼로 자르나   慈母手自剪
                                                  자 모 수 자 전

조석으로 바라봄에 여전히 자랐지   朝夕望猶來
                                                  조 석 망 유 래

           파〔葱〕

흙 사람으로 여름에 늘 옷 입어   土人夏常服
                                                  토 인 하 상 복

더위 씻는 신통한 방법 만들었다   滌暍爲神方
                                                  척 갈 위 신 방

민중숙이 물리친 것 괴이한데   却怪閔仲叔
                                                  각 괴 민 중 숙

번거로움 덜려 되레 먹지 않았다지   省煩還不嘗
                                                  생 번 환 불 상

           마늘〔蒜〕

묽은 죽은 가난 선비에 마땅하고   粥稀宜貧士
                                                  죽 희 의 빈 사

부드러운 국은 늙은이에 마땅하다   羹滑宜老人
                                                  갱 활 의 로 인

땅에는 너 같은 종류 많이 있으니 　有地多種汝
　　　　　　　　　　　　　　　유 지 다 종 여

어찌 늙고 가난함을 근심할 것인가 　何憂老且貧
　　　　　　　　　　　　　　　하 우 로 차 빈

　　　아욱〔露葵〕

밤이 되어 이미 칼로 베었는데 　夜來剪之旣
　　　　　　　　　　　　　야 래 전 지 기

아침에 보면 또 푸른 실 되었다 　朝視復靑絲
　　　　　　　　　　　　　조 시 부 청 사

나의 머리털 다시 푸르지 않고 　余髮不復綠
　　　　　　　　　　　　　여 발 불 부 록

날짜 더해짐에 거울 속이 슬프다 　日添鏡中悲
　　　　　　　　　　　　　일 첨 경 중 비

　　　부추〔韭〕

죄를 지어 조회 옷 벗으니 　罪戾褫朝衣
　　　　　　　　　　　죄 려 치 조 의

부끄러운 것이 가지뿐이랴 　所愧惟茄子
　　　　　　　　　　　소 괴 유 가 자

거친 밭에 맡겨두었더니 　寄托在荒田
　　　　　　　　　　　기 탁 재 황 전

온몸은 오히려 자청색이네 　遍身尙靑紫
　　　　　　　　　　　편 신 상 청 자

　　　가지〔茄〕

들판 비름이 네게 와 미혹하니 　野莧迷汝來
　　　　　　　　　　　　야 현 미 여 래

김 메는 것이 이에 좋을 것이라 　除薅斯乃可
　　　　　　　　　　　　제 호 사 내 가

소릉옹은 어찌 그리 고달파했나 　何苦少陵翁
　　　　　　　　　　　　하 고 소 릉 옹

시 지어 때 만나지 못함 탄식했네 　　爲詩歎坎坷
　　　　　　　　　　　　　　　　　위 시 탄 감 가

　　　상치〔萵苣〕

고추 이름 한 종류가 아니니 　　　椒名非一種
　　　　　　　　　　　　　　　초 명 비 일 종

고추는 옛날에 전하지 않았다 　　苦椒古無傳
　　　　　　　　　　　　　　　고 초 고 무 전

나만 맵고 씀을 갖추었으니 　　　我獨備辛苦
　　　　　　　　　　　　　　　아 독 비 신 고

매운 맛 좋아한 성질 심해서라 　　嗜辣性所偏
　　　　　　　　　　　　　　　기 랄 성 소 편

　　　고추〔苦椒〕

옥수수 입에 마땅하다 하나 　　　玉黍雖宜口
　　　　　　　　　　　　　　　옥 서 수 의 구

먹으면 배를 막아 뇌성 울린다 　　飯阻腹鳴雷
　　　　　　　　　　　　　　　반 조 복 명 뢰

의술에선 위를 연다 칭찬하나 　　醫方讚開胃
　　　　　　　　　　　　　　　의 방 찬 개 위

글이라 하여 어찌 다 미더울까 　　書豈盡信哉
　　　　　　　　　　　　　　　서 기 진 신 재

　　　옥수수〔玉蜀黍〕

단수수는 서양에서 들어와 　　　糖黍來西國
　　　　　　　　　　　　　　　당 서 래 서 국

뿌리와 줄기는 철저히 달달해 　　根莖徹底甘
　　　　　　　　　　　　　　　근 경 철 저 감

설탕 만들면 달기 더욱 심한데 　　造糖甘更甚
　　　　　　　　　　　　　　　조 당 감 갱 심

푸른 것은 쪽에서 나옴과 같다 　　譬若靑出藍
　　　　　　　　　　　　　　　비 약 청 출 람

　　　단수수〔糖黍〕

피마자는 그 종류 많다 하나　　　　　蓖麻種雖多
　　　　　　　　　　　　　　　　　비 마 종 수 다

쓰이는 곳은뜻밖에 적어라　　　　　用處却偏少
　　　　　　　　　　　　　　　　　용 처 각 편 소

오히려 잘라 제거치 말지니　　　　　尙令勿剪除
　　　　　　　　　　　　　　　　　상 령 물 전 제

물건 쓰임에 크고 작음 없다　　　　　物無弁大小
　　　　　　　　　　　　　　　　　물 무 변 대 소

　　　피마자〔蓖麻子〕

붉고 고와 피부색과 통한데　　　　　紅艶通肌膚
　　　　　　　　　　　　　　　　　홍 염 통 기 부

달고 차서 뱃속을 깨운다　　　　　甘寒醒肺腑
　　　　　　　　　　　　　　　　　감 한 성 폐 부

홀연 입 사이에서 들리나니　　　　　忽聞齒舌間
　　　　　　　　　　　　　　　　　홀 문 치 설 간

궁상각치우의 소리가　　　　　宮商角徵羽
　　　　　　　　　　　　　　　　　궁 상 각 치 우

　　　꽈리〔酸醬〕

씨앗이 채소밭 가에 있어　　　　　種在圃之畔
　　　　　　　　　　　　　　　　　종 재 포 지 반

소가 밟고 가물어 시들었다　　　　　牛躪又旱枯
　　　　　　　　　　　　　　　　　우 린 우 한 고

줄기와 잎사귀만 남은 것을　　　　　只殘一莖葉
　　　　　　　　　　　　　　　　　지 잔 일 경 엽

합하여 외론 객이 사용하였네　　　　　合爲孤客需
　　　　　　　　　　　　　　　　　합 위 고 객 수

　　　담배〔淡巴姑〕

◆ 이 작품은 동산에 심어진 여러 화초와 채소 등을 보고 지은 것이다. 총35수로 이루어져 있으며, 형식은 오언절구이다. 대상으로 삼은 꽃과 채소 등을 나열하면 다음과 같다.

유자[柚], 감[柿], 대나무[竹], 광나무[女貞樹], 치자[梔子], 오가피[五家皮], 뽕나무[桑], 모란[牧丹], 작약[芍藥], 진달래[杜鵑花], 해바라기[向日花], 봉선화[鳳仙花], 야합화[夜合花], 국화[菊], 구기자[拘杞], 불콩[扁豆], 생강[薑], 여지[荔支], 배추[菘], 무[菁], 수박[水瓜], 호박[南瓜], 박[瓠], 파[葱], 마늘[蒜], 아욱[露葵], 부추[韭], 가지[茄], 상치[萵苣], 고추[苦椒], 옥수수[玉蜀黍], 단수수[糖黍], 피마자[蓖麻子], 좌리[酸醬], 담배[淡巴姑]

작자는 35종의 화초와 채소 등의 생태를 어느 정도 연구한 뒤에 시를 지었다는 생각을 한다. 각 편을 읽어보면, 비록 짧은 형식을 갖추었으나 화초와 채소의 특징을 잘 살려 표현했기 때문이다. 이러한 시를 보통 '영물시詠物詩'라 지칭하는데, 정만조의 물物을 보는 시각을 알 수 있는 작품이다. 한편, 이 작품은 『무정존고』 권3에도 수록되어 있다. 『은파유필』과 대비했을 때 작품의 배열 순서 등 많은 점이 같으나 『무정존고』에는 시제 다음에 서문이 있어 「동산잡영」을 짓게 된 배경을 알렸다. 『무정존고』에서 말하기를 '동산'은 바로 자유당自有堂 앞뒤를 가리킨다고 하였다. 정만조는 진도로 유배 와 4년째 접어들었을 때 자유당 서실을 지었다. 그리고 「동산잡영」를 근거해보면, 자유당 주변에 화초와 채소 등을 심고 그것의 생태를 관찰한 뒤에 총35수의 작품을 지었다. 이 「동산잡영」은 정만조 개인의 물을 보는 입장을 알 수 있으면서 19세기 말 진도 지역의 화초와 채소 등을 이해하는 자료적 가치도 지니고 있다.

▶ 옥액玉液 : 도가道家에서 제련하여 만든다는 선액仙液을 말한다.

▶ 금전金箋 : 금전지金箋紙를 말한다.

▶ 초택음楚澤吟 : 초나라 못가의 읊조림이란 뜻으로, 굴원屈原이 지은 「어부사」와 관련된다. 굴원은 전국 시대 초楚나라 충신으로, 간신의 모함을 받아 소상강瀟湘江 가로 유배되었다. 그가 지은 「어부사」에 “굴원이 쫓겨나 강가를 거닐며 시를 읊조릴 적에 안색顔色이 초췌하고 형용形容이 야위었다.” 하였다.

▶ 천직蠶織 : 누에를 치고 명주를 짜는 것을 말한다.

▶ 파산巴山 : 섬서성陝西省에 있는 산 이름인데 여기서는 촉蜀 땅이라는 의미로 쓰였다. 왕위를 내놓고 도망갔던 촉나라 망제望帝 두우杜宇의 혼백이 화하여 두견새가 되었는데, 항상 한밤중에 ‘불여귀不如歸’라고 하는 듯한 소리로 몹시 처절하게 운다고 한다.

▶ 유이柔荑 : 띠와 같은 풀로, 여자의 부드러운 손을 말할 때도 쓰인다.

▶ 초영균楚靈均 : 초나라의 굴원屈原을 말한다. ‘영균’은 굴원의 자이다. 그가 지은 「이소離騷」에 “돌아가신 아버님이 나의 이름을 정직이라고 지어 주셨고, 자를 영균이라고 지어 주셨다.[名余曰正則兮 字余曰靈均]”라는 말이 나온다.

▶ 자의합취송字義合取松 : “글자 뜻 솔에서 취함이 맞다”로 풀이하였다. 배추의 ‘숭菘’ 자와 소나무의 ‘송松’ 자가 서로 비슷하다는 의미이다.

▶ 난도鸞刀 : 고대에 나라의 큰 제사에서 희생을 잡는 귀한 칼로 칼끝에 방울이 달려 있다.

▶ 임리淋漓 : 긴 칼처럼 멋있게 보이는 모습을 표현한 것인데, 『초사楚辭』 권8 애시명哀時命에 “우뚝하게 쓴 관은 구름을 뚫을 듯, 길고 긴 칼은 또 종횡무진이라.[冠崔嵬而切雲兮 劍淋漓而縱橫]”라는 말이 나온다.

▶ 황과黃瓜 : 오이를 말한다.

▶ 이다안씨부己多顔氏富 : “이미 안씨 같은 부자 많겠지”로 풀이하였다. 여

기서 안씨는 공자孔子의 수제자 안연顔淵을 말한다. 안연은 한자성어 단사표음簞食瓢飮과 관련된 사람으로도 잘 알려져 있다. 이와 관련하여 공자가 이르기를 "어질도다, 안회여. 한 도시락 밥과 한 표주박 물로 누추한 시골구석에서 살자면 다른 사람은 그 걱정을 견디지 못하건만, 안회는 도를 즐기는 마음을 변치 않으니, 어질도다, 안회여.〔賢哉回也 一簞食 一瓢飮 在陋巷 人不堪其憂 回也不改其樂 賢哉回也〕"라고 하였다. 『論語 雍也』

▸ 민중숙閔仲叔 : 후한後漢 민공閔貢을 말한다. '중숙'은 민공의 자이다. 민공은 청렴하기로 유명했다. 당시에 또 다른 은자 주당周黨이라는 사람이 있었는데, 민공은 항상 자신이 주당에게 미치지 못한다고 여기면서 콩과 물만 먹고 지냈는데, 하루는 주당이 찾아 와 생마늘을 주었다. 하지만 그는 받아만 두고 먹지는 않았다고 한다. 『後漢書 卷83 周黃徐姜申屠列傳』

▸ 편신遍身 : 온몸.

▸ 하고소릉옹何苦少陵翁 위시탄감가爲詩歎坎坷 : "소릉옹은 어찌 그리 고달파했나, 시 지어 때 만나지 못함 탄식했네"로 풀이하였다. '소릉옹'은 당나라의 시인 두보杜甫를 가리킨다. '소릉'은 두보의 자이다. '감가'는 행로行路가 평탄하지 못하다는 말로, 때를 만나지 못한 것을 뜻한다. 이 구절은 두보의 시 「종와거種萵苣」와 관련된다. 두보는 이 시의 서문에서 "가을비가 내린 뒤에 집 앞에 있는 조그마한 밭에 상추씨를 뿌렸는데, 스무 날이 지나도록 싹이 트지 않고 비름만 무성하였다. (그것을 보고) 군자가 다 늦게 변변찮은 자리를 얻은 것 때문에 벼슬길에 나아가지 못하는 것은 아닌지 상심하여 이 시를 짓는다."라고 하였다.

▸ 청출람靑出藍 : 청출어람靑出於藍을 말한다. 이는 배운 사람이 가르쳐준 스승보다 낫게 된 것을 뜻한다. 『순자荀子』「권학勸學」에 "얼음이 물에서 나되 물보다 차고, 푸른색이 쪽〔藍〕에서 나되 쪽보다 푸르다.〔水生於水寒于水 靑出於藍靑於藍〕"라고 한 말에서 유래하였다. 원재료인 단수수보다 설탕이 더 달기 때문에 한 말이다.

138. 밤에 큰 비바람이 불어서 보고 느낀 것을 적다
夜大風雨 紀見述懷

어느 곳인들 비바람이 없을까	何處無風雨 하 처 무 풍 우
해마다 바닷가라 심하거늘	年年甚海邊 연 년 심 해 변
담장 흙더미 재앙 집까지 미치고	墻堆災及屋 장 퇴 재 급 옥
방죽이 무너져 밭이 없어졌다	堰決蕩無田 언 결 탕 무 전
볏단 실은 상선은 지나가고	禾杪商船過 화 초 상 선 과
장작더미의 물새 잠을 자는데	柴堆水鳥眠 시 퇴 수 조 면
수심에 탄성이 사방에서 일어나니	愁歎聲四起 수 탄 성 사 기
반드시 아홉 겹 하늘에 통하리라	定徹九重天 정 철 구 중 천
날짐승들 겨우 숨어 엎드려있고	蚊蠅纔屏伏 문 승 재 병 복
개구리는 큰 소리 내어 우는구나	蛙黽大喧囂 와 민 대 훤 효
잠깐 신이 처음 잠잠해 기뻤는데	乍喜神初定 사 희 신 초 정
갑자기 사물이 요동치는 것이라	旋爲物所搖 선 위 물 소 요
인간세상 고요한 날 없듯이	人間無靜日 인 간 무 정 일
나그네에겐 좋은 밤이 적은데	客裡少良宵 객 리 소 양 소

홀연 마루에서 소리 들리고	忽聽床床滴 홀 청 상 상 적
관솔이 일어나 저절로 탄다	松明起自燒 송 명 기 자 소
우레가 바야흐로 호령하고	轟雷方號令 굉 뢰 방 호 령
도깨비불은 여전히 날뛰니	走燐尙跳踉 주 린 상 도 량
귀괴함을 그 누가 막으리까	鬼怪誰能制 귀 괴 수 능 제
하늘 위엄으로도 당할 수 없다	天威不可當 천 위 불 가 당
보고 들음이 모두 두렵나니	觀聽都恐懼 관 청 도 공 구
위축된 모습은 더욱 슬프다	跧蹙重悲傷 전 축 중 비 상
밝은 덕 숭상하기만 기원하나니	但願崇明德 단 원 숭 명 덕
구름 걷히고 태양 받드는구나	披雲捧太陽 피 운 봉 태 양
처마 끝 풍경 한밤중에 울리니	檐鈴中夜響 첨 영 중 야 향
부녀자들 깊은 방에서 움직이고	婦女動深閨 부 녀 동 심 규
행랑채 뒤에다 땔나무를 옮기며	廊背移薪艸 낭 배 이 신 초
질그릇 양념 단지를 덮는다	甕頭葢醬罇 옹 두 개 장 제
옷 벗고 대자리에 시원히 누워	解衣凉簟臥 해 의 량 점 와
책 안고 한 자 등잔불 낮추는데	抱卷尺檠低 포 권 척 경 저
이를 보고도 꾸짖을 사람 없으니	見此無交謫 견 차 무 교 적

고봉 처보다 더 현명하구나　　　　　　　　　　賢於高鳳妻
　　　　　　　　　　　　　　　　　　　　　　　현 어 고 봉 처

◆ 이 작품은 밤에 큰 비바람이 불어서 보고 느낀 것을 시로 옮긴 오 언고체시이다. 총32구로 되어 있으며, 8구-8구-8구-8구씩 같은 운을 사용하였다. 즉, 고시에서 운은 바꾸었다는 것은 문장에서 단락을 바 꾼 것과 같다. 따라서 총 네 가지 내용을 전달하고 있다고 볼 수 있다. 처음 8구에서 바닷가이기 때문에 비바람이 심하다고 하면서 여러 가 지 피해가 일어나니 사람들의 탄성이 여기저기서 들린다고 하였다. 두 번째 8구에서 잠시 잠잠한 것 같더니 또다시 요동을 친다고 하였고, 세 번째 8구에서는 비바람을 막을 방법이 없다고 하면서 두려운 마음 을 드러내었다. 마지막 8구에서 부녀자들이 비바람을 미리 대비하는 모습과 함께 작자 자신은 어느 누구의 방해도 받지 않으며 책을 본다 고 하였다. 바닷가에 비바람이 불어 사람들이 분주하게 움직이는 모습 을 주로 묘사한 시이다. 한편, 이 작품은 『무정존고』 권3에 「야대풍우 夜大風雨」라는 시제로 수록되어 있다.

▶ 병복屛伏 : 세상을 피해 숨어서 산다.

▶ 시퇴柴堆 : 장작더미를 뜻한다.

▶ 송명松明 : 관솔을 뜻한다.

▶ 주린走燐 : 도깨비불을 뜻한다.

▶ 첨영檐鈴 : 처마 끝에 다는 풍경을 말한다.

▶ 교적交謫 : 여러 사람이 번갈아 두루 꾸짖는다는 말이다. 『시경』 「북문 北門」의 “내가 밖에서 들어오자, 식구들이 번갈아 나를 꾸짖네.[我入自外 室人交遍謫我]”라는 말에서 유래하였다.

▶ 고봉高鳳 : 후한後漢 때의 사람으로 글 읽기를 전일하게 하였다. 일찍이 그의 아내가 뜰에 보리를 말리면서 그에게 닭이 오지 못하도록 지키게 하였다. 그때 소나기가 쏟아졌으나 고봉은 장대를 잡고 경전을 외우느라 빗물에 보리가 떠내려가는 줄도 몰랐다고 한다.『後漢書 卷83 高鳳列傳』

139. 가을 더위에 산기슭에 올랐다가 늦게 동쪽 시내에서 목욕하고 여러 벗들과 운을 부르다
秋熱 登山麓 晩浴于東澗 與諸伴呼韻

서늘함 좇아 산기슭 올라 돌아가지 않으니	石磴追凉坐不歸 석 등 추 량 좌 불 귀
온 산은 공연히 푸르러 이슬비가 젖었다	滿山空翠濕霏微 만 산 공 취 습 비 미
고요한 낮 솔 그늘에서 소 높이 누었고	松陰晝靜牛高臥 송 음 주 정 우 고 와
가을 향내 나는 벼이삭에서 새 굽혀 난다	稻粒秋香鳥偊飛 도 립 추 향 조 면 비
남포의 아름다운 사람은 공연한 원망 있고	南浦佳人空有怨 남 포 가 인 공 유 원

　　동쪽 시냇가에 당도했는데, 주점 여인이 소산과 농담을 나누다가 이별함에 특히 아쉬워했다.〔澗邊有當 壚女蘇山有戲語 離別殊帳然〕

동쪽 구릉의 처사는 약속을 쉽게 어겼도다	東陵處士易相違 동 릉 처 사 이 상 위

　　참외밭을 찾았는데, 주인이 없어서 참외를 사지 못하였다.
　　〔訪瓜圃 無主人 未買〕

느즈막에 어옹의 웃음 덕분에 배가 부르니	晩來饒被漁翁笑 만 래 요 피 어 옹 소
맑은 강에서 목욕 마치고 다시 옷 떨친다	浴罷淸江復振衣 욕 파 청 강 부 진 의

◆ 이 작품은 작자의 나이 42세 가을에 지었다. 작자는 여러 사람들과 함께 가을 더위 때문에 산기슭에 올랐다가 늦은 시간에 동쪽 시내에서 목욕한 뒤에 시를 지었다. 그 함께 한 사람이 어떤 사람들인지 파악할

수 없으나 경련 1구 다음에 적은 소서에 따르면, 소산小山 박응원朴應元
이 같은 일행이었음을 알 수 있다.

수련에서 서늘함을 좇아 산기슭에 오른 것을 말하였고, 함련에서 산기
슭에서 바라본 주변의 풍경을 적었다. 경련은 각 구마다 소서를 적어
시 구절의 이해를 도왔다. 1구의 '남포의 아름다운 사람'은 주점 여인
을 말하고, 2구의 '동쪽 구릉의 처사'는 참외밭 주인을 말한다. 그리고
미련 1구에서 "느즈막에 어옹의 웃음 덕분에 배가 부르니"라고 했으
니, 현장에 있던 어옹이 작자를 비롯한 일행에게 많은 웃음을 선사했
음을 알 수 있다.

140. 해질 무렵에 높은 곳에 올라 向晚 登高

푸른 낭백산은 높고도 높은데	浪白山靑層復層 낭 백 산 청 층 부 층
물속에 하늘 열려 가흥이 조금 일었다	水中天闢小嘉興 수 중 천 벽 소 가 흥
초목 우거진 빈 성엔 고려 왕자 있었고	空城草木麗王子 공 성 초 목 려 왕 자
언덕의 빈 터엔 노 정승의 옛집 있었다	故宅邱墟盧政丞 고 택 구 허 로 정 승
즐거운 일은 가을 붉은 벼 거두지 않음이요	樂事未秋紅稻斂 낙 사 미 추 홍 도 렴
좋은 약속은 근래 저녁에 백빈에 오름이라	佳期近夕白蘋登 가 기 근 석 백 빈 등
쉬이 원망하는 유배객 주민들과 기뻐하니	逐臣易怨居民喜 축 신 이 원 거 민 희
이제부터 어부 나무꾼과 친구가 되었다네	從此漁樵結友朋 종 차 어 초 결 우 붕

◆ 이 작품은 해질 무렵에 높은 곳에 올라가 느낌이 일어 지었다. 시 내용을 통해 '높은 곳'이란 역사적인 장소인 '용장성龍藏城'임을 알 수 있다. 즉, 작자는 용장성에 올라 흔적을 통해 옛 역사적인 사실을 기억 해냈다. 따라서 함련에서 말한 '고려 왕자'는 승화후承化侯 온溫을, '노 정승'은 노수신盧守愼을 각각 말한다. 또한 인상적인 부분은 경련과 미 련이다. 경련에서 '즐거운 일'과 '좋은 약속'을 적었는데, 모두 소소한 일들이다. 작자는 이러한 소소한 일에 만족해하며 유배 현지인들과 친 밀해진 모습을 보였다. 미련 2구의 "이제부터 어부 나무꾼과 친구가 되었다네"라고 말한 것은 의미하는 바가 크다.

▶ 공성초목려왕자空城草木麗王子 : "초목 우거진 빈 성엔 고려 왕자 있었고"로 풀이하였다. '빈 성'은 용장성龍藏城을, '고려 왕자'는 승화후承化侯 온溫(?~1271)을 말한다. 이 구절은 고려 삼별초三別抄 항쟁과 관련된다. 용장성은 1270년(고려 원종11) 8월 삼별초를 이끌던 고려의 장군 배중손이 쌓았다. 강화도에서 진도로 근거지를 옮긴 삼별초군은 진도 군내면 용장리 용장사 인근 선황봉仙隍奉 둘레에 산성을 축성하고 대몽항전을 위해 전열을 정비하였다. 1271년 5월 진도로 진격해온 몽고군에 항전하였지만 군사력의 열세로 패하였다. 현재 사적 제126호로 지정되어 있다.

▶ 고택구허로정승故宅邱墟盧政丞 : "언덕의 빈 터엔 노 정승의 옛집 있었다"로 풀이하였다. '노 정승'은 노수신盧守愼(1515~1590)을 가리킨다. 자는 과회寡悔이고, 호는 소재穌齋이며, 본관은 광주光州이다. 이연경李延慶의 사위 겸 문하생이 되었고, 1543년 식년 문과에 장원하였다. 인종仁宗이 즉위하자 대윤大尹으로서 정언正言이 되어 이기李芑를 논핵, 파직시켰다. 그러나 1545년 명종明宗이 즉위하자 소윤小尹 윤원형尹元衡이 이기와 함께 을사사화를 일으켜 그는 이조좌랑에서 파직, 1547년(명종2) 순천順天에 유배되었다. 그리고 2년 뒤에 일어난 양재역 벽서사건良才驛壁書事件으로 가중 처벌되어 진도로 이배, 19년 동안 유배생활을 하였다. 노수신은 진도에 있으면서 수 백 편의 시 작품을 남겼는데, 그 대표로 「옥주이천언沃州二千言」을 손꼽을 수 있다.

▶ 백빈白蘋 : 흰 수초를 말한다. 『초사楚辭』「구가九歌 상부인湘夫人」에 "흰 수초 위에 올라가서 멀리 바라보고, 미인과 만나거든 저녁 일찍 휘장을 치리라.〔登白蘋兮騁望 與佳期兮夕張.〕" 한 말이 있다. '빈蘋'은 원문에 '번蘩'으로 되어 있으나 의미상 수정하였다.

141. 쌍계사에서 노닐며 遊雙溪寺

적막한 시절 빈산에 가을꽃 가득하니	秋花寂歷滿空山 추 화 적 력 만 공 산
어지러운 돌 사이의 옛 절 또 찾았다	古寺重尋亂石間 고 사 중 심 란 석 간
도의 기운 중년에서야 자못 좋아지고	道氣頗從中歲好 도 기 파 종 중 세 호
뜬 인생은 상방 와서 비로소 한가하다	浮生始到上方閒 부 생 시 도 상 방 한
반드시 선업 가지고 삼매를 점치고	須將白業觀三昧 수 장 백 업 관 삼 매
또 단약 제조 방법 찾아 구환 쓰리라	更把丹方費九還 갱 파 단 방 비 구 환
우리 일행 말고 찾아온 손님이 없어서	除却吾行無客至 제 각 오 행 무 객 지
길가의 푸른 이끼 비에 얼룩져 있어라	蒼苔一路雨斑斑 창 태 일 로 우 반 반

◆ 이 작품은 42세 가을에 雙溪寺에서 노닐며 지었다. 雙溪寺는 앞의
여러 시에서 이미 언급하였다. 雙溪寺는 첨찰산 아래에 있는 진도를
대표하는 사찰이라 할 수 있다. 작자는 일행과 함께 雙溪寺에 자주 들
러 때로는 묵기도 하였다. 이 시를 지을 당시에도 미련에서 '우리 일행
〔吾行〕'이라 했으니 일행과 함께 있었음을 알 수 있다. 사찰에 왔기 때
문에 아무래도 경건한 마음을 가지며, 신성의 이미지를 부각시키려 하
였다. 이는 함련과 경련을 통해 볼 수 있다.

▶ 백업白業 : 불경佛經에서 악업惡業을 흑업黑業이라 하고, 선업善業을 백업
白業이라 한다.

▶ 삼매三昧 : 한 가지에만 마음을 집중시키는 일심불란一心不亂의 경지를
말한다.

▶ 단방丹方 : 단약丹藥을 제조하는 방법을 말한다.

▶ 구환九還 : 신선 되는 약에 소환단小還丹·대환단大還丹이 있는데, 대환단
은 아홉 번 순환하여 만들어진다.

▶ 반반斑斑 : 얼룩진 모습.

142. 서아가 뜻밖에 찾아와 놀라고 기뻐 시를 짓다
書兒意外來觀 驚喜有作

4년이 지루한 반생을 지낸 듯한데	四載如經半世遲 사 재 여 경 반 세 지
몸가짐이 어렸을 때와 같지 않구나	儀形無一似童時 의 형 무 일 사 동 시
등잔 앞에서 홀연 배알하는 모습 보고	燈前忽見綠衣拜 등 전 홀 견 록 의 배
놀라서 뉘 집 어린 아이인가 묻는다	驚問誰家年少兒 경 문 수 가 년 소 아
웃고 나서 눈에서 눈물이 줄줄 흘러	笑口仍交淚眼開 소 구 잉 교 루 안 개
내가 죽지 않으니 네가 왔구나	吾能不死汝能來 오 능 불 사 여 능 래
기뻐서 갈수록 정신이 안정 안 되니	悅悅久愈魂難定 열 열 구 유 혼 난 정
되레 꿈처럼 이어져 돌아오지 못한다	脈脈還如夢未回 맥 맥 환 여 몽 미 회
칠십 넘은 부모님 나는 뵙지 않았는데	七耋吾親不見吾 칠 질 오 친 불 견 오
내가 오히려 너를 보니 즐겁고 기쁘다	吾猶見汝作歡娛 오 유 견 여 작 환 오
너는 가거든 내 행색 비교하지 말지니	汝行不比吾行色 여 행 불 비 오 행 색
처음 품안을 벗어나 먼 길을 나섰구나	始出懷中卽遠途 시 출 회 중 즉 원 도

바람 일렁이는 배는 늘 건너기 위험하니

海舶風濤屢涉危
해 박 풍 도 루 섭 위

산길에 발 부르터도 피로한 줄 몰랐구나

山程繭足不知疲
산 정 견 족 부 지 피

어린 나이에 어려움 겪음은 해롭지 않으나

弱年未害嘗艱險
약 년 미 해 상 간 험

함께 하여 보호해줄 수행인이 없었구나

調護竝無僮僕隨
조 호 병 무 동 복 수

제주도의 나그네가 또 다시 가련하니

耽羅客子更堪憐
탐 라 객 자 갱 감 련

돌아봄에 그 어느 때나 눈앞에 있을는지

顧羡何時在眼前
고 미 하 시 재 안 전

평상시 숙부님 섬기길 부모 섬기듯 하여

事叔平常如事父
사 숙 평 상 여 사 부

장차 조수에 배 타고서 문안을 드려라

擬將省視候潮船
의 장 성 시 후 조 선

듣자니 3년 동안 책을 읽지 아니하고

聞說三年不讀書
문 설 삼 년 부 독 서

유유히 또한 농사법도 배우지 않는다지

優游竝無學耕鉏
우 유 병 무 학 경 서

못난 마음 너의 게으름 꾸중할 틈 없으니

癡情無暇嗔渠懶
치 정 무 가 진 거 나

남은 환난에 생을 온전히 함이 다행일 뿐

只幸生全患難餘
지 행 생 전 환 난 여

아은은 형에게 절하는 예절도 알지 못해

阿恩不識拜兄儀
아 은 불 식 배 형 의

첫 대면에 어긋어긋 일부러 회피하였지

齟齬初筵故避之
저 어 초 연 고 피 지

홀연 주머니에 밤 묶음 넣은 것 보고서

忽見披亞推束栗
홀 견 피 아 추 속 율

문득 친해져서 서로 떨어지지 않았지　　　　便來相狎不相離
　　　　　　　　　　　　　　　　　　　　변 래 상 압 불 상 리

◆ 이 작품은 서아書兒가 생각하지도 않았는데 찾아와 놀라며 기뻐서 지은 것이다. 총 7수로 이루어져 있다. '서아'는 누구를 가리키는지 확실히 알 수 없으나 제5수 전구에서 "평상시 숙부님 섬기길 부모 섬기듯 하여"라는 말을 통해 작자 정만조의 아들이 아닌가 추측한다. 만일 서아가 정만조의 아들이라면 현재 한양에 있어야 맞다. 한양과 진도와의 거리는 상당히 멀기 때문에 쉽게 찾아올 수가 없다. 그래서인지 제4수에서 서아가 험난한 여정을 이겨내고 찾아온 주로 적었다. 정만조가 유배 온 지 4년 만에 만나는 것이기에 그동안 서아의 모습은 많이 변하였다. 제1수에서 주로 그러한 내용을 담았다. 오랜만에 만난 아들이기 때문에 그 반가운 마음은 이루 말할 수가 없었다. 이러한 내용은 제2수와 3수에서 읽을 수 있다. 그러면서 제주도로 유배 간 동생 정병조가 생각났다. 제5수 결구에서 "장차 조수에 배 타고서 문안을 드려라"라고 하여 제주도에 있는 동생을 찾아가 보라는 당부의 말을 하였다. 그러나 반갑기만 한 것은 아니다. 서아가 공부와 농사법 등을 열심히 하지 않는다고 꾸중을 하였다. 제6수에서 이러한 내용을 볼 수 있다. 마지막 제7수는 지난 과거에 있었던 어떤 일화를 들어 말한 듯한데, 그 상황은 분명히 알 수가 없다. 이 작품은 아버지 정만조의 면모를 보인 특징이 있다.

▶ 서아書兒 : 누구를 말하는지 자세히 알 수 없다.
▶ 견족繭足 : 발이 부르트다.
▶ 탐라객자耽羅客子 : 제주도로 유배 간 동생 정병조鄭丙朝를 가리킨다.

▶ 아은阿恩 : '아'는 남을 부를 때 친근감을 나타내기 위하여 성이나 이름 위에 붙이는 말이다. 따라서 '아은'이라 한 것은 작자가 이름을 친근하게 부른 것으로 서아書兒의 이름 중에 '은' 자가 들어간 듯하다.

143. 산사에서 우연히 수령 벽산 이범교를 만나 그 읍의 여러 선비들과 차운하여 함께 시를 지었는데, 이날은 중양절이다 山寺 遇郡宰李碧汕範喬 次其與邑諸儒 共作韻 是日卽重陽

절 찾은 사군과 누각 오르자 약속했는데	使君索札約登樓 사 군 색 찰 약 등 루
늙은 나그네 머리에 국화 꽂아 부끄럽다	老客黃花愧揷頭 노 객 황 화 괴 삽 두
명윤은 베옷 입고 잔치 자주 참여하였고	明允布衣多與宴 명 윤 포 의 다 여 연
영균은 난초 차고 또한 시름을 잊었다지	靈均蘭佩亦忘愁 영 균 란 패 역 망 수
남쪽 언덕 먼 길에 부모와 이별한 날이요	南陔路遠離親日 남 해 로 원 리 친 일
북두성 찬 하늘에 나라 근심하는 가을이라	北斗天寒戀國秋 북 두 천 한 련 국 추
늙은 스님들 모두 바삐 말 끝내지 말지니	老釋都無忙了語 노 석 도 무 망 료 어
정말로 맑은 고을이라 가렴주구가 끊겼다	政淸閭里絶誅求 정 청 려 리 절 주 구

◆ 이 작품은 산사에서 우연히 수령 이범교李範喬를 만난 것으로부터 시작하였다. 시제를 보면, 당시 함께 있던 사람은 이범교 뿐만이 아니었다. 읍의 여러 선비들도 있어서 차운하여 함께 시를 지었다. 또한 중요한 사실은 중양절, 즉 음력 9월 9일에 지었다는 점이다. 여기서 말하는 '산사'는 물론 쌍계사라고 생각한다. 다시 말해 작자는 42세 중양절에 쌍계사에 여러 사람과 갔다가 수령 이범교를 만나 차운해 시를 지

> 었다. 차운했다는 것은 이전에 지은 시의 운을 이었다는 뜻인데, 어떤
> 사람 시를 이었는지 알 수 없다. 다만 이범교가 앞장서 시를 짓자 작
> 자가 이었을 것으로 추측한다. 작품에서 중양절을 의미하는 '국화'를
> 언급하였고, 수령과 함께 있는 자리인지라 미련 2구에서 '가렴주구'를
> 말하였다. 작자의 나이 42세 중양절에 쌍계사에서 여러 사람들과 함께
> 어울려 지은 시이다.

▶ 명윤포의다여연明允布衣多與宴 : "명윤은 베옷 입고 잔치 자주 참여하였
  고"로 풀이하였다. '명윤'은 송나라 소순蘇洵의 자이다. 충헌공忠獻公 한
  기韓琦가 중양절에 술을 장만해 두고 구양수歐陽脩 및 몇 사람의 집정
  자들과 모였다. 그 자리에 소순이 포의의 신분으로 참석하자 다른 인
  사들이 모두 이상하게 여겼다. 연회 자리에서 시를 읊을 때 소순이
  "아름다운 절기는 누차 근심 속에 지나갔지만, 장한 마음은 도리어 취
  중에 오는구나.〔佳節屢從愁裏過 壯心還倚醉中來〕"라고 하여, 뜻과 기개가 조
  금도 위축되지 않았다고 한다. 『古今事文類聚 前集 卷11 布衣與宴』작자는
  소순을 자신에 빗대었다.
▶ 영균란패역망수靈均蘭佩亦忘愁 : "영균은 난초 차고 또한 시름을 잊었다
  지"로 풀이하였다. '영균'은 초나라의 충신 굴원의 호이다. 회왕懷王 때
  삼려대부三閭大夫가 되어 국정을 행하였는데, 다른 대부의 투기를 받아
  신임을 잃자「이소경離騷經」을 지어 왕의 마음을 돌리려 하였으며, 회
  왕의 아들 양왕襄王 때에 이르러 참소를 받고 장사長沙로 옮겨지자 어
  부漁父 등 제편諸篇을 지은 뒤 멱라수汨羅水에 투신하였다.「이소경」에
  이르기를, "가을 난초를 매달아 허리에 찬다."고 했는데, 이는 향기로
  운 물건을 지님으로써 자신을 깨끗이 한다는 뜻이다. 『史記 卷84 屈原賈
  生列傳』작자는 굴원을 자신에 빗대었다.

144. 자유당 십경 自有堂十景

남산의 수성 南山壽星

낭산 북쪽과 호산 남쪽의 큰 별이	狼北狐南一大星 낭 북 호 남 일 대 성
반짝반짝 빛이 나고 또 우뚝하도다	皇皇爍爍復亭亭 황 황 역 역 부 정 정
명천은 치우친 감정의 삿된 비춤 없나니	明天偏感無私照 명 천 편 감 무 사 조
양지는 뉘와 기약해 영험을 나타내는가	陽地誰期有現靈 양 지 수 기 유 현 령
예로부터 신선은 허탄하지 아니하니	自古神仙非誕妄 자 고 신 선 비 탄 망
이 고을의 부로들은 모두 건강하도다	此鄕父老摠康寧 차 향 부 로 총 강 령
군친의 무거운 은혜 장차 어찌 갚을꼬	君親恩重將何報 군 친 은 중 장 하 보
멀리서 거북과 백학처럼 장수하길 바라네	遙獻龜籌與鶴齡 요 헌 귀 주 여 학 령

북악의 개인 눈 北嶽晴雪

학 옷 입고 누대 올라 갠 저녁 구경하니	鶴氅登樓賞晚晴 학 창 등 루 상 만 청
창과 기둥 눈을 대해 허명한 데에 있다	窓楹對雪在虛明 창 영 대 설 재 허 명
봄추위는 날카로운 칼로 벤 듯이 차갑고	春寒測測如刀快 춘 한 측 측 여 도 쾌

하늘 물은 고요한 거울처럼 맑기도 하다 　天水澄澄與鏡平
천 수 징 징 여 경 평

늙은 나무의 옥룡은 그저 자중하고 　老樹玉龍徒自重
노 수 왕 용 도 자 중

층진 얼음의 철마는 누굴 위해 우는가 　層氷鋧馬爲誰鳴
층 빙 전 마 위 수 명

　　북악에 철마가 있어서 산 이름이 되었다.〔北岳有鋧馬 故山名云〕

오랜 시간 지작궁 앞길에선 　多時鳷鵲宮前路
다 시 지 작 궁 전 로

멀리 조회의 새벽 종소리 생긴 듯하다 　曉漏朝天似隔生
효 루 조 천 사 격 생

해창의 낙조 海倉落照

해문 서쪽에 오래된 조창이 있는데 　海門西下舊漕倉
해 문 서 하 구 조 창

안개 낀 나무 푸르고 낙조는 노랗다 　烟樹靑蒼落日黃
연 수 청 창 낙 일 황

몇 가락 목동 피리 소 등에서 더디고 　樵笛數聲牛背晚
초 적 수 성 우 배 만

십리 길 주점 가는 말발굽은 바쁘다 　酒旗十里馬蹄忙
주 기 십 리 마 제 망

꽃다운 덧없는 세월 그 뉘 멈추리까 　芳辰荏苒誰能住
방 신 임 염 수 능 주

어렴풋한 먼 길은 볼 수가 없어라 　遠道依俙不可望
원 도 의 희 불 가 망

세월 가지고 사람 늙음에 견주지 마라 　莫把流光比人老
막 파 류 광 비 인 로

하룻밤이 지나면 떠오르는 해 본단다 　纔經一宿見扶桑
재 경 일 숙 견 부 상

쌍계사로 돌아가는 구름 溪寺歸雲

꿈 끊긴 봉래산의 오색구름 이니　　夢斷蓬萊五色雲
　　　　　　　　　　　　　　　　몽 단 봉 래 오 색 운

끝없는 해산에서 홀로 외로워라　　海山無際獨離群
　　　　　　　　　　　　　　　　해 산 무 제 독 리 군

옷 변해 다시 자주 인끈 매지 않고　變衣不復紆靑紫
　　　　　　　　　　　　　　　　변 의 불 부 우 청 자

두건 쓴 백발과 함께 함이 가련하다　被帽應憐共白紛
　　　　　　　　　　　　　　　　피 모 응 련 공 백 분

한 박사는 진령의 외로운 신하였고　秦嶺孤臣韓博士
　　　　　　　　　　　　　　　　진 령 고 신 한 박 사

적 참군은 병주에서 노닌 나그네라　竝州游子狄參軍
　　　　　　　　　　　　　　　　병 주 유 자 적 참 군

마침내 비 내려 고목 적신 것 아니　終知作雨沾枯槁
　　　　　　　　　　　　　　　　종 지 작 우 점 고 고

해 가려져 어찌 임금 볼 수 있으랴　蔽日那堪不見君
　　　　　　　　　　　　　　　　폐 일 나 감 불 견 군

반궁의 강수 泮宮講樹

아홉 길 담장 안에 한 뙈기 궁 있어　九仞蕭墻一畝宮
　　　　　　　　　　　　　　　　구 인 소 장 일 무 궁

정원 회나무 반듯하고 행단은 높아라　檜庭殖殖杏壇崇
　　　　　　　　　　　　　　　　회 정 식 식 행 단 숭

뿌리 깊은 나무 제 때 내린 비에 젖고　深培根柢霑時雨
　　　　　　　　　　　　　　　　심 배 근 저 점 시 우

가시밭 말끔히 없애니 바른 바람 돌아온다　淨掃荊榛返正風
　　　　　　　　　　　　　　　　정 소 형 진 반 정 풍

노에 복종한 오랑캐 오디 먹은 부엉이요　服魯憬夷鴞食葚
　　　　　　　　　　　　　　　　복 로 경 이 효 식 심

주를 일으킨 길사들 오동에 우는 봉황이라

興周吉士鳳鳴桐
흥 주 길 사 봉 명 동

사립문 속의 나도 가악을 연주하나니

蓽門我亦絃歌樂
필 문 아 역 현 가 악

눈물 닦으며 어찌 도 궁함을 탄식했을까

反袂何曾歎道窮
반 몌 하 증 탄 도 궁

관도의 저자 안개 官道市烟

옥주 성곽에 만 집의 연기 있는데

沃州城郭萬家烟
옥 주 성 곽 만 가 연

십자로 통한 거리 한 줄기로 이어졌다

十字通街一抹連
십 자 통 가 일 말 연

술을 산 버들 길엔 향기로운 바람 불고

楊柳香風沽酒路
양 류 향 풍 고 주 로

엿을 판 살구꽃 하늘엔 봄비가 내린다

杏花春雨賣餳天
행 화 춘 우 매 당 천

바닷가 장독 수심 더욱 깊어지는데

工隨海瘴來愁際
공 수 해 장 래 수 제

귓가에 들리는 세속 소리 막지 못해

未障塵喧到耳邊
미 장 진 훤 도 이 변

어두운 호산은 다 분간하지 못하나니

暝色湖山都不辨
명 색 호 산 도 불 변

누구 집의 등잔불이 배 위에 올랐나

誰家燈火上潮船
수 가 등 화 상 조 선

비 오는 들판의 농악 북소리 雨野農鼓

북 치고 노래 불러 농악대 번갈아 드니

疊鼓行謠遞相農
첩 고 행 요 체 상 농

멀리서는 쿵쿵 가깝게는 둥둥 들린다

遙聞坎坎近鼕鼕
요 문 감 감 근 동 동

구름은 남쪽 언덕 십천 모롱에 머물렀고 　雲屯南畝十千耦
　　　　　　　　　　　　　　　　　　운 둔 남 무 십 천 우

비는 서산의 서너 봉우리를 지나간다 　　雨過西山三四峯
　　　　　　　　　　　　　　　　　　우 과 서 산 삼 사 봉

옛 풍속 여전히 흙 삼태기 울리는데 　　古俗尚存鳴土簣
　　　　　　　　　　　　　　　　　　고 속 상 존 명 토 궤

시끄러운 생용의 소리 갖출 필요 있나 　繁音何必備笙鏞
　　　　　　　　　　　　　　　　　　번 음 하 필 비 생 용

북소리 잠깐 멈추고 환호성 울려 퍼지니 桴聲乍歇歡雷動
　　　　　　　　　　　　　　　　　　부 성 사 양 환 뢰 동

큰 동이 속 탁주는 무르익어간다 　　　大瓦盆中白酒濃
　　　　　　　　　　　　　　　　　　대 와 분 중 백 주 농

조숫물을 따르는 상선 風潮商帆

배는 조숫물을 따라 오락가락 하는데 　船來船去趁風潮
　　　　　　　　　　　　　　　　　　선 래 선 거 진 풍 조

눈 아래 검푸른 바다는 더욱 멀리 보인다 眼底滄溟望更遙
　　　　　　　　　　　　　　　　　　안 저 창 명 망 갱 요

삐걱삐걱 노 젓는 소리 닻 따라 급해지고 軋軋櫓聲趨碇急
　　　　　　　　　　　　　　　　　　알 알 로 성 추 정 급

펄럭펄럭 깃발 그림자 파도 따라 나부낀다 繙繙旗影逐波搖
　　　　　　　　　　　　　　　　　　번 번 기 영 축 파 요

오염과 빈포는 이 시장에서 일렁이고 　吳鹽賓布波斯市
　　　　　　　　　　　　　　　　　　오 염 빈 포 파 사 시

이슬비 변방 안개에 한숨 쉬며 노래 부른다 蛋雨蠻烟欸乃謠
　　　　　　　　　　　　　　　　　　단 우 만 연 애 내 요

장사 집에서 나고 자란 강가의 여인은 　生長商家江上女
　　　　　　　　　　　　　　　　　　생 장 상 가 강 상 녀

어려서 이미 목란의 노 젓는 것 익숙하다 兒時已慣木蘭橈
　　　　　　　　　　　　　　　　　　아 시 이 관 목 란 요

암천에서 빨래하는 아낙네 岩泉浣女

여인들 짝 불러 맑은 샘에서 빨래하니
招招女伴浣淸泉
초 초 여 반 완 청 천

푸른 이끼 낀 백석 가에서 솜씨 뽐낸다
試手蒼苔白石邊
시 수 창 태 백 석 변

시내 방망이 두드리니 산에 소리 들리고
澗杵自鳴山有響
간 저 자 명 산 유 향

촌사람 단장 엷게 하니 달보다 더욱 곱다
村粧易薄月增姸
촌 장 이 박 월 증 연

끌어올려 붙인 머리에 바위 꽃 떨어지고
髻頭抓着岩花落
고 두 과 착 암 화 락

치마 끝 나부껴 지나가니 수초 이끈 듯해
裙角翻過水荇牽
군 각 번 과 수 행 견

무거운 새벽이슬 거리끼지 않고 일어나
徑起非嫌晨露重
경 기 비 혐 신 로 중

기다리는 낭군 늦을까 두려워 잠 못 이룬다
恐郎遲候不成眠
공 랑 지 후 불 성 면

문포의 어옹 門浦漁翁

머리털 성글고 짧은 늙은 어부가
鬢髮蕭騷老釣漁
빈 발 소 소 로 조 어

온 종일 강호의 궁벽한 거처 대한다
江湖終日對幽居
강 호 종 일 대 유 거

성긴 등 단풍 비추고 선종은 ■■
疎燈楓葉禪鍾■
소 등 풍 엽 선 종 ■

◆ 이 작품은 자유당 주변의 열 가지 풍광을 그린 시이다. 자유당은 정
만조가 진도로 유배 와 4년이 된 해에 지은 서재 이름이다. 운양雲養

김윤식金允植은 정만조의 부탁을 받고 자유당의 기문을 지었는데, 그 사연을 다음과 같이 적었다.

> 내 벗인 정무정鄭茂亭 학사가 이 섬에 귀양 가 있으면서 기둥 네 개를 세워 서재를 지었다. 집이 완성되자 수성이 마침 보였기 때문에 이름을 '자유당'이라 하였다. 소릉少陵(두보)의 시 "남극 노인 스스로 별을 지녔네.[南極老人自有星]"라는 시어에서 따온 것이다. 군군郡 내 명사들과 술을 마시면서 낙성식을 하고 편지를 보내 내게 기記記를 지으라고 하였다. (김윤식, 『운양집』 권10, 「자유당기」 중에서 옮김. 한국고전번역원 DB 번역을 따름)

김윤식의 말에 따르면, 정만조가 진도로 유배 온 뒤에 자유당이라는 서재를 지었는데, 그 이름의 유래는 두보의 시 구절에서 찾을 수 있다. 진도군의 명사들과 낙성식을 한 뒤에 편지를 보내 자유당의 기문을 지어달라고 했다 한다. 이 내용에 의거하면 '자유당'이라는 당호는 정만조가 지었음을 알 수 있다.

정만조가 정한 자유당 십경은 첫째 '남산의 수성[南山壽星]', 둘째 '북악의 개인 눈[北嶽晴雪]', 셋째 '해창의 낙조[海倉落照]', 넷째 '쌍계사로 돌아가는 구름[溪寺歸雲]', 다섯째 '반궁의 강수[泮宮講樹]', 여섯째 '관도의 저자 안개[官道市烟]', 일곱째 '비 오는 들판의 농악 북소리[雨野農鼓]', 여덟째 '조숫물을 따르는 상선[風潮商帆]', 아홉째 '암천에서 빨래하는 아낙네[岩泉浣女]', 열째 '문포의 어옹[門浦漁翁]'이다. 이 시제를 보면, 고유명사 또는 보통명사를 수식어로 먼저 적고 그 다음에 관련한 모습을 적었음을 알 수 있다. 특히, 일곱째 '비 오는 들판의 농악 북소리[雨野農鼓]'와 아홉째 '암천에서 빨래하는 아낙네[岩泉浣女]' 작품은 진도의 향토

색을 드러내었다는 점에 그 의의가 있다. 다만, 아쉬운 점은 마지막 열째의 작품이 중간에 끊겨 전체 면모를 알 수 없다는 것이다. 「자유당십경」은 정만조가 자유당 서재를 열고 주변 풍광을 어떤 감성으로 그렸는지를 알려주는 자료로써의 의의를 지니고 있다.

▶ 수성壽星 : 인간의 수명壽命을 관장하는 별로, 노인성老人星·남극성南極星·수노인壽老人·남극 노인南極老人 등의 별칭을 지니고 있다.

▶ 탄망誕妄 : 허탄虛誕하고 망령妄靈됨을 일컫는다.

▶ 측측測測 : 날카로운 모양을 나타낸다.

▶ 옥룡玉龍 : 눈을 비유하는 시적 표현이다. 송宋나라 장원張元의 「설雪」에 "싸움에 진 옥룡 삼백만 마리, 갑옷 비늘 하늘 가득 날려 떨어지네.〔戰退玉龍三百萬　敗鱗殘甲萬空飛〕"라는 말이 있다.

▶ 철마銕馬 : '철銕' 자는 '철鐵' 자의 옛글자로 뜻이 서로 통한다. 철마는 현재 진도군 진도읍 성내리에 있는 철마산을 가리킨다. 철마산은 진도의 진산鎭山으로 원래 북산 또는 망적산望敵山이라 불렸고, 산 성터가 있다. 이 산에서 고을 수령이 매년 정한 날짜에 철마 신상神像을 모시고 제사 지내던 마조단馬祖壇이 있어서 붙여진 이름이다.

▶ 지작궁鳷鵲宮 : 왕이 있는 궁궐을 뜻한다. 한나라 때 감천궁甘泉宮 밖에 있던 궁관宮觀으로 지작루鳷鵲樓가 있었는데, 여기에서 유래했다고 할 수 있다.

▶ 조창漕倉 : 세곡稅穀의 수송과 보관을 위하여 수로水路 연변에 설치한 창고를 말한다.

▶ 임염荏苒 : 세월이 덧없이 흐른다는 뜻이다.

▶ 의희依俙 : 희미하다는 뜻이다.

▶ 부상扶桑 : 신화에서 동해에 있다고 하는 신목神木. 그 밑에서 해가 떠

오른다 하여 해가 뜨는 곳이나 해를 가리킨다.

▶ 봉래蓬萊 : 원래 선인仙人이 사는 곳을 뜻하나 여기서는 임금이 있는 도
  성의 대궐을 가리킨다.

▶ 이군離群 : 이군삭거離群索居를 말한다. 『예기』「단궁 상檀弓上」에 나오는
  말로, 친지나 벗들과 헤어져서 혼자 외로이 사는 생활을 가리킨다.

▶ 청자靑紫 : 한 나라 제도에, 공후公侯는 자주색 인끈을 쓰고 구경九卿은
  푸른 인끈을 사용하였기 때문에 공경公卿의 지위를 일컫는 말이다.

▶ 백분白紛 : 백발을 뜻한다.

▶ 진령고신한박사秦嶺孤臣韓博士 : "한 박사는 진령의 외로운 신하였고"로
  풀이하였다. '한 박사'는 당나라 때의 시인 한유韓愈를 가리킨다. 옛날
  한유가 조주潮州로 귀양 갈 적에 남관을 넘어가면서 지은 시에 "구름
  이 진령에 비꼈나니 집은 어디에 있는가, 눈이 남관에 가득 쌓여 말이
  앞으로 가지 않네.〔雲橫秦嶺家何在 雪擁藍關馬不前〕"라는 구절이 보인다. 『韓
  昌黎集 卷10 左遷至藍關示姪孫湘』

▶ 병주유자적참군竝州游子狄參軍 : "적 참군은 병주에서 노닌 나그네라"로
  풀이하였다. '적 참군'은 당唐나라 때의 명신 적인걸狄仁傑을 가리킨다.
  적인걸이 병주竝州의 법조참군法曹參軍이 되어 태항산太行山에 올라 흰
  구름이 외로이 나는 것을 보고, 좌우에게 말하기를 "우리 어버이가 저
  밑에 계신다."고 하면서, 울울한 마음으로 오래도록 바라보다가 구름
  이 사라진 뒤에 내려왔다고 한다. 『唐書 狄仁傑傳』

▶ 반궁泮宮 : 반수泮水, 즉 반달 모양의 연못이 앞에 있는 제후국의 학궁學
  宮을 가리킨다.

▶ 강수講樹 : 강론하는 나무를 가리킨다.

▶ 소장蕭墻 : 자기 담장 안에서 일어나는 변을 이른다. 『논어』「계씨季氏」
  에 "계씨의 화가 전유顓臾에 있지 않고 소장의 안에 있다." 하였다.

▶ 복로경이효식심服魯憬夷鴞食葚 : "노에 복종한 오랑캐 오디 먹은 부엉이

요"로 풀이하였다. 『시경』「반수泮水」에 "저 부엉이 퍼덕거리며 날아와서, 반궁泮宮 숲 속에 모여 앉도다. 우리 뽕나무 오디를 먹고, 나에게 좋은 소리를 안겨 주도다.[翩彼飛鴞 集于泮林 食我桑黮 懷我好音]"라는 말이 나온다.

▸ 흥주길사봉명동興周吉士鳳鳴桐 : "주를 일으킨 길사들 오동에 우는 봉황이라"로 풀이하였다. 『시경』「권아卷阿」에 "봉황이 우는구나, 저 높은 언덕에서. 오동이 자라는구나, 저 동쪽 기슭에서.[鳳凰鳴矣 于彼高岡 梧桐生矣 于彼朝陽]"라는 말이 나온다.

▸ 반메反袂 : 반메식면反袂拭面을 말한다. 옷소매를 들어 얼굴의 눈물을 닦는다는 뜻이다.

▸ 옥주沃州 : 진도의 옛 별호. 『신증동국여지승람』 권37 군명 조에 있다.

▸ 생용笙鏞 : 생황과 큰 종을 말한다.

▸ 오염吳鹽 : 오나라에서 생산되는 소금을 말한다. 오나라의 소금은 가장 희고 깨끗하였으므로 최상품으로 생각하였다. 당나라 이백李白의 시에 "오나라 소금이 꽃처럼 쌓였는데 백설보다도 더 깨끗하다.[吳鹽如花皎白雪]"라는 표현이 나온다. 『李太白集 卷6 梁園吟』

▸ 빈포賓布 : 빈賓은 열렬. 즉 자투리 베가 아니고, 한 끝으로 이어진 베라는 뜻이다.

▸ 소등풍엽선종■疎燈楓葉禪鍾■ : ■이하 내용은 더 이어져야 하는데 오려져 있다. 오려진 부분과 권2 등 추가 확인이 되기를 기대 한다.

사진⑲ 자유당 옛 터

【현 주소는 진도군 진도읍 교동 5길 18. 예전 자유당 서실이 있던 자리에 현재 사찰이 들어서 있다. 그리고 사진에 보이는 아스팔트 도로는 자유당이 있을 당시에 시냇가였다. 】(2019.05.06.)

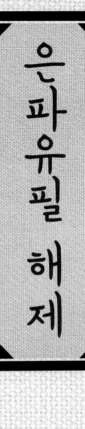
은파유필 해제

무정 정만조의 진도 유배

김희태(전 전라남도 문화재전문위원)

1. 정만조는 누구인가?

정만조鄭萬朝(1858~1936)의 자는 대경大卿이요, 본관은 동래東萊이며, 호는 무정茂亭이다. 정만조는 17세기의 문신이자 서예가였던 정태화鄭太和의 후손으로, 그의 가문은 조선 후기 대표적 소론 집안으로 손꼽힌다. 그의 선대들은 주로 서울 남산 아래에 세거하며 고위 관료를 지내거나 학술적으로 중요한 업적을 남긴 사람이 많았다. 조부는 정윤용鄭允容(1792~1865)이고, 부친은 정기우鄭基雨이다. 정윤용은 정계에 나아가 공조참의까지 역임하였고, 한편으로 학문과 저술에 힘을 기울인 인물이다. 정기우는 심대윤沈大允에게 나아가 학문을 연마하였다. 심대윤은 경기도 안성에 살면서 성리학보다는 양명학에 주로 심취했던 사람이다. 이로써 정만조의 부친 정기우의 학문 경향이 성리학만 고집하지 않았음을 짐작할 수 있다. 정기우는 부친 정윤용이 벼슬을 그만 두고 충청도 온양으로 내려가자 함께 낙향하여 21세 때 안성에 살던 심대윤을 찾아간다. 그리고 정기우는 25세 때 안성의 덕곡이라는 곳으로 이사를 하였고, 2년 뒤인 27세 때 첫 아들 정만조를 낳는다. 다시 말해 정만조가 태어난 곳은 경기도 안성이다.[1]

---

1 정만조의 가계와 관련한 내용은 정은진, 「茂亭 鄭萬朝의 친일로 가는 思

정만조는 8세 때에 집안이 모두 한양으로 거처를 옮기자 이사를 하였다. 그리고 한양에서 당대의 유명한 문인인 추금秋琴 강위姜瑋(1820~1884)와 영재寧齋 이건창李建昌(1852~1898) 등을 만난다. 특히, 정만조는 강위에게서 시를 배워 문예 기질을 연마하였다. 이렇듯 시를 익히는 등 학문을 연마한 정만조는 25세 때부터 벼슬살이를 본격 시작하였다. 이어 14년 정도 벼슬살이를 하다가 39세 1월 12일에 면직 되었고, 3월 6일에 15년 동안의 유배의 명이 내린다. 39세 1월 12일 면직되기 이전까지 벼슬을 통한 활약상을 정리하면 다음과 같다.

- 25세(1882, 고종 19) : 통리교섭통상사무아문統理交涉通商事務衙門 주사主事
- 28세(1885, 고종 21) : 군사마軍司馬
- 32세(1889, 고종 26) : 3월 3일 내무부 주사, 알성시 급제, 12월 18일 부교리
- 33세(1890, 고종 27) : 1월 3일 부수찬, 1월 5일 부사과, 1월 13일 중학 교수中學敎授, 1월 24일 교리
- 35세(1892, 고종 29) : 5월 21일 정언, 5월 22일 부교리, 5월 26일 헌납, 6월 1일 부사직, 6월 3일 지평, 6월 4일 장령, 6월 6일 부사과, 6월 24일 상호도감 도청, 7월 6일 장악원 정掌樂院正, 11월 29일 동부승지, 12월 27일 행부호군
- 36세(1893, 고종 30) : 11월 5일 예조참의, 11월 19일 돈령부 도정
- 37세(1894, 고종 30) : 3월 26일 분병조 참지, 6월 26일 좌승지, 7월 9일 소윤少尹, 9월 8일 좌승선, 9월 9일 참의, 11월 23일 만장 제술관輓章製

惟」, 『대동한문학』 33집, 대동한문학회, 2010, 140~145쪽을 참조했음을 밝힌다. 현재 정만조를 소개한 인터넷 자료를 보면, 출생지를 서울로 말한 경우가 있는데 이것은 오류이다. 정만조가 태어난 곳은 경기도 안성이다. 이는 정기우의 문집 『운재유고』 권2에 실린 「연보」를 통해서도 알 수 있다.

述官

- 38세(1895, 고종 32) : 6월 21일 궁내부 비서관宮內府祕書官 겸임 장례원
  장례掌禮院掌禮, 11월 17일 겸임 시종원시종 비서원승 전의사겸부장侍
  從院侍從祕書院丞典醫司兼副長
- 39세(1896, 고종 33) : 1월 12일 궁내부 참서관 정만조·서주보徐周輔,
  통역관通譯官 전준기全晙基, 시종원 시종 정운붕鄭雲鵬·이범주李範疇, 회
  계원 검사과장 정일빈鄭日賓, 경연원 시독經筵院侍讀 이희화李喜和, 왕태
  자궁 시종관王太子宮侍從官 정병조鄭丙朝 면직

사실 정만조는 그의 나이 39세 1월 12일 면직되기 전날인 11일에 체
포 구금되었다. 그러니까 체포, 구금을 먼저 당한 뒤에 면직되었던 것이
다. 정만조는 14년 동안 꾸준히 벼슬살이를 하다가 39세 1월 11일에 체
포 구금되었고, 이튿날 면직되어 관직에서 물러났다.

2. 정만조가 진도로 유배 간 사연은?

관직에서 물러난 정만조는 3월 6일에 진도 금갑도로 유배의 명이 떨
어진다. 금갑도는 전라남도 진도군 의신면義新面 금갑리金甲里 접도接島마
을에 딸린 섬이다. 정만조 유배시기에는 의신면 명금면明今面 갑도甲島였
다. 그렇다면 정만조는 어떤 연유로 머나먼 섬 진도로 유배를 가게 되었
는가? 그 연유를 알 수 있는 기록이 『승정원일기』 1896년(고종33) 3월 6일
(신축, 양력 4월 18일) 자에 나온다. 그 내용은 다음과 같다.

조칙을 내리기를, "개국 504년 8월 20일에 일어난 역변逆變과 동년
10월에 일어난 무옥誣獄에 관련된 여러 죄수들의 공초 문안을 자세히

살펴보고 해당 안건에 대하여 크게 징계를 행하고자 하였다. 그러나 참작하여 헤아릴 바가 없지 않기에 특별히 살려 주기를 좋아하는 뜻을 미루어 법부에 명한다. 현재 갇혀 있는 죄수 서주보徐周輔, 정병조鄭丙朝, 김경하金經夏, 이태황李台璜은 종신 유배終身流配에 처하고, 정만조, 우낙선禹洛善은 15년 유배에 처하고, 전준기全晙基, 이범주李範疇는 10년 유배에 처하고, 홍우덕洪祐德은 1년 징역에 처하고, 정인흥鄭寅興은 방면放免하여 각자 스스로 일신一新할 길을 열어 주라." 하였다.[2]

위 내용에서 중요한 부분은 '개국 504년 8월 20일(무자, 양력 10월 8일)에 일어난 역변'과 '동년 10월에 일어난 무옥'이다. 이 두 사건에 연루되어 정만조는 벼슬에서 물러나 유배를 가게 되었다. '개국 504년'는 조선이 개국한 이후 504년을 가리키므로 1895년을 말한다. 즉, 1895년 8월 20일에 일어난 역변과 같은 해 10월에 일어난 무옥 사건 때문에 정만조를 비롯한 여러 사람이 형벌을 받은 것이다.

그렇다면 '1895년 8월 20일에 일어난 역변'과 '1985년 10월에 일어난 무옥 사건'은 무엇을 가리키는가? 전자는 1895년 8월 20일에 일어난 을미사변乙未事變을 말하는데, 일명 '명성황후 시해사건'으로 더 많이 알려져 있다. 후자는 을미사변의 반동으로 일어난 사건으로, 일명 '춘생문사건春生門事件'으로도 불린다.

일본 제국은 조선을 침략하는데 명성황후를 큰 걸림돌로 생각하였다. 그래서 드디어 명성황후를 1985년 8월 20일에 시해하기에 이르는데, 이 일을 지휘한 사람은 조선 주재 일본 공사 미우라 고로[三浦梧樓]이다. 1895년 8월 20일, 일본의 자객들은 궁궐을 지키는 군인들을 죽이고 궁으

---

2 『승정원일기』 1896년(고종 33) 3월 6일(신축, 양력 4월 18일) 자. 번역 내용은 한국고전번역원에 올린 것임을 밝힌다.

로 난입하였다. 그리고 경복궁 제일 안쪽에 자리한 건청궁 곤녕합, 곧 명성황후가 머물던 곳으로 향해 갔다. 일본 자객들이 사용한 암호는 '여우 사냥'으로, 여기서 말하는 '여우'는 바로 명성황후를 가리킨다. 명성황후를 죽이려는 계획을 '여우 사냥'이라는 암호로써 나타낸 것이다. 이때 명성황후는 미처 빠져나가지 못하고 궁녀들 틈에 끼어 있었다. 일본 자객들은 명성황후의 얼굴을 잘 알지 못했기 때문에 궁녀들을 함께 죽였다. 그러다 결국 명성황후를 찾아내 죽인 뒤에 시신에 석유를 끼얹어 근처 숲에서 태웠다. 당시 일본이 저지른 만행이 얼마나 극악무도했는지를 알 수 있다. 근래에는 일본 '낭인'들에 의해 저질러진 것으로 알려진 '을미사변'이 일왕 직속의 최고통수기관인 대본영에 의해 저질러진 국가범죄임을 밝혀지고 있다.[3]

을미사변을 겪은 이후 명성황후 계열의 친미·친러파의 군인들은 궁궐 안에 있던 고종을 궁 밖으로 나오게 하려 했으나 실패하였다. 이 일은 춘생문을 통해 도모한 일이기 때문에 '춘생문 사건'이라고 부르게 되었다. 이 춘생문 사건은 비록 실패로 돌아갔으나 고종은 이듬해 2월 11일에 아관파천俄館播遷에 성공하여 그 뒤 1년 동안 러시아 공관에 머무른다.

정만조가 체포 구금된 시점은 고종이 아관파천을 한 이후이다. 19세기 격동의 시간 속에 살았던 지식인 정만조는 을미사변과 춘생문 사건에 연루되어 결국 당시 나주부羅州府에 속해 있던 진도 금갑도로 유배지가 정해져 가게 되었다. 절도정배絶島定配이다. 절도정배지를 분석한 자료에 따르면 전체 909회 가운데 금갑도는 28회, 진도는 69회의 기록이 확인된바 있다.[4]

---

3 김문자 지음, 김승일 옮김, 『명성황후 시해와 일본인』, 태학사, 2011.

4 장선영, 「조선시기 流刑와 絶島定配의 推移」, 『지방사와 지방문화』 4-2, 역사문화학회, 2001.

3. 정만조가 유배지까지 거쳐 간 곳은?

체포 구금되어 있던 정만조는 감옥에서 나와 진도 금갑도로 향해 갔
다. 한양에서 출발해 진도까지 가야했기에 가는 길이 험난할 수밖에 없
었는데, 그 과정은 『은파유필』에 실린 시 작품을 통해 알 수 있다. 당시
정만조를 비롯해 여러 사람이 남쪽 유배지를 향해 갔는데, 그 일행이 처
음 이른 곳은 소의문昭義門이었다. 소의문을 통과해 인천을 향하였는데,
남쪽으로 향해 떠나는 배를 타기 위해서였다. 인천에서 화륜선火輪船을
탄 정만조 일행은 남쪽을 향해가다가 목포 인근 바다에 정박했다가 잠
시 목포에서 하선하였다. 이어 무안으로 들어갔다가 태풍을 만나 우목
도牛目島에 정박했다가 옛 전라우수영과 녹진綠津을 지나 금갑도로 향해
갔다. 금갑도로 향하면서 지은 시 작품이 『은파유필』에 실려 있다. 시
제목은 「금갑도로 향하려는데, 순검 압뢰의 무리들이 모두 돌아간다고
아뢰어[將向金甲島 巡檢押牢輩皆告還]」이다. 전문을 실어보면 다음과 같다.

길은 금갑도에서 끝나고 　　　　　　　　　　　　路窮金甲島
　　　　　　　　　　　　　　　　　　　　　　로 궁 금 갑 도

땅은 옥주성에서 다했다 　　　　　　　　　　　　地盡玉州城
　　　　　　　　　　　　　　　　　　　　　　지 진 옥 주 성

　　　진도의 옛 이름을 간혹 '옥주'라 일컬었다.[珍島舊名 一稱玉州]

죄 지은 날 수 더욱 오래 남았고 　　　　　　　　獲罪日逾久
　　　　　　　　　　　　　　　　　　　　　　획 죄 일 유 구

가슴 두드릴 때마다 다시 놀란다 　　　　　　　　拊心時復驚
　　　　　　　　　　　　　　　　　　　　　　부 심 시 부 경

아득한 시름은 빗발과 어울리고 　　　　　　　　遠愁和雨色
　　　　　　　　　　　　　　　　　　　　　　원 수 화 우 색

돌아갈 꿈은 파도 소리에 흩어진다 　　　　　　　歸夢散濤聲
　　　　　　　　　　　　　　　　　　　　　　귀 몽 산 도 성

옥졸들은 나를 좋아하지 않으나   獄卒非余好
                                    옥 졸 비 여 호

돌아가면서 눈물을 흘리려 한다   將行淚欲橫
                                    장 행 루 욕 횡

   '옥주성'은 진도의 또 다른 이름이다. 이제 정만조는 죄 지은 몸이 되어 유배 생활을 시작하게 되었다. 시의 전체 분위기는 침울하며, 작자는 상당히 답답한 기분을 드러내고 있다는 것을 알 수 있다. 기약 없는 유배 생활을 시작하였다. 그런데 그 외롭고 어려운 유배살이 중에도 진도의 경관과 풍물을 읊고 문사들을 만나며 민속생활사를 되집어 볼 수 있는 글을 남긴다. 12년의 유배살이, 그 가운데 전반기 4년간의 기록이 바로 『은파유필恩波濡筆』이다.

『은파유필』의 체제와 내용

박명희(전남대 국어국문학과 강사)

1. 『은파유필』의 체제는?

무정茂亭 정만조鄭萬朝(1858~1936)는 1896년(고종33)부터 1907년까지 진도珍島에서 유배 생활을 하였다. 그는 이 유배 기간 동안 수많은 시를 지었는데, 『은파유필』(가로 17.0cm×세로 24.0cm)은 그 시 작품을 엮은 한 책이다. 현재 전해오는 이 『은파유필』에는 총 144제 249수의 시 작품이 수록되어 있다.[1] 이를 다시 고체시와 근체시로 구분하면 전자에 해당하는 작품 수는 총 3제 3수이고, 후자에 해당하는 것은 총 141제 246수이다. 따라서 거의 모든 작품이 근체시에 속한다고 할 수 있는데, 이것을 다시 시체별詩體別로 구분하면 다음과 같다.

① 오언절구 : 1제 35수
② 오언율시 : 4제 4수

---

[1] 필자는 『은파유필』에 총 144제 249수의 시 작품이 수록되어 있는 것을 확인하였다. 그런데 이순욱은 그의 논문(「무정 정만조의 『은파유필』 연구」, 전남대학교 석사학위논문, 16쪽)에서 『은파유필』의 작품 수는 총 144제 257수라고 하였다. 이러한 수치는 필자가 도출한 것과 상이하다. 이 부분은 앞으로 재논의 될 수도 있다. 한편, 144제 중에 45제는 『무정존고』에도 실려 있다. 이 중에 4제(연번 63, 85, 89, 96)는 일부만 실려 있고, 몇 작품은 시제가 다르게 실려 있음을 확인하였다.

③ 칠언절구 : 16제 67수

④ 칠언율시 : 120제 140수

⑤ 오언고체시 : 3제 3수

이상 작품 수를 통해 칠언율시가 압도적으로 많다는 것을 알 수 있다. 반면 오언율시와 오언고체시는 그 작품 수가 극히 적어 양적인 측면에서 존재감을 크게 드러내지 못하고 있다. 또한 특이한 점은 오언절구이다. 오언절구는 통틀어 한 시제詩題만 있는데, 그 아래에 총 35수의 작품이 있다. 즉, 35수의 연작시인 셈이다. 이로써 정만조는 진도 유배 시절에 주로 칠언율시를 통해 자신이 생각한 것을 토로했다고 하겠다.

한편, 『은파유필』은 정만조의 나이 39세 1월부터 42세 가을까지 진도 유배지에서 지은 시를 엮은 시집이다. 지은 작품을 나이별로 나누면 다음과 같다.

나이	첫 작품 시제	마지막 작품 시제	총 작품 수
39세	1월 11일에 궁내부에서 숙직하다 체포되다[正月十一日 直宮內府 被拿]	눈이 갠 뒤에 또 운을 뽑다[雪晴後 又拈]	68제 83수
40세	보성의 관해 김형면이 찾아와서[寶城金觀海炯冕來訪]	가객 박덕인에게 주다[贈歌者朴德寅]	17제 44수
41세	정월 보름날에 빗속에서 강재와 시를 짓다[上元雨中 與康齋拈韻]	하루에 세 번 음식을 나누어주어 시로 사례하며[日三饋餕 以詩謝之]	46제 59수
42세	음력 정월 보름 달밤에 만취·송오·강재·소산과 함께 남천교를 밟으며[上元夜月 與晚翠松塢康齋小山 踏南川橋]	자유당 십경[自有堂十景]	13제 63수

앞에서 말했듯이 정만조는 12년 동안 진도에서 유배 생활을 하였다. 그런데 위와 같이 『은파유필』에는 안타깝게도 4년 동안의 시 작품만 수록되어 있다. 유배 기간은 12년인데, 왜 4년의 시 작품만 남아있는가? 실제 『은파유필』만 두고 보더라도 정만조는 시 짓는 것을 즐겨했던 사람이다. 따라서 정만조가 12년의 유배 생활 중에서 4년 동안만 시를 지었다고 볼 수는 없다. 12년 동안 내내 시를 지었으나 4년 이후의 작품은 일실逸失되어 현재는 남지 않게 되었을 것으로 생각한다. 한편, 정만조의 진도 유배와 관련하여 또 다른 기록인 『무정존고茂亭存稿』를 살펴볼 필요가 있다. 『무정존고』는 총 5권으로 이루어진 정만조의 시집이다. 같은 시 작품이 『은파유필』과 『무정존고』 모두에 수록된 경우도 있으나 한쪽에만 실린 경우도 많다. 따라서 정만조 시의 진면목을 보려면 두 종의 저작을 모두 살펴보아야 한다.[2] 『은파유필』은 정만조가 유배 생활을 마치고 서울로 돌아간 뒤에 진도에서 편집하였고, 『무정존고』는 서울에서 편집했다고 생각하는데, 그러는 중에 편집자의 의도에 따라 작품을 빼거나 넣었을 것이다.

2. 『은파유필』은 어떤 내용을 담았나?

그렇다면 『은파유필』에는 어떤 내용의 시 작품이 수록되어 있는가?

---

2 이순욱은 전게 논문 8쪽에서 정만조의 저작을 거론한 바 있다. 이순욱 연구자는 정만조의 문집과 저작은 『恩波濡筆』, 『茂亭存稿』, 『茂亭存稿補遺』, 『茂亭詩稿』, 『榕燈詩話』, 『茂亭遺草』, 『紫閣山館初稿』, 「朝鮮詩文變遷」 등이 있다고 하면서 각각의 내용을 설명하였다. 이 중에 본서의 저본이 된 『은파유필』・『무정시고』는 진도문화원에서 영인본을 발간한 바 있다. 박병훈 전 진도문화원장이 『은파유필』 원본을 소장하고 있다. 본서를 마무리할 무렵 박병훈 원장은 또 다른 『은파유필』 필사본의 복사본을 입수하였다 했으나 아쉽게도 열람 비교는 하지 못하였다.

우선 진도에 도착하기 이전의 작품과 도착한 이후의 작품으로 구분할
수 있다. 표를 통해 구분해 보이면 다음과 같다.

작품 구분 기준	첫 작품~마지막 작품	총 작품 수
진도에 도착하기 이전 작품	1월 11일에 궁내부에서 숙직하다 체포되다[正月十一日 直宮內府 被拿]~금갑도로 향하려는데, 순검 압뢰의 무리들이 모두 돌아간다고 아뢰어[將向金甲島 巡檢押牢輩皆告還]	25제 25수
진도에 도착한 이후 작품(유배 기간 작품)	혜사 박진원·국은 이남언이 찾아왔는데, 모두 문사들이다. 이때 읍에 사는 젊은이들이 와서 문예를 시험할 것을 요청하여 함께 그 시에 차운하다[朴蕙史晉遠李菊隱南彦來訪 皆文士也 時邑人年少輩 來請考藝 共次其韻]~자유당 십경[自有堂十景]	119제 224수

　　정만조는 진도에 도착하기 전에 체포되어 감옥에 갇혔던 상황부터
시작하여 유배지를 향해 가는 도중과 도착하기까지의 내용을 시 작품을
통해 알려주었다. 『은파유필』 첫 번째 작품인 「1월 11일에 궁내부에서
숙직하다 체포되다[正月十一日 直宮內府 被拿]」는 정만조 자신이 궁내부에서
숙직하던 중에 체포된 내용을 담았다. 1895년(고종32) 8월 20일에 일어난
'을미사변乙未事變'과 같은 해 10월에 일어난 '춘생문 사건春生門事件' 등에
연루되어 갑자기 체포 구금되었는데, 당시의 느낌을 적었다. 정만조는
몇 개월 동안 감옥에 갇혔는데, 이때 지은 작품은 「내 잘못을 생각하며
[思愆]」, 「봄새[春禽]」, 「이미 깨우치다[已辨]」, 「황혼에[黃昏]」, 「좌서로 옮기
며[移左署]」, 「둘째 아우를 생각하며[思仲弟]」, 「친구들 곁을 떠나며[離群]」, 「호
드기 소리를 듣고[聞筇]」, 「둘째 아우가 돌아왔다는 소식을 듣고[聞仲弟還]」,
「술이 생각나서[思酒]」 등이다. 이때 지은 작품들은 대체로 우울한 심사

를 드러내었다.

　이후 정만조는 유배지가 진도로 결정되어 그곳을 향해 갔다. 우선 인천에 가서 남쪽으로 가는 배를 탔는데, 최종 목적지 진도에 도착할 때까지 지은 작품으로는 「유배지로 출발해 가다가 소의문 밖에 이르러〔發謫行至昭義門外〕」, 「인천을 가던 중에〔仁川途中〕」, 「인천부에서 기원 이호성·화산 강화석과 이별하며〔仁川府 別李岐園鎬成姜華山華錫〕」, 「배가 출발하여〔舟發〕」, 「화륜선에서〔火輪船〕」, 「목포의 먼 바다에 정박하여〔泊木浦外洋〕」, 「목포에서 내려 여러 유배 동료들과 이별하며〔下木浦 與諸謫侶別〕」, 「무안으로 들어가며〔入務安〕」, 「배를 타고 가던 중에 큰 바람을 만나 우목도에 정박하다〔舟中遇大風 泊牛目島〕」, 「추자로도 가는 홍애당과 이별하며〔別洪厓堂之楸子島〕」, 「홀로 거닐면서〔獨行〕」, 「옛 우수영에서〔舊右水營〕」, 「녹진을 건너며〔渡綠津〕」, 「금갑도로 향하려는데, 순검 압뢰의 무리들이 모두 돌아간다고 아뢰어〔將向金甲島 巡檢押牢輩皆告還〕」 등이다. 이러한 작품은 정만조가 어떤 경로로 진도를 갔는지 알려주고 있다. 정만조는 화륜선은 타고 진도로 향해 가다가 목포 먼 바다에 정박하여 다른 곳으로 향해 가던 유배인들과 이별을 하였다. 또한 무안을 거쳐 배를 타고 가던 중에 우목도에서 큰 바람을 만나 잠시 정박을 하였고, 이때 추자도로 향해 가던 애당 홍우덕洪祐德과 이별을 하였다. 이어 우수영에 이르러 소회를 적었고, 녹진을 건너 금갑도로 향해 갔다.

　금갑도에 도착한 정만조는 아마도 정신적으로 힘들었을 것이다. 서울에서 벼슬살이를 하고 있었는데, 어느 날 갑자기 체포 구금되었다가 배를 타고 멀리 유배 왔으니 힘들 수밖에 없었을 것이다. 그런데 다행히 현지인들이 따뜻하게 맞이해주었을 뿐만 아니라 몇몇 인사는 시 공부를 하겠다고 직접 찾아왔다. 「혜사 박진원·국은 이남언이 찾아왔는데, 모두 문사들이다. 이때 읍에 사는 젊은이들이 와서 문예를 시험할 것을 요청하여 함께 그 시에 차운하다〔朴蕙史晉遠李菊隱南彦來訪 皆文士也 時邑人年少輩 來

請考藝 共次其韻]」시 작품은 정만조가 진도에 유배 와 처음 지은 것으로 당시의 상황을 알려준다. 정만조는 누구인가? 추금秋琴 강위姜瑋(1820~1884)의 제자가 아니던가. 강위는 매천梅泉 황현黃玹·창강滄江 김택영金澤榮·영재寧齋 이건창李建昌 등과 함께 대한제국기 4대 시인으로 꼽힌 문인이다. 이러한 강위의 제자 정만조가 진도로 유배 왔으니 현지인들 중에 문예에 관심을 가진 사람들은 정만조를 만나보고 싶었을 것이다. 정만조도 이들을 환대해주었다. 그래서 시간이 약간 흐른 뒤에 서로 마음에 맞는 사람끼리 모여 시 계모임을 결성한다. 이 시 계모임과 관련한 내용은 사실 『무정존고茂亭存稿』 권2에 나온다. 『무정존고』 권2에 「근래에 군의 여러 명사들과 시 계모임을 마련했는데, 계에 든 사람은 24명이다. 첫 번째 모임은 쌍계사에서 하였고, 운을 나누어 '초' 자를 얻었다[近與郡中諸 名士 修詩契 契中爲二十四人 爲第一會於雙溪寺 分韻 得草字]」라는 시제가 있다. 이 시제의 내용대로라면 정만조는 진도군의 여러 명사들과 시 계모임을 마련하였고, 그 계모임에 든 사람은 총 24명이며, 쌍계사에서 첫 모임을 가졌다.[3] 그리고 정만조가 그 쌍계사의 첫 모임에서 얻은 시운詩韻은 '초草' 자였다. 즉, 정만조는 유배지 진도의 현지인들과 시 계모임을 통해 유대 관계를 맺었던 것이다. 『은파유필』에 수록된 현지인들과 관련해 지은 시제를 나열하면 다음과 같다.

「혜사 박진원·국은 이남언이 찾아왔는데, 모두 문사들이다. 이때 읍에 사는 젊은이들이 와서 문예를 시험할 것을 요청하여 함께 그 시에

---

3 시 계모임에 참여한 24명은 金弼根, 朴晉遠, 글자 미상, 李南彦, 松菴 郭震權, 許潔(許瀅의 초명), 許抃, 松溪 朴長浚, 翠湖 丁允燮, 朴鳳瑀, 梁相休, 海亭 丁大齊, 글자 미상, 菊庵 許栢, 蓉巖 李時源, 松谷 朴恒浚, 玄谷 梁宰默, 橘隱 許承, 金允源, 蘇升圭, 陽亭 朴仁鉉, 글자 미상, 글자 미상, 정만조 본인 등이다. 글자 미상이라 적은 세 사람은 원본의 한자가 분명하지 않은 경우이다.

차운하다〔朴蕙史晉遠李菊隱南彦來訪 皆文士也 時邑人年少輩 來請考藝 共次其韻〕」,「허변의 호는 각헌으로 시의 재주가 있는데, 절 안으로 찾아와서〔許抃號覺軒 有詩才 來訪于寺中〕」,「초복에 각헌이 찾아와 미산과 함께 짓다〔初伏覺軒 來訪 與米山作〕」,「첫눈이 심히 세찬데 제생들과 시를 짓다〔初雪甚壯 與諸生 拈韻〕」,「월호 이병위의 시에 차운하다〔次李月湖韻〕」,「가객 박덕인에게 주다〔贈歌者朴德寅〕」,「정월 보름날에 빗속에서 강재와 시를 짓다〔上元雨中 與康齋拈韻〕」,「관해·월호가 찾아왔고, 송오가 또 이르렀는데, 강재는 이미 자리에 있었다〔觀海月湖來訪 松塢又至 康齋已在坐〕」,「만취 박명항 서실의 작은 모임에서 두시 운으로 시를 짓다〔朴晚翠書室小集 拈杜韻〕」,「우수영에서 벼슬살이하는 추담 박유련이 미처 돌아가지 못하고, 최씨 별장에서 서로 글을 읽다가 앞 시의 운으로 주다〔朴秋潭宦游右水營 仍未歸 相唔於崔莊 用前韻以贈〕」,「강재·소산·완재 등 여러 사람들과 뒷동산에 올라 함께 짓다〔康齋蘇山阮齋諸人登後園共賦〕」,「여러 벗들과 소창의 운으로 시를 짓다〔與諸伴拈小倉韻〕」,「병을 앓았는데 여러 벗들이 온 것이 기뻐 마침내 당나라 사람의 운을 뽑아 짓다〔吟病 喜諸伴至 遂拈唐人韻〕」,「벗이 된 여러 시인들과 운림산방을 산보하다 도중에 소리 내어 읊다〔步出雲林與諸詩人作伴 途中口號〕」,「송정의 김송오를 찾아갔으나 만나지 못하여〔松亭訪金松塢 不遇〕」,「강재·경파 등 여러 사람들과 함께 남산에 올라 봄을 보내며〔與康齋景坡諸人 登南山餞春〕」,「강재·소산·석정·완재가 함께 모였는데, 그때 마침 술을 권하는 해남의 늙은 기생이 있어서〔康齋蘇山石亭阮齋共集 適有海南老妓 勸酒〕」,「4월 8일에 시를 읊어 강재에게 보이다〔四月八日 吟示康齋〕」,「강재·완재와 함께 또 소창의 시 운을 집다〔與康齋阮齋 又拈小倉韻〕」,「각헌이 해 뜨자 찾아와 당시의 운을 집다〔覺軒乘日來訪 拈唐韻〕」,「만취가 군수의 초대를 받아 관서에 머무르며 시를 읊어 부쳐주어 급히 화답하다〔晚翠爲郡倅所邀 留官署 寄示吟韻 走和〕」,「강재·완재와 함께 송설의 시운을 집다〔康齋阮齋 共拈松雪韻〕」,「추석에 느낌을 적어 강재에게 보이고 화답을 요구하다(秋夕述懷 示康齋 求和〕, 「강재가 후사를 얻기 위해 젊고 예쁜 여자를 첩으로 들였는데, 처음 만나던 밤에 시를 가지고 조롱하면서 또한 그를 위로하다(康齋爲求嗣 卜少艾 始會之夕 以詩嘲之 且慰之〕, 「석란 안종석·완재·소산·해남 시인 노하 장봉정과 함께 쌍계사로 출발하던 도중에 운자를 부르다(與安石蘭阮齋蘇山海南詩人張蘆下鳳廷 出雙溪寺道中呼韻〕, 「쌍계사에서 묵으며 또 앞 운을 사용하다(宿雙溪寺 又疊〕, 「강재가 뒤따라 이르러 다시 명나라 율시의 운으로 짓다(康齋追至 復拈明律韻〕, 「여럿이 짝 지어 낚시질하다 앞 운을 거듭 써서(與諸伴釣魚 疊前韻〕, 「첫눈 때문에 다시 머물러 또 앞 운을 사용하다(因初雪更留 又疊〕, 「다시 미산의 집에서 읊다(復吟米山室〕, 「음력 정월 보름 달밤에 만취·송오·강삼·소산과 함께 남천교를 밟으며(上元夜月 與晩翠松塢康參小山 踏南川橋〕, 「가을 더위에 산기슭에 올랐다가 늦게 동쪽 시내에서 목욕하고 여러 벗들과 운을 부르다(秋熱 登山麓 晩浴于東澗 與諸伴呼韻〕, 「산사에서 우연히 수령 벽산 이범교를 만나 그 읍의 여러 선비들과 차운하여 함께 시를 지었는데, 이날은 중양절이다(山寺 遇郡宰李碧汕 次其與邑諸儒 共作韻 是日卽重陽〕」

위 시제에 등장하는 진도 현지인은 金彌根, 金炯冕, 朴德寅, 朴命恒, 朴鳳瑀, 朴有鍊, 朴應元, 朴晉遠, 蘇升圭, 安鍾奭, 李南彦, 李範喬, 李秉瑋, 李承曦, 張鳳廷, 許抃, 許瀅, 그리고 미상 두 사람 등이다. 즉, 총 19명의 진도 현지인이 『은파유필』 시제에 등장한다. 물론 정만조가 만난 진도 현지인은 이보다 훨씬 더 많았을 것이다. 앞에서 이미 말한 바와 같이 정만조는 진도 유배 시절에 현지인들 24명과 시 계모임을 결성했는데, 『은파유필』 등장하는 사람들과 일치하는 것은 아니다. 아마도 24명과 시 계모임을 결성했으나 이후 모임에 나오지 않은 사람도 있을 것이다. 따라서 『은파유필』에 등장하는 현지인 진정 정만조와 유대 관계를 가졌던 사람이라 할 수 있다.

한편, 정만조는 진도 사람들이 향유한 민속놀이와 관련한 시 작품을 남겼다. 이와 관련한 작품은 다음과 같다.

「단옷날에[端午]」, 「추석 잡절[秋夕雜絕]」, 「가객 박덕인에게 주다[贈歌者 朴德寅]」, 「이날 저녁에 걸어서 성 위에 이르러 강강술래 노래를 듣고 서[是夕步至城上 聞唱强强來曲]」, 「16일 밤에 다시 남천교를 밟으러 가서 줄다리기를 구경하다[十六夜 復作踏橋行 觀索戲]」, 「자유당 십경[自有堂十景]」 중 '비 오는 들판의 농악 북소리[雨野農鼓]'

위의 시제를 보면, 단오와 추석 등 명절과 관련한 작품도 있고, 가객 박덕인에게 주기 위해 지은 작품도 있다. 비록 정만조 개인의 시선을 담은 시이기는 하나 이러한 작품은 19세기 말엽 진도 사람들의 삶의 모습을 알려주고 있다는 점에서 중요하다. 따라서 남도 지역 민속을 연구하는 학자들은 정만조의 이러한 시를 관심 있게 보며 연구 대상으로 삼고 있다.

마지막으로『은파유필』108번째 작품을 들어본다. 이 작품의 시제는 「객과 풍토를 이야기하다가 이어 소창의 시에서 운을 뽑다[與客說風土 仍拈 小倉韻]」이다. 비록 정만조 개인의 시각이기는 하나 19세기 말 진도의 풍토를 알 수 있는 자료적 가치를 지니고 있다.

어이해 푸른 바다에 깊은 정 붙였을까	滄海何由寄遠情 창 해 하 유 기 원 정
청산만 절로 스스로 알아 맞이하는구나	靑山獨自解相迎 청 산 독 자 해 상 영
땅이 척박해 봄 되면 먹을 양식 없고	稻粱地瘠春無食 도 량 지 척 춘 무 식
마을 깊어 낮에도 호랑이 소리 들린다	虎豹村深晝有聲 호 표 촌 심 주 유 성

금갑도의 풍토는 외지고 황량하며	風土偏荒金甲島 풍 토 편 황 금 갑 도
수군영의 관방은 옛날에 굳세었다지	關防昔壯水軍營 관 방 석 장 수 군 영
나라 중심 아니라 심회 풀 근심 않는데	不愁意緖非中國 불 수 의 서 비 중 국
외람되이 고을 사람들 내 이름 사랑해주네	謬被鄕人愛姓名 류 피 향 인 애 성 명

　함련에서 진도 풍토를 말하기를 "땅이 척박해 봄 되면 먹을 양식 없고, 마을 깊어 낮에도 호랑이 소리 들린다"라고 하였다. 곧, 진도는 땅이 척박하여 많은 곡식을 생산할 수 없어서 봄이 되면 양식이 바닥나는가 하면, 마을은 깊은 곳에 있어 낮에도 호랑이 소리가 들리는 곳이다. 또한 경련에서 '금갑도'와 '수군영'의 특성을 말하였고, 마지막 미련에서 인심이 후하다는 것을 간접적으로 말하였다.

『은파유필』의 지역문화사적 가치

이경엽(목포대학교 국어국문학과 교수)

1. 무정의 유배 여정과 유배 생활은?

무정 정만조(1858~1936)는 1896년에 명성왕후 시해 사건에 연루되었다는 죄목으로 진도에 유배되어 12년간 머물렀다.『은파유필』은 무정이 유배되던 해인 1896년 정월부터 4년간의 생활을 기록한 한시집漢詩集이다. 144개의 제목에 총 249수首의 시가 수록돼 있다. 한시를 모아놓은 책이지만 시간 순으로 배열돼 있고 관련 상황들을 담고 있어서 유배 과정과 진도에서의 유배 생활에 대해 두루 살필 만하다.

무정의 유배 여정을 보면, 서울 서소문을 나와 인천으로 이동한 뒤 그곳에서 배를 타고 목포 쪽으로 이동하는 경로였다. 그때 무정이 이용한 배는 증기 기관선이었다. 조선 정부에서는 1882년부터 세미 운송과 국방 등의 목적으로 외국에서 증기 기관선을 구입해서 운용했는데 이후 민간 업체에서도 폭넓게 운용하면서 1895년에 144척에 달했다고 한다. 무정도 이런 배 중의 하나를 탔던 것으로 보인다. 무정은 「화륜선火輪船」에서 "배가 나는 바퀴[飛輪] 달았나 문득 수레보다 빠르다."라고 증기 기관선에 대해 묘사하고 있다.[1] 무정이 타고 온 배는 목포에서 정박한 뒤

---

[1] 그 이름에서 보듯이 배의 좌우에 수레바퀴 모양의 추진기를 달고 있는 증기선를 지칭한 것으로 보인다. 참고로 해남 우수영을 비롯한 서남해안 일대에서 전해지는 민요 「둥당에타령」을 보면 "내려온다 내려온다 윤에 윤

제주로 떠나고,[2] 무정 일행은 작은 배로 옮겨 타고 가다가 큰 바람을 피해 우목도[3]에 정박한 뒤 우수영에 이르렀다. 그리고 울돌목을 건너 녹진을 통해 진도로 들어갔다.

무정의 유배지는 진도 금갑도였다. 이곳은 조선초기부터 수군만호가 상주하던 곳이라서 예부터 진도 내에서 가장 많이 이용되던 적소 중의 하나였다. 하지만 12년간의 유배생활을 이곳에서 한 것 같지는 않다. 초기에는 금갑진에서 거주했으나 이후 몇 번에 걸쳐 거소를 옮긴 것으로 보인다. 알려진 바에 의하면 의신면 금갑-의신면 사천리-진도읍 등이 거론되는데 그 정황을 보여주는 작품들이 있어서 유배 생활의 단면을 살필 수 있다.

거소를 보여주는 첫 작품은 「복거卜居」인데, "매우 황량한 마을에 작은 살 곳 마련하니 눈에 닿는 경치마다 날 시름겹게 하누나."라고 묘사하고 있다. 짐작컨대 금갑진에 마련된 첫 번째 거소를 묘사한 것으로 보인다. 그 시기는 유배 첫해인 1896년 단오 이후였다. 이어 「새 집의 벽에 쓰다屋題壁上」라는 작품을 보면 밝고 장쾌한 분위기를 묘사하고 있어서 마음에 드는 거처로 옮겼음을 짐작케 한다. 새 거주지는 운림산방이 있는 의신면 사천리로 보이는데, 이후의 작품들에서 운림산, 쌍계사가 거듭 나오고 미산米山과의 만남이 빈번해지는 데서 그것을 짐작할 수 있

선이 내려온다 쌍고동 틀고 외고동 틀고 거덜거리고 내려온다"라는 사설이 있는데 19세기 후반에 증기 기관선이 떠다니던 모습이 낯설고 신기한 풍경이었던 것으로 짐작된다.

2　「목포에서 내려 유배 동료들과 이별하며木浦與諸謫侶別」를 보면 무정을 포함한 "세 명은 목포에서 내리고 다섯 사람은 이어서 제주로 갔다."는 표현이 나온다. 이로 보아 무정이 타고 왔던 '화륜선'은 인천과 제주를 오가는 배였던 것으로 짐작된다.

3　우목도牛目島는 신안군 안좌면 구대리에 있던 섬이다. 현재는 구대리와 우목도를 연결하는 방조제 건설로 간척지가 조성되었다.

다. 그 시기가 초복 전이므로 금갑에서의 생활이 길지 않았음을 알 수 있다. 그리고 「성곽 서쪽 우사에 쓰다題郭西寓舍」라는 작품이 있는데 이로 보아 진도읍성 서쪽에 거소가 마련된 것으로 보인다. 그 시기는 1897년 가을 또는 겨울이었다. 이 작품 이후로는 이전에 보이던 '읍인邑人이 찾아와서'라는 표현이 나오지 않는 것으로 보아 진도읍에서 주로 머물렀던 것으로 추정된다.

이상에서 본 대로 무정은 몇 번에 걸쳐 거소를 옮기면서 유배 생활을 이어갔다. 작품 공간과 관련해서는 사천리와 진도읍의 비중이 큰 것으로 보이며, 진도읍으로 거소를 옮긴 뒤로도 쌍계사와 운림각이 자리한 사천리는 빈번하게 오간 것으로 추정된다. 그리고 유배 생활을 하면서 서당을 열어 아이들을 교육했다고 전한다. 의신면 사천리에서 학동들을 가르쳤다고 전한다. 그리고 진도읍 교동리에서도 소전 손재형孫在馨의 조부가 되는 손병익孫秉翼의 사랑채에서 학생을 가르쳤는데 그 집의 당호를 자유당自由堂이라고 했다. 『은파유필』에 수록된 마지막 작품이 바로 「자유당 10경」이기도 하다.

2. 무정이 만난 진도의 문사와 예인들은?

무정은 진도 사람들과 폭넓게 교류했다. 그것은 초기부터 쭉 이어진 것으로 보인다. 진도 입도 초기작인 「혜사 박진원·국은 이남언이 찾아왔는데, 모두 문사들이다. 이때 읍에 사는 젊은이들이 와서 문예를 시험할 것을 요청하여 함께 그 시에 차운하다」라는 작품에서 그 정황을 읽을 수 있다.

『은파유필』에 나오는 무정의 주요 교유 인물을 보면 진도 현지인 16인, 외지인 10인 등이 있다.[4] 외지 인사들과는 시문을 주고받거나 그들이 내방하는 방식으로 교유했다. 대표적으로 매천 황현은 유배 첫해인 1896년에 직접 진도로 찾아와 3일간 머물기도 했다. 진도 현지의 문사들과는 지속적이고 빈번하게 교유했다. 그것을 보여주는 작품을 예시하면 다음과 같다.

> 관해·월호가 찾아왔고, 송오가 또 이르렀는데, 강재는 이미 자리에 있었다 觀海月湖來訪 松塢又至 康齋已在坐
>
> 만취 박명항 서실의 작은 모임에서 두시 운으로 시를 짓다 朴晚翠命恒 書室小集拈杜韻
>
> 강재·소산·완재 등 여러 사람들과 후원에 올라 함께 짓다 康齋蘇山阮齋 諸人登後園共賦
>
> 여러 벗들과 소창의 운으로 시를 짓다 與諸伴拈小倉韻
>
> 병을 앓았는데 여러 벗들이 온 것이 기뻐 마침내 당나라 사람의 운을 뽑아 짓다 吟病 喜諸伴至 遂拈唐人韻
>
> 송정의 김송오를 찾아갔으나 만나지 못하여 松亭訪金松塢 不遇
>
> 강재·경파 등 여러 사람들과 함께 남산에 올라 봄을 보내며 與康齋景坡 諸人 登南山餞春
>
> 강재·소산·석정·완재가 함께 모였는데, 그때 아침 해남의 늙은 기생이 있어 술을 권하기에 康齋蘇山石亭阮齋共集 適有海南老妓 勸酒
>
> 4월 8일에 시를 읊어 강재에게 보이다 四月八日 吟示康齋
>
> 강재·완재와 함께 또 소창의 시 운을 집다 與康齋阮齋 又拈小倉韻
>
> 각헌이 해 뜨자 찾아와 당시의 운을 집다 覺軒乘日來訪 념唐韻
>
> 강재·완재가 함께 송설의 시운을 집다 康齋阮齋 共拈松雪韻
>
> 추석에 술회하여 강재에게 보이고 화답을 요구하다 秋夕述懷 示康齋 求和

---

4 이순욱, 「무정 정만조의 은파유필 연구」, 전남대 대학원 석사논문, 2012, 32쪽.

석란 안종석·완재·소산·해남 시인 노하 장봉정과 함께 쌍계사로 출
발하던 도중에 운자를 부르다 與安石蘭鍾與阮齋蘇山海南詩人張蘆下鳳廷 出雙溪
寺道中呼韻

여럿이 짝지어 낚시질하다 앞 운을 거듭 써서 與諸伴釣魚 疊前韻

음력 정월 보름 달밤에 만취·송오·강재·소산과 함께 남천교를 밟으
며 上元夜月 與晩翠松塢康齋小山 踏南川橋

위의 작품들을 보면 무정이 진도의 지식인들과 여러 형태로 어울리
면서 시작詩作을 했음을 알 수 있다. 시작 방식을 보면 차운하거나, 함께
짓거나[共賦], 소리내어 읊고[口號], 시 운을 집고, 즉흥적으로 기록하고,
보이고 화답을 구하는 방식 등이 있다. 또한 그 상황을 보면 '서실의 작
은 모임에서', '병을 앓았는데 여러 벗들이 온 것이 기뻐서', '벗이 된 여
러 시인들과 산보하고', '찾아갔다가 만나지 못하여', '여럿이 산에 올라',
'여럿이 짝지어 낚시질 하다가', '정월 보름에 남천교를 밟으며' 등등 다
양한 풍경들이 있다. 이것을 통해 무정이 진도의 문사들과 깊고 넓게 교
유했음을 알 수 있다.

무정이 만난 예인으로는 미산 허형許瀅(1862~1938)이 있다. 미산은 널리
알려진 대로 남종화의 종조로 일컬어지는 소치 허련(1809~1892)의 아들로
서 무정 유배 당시 운림각의 주인이었다. 무정은 미산과 자주 어울리며
시를 지었다. 미산과의 교유를 보여주는 작품으로 「초복에 각헌이 찾아
와 미산과 함께 짓다 初伏覺軒來訪 與米山作」, 「운림각에서 술에 취해 붓을
함부로 놀려 써서 주인에게 보이다 雲林閣醉毫亂題示主人」, 「다시 미산의 집
에서 읊다 復吟米山室」 등이 있다. 미산의 그림이나 미술에 관한 언급은
보이지 않는다.

무정이 만난 또 다른 예인으로 박덕인이 있다. 「가객 박덕인에게 주
다 贈歌者朴德寅」라는 작품에서 그 정황과 내용을 볼 수 있다.

가객의 나이는 70여 세로 모든 가곡의 고상함과 속됨, 맑음과 탁함, 느림과 빠름, 슬픔과 기쁨을 매우 잘하지 않음이 없었다. 그것을 폐한 지 20여 년이 지났으나 나를 위해 비로소 베푼다고 하였다. 또 춤을 잘 추었는데, 가야금 및 퉁소를 부는 것보다 더 잘 하였다.〔歌者年七十餘 凡歌曲雅俗淸濁緩促哀愉 無不極善 廢之二十年餘 爲余始發云 又能舞 尤工於伽倻琴及吹簫笛〕

박덕인은 대금산조의 창시자로 알려진 박종기(1880~1947)의 부친이며, 현전 우리나라 최고의 예맥으로 꼽히는 진도 밀양박씨 가계의 중심 인물 이다. 무정은 덕인이 예술의 극단을 두루 담아낼 수 있을 만한 예인이며, 가야금, 퉁소, 피리도 잘 연주했지만 특히 춤을 잘 추었다고 설명하고 있 다. 무정은 위의 주석에 이어 칠언절구 10수를 지었는데 매 수의 마지막 글자에 '가歌' 자 운을 넣어 '가자歌者'에게 주는 시의 멋을 살렸다. 무정이 당대 최고의 예인에게 준 헌정시라는 점에서 각별한 의미가 있다.

3. 무정이 묘사한 진도의 민속은?

『은파유필』을 보면 세시절기나 명절에 지은 작품들이 여럿 나온다. 그 날들을 들면 단오, 초파일, 한식, 칠석, 추석, 중양절, 정월 대보름 등 이 있다. 이 중에서 진도 사람들의 구체적인 풍속을 묘사한 작품들이 있 어서 각별하게 관심을 모은다. 대표적인 작품들을 들면 다음과 같다.

무정은 다음 작품에서 추석과 대보름에 이루어지던 행사와 민속놀이 의 모습을 묘사하고 있다. 추석의 대표 민속놀이인 강강술래를 '강강수 래强强須來' 또는 '강강래곡强强來曲'이라고 표현한 점이 눈길을 끈다. 그리 고 정월 대보름 민속놀이로 진도읍 남천교에서 펼쳐진 다리밟기〔답교놀 이〕와 줄다리기를 소개하고 있다.

〈표 1〉은파유필에 나타난 추석과 대보름의 민속놀이

작품 이름	세시풍속, 민속놀이	시기, 장소
추석 잡절秋夕雜絕	술, 송편, 추석빔, 씨름, 강강술래, 담넘기놀이, 바늘귀꿰기, 외따기	추석(1896년), 미상
이날 저녁에 걸어서 성 위에 이르러 강강술래 노래를 듣 고서是夕步至城上 聞唱强强來曲	강강술래	추석(1898년), 성 위
음력 정월 보름 달밤에 만취· 송오·강재·소산과 함께 남천 교를 밟으며元夜月 與晚翠松塢康齋小山 踏南川橋	다리밟기	정월 대보름 (1898년), 남천교
16일 밤에 다시 남천교를 밟 으러 가서 줄다리기를 구경 하다十六夜 復作踏橋行 觀索戲	다리밟기, 줄다리기	정월 16일 (1898년), 남천교

　　위의 작품 중에서 특히「추석잡절」칠언절구 10수가 눈길을 끈다. 무
정은 이 작품에서 추석 명절 분위기(제1수)와 술·송편·국·지짐 등의 추석
음식(제2~3수), 색동옷(제4수)과 마을마다 짝을 지어 하던 씨름(제5수)에 대
해 묘사하고 있다. 이어 제6수부터는 강강술래와 그 부수놀이에 대해
그리고 있다. 제6수에서는 높고 낮은 노래의 호응과 멈추었다가 배회하
는 동작, 강강술래를 하는 여인들의 마음을 묘사하고, 집단으로 뛰어노
는 모습과 한 사람이 메기고 여럿이 받는 선후창의 연행 장면에 대해 주
석하고 있다. 이와 같은 방식으로 담넘기놀이-바늘귀꿰기-외따기 순
으로 묘사하고(제7수~9수) 각 수마다 주석을 덧붙여 상세하게 설명하고
있다. 이것으로 볼 때 이 작품은 19세기 후반 진도의 추석 풍경을 묘사
한 민속지라고 할 수 있을 것이다. 그만큼 각별한 자료라고 할 수 있다.
　　이외에 일상의 생활문화와 의례생활 등을 엿볼 수 있는 작품들도 있다.
　　「원중잡영」은 정원의 식물들을 다룬 영물시다. 이 작품에서는 유자,

감, 대나무, 광나무[貞女樹], 치자, 오가피, 뽕나무, 모란, 작약, 진달래, 해바라기, 봉선화, 야합화, 국화, 구기자, 불콩, 생강, 여주, 배추, 무, 수박, 호박, 박, 파, 마늘, 아욱, 부추, 가지, 상치, 고추, 옥수수, 단수수, 피마자, 꽈리, 담배 순으로 35가지 식물들을 오언절구 35수로 묘사하고 있다. 각 식물의 생태와 용도, 스토리 등이 담겨 있어서 진도의 식물민속지라고 할 만하다.

「자유당 10경」 중의 한 수인 '비 오는 들판의 농악 북소리 雨野農鼓'는 두레농악과 들노래의 면모를 보여준다. 작품에 등장하는 북치고 노래 부르는 소리, 환호성, 큰 동이 속의 탁주 등은 신명나는 들판의 풍경을 떠올리게 해준다. 현전 국가무형문화재인 「남도들노래」의 옛 모습을 보여준다는 점에서 주목을 모은다.

「앞 시내에서 작은 게 잡는 것을 보며 前溪見捕小蟹」에는 물때 따라 껍질을 벗고 알을 품고 움직이는 방게의 생태와 그런 방게를 잡는 모습이 묘사돼 있다. 관솔불을 켜고 다리 밑을 지나간다든가 종횡의 대나무 통발이 쳐진 모습 등을 통해 당시 이루어지던 어로작업의 면모를 볼 수 있다.

그리고 「하루에 세 번 음식을 나누어주어 시로 사례하며 日三饋餕 以詩謝之」에서는 '제사음식 나눠먹기' 풍속을 보여준다. 무정은 진도 사람들이 제사를 지낸 후에 손님을 청하는 것을 순순한 예속이라고 표현했다. 그리고 "제사 뒤의 연회는 원래 복을 받는 것이니 풍년 들어 곡식 풍족하고 자손들 번창하리"라고 덕담을 했다. 일반 유학자들에게서 흔히 보이던 제사와 관련된 유교적 예법을 운운하지 않고 훈훈한 풍속을 그대로 소개하고 있다.

4. 은파유필의 가치와 의미는 무엇인가?

『은파유필』은 진도 사람들의 지적·예술적 활동과 풍속을 보여주는 자료라는 점에서 남다른 의미가 있다. 다른 유배기록과 비교를 통해 그 가치를 실감할 수 있다. 유배인 중에는 다산 정약용처럼 학문적인 집성을 이룬 경우도 있지만 대개는 제한적인 범위의 저술 활동을 했다. 유배 기록 중에서 지역의 풍속을 기록한 저작이 특별히 주목받는데, 이 경우 기록자의 관점과 시선이 문제된다. 유배인들은 자신들에게 익숙한 유교적 관점으로 지역문화를 문제삼는 사례가 많았다. 예를 들어, '남해의 민속지'라고 평가받을 정도로 중요한 자료를 남긴 유의양(1718~1788)의 경우 『남해문견록』에서 "섬 중의 풍속은 무지하여서 사리를 판별하지 못하는 자의 움직임이 심하여 인륜의 행실이 전혀 없고 …"라고 적고 있다.[5] 당시 남해 사람들의 장례나 혼인 풍속에 대해 유교적 규범으로 평가한 것이라고 할 수 있다. 이처럼 유배인들은 유교적 예법을 기준으로 유배지 주민들이 전승해온 전래문화를 평가하고 교화의 대상으로 여기는 경우가 많았다. 이것이 일반적이었다. 하지만 무정의 『은파유필』에서는 그런 태도를 볼 수 없다. 이 점이 남다르다고 할 수 있다.

　『은파유필』에 유배인 특유의 고독이나 회한이 없는 것은 아니다. 그러나 무정은 진도 생활에 적응하면서 주민들과 활발하게 교유했다. 「해질 무렵에 높은 곳에 올라 向晚 登高」라는 작품에서 "쉬이 원망하는 유배객이 주민들과 기뻐하니 이제부터 어부 나무꾼과 벗을 맺었다네"라고 묘사한 부분에서 무정의 태도를 엿볼 수 있다. 무정은 진도의 문사들을 일러 '여러 벗들[諸伴]'이라고 지칭했다. 그리고 「병을 앓았는데 여러 벗들이 온 것이 기뻐 마침내 당나라 사람의 운을 뽑아 짓다 吟病 喜諸伴至 遂拈唐人韻」라는 시를 짓기도 했다. 무정은 진도의 지식인들과 어울리면서 차운하고, 운을 집고, 함께 짓는 방식으로 시작 활동을 했다. 『은파유필』에는 무정이 진도의 문사들과 지속적이고 폭넓게 교유했던 내용이 구체

---

5 유의양 저, 최강현 역주, 『후송 유의양 유배기 남해문견록』, 신성출판사, 1999, 80쪽.

적으로 담겨 있다. 이 책은 19세기 후반 진도의 지적 전통과 문학 활동을 보여주는 자료라는 점에서 각별한 의미가 있다.

그리고 『은파유필』에는 진도사람들의 당대 민속이 풍부하게 담겨 있다. 무정은 다른 유학자처럼 주자가례의 예법 준수에 집착하지 않고, 풍속 그 자체를 비교적 객관적으로 다루었다. 그래서 제사가 등장하는 시에서도 제사 예법에 대한 언급을 아예 하지 않은 채로 '제사음식 나눠먹기'를 훈훈한 예속이라고 평가하고 스스로 제사 후의 연회를 즐겼다. 이것은 지역 예인을 대하는 태도에서도 볼 수 있다. 무계의 세습 예인 박덕인의 예술세계를 높게 평가하고 헌정시를 남긴 것에서 그것을 볼 수 있다. 그는 또한 진도의 가장 큰 명절에 해당하는 추석과 대보름에 이루어지던 세시풍속과 민속놀이를 관찰하여 여러 작품에서 그 풍경과 내용을 기록했다. 특히 「추석잡절」에서 칠언절구 10수를 통해 추석 분위기, 음식, 추석빔 등과 씨름, 강강술래, 담넘기놀이, 바늘귀꿰기, 외따먹기 등을 상세하게 묘사한 것은 자료적으로 소중하고 특별하다. 이처럼 『은파유필』은 19세기 후반의 진도의 풍속과 생활문화를 두루 담고 있다는 점에서 남다른 가치가 있다고 할 수 있다.

『은파유필』 시제에 등장하는 진도 현지인

연번	성명	자, 호, 본관	활동 사항
1	김필근金弼根	호: 송오松塢 본관: 김해金海	군수를 지낸 남서의 5대손. 학행과 문장이 뛰어났음. 진도 훈도와 남원 부훈도를 역임함. 남원의 봉산사鳳山祠에 배향됨. 정만조와 함께 시계詩契를 맺음.
2	김형면金炯冕	호: 관해觀海	보성인.
3	박덕인朴德寅 (1827~1900)		진도군 임회면 삼막리에서 세습무계 박헌영朴憲永의 둘째 아들로 출생. 대금산조의 창시자 박종기의 부친.
4	박명항朴命恒	호: 만취晚翠	
5	박봉우朴鳳瑀 (1872~1941)	호: 완재阮齋, 연북硯北 본관: 경주慶州	진도읍 북상리에서 출생. 『중증진도읍지』의 감수를 맡았고, 훈도를 역임하였음. 정만조와 함께 시계를 맺음.
6	박유련朴有鍊	호: 추담秋潭	
7	박응원朴應元	호: 소산小山	
8	박진원朴晉遠 (1860~1940)	자: 일삼日三 호: 혜사蕙史, 강재康齋 본관: 밀양密陽	진도읍에서 출생. 진도읍 서외리에서 거주. 문장이 뛰어났음. 『중증진도읍지』를 편찬할 때 도유사를 맡음. 진도읍 동외리 기성사箕聖祠를 세울 때 관여함. 3.1 만세 사건 때 아들 종협鍾俠이 만세 사건에 관여해 고충을 겪었음. 시집 『혜사시고蕙史詩稿』가 전하고 있음. 정만조와 함께 시계를 맺음. 진도 유배객 유와牖窩 김이익金履翼(1743~1830)이 저술한 『순칭록循稱錄』을 1928년 재간행할 때 교정하였음.

9	소승규蘇升圭	호: 경파景坡	정만조와 함께 시계를 맺음.
10	안종석安鍾奭	호: 석란石蘭	
11	이남언李南彦	호: 국은菊隱	정만조와 함께 시계를 맺음.
12	이범교李範喬	호: 벽산碧汕	제298대 진도 군수(1899년 부임하여 1901년 퇴임). 통훈대부. 1901년 3월 향교 경내에 흥학선정비興學善政碑를 세움.
13	이병위李秉瑋	호: 월호月湖	
14	이승희李承曦 (1858~?)	자: 중백仲白 호: 소산蘇山 본관: 광산光山	훈도를 역임. 서예에 능하였음.
15	장봉정張鳳廷	호: 노하蘆下	
16	허변許抃 (1867~1906)	자: 인오仁五 호: 각헌覺軒	허변회許抃會로 개명했으며, 효행이 있었음. 정만조와 함께 시계를 맺음.
17	허형許瀅 (1862~1938)	자: 정중靜中 호: 미산米山 본관: 양천陽川	19세기 남종문인화의 대가 소치小癡 허련許鍊의 아들. 허련의 나이 44세에 넷째 아들로 태어남. 초명은 허결許潔이고, 만년에는 허준許準으로 개명하였음. 허련의 화필을 전수받았음. 다산 정약용의 장남 정학연丁學淵의 문하에서 시와 서를 배웠음. 1912년 강진으로 이주하였고, 1922년 목포에 정착하였음. 사군자四君子에 수작을 냈음. 대표작으로는 〈미점산수도〉, 〈사계십곡병〉, 〈노매일지십곡병〉 등이 있음. 두 아들 남농 허건許楗과 임인 허림許林에게 화풍을 전수하였고, 의재 허백련許百鍊도 어린 시절 허형에게 그림을 배웠음. 정만조와 함께 시계를 맺음.
18	미상	호: 석정石亭	

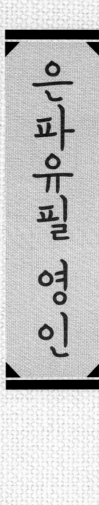

은파유필 영인

恩波濡筆卷之一

茂亭鄭萬朝著

正月十一日直　宮内府被拿

罪應自速莫知名事太非常反不驚無暇綠章忝

奏誰知縋騎禁中橫何因陰蓄摩霄慢却悔遲謀半

日耕行路皆憐風景惡家人聞此若爲情

恩懟

轉頭四十我行年海粟倉稊一渺然已判無望微後

福不知何報數前德可堪漆室憂中在豈有丹田照

止天勒住百花寒尙峭幾時雨露到身邊

春禽

白日陰々楊柳垂春禽巧舌囀高枝休將得意欺金

病吟美東風只乍時

己辦

十年行走禁中盧溫室何曾傍起居自有董狐書不

隱偶與陽虎貌相如詞臣跡阻蒼黃際讞史辭窮辨

白餘我屋東門殊隔絕理無福共池魚

黄香

人情天意西難諶覆雨翻雲異昨今方命元非

難逾

畫受知俚惰 聖恩深美人易改黃香約志士難

匡道

皎日心一陣好風誰借汝帝青無際掃摩陰　陰

移左署

聞說高人壹死生也能於此若無情親朋都絕　妣蝀　隔

援吏卒如随虎豹行未有所遭闋性命已疑與世隔

妣明家人不敢来相近路側彷徉作泣聲

思仲弟

計日家奴達巘州心驚應急到沙頭恩深經歲專城

養書報餘生頁鄙謀黄霸已登三輔宼恂爭借一

年留横災我京深名累不喜稱君吏績優報諸郡治　報東萊觀察　諸郡治

蹟彦陽

居最

離羣

晚来幽帳離羣不是聾　瞳瞙絶見聞我亦勞情非木

誰知盞際飄風雲門禁銀鹿平安字天斳金雞放

石

故文却訐此身成大隱近朝市處陽闐紛

聞笛

睡恐因夢裏或還家

春風何處動悲歌夜氣如秋月欲斜巡卒鳴鞘時警

聞仲弟還

知汝能来菶候音有人相報忽驚心縱然未慰別離

久旦可稍消憂慮深執藥但狹慈母病廠門湏絶外

人尋更無一念閑家事口腹終慚累俸金

思酒

病枕遶遶夢不長絕無思慮又商量免官酒國嬛思

薄敗績慈城畏敵強十二鍾點將何曉三千戈髮欲

為霜金身丈六瘦殊甚一策何時起卧梁

發論行至昭義門外

八十日拘獄裹身一朝賜珮受如新嚴程不敢近家

里祖道胡為傾巷鄰執手歔欷摠無語歡顏慰勞重

傷神驅車行到無人處雨淚無從忍滿巾

仁川途中

劍戟叢中鬼作隣天風吹我出城闉傷心去國離鄉

日極目殘山剩水春芳草暖消鴻爪雪年前余以官遊雪中過此

落花輕點馬蹄塵明朝不作東君餞此日風光入歲

新明日即餞春今年始出門

仁川府別李岐園鎬成姜華山華錫

猶堪舉目此山河為是曹年官跡過雙淚遙辭丹鳳

關孤舟忽隨白鷗波不期舊雨他鄉見終古斜陽別

路多深荷諸君珍重意浮生未可恨蹉跎

　舟發

家人喚別繞船頭江草江雲動遠愁萬頃水波舟已

發邵城回首似幵州〔邵城即 仁川〕

火輪船

猱〻能靜疾復徐舟有飛輪更勝車快見霜刀工剪
割暗聞風鞴費吹噓誰期水火交相濟只恐魚龍不
定居自此竉流無遠道歸時應亦去時如

泊木浦外洋

好山無數過航頭晚泊江南第幾州滇着暫游能萬
始知仙侶在同舟

下木浦與諸謫侶別

芳草輕烟綠水濆鴛鴦鳧雁晚相依兩〻風〻長此

翼三三五五忽分飛 謫行同舟者八者三人
下木浦五人仍往濟州細數一

生無此別繞行半道己思歸淚痕只恐添振觸瞶道

浪花吹上衣

入務安

郡

一卸輕舟木浦津桐鄉風俗己相親當時部曲如家

春始知江山似宿因忝德自慚非肖子知恩爭及有

遺民回頭一十年間事百劫滄桑歸已陳 先君於丁
亥經莅莅是

郡

舟中遇大風泊牛目島

水面繞行十里程篙師相顧急相驚帆席逆風終不

進蓬寔迎浪已全傾天威震疊疑添罪神色怡萬恐

矯情始信　王靈無不濟舟過聖祝寺前平目島（寺在牛目島）

別洪崖堂之揪子島

此行慣作別離悲又見天涯路兩歧却責無心鷗渚

蕩相憐失影燕著池美人湘水不吾與游子河梁何

耵之淚眼模糊難望遠海雲溦〻一帆遲

獨行

碧空無際獨行時朋友同舟晚更移積水中高風浪

惡萬山西祈夕陽遲此身死矣恩難報何日歸鰥老

何悲采〻芳洲香杜若耵思在遠欲離貼

舊右水營

孤城一皃壓滄溟說是當年右水營百姓不知新節
制一朝難恃小昇平豼貅盡化漁樵侶鈵戰徒資盜
賊橫日莫鳴洋灘上去英風肅～有餘聲　灘在營前即李忠武

處勝戰

南海之南瘴癘鄉我來投此心悲傷逝～行也路千
里渺～懷芎天一方松子雨昏弟更遠萱花日莫親

渡綠津　渡津即琉島地

猶望莫憑寄去平安字鴻鴈經春無北翔
將向金甲島巡檢押牢輩皆告還

10쪽

路窮金甲島地畫玉州城　珎島舊名沃州

心時復驚遠愁和雨色歸夢散濤聲獄卒非余好將

行淚欲橫

朴蕙史昔遠本字菊隱南彥來訪皆文士也時邑

人年少輩來訪考藝其次其韻

名山多豪即名州舊雨來時今雨收澗曲投藤驚鬼

西林間瞉石許僧苟逢有酒忘遷客便見能詩異

餘流莫惜偸閒將學少霸窓髮其髮易為秋

許榰歸覺軒有詩才來訪于寺中

崎嶇越陌叩禪房愧負當年客漢陽把袂已驚省目

秀談詩即動齒牙香行將結社追元白忿却投身落

惠黃況有江山稱意好如何喚作逐臣鄉

四月見螢

為客何時不欲歸每逢秋色倍增悲今宵螢火來相
照四月螢聲尚未稀意不隨涼候至非時故訪遠
人飛又非武子囊中物病懶詩書久已違

海上日烘借漁翁笠

十載京塵撲烏帽換將青篛放江湖不知古我依然
是為問傍人稱也夫飯顆山前瘦鷕杜子雲村裏話
每蘇莫教鷗鷺疑生客從此烟波一釣徒

到謫後敬次　先祖文翼公謫金海時韻

莫向江潯弔屈原　行吟難道薄君恩　箕来歲月多過

境涉畫風波尚悸魂　闊世人咱藏腹夠瞻天我獨戴

頭盆得書還睡吾何及　目瑩丹綸降塞門　公方睡敬書至見書

還睡事
見史秉

端午

家々楊柳彩繩飛隊々菖蒲寶鬢輝映街坌奈朱櫻

眞烘日香羅細蕎衣此鄉不識繁華好遠客翻疑節

序違出色石榴花一樹短墻西角對斜暉

優游

高楠接葉竹艾柯日二江村策枝過農叟天晴能占

雨舟人風急不愁波優游歲月身仍老唐突湖山罪

更多回晚衣凉欲歸去忽然四佳聽漁歌

　孤篷

碧海長天五兩風青山萬里一孤篷直疑從古無人

到不信吾鄉有路通馬放心如常伏櫪鳥飛身似未

開籠賈生痛哭惟憂國不比猖狂阮籍窮

　島人多曾經萬戶者惜罷鎮戲作此示之

五六十家湖上頭村容荒落使人愁笑他殘鎮爲官

小冒得虛名萬戶侯

14쪽

俸薄難慰穀腹憂解官無計買歸舟官游不免終漂

泊誰願生封萬戶侯

水陸軍營各鎮鄆一朝桑土觧綢繆公孤鄉牧皆非

古何況靈名萬戶侯

可惜當年射虎儔如今農卧日驅牛借令才氣如飛

將命數終奇萬戶侯 昔日以軍校 久勤陞萬戶

羹藜青々萬竹脩誰家樹々橘千頭朝廷不得同除

草別有民間萬戶侯

卜居

不乏荒村小卜居物華到眼輒愁余女蘿托樹憐孤

客慈竹將茅憶依閭明日身添今日老罷時人甚㾭

時踈雖歸已絕名心畫買着箋認遂初衣

金湖樓舊鎮

敗堞荒涼亂木稠金湖鎮將舊城樓校官廳下桑麻

入兵器庫中猿鹿游俚道蠢事無猶憂不教士卒有

防秋邊民難識更張意只恐朝廷忽遠憂

登山

陽籬呼酒共登山雲鳥情深護徃還雜落子城樵路

入魚驕為穴釣磯間桑麻人鑿與多地烟西村迷第

我灣莫唱西湖雖好句詩皆紀實不澆刪

思歸

家鄉歷〻復依〻思到深時便似歸一子多攸能有
托十年少瑗已知非悲辭怕集新詩稿傲骨猶還舊
布衣窮鬼昔旋今稻信近来事〻與心違

新晴

老姑峯下雨新晴狗子灘頭潮始生海上點山畫北
向古来誦客多南行断無消息鳳凰詔夙有因縁鷗
登盟漢帝恩辣湘水惡天涯膓断劉長卿

晚凉觀舟行

千層浪外萬山圍問是誰家一帆飛但見船始天上

坐未聞人自日邊歸非無潮路難通信不是秋凉已

憶衣却羨江事韓十四千戈滿地訪庭闈

得間

簹烟橘雨暗邊閡一涉長江即百蠻除是人間武陵

路也非天上惠州山忘身未可終忘國得罪誰知姤

得間每喜潮生潮落處水流東去復西還

風雨夜

悲歡榮瘁三杯酒風雨江山一點燈夢裡尋常無遠

道天涯零落少親朋切名盡付焦頭客禍福何關杜

口僧舉首浮雲終散日登高惟意篁飯陵

遣日

今日支離可奈何只須對酒且長歌頭顱堪笑全棋

客富貴莫思春夢婆娑可與語人當世少不如意

生彩愁來排遣排遣至今日支離亦浔過

新屋題壁上

一旬成就一間亭雙扇明窓十笏庭屋署東坡居士

騑天連南極老人星約降擬結白蓮社爻宅論肯書

偶經見大稱宅基之佳猿鹿故園休待我慈山亦有

草堂霽

晚望又霽

天風浩ㄴ上倚虛亭落日孤烟似洞庭潮至㐫帆回遠

鼓庭凉凍火亂蘇星臺隍天割華壽界几寨日投山

海經愛者江晴雲散後丹圖萬疊是康靈万山罷列　每天晴時

者皆康津靈岩
二郡之山

懷濟客又疊

回首候風津上亭秦時明月漢王庭人生行樂皆朝

露海內親知半曉星始覺升沈均是命已知出處必

湏經都無鴈로千行字只有屝心一点靈　濟有明月浦

退宮人又疊

牧丹花落暗香亭素月光沈謝后庭沐髮有期善ㅅ

20쪽

日拘裯無命賦三星平陽選舞多新罷太液陪輿憶

舊經聞說蒼梧徙帝葬如何瑤瑟怨湘靈

獨夜又疊

水畫山窮宿草亭酒醒夢破立空庭晨鷄不已凌風

雨夜鵲無依悵月星僕本恨人來遠道誰其知者㧾

遺經欲言難語行難進動物如吾最不靈

邑人來訪其歸悵甚以別離爲題又疊

數聲風笛悵離亭千載瑟琶厭虜庭凡世燕勞應惡

鳥平生牛女只寒星消魂未退江郎筆釋縛難憑釋

氏經曰登仙終是別金丹雖熟未須靈

21쪽

邑人歸後又疊

怕上勞勞送客亭柴門人去閉荒庭蛙蚪吟罷簫簫鬧

雨螢燐流林錯落星世事堪從方外見名場猶悔夢

中經未妨端坐如泥塑只恐兒童視妾靈

偶成又疊

環環箎簹風滿亭離離藻荇月橫庭螢侵高屋檐驚

鳥魚噴清波芒羅星揀選嘉林恭橋頌噎嘗香艸補

蔡經牧人繞罷魚頒噎夢麾牘前溪曉雨靈

初伏覺軒来訪與来山作

輕衫病起怕高樓過雨山雲碧欲秋第一庚回真俗

節二三子至摠仙流金華舊業憐才美玉局前塵愧

跡浮酌酒相留湏記取送君繞去即迎愁

寺樓用前韵

舊語蟬吟共一樓山深渾不識春秋烟沈古寵毋砂

熟風碎飛泉瑤玉派權把松篁爲主人生憎萍梗與

人浮煩君莫勸登臨好日莫闋河自古愁

次泉香見寄韵

寥寥身外掃孷恩翻覆何湏怨雨雲昔日逐臣皆有

禄近来竆뭔不知文爲書易滯金湖闌淹筆難摹木

浦分安浮翩翩青鳥使逢山萬里探殷勤

見寧齋侍郎以流配到古羣山後寄書

俱是南荒路兩歧一帆滄海渺前期四愁又惱張平

子遂遘張平子九辯蕭條宋大夫 三黜何虧柳士

寧齋曾論碧潼時有寄詩曰四愁

師今爲三次書怕觸人難盡意淚因憂國未遑私智

寧齋謫論今爲三次書

愚却怪同歸罪君坐辭官我不辭

寧齋以海西伯屢辭不赴被罪余則

次寧齋紀懷韵

君恩敢望念臣微北斗逈逈未可依億柳州難擧上

化一東坡覺鏡中非江湖歲月魚相忘關塞音書應

時以何不
東官爲目

易達腸斷淚枯都已盡傍人道我不思歸

24쪽

禹中拈小倉韻

苦住元非勝樂行出門舉目更關情兩風因海多時
至山野皆烟一色平避暑無方如避債顯時自好不
題眥中不識何如大白鬪愁圍百萬兵名

登雲林山

山深雲在手路狹草過肩移之驚興無地高聲恐徹天
海舟經五兩棧道又三千世路亦如此紛紛徒可憐

登寺樓

人間苦樂絕思量居有軒窓病有床佳士無塵皆玉
氣名山近佛懟金光詩誐林鳥如傳誦酒醒溪風驟

助凉正是天清潦雨後樓頭悰澹顧長庸 時米山居紙作畫

黃雲卿來訪

雲卿訪我海之隈四百餘程裏足來書有先探仍阻
滯路因初涉處逢回情深未暇談文字喜劇還忘勸
酒杯我似維摩方卧疾遍身忽得雨花開 時余久病見雲卿即

起〇雲卿曾有付
書云而余未得見

雲卿携其弟子李生相洛而來妙年工詩号琴
村贈余一詩故次其韵無示雲卿

青氈黃雲海上州如何愛遂逐臣游夜闌相對如家
眷道遠觟來異俗流酒薄慚留三日飲詩成賴辰擧

年愁此生易識難忘處明月雙溪古寺樓

會飲寺樓雲卿將還

江山都好共淹留況有掌中能解憂古寺風雲家

相海天魚鳥逍遙遊杜陵為客多更病王粲不歸猶

有樓日莫登臨賦相送羨他沙上雙飛鷗

秋夕雜絶

繁華都不似蒲辰競飾嘉俳舊俗因為是田家終歲

苦盡輪樂事與村人

濃似春雲釅麥醪大桁望月銜松糕垂頭汗滴田中

者飽腹鮮衣意氣豪

重農官政禁屠牛何物邨家備燕遊可念鷄群逢厄

日羹湯臛甫又煎油

青紅兒女似元朝郊比元朝樂更饒柿栗團～禾黍

熟輕寒未作暑全消

丁男身手選相當鬪力曾與寸鐵將山村不識風塵

惡故把禾場作戰場耦爲脚鬪戲 是日村～作

高唱低膺緩～回一番延佇一徘徊娘心只要郎來

㳂強～來時亦是來 是夜家～女子常月踏歌一女子唱之衆女子曼聲應之回強

強湏來強

連手秉垣似貫魚躍～樊團笑狂夫夜深恐跌金蓮

28쪽

步斜月墻陰影欲無 是夜衆女子連手圍坐轕次跳躍還復連手而立名曰喩墻戲

蓋坐立之間有手 離足跌者黜之

指似金釵髮似綠並頭交手作歡嬉針綠為織回家 是夜衆女子連隊而立以緞香前隊之曉次第魚麗而出連

錦終夜回了無斷時 前隊之曉次第魚麗而出連

不絕名為 針綠戲

繞破瓜時戲摘瓜紛紛薺落了如花風流模範人何 是夜衆女子連尾而立有一女子前之随手投之象縣避奔走

許官道僉知姓道車 若破招則謂之摘瓜故名為摘瓜戲占有車僉知善摘瓜俗有是語云

南荒九死一孤臣水調歌中念 紫宸玉宇高

君不見天涯風俗只相親

秋雨

中州消息太茫然木葉蕭蕭又一年潮去潮来人易

老秋風秋雨客難眠空然舞釼鷄聲夜能否傳書鴈

字天盃酒輕寒不成醉香爐火盡豆燈懸

風塵阻絶老江潭香火依歸佳佛奄難望玉堂天上

在誰憐石闌口中舍家書僅得一年一客路已窮南

海南花發時来見紅葉樹猶如此我何堪

江山歷歷見孤鴻天地騷騷撼百蟲逝者如斯仍暮

景點然而已又秋風怕看隻影移燈後擬散千愁到

酒中寒雨撓人尚餘力墻頭去打老梧桐

南戶吟病

門掩深秋長薜蘿　並無人間近如何　夕風處水魚睜

入晨雨過山虎跡多　書舍寄成村學兒禪憲佳作遍

頭陀但無木葉江波響　未必離憂動九歌

夜寒初剌

病愁羈抱轉牢騷送　在江關雪意豪身熱無期思漢

扇一寒有客念奉袍　金丸源製送綿衣　乾歸溫哭妻
日久今日始着

何苦水宿風餐傭市勞坐大車身春氣遍　紅爐吹火

煮新醅

初雪惠壯與諸生拈韻

入夜溪山清晝同泓淳蕭琵晝難工紛〻撒雨天花

點皎〻臨風玉樹叢貪屋曉寒愁鬢桂殊鄉歲莫歡

飄蓬題詩留壁君知否泥瓜他年認過鴻

雪晴後又拈

雪晴溪閣靜無風直與三淸灝氣通杳渺雲帆沙鳥

外玲瓏水月鏡花中悟禪境處仍詩境歎道窮時又

歲窮雙鶴孤鵬着失素未能振翮出樊籠

寶城金觀海 炯覺 来訪

分外殊鄉此一逢靈襟抱我愧塵蹤交〻〻〻道〻〻

春客到霸厨怒薄供歌舞五噫消壯志晝成三〻〻

寒食

愁容天公亦解留君意滿地玄雲雨氣濃

獄中寒食過前年海島今年更黯然已斷㸑膓瞻魏

岻空衝㵦波何隴阡瘦顏偏憶青精飯病脚難䕺白

打錢多謝主人憐我冷朝來旅舘不禁咽

病居涔寂

愁緒千端復萬端睡來尩怠靜尩寬一生相守賣盲

堅終日無煩視聽官拙句難逃村學語薄酺端令厭

儒餐不離小榻經年月拊膝空懷管幼安

雲林閣醉毫亂題示主人

花風昨日今日秋雨前村後村黃鳥啼時竹枝白雲

深處柴門

洞天福地何處許牧丹家草堂々後青山古寺堂前

綠水方塘

三逕風前月下一樽硯北香南子規莫唱歸去他夜

相思不堪

問他松下童子誰是橘中老人此去仙家不遠蒼苔

一路無塵

農家耕耒朝出佛舍飯鍾莫撞客卧清風半榻不知

日下西窓

勝地元無空主閒人便少如吾一區鈷鉧山水四面

輞川畵圖

楊柳晚風一遂桃花流水扁舟春光安在黃蝶清興

誰知白鷗

禹備賦就三黙子美詩成七哀日莫長沙謫客烟波

江上徘徊

富貴此生已矣田園昌日歸歟此間少得佳趣采藥

還来讀書

酒後詩歌院達與来墨舞張顚雲林閣上題壁莫遣

兒童誦傳

睡起

富貴神仙一未成　文章道德兩無名　行行險絶羊腸

苦徃徃危疑虎尾驚　難道故人多惡客　何妨聖世作

編泯霧窓遽離邯鄲夢　落日山空只鳥聲

安命

水窮山盡更無邊　形影相看兩可憐　詞賦空餘辰楚

此功名已失勒燕然　遙辭京國一千里　摋坐才名三

十年縱欲逃身無鑽地　不如安命只聽天

到曉與客話

月墮星沈近曉天　紛紛笑語一燈前　多慙好客沿隣

曲郵引愁人到酒邊古逕屨穿紅蘚雨堂江帆宿綠

楊烟萬鷄儀送桃都響梯籍縱横隘四逵

閣居

六翩樊籠莫戀飛禍機還渟息塵機事如有命渾忘

我窮到難營始覺非魚鳥相忘堪送老江山脈至便

如歸只憂閭浩村醪熟曲盡仍與更典衣

竹夫人

古来封諸婦從夫 : 祸官時婦只與因我罪名刖仕

籍竹夫人號降青奴　山谷改竹夫人為青奴

梧桐夜月簾空掩楊柳春風冷自閉莫遣坆人隣我

獨暖時妻竹冷妻梅一二句寧齋寄余詩爲余妻亡而妾去也

輕凉玉色綠羅裙微動香風換麝薰瘦腰不合如椽

大端合稱呼做細君

次李月湖秉璋韵

一逢旋別又經年戣憶論詩到酒邊耿耿寸心螢照

夜迢迢盡鴈橫天塵香尚記荀文若獄鋤難逢張茂

先来往只消旬五日海風觖浮御泠然素

闸尖

忽驚秋意滿山中唧唧啾啾百種蟲動類自因天氣

發浮生空歎歲華窮羈人思婦孤燈夜落木辰鴻爲

里風塏與文辭相比況聲〻異曲復同工

聞宗兄癸堂相公棄世

氣塞心驚似不悲聞人傳語尚然疑西樞老相箕騎

日南國孤臣倚斗時雖道漸無人世樂宣期不待我

行迸拊棺執紼俱難及只有天涯一夢隨

上爲邦國下哭私親惟兄長義無師寒花秋畫韓公

圍芳草春空謝氏池百姓何辜如夫昨後生考德可

從誰不知愚弟偏孤頁耿〻臨終惜遠離公之疾革仲弟書言

注視之猶以不見
吾兄弟為恨惜

公何忍棄此何時國步安危身佩之　眷遇殊親焉

室樹精忠號賜太陽癸四郊多壘誰知恥一柱擎天

尚浮支偏是南民恩舊德紛紛墮淚過余悲 公嘗觀察湖南

遺愛在民閭報之日土人之來慰者莫不銜悲於邑

勳業榮名古有之風流仁愛似公誰友作戲子家相

忘恩出沂公士不知半夜忽驚聞甲馬一朝爭惜失

耆龜賢聲惟有郎君肖東閣人人浮舟窺

覇谿農約一湘纍爲位空山暫泄悲復視人間無愛

我但須地下有逢時試書遠己成治命鞠瘁元非責

冗鑿徙此吟篇誰見賞不惟嗚咽不成詩 四目公寄書多勉戒

之鮮其後不
浚浮公筆蹟

夜有憂思

怕見蕭寥海上秋已後清畫擁衾裯人無贈佩張平

子我不勝衣沆隱侯非復舊時霜滿鏡不怕中夜月

當樓濁醪借向誰家好一酌能令散百憂

贈影

離合紛上即世情相隨惟影共平生潛機忽有念沙

驚鏟跡難為逸日從我處蛇從盃底幻何時驚到鏡

中鳴汝雖依我還多智出處猶骷視晦明

題郭西寓舍

碧海直通尺青山權依籬尒邁畫爭獻技花竹亦文妆

圓窻隣相借門深客不知不嫌茅屋少寬我且吟詩

市中方隱士林下朴詞人念我為孤客要之作此隣

厨供無味飯手掃滿堂塵此義諒難得非惟慰苦辛

鷄犬通魚市未麻接藥欄試節消飯食出巷簡衣冠

芝樹醉過穩徹墻吟望寬村人相笑指不似舊為官

次趙樵史 聖根 韵 贈別歸扶餘

海嶽名山廣漠鄉風烟萬里盪詩膓雅操曾不移寒

素傲骨居然到老蒼舊雨尊前離別悠 樵史為平泉院舊要平泉院

之以不留朝雲枕畔夢魂香 愛姬甚念云 相看非復紅塵

客君制衣難衣我芝裳

雪意蒼～日色黃水天無際倚風檣贈人寶劔與秦

俠避世悲歌有楚狂百濟青山通海國十洲明月記

仙鄉使君珠重綵袍義非直長途禦雪霜以一綿襖

贈歌者朴德寅（南平泉贈）歌者年七十餘凡歌曲雅俗清濁緩促哀愉與不柂善慶之二

十年餘爲余始敎云又解舞
左工於伽倻琴及吹簫笛

經年佛寺飽鏡鑾每日邊城厭噴囉一夜泠～驚碎

耳滿天風露落清歌

幾山剩水斷雲和閉戶梨園廿載過非爲風情因老

倦今人多不賞高歌

玉壺冰碎氣如霞慷慨西風酒半酣腸斷沧山孤客

夜羈雌悽惻助悲歌

苦向東風怨綺羅誰家兒女別離多隔燈聞曲疑相

失皓齒丹唇發艷歌

四莚穆穆絶讙譁只動眉山與眼波庭花庭鳥都如

睡閒却春眠緩節歌

白日簾攏慈雨斜忽然凌亂忽婆娑口彈手唱知誰

辯道是靈山侶節歌

江漢正風柔濮哇篇篇男女怨恩多朝廷尙有陳詩

法孫盡街謠與巷歌

古來錦瑟惜年華最恨伶官鬢雪皤指頭十二鵾絃

語竹雨蕭々入楚歌

天涯漂泊已堪嗟徒爾佳辰奈去何文采英雄都已

突不如對酒又當歌

唱渭何人道姓何邨門舘和古典多千秋樂府聯芳

許郡把吾詩述汝歌

一上元雨中與康齋拈韵

風雨空愁值上元天晴何處置芳樽坐居渾欲忘佳

節樂事森然見故園橋靜不聞雙屐響鄉音樓深悄對一

燈香良宵知不終靈晦曉月穿雲到水村

觀海月湖来訪松塢又至康齋已在坐

峭寒測〻觸重裘不是湖山汗漫遊千里此荷誰更

在一時同席若相謀春來即見花生吻老去餘忘雪

上頭君莘端非嘉邂客莫將霜氣傲王侯 余誦島始寫 東林道鴇郭

見柳色有感

今年楊柳又依〻不之登樓一振衣歲月消磨情自

弱關山阻絕夢難飛南來紛作東西客

十事恒難八九違忍憶故園曾手種也應老大已

西圉

朴晚翠命恒書室小集拈杜韻

茅堂蒲酒夾嘉林一見經年尚眼炎歌按平聲驚絶

調花成謎語見芳心　晚翠以平聲字為集四字歌是千古絕調又以花名作隱語乎

長篇
甚佳
志全好道貧猶樂交許知音晚更深非獨澗松

憐翠色清風時至侑長吟

余不觥飲少輒病有苦勸者戲題示之

同病千秋是梦騷江潭日覺顏凋荒田之種三升

秋窄戶難容一葉蕉豈有躭人羊叔子無多酌我蓋

寬饒澆音只浮添煩悶不信憂愁與舊消

過門南浦

門南浦口誰家船賣稻賣魚人似烟行人但愛春江

色立馬江干垂柳邊

蘿湘路中

金鶴山西鐵馬東探春仙侶一時同烟舖萬點塩雲

黑花擁千層石塔紅病馬遲行催嶺雨汗衣陵冷逈

江風佳辰終古如過客未害長消道路中

崔斂使書樓賞前韵

楊花蒲葉水西東畵境依然落畧同野鶴應憐雙鬢

白沙鷗不染一塵紅學仙我欲從今日敎子君能有

古風慙愧連宵江上雨淸歡留客小樓中

朴秋潭有錄宦游右水營仍未歸相唔扵崔莊

用前韵以贈

官游飄陸大江東匪意殊鄉此席同滄海涼鋋棚浪

白蓬萊舊夢霑雲紅人稀郢市誰酬雪路陌洪都石

借風我罷難歸君已老買鄰擬卜此山中

煮杜鵑花

紅爐手煮杜鵑花春在脣中香在牙粉細直疑飄蝶

翅蜜甜頻謠集蜂衛緯仙秀麗堪饕邑更部文章但

咀華桃飯杏酥同鋪設天將艶福餉詩家

拜烏谷朴忠貞公廟

同心異迹古三仁報國忘身又六臣多少世間忠烈

士朴忠貞死猶無倫

采了山薇尚療飢都门爷钺世人知孤燈寂寞實龍蟄

舘一刻難消煮藥時 公時以使啣赴明歸到義州宦六庄死節之報即地邨藥

杜鵑春月各天涯越絶江山一夢賒寃血化成千點 公與六庄夜坐後圍杜鵑花下感時花濺淚

淚不聞啼鳥見飛花 月色滿庭徘徊詠感時

恨別鳥驚心之句淚下如雨諸公亦泣遂爲同死之誓時端廟遜于寧越有子規樓詩詞意枢淒切

鴨水東回使者轅露梁消息雨風香漆身披髮非與

術尚愧人間一縷存

天運難回國步艱君臣朋友死生間狗軀七尺如無

補能使鴻毛重恭山

高靈上黨氣薰天富貴元興到百年今日演着青竹

重千秋名業向誰全

幼主恩深誓不忘毋雄一虎禮曹郎路人不識時人

諱千里扶棺涕淚滂

星月元非久晦蒙江河萬折必歸東百年不掩春秋

筆二鄭文章又二洪
公之死雖家人不敢言寧陽尉鄭公驚記其事甚悉後又撰棺
余先祖林塘相公文集中載其言自是始顯
耳溪洪太史撰墓銘　淵泉洪相公撰忠節錄

贈天官長謚忠貞香火千年死亦榮只爲後人觀感

美公心豈必在垂名

蘭佩江湖一逐臣蔵茅中表舊姻親黃鸝碧岫烏山

廟歆社瞅詞唱俻神

康齋蘇山阮□諸人登後園共賦

春来蓬華亦光輝宮錦屏風屋四圍濟勝秖饒桃竹

枕登高已歇木綿衣江魚水暖遙聞臭谷鳥林繁不

見飛吾輩齋心同昕願百花時節雨風稀

與諸伴枯小倉韻

澗頭山尾一書齋柳底花邊十字街春浮閭餘能蓋

壽山徙雨後更添佳始知農郎隣分餹屢卜歸期婦

失釵君莫謾愁沽酒少只饒一勺散千愁

挑羅茶芽撥菜笛澹雲作雨廋春霄眈詩竟是心為

役覽物徒然意也消倦犢眠遲山日暖新鶯啼弱晚

52쪽

風驕三年鄰曲相晨夕借問誰家賦柔蕭

晚春見一村都是枳殼花苦練花戲作排悶

枳塞明時奈命何苦輪驅遣到天涯怪他春色千人

事枳殼花邊苦練花

登北峙

兀兀郡堪頁重憂施施時復作閒遊倦攜雙屐高前

嵐偶到三山最上頭萬點如星浮島嶼四方欲雨失

汀洲此來知有前生業天近吾將向昨由

海上又疊

何慮人間可憑處出門便浮海山遊候風商舶瞻旗

尾課日吟裝備枚頭臣罪合投斁虎窟仙居直傍鳳

麟洲漢挐一髮橫天半雲水茫茫阻子由

吟病喜諸伴至遂北唐人韻

昨日今朝異暖寒春風市作世情看煙雲細落研光

紙花竹深藏亞字欄病不瀕危憐少事罪雖怵死喜

與官身中自有閒康濟老去堯夫睡最安

步出雲林與諸詩人作伴途中口號

紅雨漂搖萬点花綠陰匝匝四隣家屢傷離別春將

去縱好登臨日易斜店簿未清連酒食醫書無救病

烟霞江山慣是曹行裛步倦翻疑路更遲

登金甲後麓用前韵

流水春来遍是花漁家恕尺有仙家秪愁石齒雙鞋

擯易辨山腰一逕斜原隰高低秧间麥海天明暗雨

連霞許歸雁即輕千里半日南行尚悉避

松亭訪金松塢不遇

幽人絶少出门時越陌相尋不實期報客孤舟誰放

鶴兆人空谷俚聽鶖難後海上乘桴不見山中来棄

師闻松塢越海泄嶺南余有瀹疾經戶頓忘惆悵意

師知松塢藏良藥擬求之末遂

平原佳弟太邱叟

與康齋景坡諸人登南山餞春

山是天窮地盡邊東君去路更無前止竟後吾來處

去一書能否故鄉傳

天教奇物衍三旬分外今年飽見春只是鍾情爲日

久徒令離別倍傷神

僕本悲秋春更悲登山臨水愁將歸落花比我還多

健上下東西恣意飛

康齋蘇山石亭院坐共集適有海南老妓勸酒

何晚江村摠盡樓滿汀楊柳綠烟妝消磨日月三千

首脫暑風情四十秋老妓落花同昨恨殘杯賸墨易

爲愁頓怎歸路成怊悵一醉香々萬事休

與客說風土仍拈小倉韵

滄海何由寄遠情青山獨自鮮相迎稻粱地瘠春興瘁
食虎豹村深畫有聲風土偏荒金甲島阨防昔壯水
軍營不愁意緒非中國謬彼鄉人愛姓名

四日八日吟示康齋

海山何必撫孤桐獨倚楠干嘯晚風芳草無邊仍遠
客青梅漸熟少英雄酒如月魄常要滿花似禪因竟
是空春畫不愁無勝節家〻火樹滿城紅

與康齋院参又拈小倉韻

內府氷銜秘署承浮榮十載一風燈晚來經濟花三

連日例生涯墨數升雪鬢如雷聲颯颯霜蹄已脆氣

稜稜與君畫醉紛紛高咏萬壑千愁掃葛藤

覺軒東日来訪拈唐韻

一桁踈籬半卧塘松篁橘柚樣千章出山明月燒丹

富滿連飛花碎錦坊拋我光陰如掣電阻君旬日似

經霜茲州徙此添鄉約客至名園例實觴

晚翠為郡倅那邀留官署寄示吟韻走和

滌縣人從太守亭湘潭誰慰逐臣醒半生交要膠投

漆百刼浮蹤絮化萍江上有懷春樹綠雨中無睡曉

燈春自君久絕柴門枉我亦深局懶下庄

康齋阮齋共拈松雪韻

重江我獨不容刀放逐還同鎖抻審落日遠愁來北

渚長風高唱在東皐共憐盡裏成三笑莫向尊前眇

二豪晝日閒吟無斷畫鷺性僻亦吾曹

午睡纔起小雨時作命小童呼韻述即景

亂蟬鳴樹殷高簷睡起無心試筆尖燕蛋壘補泥污紙

壁蛛絲籠雨化珠簾酒醒它喜炎蒸退人靜翻疑畫

七夕有所思兮卧着牽牛織女星浮牽牛

屾生無計脫纏綿終古逢場即別遷造化知應為戲

劇禪家空自說因緣慇懃牛女惟今夕怊悵鵲人賜

曉天一例神仙與塵土有情誰浄不相牽

七月二十五日會諸邑人以志慶祝

年此日在江潭天地恩深樂育涵　聖澤長隨魚

鼇泳教書敲俟鳳凰含千官獨阻孤臣一雙闕遙呼

萬歲三滇著賀儀重譯至宣惟治化八埏罩

秋夕述懷示康齋求和

榕窓晚曬讀離騷報答良辰撫漏醪唐殿浮榮思撤

燭楚宮又病怕觀濤青絲白雪着逾變玉宇瓊樓望

漸高舉目不堪搖落意未妨門迓閬蓬蒿

是夕步至城上聞唱強ゝ来曲

疊福禅裙淡色裁出門隊ゝ鬱雲堆芳辰皆我念ゝ

去良夜頃君強ゝ来舞貌便旋離復合歌音靡曼臬

如灰佳歡消盡今宵月從此紝燈歲事催

江上釣魚為風浪所沮只浮二小魚

誰道人間釣者間風波元似世途艱辛苦元舟洄泝

久夕陽只淂數魚還

過虎口澗

側徑崩橋虎口灣寒雲澹日鳳翔山欹帆突元林藪

際萬井模糊草樹間商旅日斜愁店遠田家杜宇菩

61쪽

農間黯然記浮花陰下兮付書童索酒還 春暮逆此被洞中塾

飲師留

秋日病中作

蕭辰風物已堪悲况値空齋臥病時懶未整衣輕有

客貧難謀藥幸無醫形如槁木仍念我首似飛蓬正

憶誰四壁候炭應浮氣呻吟何事苦相隨

康齋為求嗣卜少艾始會之夕以詩嘲之且慰

之

錦瑟無端又一絃明燈綠酒話因緣久歎邂逅無今

夕幾貴商量辨此逅月老亦繩期夙世秋娘金縷哲言

芳年書生不慣風流事密燭傍人莫謾傳

傍人莫謾說風情門戶如君令早營天上麟兒應有

種河東獅子亦興聲難教周澤清齋久會見商瞿晚

計成笑憶去年今日事不辭上座作先生 余指去年此時上姓

而侶以先要者
為先生

與安石蘭鍾奭阮齋蘇山海南詩人張薑下鳳

廷出雙溪寺道中呼韻

故人有約置曹溪聯屐東郊步。齊落葉東流回過

竟平田颭熟直通蹊尋真蓬島探青鳥涉險巴山頌

碧鷄烏是城塵多染得一節羞向侍門携

宿雙溪寺又疊

烟霞慣眼宿雙溪蔬菓充腸勝五齊蓬鬢俱驚添曉

雪笋心更喜園林躞山行已熟從者虎夜話方濃失

聽鷄雲卧衣裳飄欲擧却疑身被列仙襟

康齋追至復拈明律韵

思時綠髮變霜華望處青眸到日斜恐負圯橋期夜

月忽驚夫室撒天花念饑侶鄰蒭酒歷險爭詑步

勝車倦使逢迎如今日此身寧恨老長沙

輿諸伴釣魚疊前韵

京塵如夢謝紛華恰晚江湖一笠斜正愛浮龜並華壽

萊何須釣鰲逐桃花武陵只恐迷前渡渭水非望載

後車欸乃聲〻山日暮臨風遙和浪淘沙

困初雪更留又醫

老去詩篇管歲筆醉來巾幘任橫斜風緣人證三生

石會事天開六出花古殿風高鳴鐵馬空山水落卧

繙車俚俗香積眈禪味總把浮名付飯沙

復吟米山室

風光堪愛更堪思又見天涯歲暮時欲芳帶蘺山思

賦兄樢弟葡水仙詩芳心不與身俱老素志寧為物

而移同是瑤臺舊仙侶竟投塵土未曾期

米山家有水仙花方

開而種
于土盆

夜無寐獨疊前韻

酒後燈前靜自思此生無計各昌時未超苦海三千

聞尚有盛山十二詩名業判非青史著居停頻為素

心移故山松桂徒延佇恐負悠々歲暮期

聞寧邊計音影成絕句

悲過欲無淚情至不遑文千里仍千古誰言詎浮面

世好無姻好眉隨四十年氣味偏相似芝焚蕙自憐

隆々大門戶兄弟又袁兄萬事唯君在嗟哉李保卿

戀々東林客藥々一鮮民羹辛兒生旦含飴及悅親

咎夜孤星出賴波隻柱支吾道一何厄斯人而至斯

天意非輕舉塵寰昏久留文章與忠義一事足千秋

人亡為國瘁吾慟慟吾私付托今無所先人闕墓辞

日三餽餕以詩謝之

肥肥禮俗見鄉陋饗飡餘例速賓致胙更無悲魯

叟乞墻何必笑齊人霸居之食難辞饋供其桶家不

患貧祭畢燕私元受福豐年穰穰子振振

上元夜月與晚翠松塢康々小山踏南川橋

江光月色掃雲烟舞手歌喉勝管絃佳節難孤末舊

雨歡塲第一入新年青泥黏石屐移履綠漲平橋詠

上船未必繁華輸衆陌塵聲衣影鬧城邊

十六夜復作踏橋行觀索戲

不因逢勝友何以餞良霄月下三分逈江南第一橋

曉寒猶酒刀春意寵梅條觀場萬人集不待費招邀

當前韻送李少年 平泉即主倅 第三子 祥輝

王勃江南路韓符燈下書芳年期射策壯志見題橋

梅摽憐新實荊摧淩舊條 少年近行婚禮 又笑其伯兄 老夫當剃

目他日待相邀

過浦上酒壚

春眠驕困畫當壚怱被行人索酒呼睡起不堪香汗

重入門換着淡羅襦

麥醱和水不成醅把向人﹖費眼波心計只要傾客

稟殼勤屢勸似憒多

前漢見捕小蟹

前漢夜去捉蟛蜞小〻難盈一手持退殼猶望潮如
至懷胎應與月相隨松燈明滅過橋底竹新綹橫擔
水滸自我霸居偏羨汝寸膓欲斷苦多時

園中雜咏

同族而異名橘柚之大者物大觥包容自甘居橘下

右柚

題

詩休覔紙沽酒莫論錢實能當玉液葉可替金箋

右柿

等墻後移竹三月竹過墻嬰覓戱竹下日望似許長

右竹

昔為魯廟樹今人楚澤吟須識孤臣節亦如貞女心

右女貞樹

梔子無大樹我家覆半庭春秋花實美柯葉又冬青

右梔子

五家盡仙飛仙草人始識此言如可徵我已生羽翼

右家五史

蚕織終歳苦勤謂柔者開只是風塵惡不侵十畞間　右桑

慚愧晚翠老揉送牧丹芽念我長憔悴教汝助顔華　右牧丹

百花皆曾盡紅約殿春遲相對目最久如何號將離　右芍藥

杜鵑啼歸國巴山三月春幻為花一種愁懲去國人　右杜鵑花

向日甚見日人與花不同嗟我舉頭望浮雲長欷空　右向日花

仙花種非昨滜泊村女園々人手鋤採無意試荼蘼
右鳳仙花

我似楚靈均黃昏日改路羨他夜合花昨暝又今暝
右夜合花

春華徒亢時晚節葆幽獨我亦為重陽冒雨移庭菊
右菊

聖人體好生殘骸欲無死聞道作神仙莫如餐杞枸
右枸杞

花美勝又陰實宜飯與藥何事古今詩絶少為汝作
右扁豆

窮居氣常闕日例具薑茶俱能去心穢未及滌身理

右薑

上有　聖明君重賢不重色一柔茲支紅只供逐臣食

右荔枝

南土氣候暖四時圍有菘雪中見青綠字義合取松

右菘

快果最悅口南菁號勝梨鸞刀試剖甲銀液滴淋漓

右菁

莫遣溫陽泉二月誇太早豈若種黃瓜經霜猶不老

右水瓜

百菜孰非佳莫如南瓜 好淡味久不厭少嚼易令飽
　　　右南瓜

綿綿細延蔓顆顆似懸瓟剖一為兩瓟已多顏氏富
　　　右瓟

還憶故園裡春葱定已栽慈母手自剪朝夕望猶來
　　　右葱

土人夏常服滌為神方却怪閔仲叔省煩還不當眠
　　　右蒜

粥稀宜貧士羹滑宜老人有地多種汝何憂老且貧
　　　右露葵

夜來剪之既朝視復青綠余髮不復綠日添鏡中悲

右韭

罪戾袨朝衣昕愧惟茄子寄托在荒田遍身尚青紫

右茄

野莧迷汝來除蕱斯乃可何苦少陵翁為詩歎坎坷

右蕒苣

椒名非一種苦椒古無傳我獨備辛苦嗜辣性所偏

右苦椒

玉黍雖實口飯阻腹鳴雷醫方讚開胃盡畫盡信哉

右玉蜀黍

糖黍来西國根莖徹底甘造糖甘更其壁言着曽有典驗

右糖黍

蓖麻種雖多用處却偏少尚令勿剪除物無弃大小

右蓖麻子

紅艶通肌膚甘寒醒肺腑忽聞歯舌間宫商角徵羽

右酸醬

種在圃之畔牛蹄又旱枯只殘一莖葉合爲孤客需

右淡巴姑

夜大風雨紀見述懷

何處無風雨年年甚海隅墻塌災及屋堰決蕩禾田

禾抄商帆過棠堆水鳥眠愁欸聲四起定徹九重天

蚊蠅絕屏伏蛙黽犬喧囂乍喜神初定旋為物所搖

人間無靜日客裡少良宵忽聽床下滴松明起自燒

夔雷方號令支燐尚跳踉鬼怪誰能制天威不可當

觀聽都恐懼睡重非偃仰願崇明德披雲捧太陽

檐鈴中夜響婦女動深閨廊畔移新竹窗頭益翠篁

解衣涼簟臥抱卷尺檠低見此無交誼賢於高鳳妻

秋熱登山麓晚浴于東澗興諸伴呼韻

石磴追涼坐不歸滿山空翠濕霏微松陰畫靜牛高臥

稻粒秋香鳥倦飛南浦佳人空有怨澗邊有當壚女蘇山有戲

殊帳別 東陵豪士易相違 誑爪圖無
主人末買 晚來饒被漁翁

笑浴罷清江復挽衣

向晚登高

浪白山青層復層水中天闊小嘉興空城草木嚴王

子故宅邱墟靈砒承樂事未秋紅稻斂佳期近夕白

頻登逐臣易怨居民喜從此漁樵結友朋

遊雙溪寺

秋花宿歷滿空山古寺重尋亂石間道氣頻從中歲

好浮生始到上方間須將白業觀三昧更把丹方費

九還除却吾行無客至蒼苔一路雨斑

晝見意外来親驚喜有作

四載如經半世遲儀形無一似童時燈前忽見綠衣

拜驚問誰家年少兒

笑口仍交涙眼開吾骸不死汝骸来怳怳久愈魂難

定脉〻還如夢未回

七耋吾親不見吾稚見汝作歡娱汝行不比吾行色

始出懷中即遠途吾

海舶風濤屢涉危山程繭足不知疲弱年来事最艱

險調護並無僮僕随

耽羅客子更堪憐顧共何時在眼前事叔平〻只妒事

父擬將省視侯潮船

甯說三年不讀書優游並與學耕鉏癡情無暇嗔豈樂

懶只幸生全患難餘

阿恩不識拜兄儀齟齬初迓故避之忽見投弗推束

栗便来相狎不相離

山寺遇郡宰李碧山範喬　次其與邑諸儒共作

韻是日即重陽

使君　橋綺登樓老客黃花愧插頭明元布衣多與

宴灵均蘭佩亦忘悲南陵路遠離親目业斗天寒戀

國秋老釋都無忙了語改清宵里絶誅花

自有堂十景

南山壽星

狼业松有第一大星星燦燦復亭亭明天偏感無私

照門晚壽星有現靈自古神仙非誕妄此鄉父老摠

康寧　君親恩重將何報遙獻龜籌與鶴齡

业嶽晴雪

鶴鬖峯樓賞晚晴窓檻對雪在虛明春寰測如刀

快天水澄澄與鏡平老樹王龍迄目重屬氷灘馬為

誰鳴业声有錢馬　多時鷄鵲宮前路曉漏朝天似鶴

生

海倉落照

海門西下舊漕倉烟樹蒼〻白黃樵笛數聲牛背

晚酒旗十里馬歸北芳辰荏苒誰能住遠道依俙不

可望莫把流光比人老綣綣一宿見扶桑

溪寺歸雲

夢斷蓬萊五色雲海山無際獨離群變衣不復紵青

紫次唱罷〻其白紵奉嶺孤臣韓博士荊州游子狄

火〻〻〻〻〻雨沾枯槁蔽日那堪不見君

半宮講樹

九仞蕭墻一阹宮檜庭殖〻杏壇崇深培根柢當時

雨淨掃荊榛逐正風服曾慡事鷄食蕎與周吉

鳴桐華門我亦絃歌樂反秩何曾歎道竆

入道市烟

沃州城郭萬家烟十字通街一抹連楊柳香風沽酒

路杏花春雨賣餳天工隨海瘴來愁際未障塵喧到

耳邊暝色湖山都不辨誰家燈火上潮船

雨野農皷

疊皷行謠遞相豊送南坎々近藜々雲屯南献十千

耦雨過西山三四峯古俗尚存鳴壠簧繁音何必備

笙鏞稞稷仍歊歡雷動大尾盆中白酒濃

風潮商帆

船来船去逐風潮　底滄溟望更遙軋
綵旗影　賣布波斯市重雨蠻烟欸
乃謠生長　時已慣木蘭橈

岩泉浣女

招招女伴浣清泉試手蒼苔白石邊涓杵自鳴山有
響村　薄月增妍鬓頭孤着岩花落裙角翻過水
非嫌晨露重恐郎遲候不成眠

門浦漁翁

髟髮蒼顏　老釣漁江湖終日對幽居疎燈楓葉蟬蓮

恩波濡筆